D1925532

btb

Aus Freude am Lesen

Lucas lebt in London auf einem Boot auf dem Grand Union Kanal neben dem Friedhof Kensal Green, wo seine Mutter begraben liegt, die starb, als er noch ein kleines Kind war. Seine ältere Schwester wohnt mit ihm auf dem Boot, aber sie ist ein bisschen lebenstüchtiger als er. Während Denise einen Blumenstand auf der Portobello Road hat, lässt sich Lucas, mittlerweile 25, treiben als unbezahlter Praktikant eines lokalen Musik-Magazins. Von seinem Vater, dem Tänzer und Choreograf Antoney Matheus, weiß er nur, dass er ertrunken ist. Eines Tages wagt es Lucas, den staubigen Kleiderschrank, der die Sachen seiner Eltern enthält, zu öffnen, und er begibt sich auf die Spuren von Antoney und seiner großen Liebe. Immer mehr taucht er ein in die flirrende Zeit des Londons der 60er Jahre, in den zauberhaften, strahlenden Aufstieg seines Vaters zur Tanzsensation. Und dessen jähen Absturz …

DIANA EVANS, geboren 1973, lebt mit ihrer Familie in London. Sie war Tänzerin und Journalistin, bevor sie sich ihrer literarischen Arbeit zuwandte. Ihr Debütroman »26a« gewann den Orange Prize für das beste Debüt 2005.

Diana Evans

Als würde ich fliegen

Aus dem Englischen
von Astrid Mania

btb

Die Originalausgabe erschien 2009 unter dem Titel
»The Wonder« bei Chatto & Windus, London.

MIX
Papier aus verantwortungsvollen Quellen
FSC® C083411
FSC
www.fsc.org

Verlagsgruppe Random House FSC-DEU-0100
Das für dieses Buch verwendete
FSC®-zertifizierte Papier *Lux Cream*
liefert Stora Enso, Finnland.

1. Auflage
Deutsche Erstausgabe Juni 2012
Copyright © der deutschen Ausgabe 2012
by btb Verlag in der Verlagsgruppe Random House GmbH, München
Copyright © der Originalausgabe 2009 by Diana Evans
Umschlaggestaltung: semper smile, München
Umschlagmotiv: © iStockphoto
Satz: Uhl + Massopust, Aalen
Druck und Einband: CPI – Clausen & Bosse, Leck
MM · Herstellung: BB
Printed in Germany
ISBN 978-3-442-74310-0

www.btb-verlag.de
Besuchen Sie unseren Literatur-Blog www.transatlantik.de!

Für Meadow Oshozoway und Derek

TEIL EINS

1

Als Lucas noch klein war, besuchte ihn in seiner Kajüte auf dem Grand Union Canal immer wieder ein Traum. Ein Galoppieren erklang, das Wetter schlug um. Ein plötzlicher Windstoß schüttelte die Platanen ringsum; vor das Bett trat ein Mann, von Kopf bis Fuß in Schwarz, im Frack, mit Hut und großen, priesterlichen Händen. Er hob Lucas empor und trug ihn hinaus in die Nacht.

Sie flogen. Sie eilten die Ladbroke Grove hinauf, hinweg über den Grenzhügel. Lucas fühlte sich geschwind und geborgen zwischen der Brust des Mannes und dem weichen, braunen Hals des Pferdes. Frackschöße peitschten im Wind. Sie kamen durch Gerstenfelder, die Tauben wurden zu Nachtigallen. Alles war anders, der Westway war fort, die Portobello Road kaum befahren; weiter und weiter ging es, ohne Richtung, ohne Worte, bis sie in der Eile heimisch wurden. Dort draußen war kein Kanal, kein Wasser, viele Meilen nicht, kein Verlust, kein Grabstein, und wenn Lucas aufwachte, von Wind umtost, an dem Ort, den er sein Zuhause nannte, in dem morschen Hausboot mit seinen Fragen und seiner Neigung zum Ufer hin, war seine Orientierungslosigkeit nur noch größer. Hoch zu Ross war es sicherer, und so wartete er sehr ernstlich auf die Rückkehr des befrackten Fremden.

Wenn er an seinen Vater dachte, dachte er nicht an Antoney Matheus, sondern an einen Straßenräuber, der ihn zu sich holte in den Tiefen des Schlafs und die Welt veränderte, wie es nur Väter können. So war es einfacher.

Er wachte an einem Aprilmorgen auf, kurz nach seinem fünfundzwanzigsten Geburtstag, nach jenem Traum, der Lucas seit dem Tod seiner Großmutter vor neun Jahren nicht mehr besucht hatte. Zurück blieb die übliche Orientierungslosigkeit; sie war sogar noch stärker, da der Traum unangekündigt, da er zu dem erwachsenen Schläfer gekommen war, und auch als Lucas die Augen öffnete, ließ ihn der Traum nicht los. Lucas lag auf der linken Seite des Doppelbetts, das er immer noch mit seiner Schwester Denise teilte. Seine Füße ragten unten über die Matratze hinaus, er hatte erst bei einem Meter zweiundneunzig aufgehört zu wachsen. Um ihn herum waren holzvertäfelte, immer kühle Wände. Sie erhoben und neigten sich über das Seitendeck und verbargen die Schränke, die sich dahinter, in jedem der wenigen freien Winkel befanden: Die Bettwäsche lag über Lucas' Kopf, die Kleidung in einem Ausziehschrank gleich neben ihm, unter ihm, in einer Schublade, Denises handschriftliche Buchführung. Die Kajüte war zwei Meter fünfzig breit, die Decke erreichte an ihrem höchsten Punkt eins achtzig. Lucas beugte seinen Kopf schon aus Gewohnheit.

Am bedrückendsten aber war ein antiker Kleiderschrank aus Kirschholz, der am Bettende dräute. Das einzige frei stehende Möbelstück enthielt Gegenstände, die seinen Eltern gehört hatten – seiner Mutter Carla, die gestorben war, als er nur wenige Monate alt war, und seinem Vater, der angeblich ertrunken war. Einer alten Regel gehorchend, die aufgestellt worden war, um Lucas' Kindheitsängste zu bezwingen, wurde der Schrank niemals geöffnet. Das verhinderte auch, dass der

Geruch der geisterhaften, verrottenden Dinge im Innern Denise und Lucas nachts in die Nase zog und ihnen Alpträume bescherte. Und tatsächlich hatte sich bei den wenigen Malen, als Lucas neugierig hineingespäht hatte, ein bitterer Holzgeruch aus der Düsternis im Innern aufgemacht, seinen Mut erstickt und ihn vertrieben. Es war an der Zeit, morgens auf etwas anderes zu schauen, auf eine helle, weite Straße, oder aber auf das Schlafzimmer einer Freundin. Das 20. Jahrhundert neigte sich dem Ende zu. Die Konservativen waren schon wieder Geschichte, wie auch Tupac und Biggie. Nun eroberte Sizzla Kalonji die Reggae-Welt, doch Lucas war immer noch am selben Ort und blickte auf ein verstörendes, lebloses Etwas, das ihm, nur wenige Zentimeter von den Füßen entfernt, den Weg in die Zukunft verstellte. Er hatte Denise erst kürzlich vorgeschlagen, den Schrank zu öffnen und zu entscheiden, was mit seinem Inhalt geschehen solle, aber sie hatte barsch erwidert, sie sähe keinen Grund, diese Dinge anzurühren.

Denise war, als Floristin, schon vor Stunden aufgebrochen, nachdem sie ihr Kissen sorgsam glattgestrichen hatte. Es war ein heller, rosablütiger Morgen. Der Winter hatte sich lange an seine Macht geklammert, der Frühling in diesem Jahr mit kräftigen frostigen Winden begonnen, die die Blüten von ihren Zweigen auf die Straße trugen, wo sie sich zu hinreißenden Farbmeeren am Fuß der Platanen sammelten. Auf Lucas wartete nichts Besonderes nach dem Aufstehen, nur die neueste Ausgabe seines Lieblingsmagazins *Touch*, also schloss er die Augen und konzentrierte sich auf das Schaukeln, das ein vorbeifahrendes Schiff verursachte, und stellte sich dabei vor, er wäre auf dem offenen Meer, unterwegs gen Jamaika. Das tat er immer, aber an diesem Tag war das schwer. In den abebbenden Traumwogen hörte er besonders deutlich, wie der angelaufene Messinggriff der Schranktür schepperte, was Lucas eigentlich, genau wie das Ticken der Uhr neben seinem Bett oder das Knacken in den Wänden, zu überhören gewohnt war. Er drehte sich wieder auf den Rücken und wagte sich mit seinen langen dürren Beinen über die heikle Trennlinie in der Mitte vor, an der Denise klugerweise festgehalten hatte. Das Bett war, wenn er es für sich allein hatte, ein weites warmes Gestade. Sie teilten es seit dem Tod ihrer Großmutter (Lucas war zwölf, Denise sechzehn gewesen), doch aus einer tröstlichen Nähe, besonders bei Gewitter, war eine erstarrte Gewohnheit geworden. Wie sehr sich Lucas an diesem Morgen auch reckte und streckte, das Gefühl zu ersticken, ließ sich nicht abschütteln. Frackschöße peitschten im Wind. Der Kleiderschrank schepperte. Lucas musste an Edwin Starr denken, den er vor zwei Tagen in St. Albans getroffen hatte. Dann aber spürte er erleichtert, dass sich in seinem gedrängten Gemüt, während draußen der dichte Freitagsverkehr über die Ladbroke Grove rollte, langsam aber sicher etwas anderes regte – eine wohlige, willkommene Ablenkung, die verlässliche, kleine Alltagsflucht. Eine träge, doch willige Morgenerektion.

In diesem Moment zögerte Lucas stets: aus Angst, Spuren zu hinterlassen, und Bequemlichkeit, weil er dann die Laken waschen müsste. Eine Weile ruhte seine Hand unsicher am Innern seines Oberschenkels, dann aber entschied er sich dafür, für den raschen, sechsminütigen Trip, als Einstieg in den Tag, zur Beruhigung seiner Nerven. Er hatte im Laufe der Jahre eine raffinierte Technik entwickelt, bei der er, kurz bevor er kam, die Laken wegstieß und nach oben, auf seine Brust zielte, damit sich die Feuchtigkeit auf diesen Bereich beschränkte. Deshalb zog er vorher auch immer sein T-Shirt aus. Er begann zaghaft, vor seinem geistigen Auge das Foto von Lauryn Hill, das Denise ihm nicht erlaubt hatte aufzuhängen. Er hatte keine großen Erwartungen und auch keine Lust, hinterher sauber zu machen, umso mehr überraschte ihn das plötzliche Aufschießen, die Menge. Er schrie und trat eilig die Bettwäsche fort, doch dabei verfing sich ein Fuß in den Laken. So verpasste er das Beste. Dann lag er da, mit feuchter Brust, betrogen, erschöpft, und fragte sich, wie so oft, ob es das wirklich wert war und Denise, da draußen in ihrer Blumenwelt, davon etwas ahnte.

Wer damals dort vorbeikam, hätte es eigentlich sehen müssen. Wer von Harlesden aus den Uferweg in Richtung Osten entlangging, fast bis zur Brücke der Ladbroke Grove, sich vielleicht noch auf eine Bank setzte und hinüber zum anderen Ufer schaute, der hätte das fünfzehn Meter lange Kanalboot mit seinem verblichenen Grün und seiner leichten Neigung nach links (was am Kleiderschrank lag) eigentlich sehen müssen. Es hieß Silver, der Vorbesitzer hatte den Namen in geneigten Buchstaben auf die Bordwand geschrieben. Bullaugen glotzten aus der Kabine heraus. Den Bug umgab ein Geländer. Rechts und links der zwergenhaften Kajütentüren schimmerte dumpf ein Paar angelaufener Drachen. Das Boot war eine Altertümlichkeit; am Stahlrumpf blätterte die Farbe ab, am Heck rostete ungenutzt das Ruder. Die Silver wirkte trotz der frischen Blumen an den Fenstern, als ob sie sinken wollte, so lange lag sie dort schon. Lucas und Denise kannten kein Leben an Land, keine Haustür, der man sich näherte, ohne über ein stets ein wenig schwankendes Deck gehen zu müssen. Sie wussten nicht, wie es war, wenn man eine solche Haustür öffnete und eine Avon-Beraterin, der Gasmann oder einer der Zeugen Jehovas dort standen, denn die Avon-Beraterin, der Gasmann und die Zeugen Jehovas hatten keinen Schlüssel. Nur die Wasserzigeuner, sofern sie eine Genehmigung hatten, an dieser Stelle festzumachen, oder die Freunde der Wasserzigeuner durften durch das große schwarze Tor hindurch, das den Uferweg von der Straße trennte.

Die Situation hatte eindeutig Vorteile (es kam kaum Werbung, der Aufdringlichkeit des Kapitalismus war man in viel geringerem Maße ausgesetzt), trotzdem fragte sich Lucas oft, wie es wohl wäre, auf festem Grund mit einem Fremden über Gaspreise oder die Existenz der Hölle zu diskutieren. In der Hinsicht war er anders als die meisten Bootsbewohner. Die Mehrheit der Bootsbewohner vertrat den einen Glaubenssatz – Wasser heißt Freiheit. Wenn man sich an einem Anblick sattgesehen hat, man nicht gefunden werden will oder Sehnsucht nach dem schützenden Ufer einer anderen Stadt hat, macht man einfach los und setzt die Segel. Vorwärts geht es über die dunkle Wasserstraße, mit vier Meilen in der Stunde, dann dreht man links nach Camden oder Bethnal Green oder schippert weiter, landeinwärts, und entdeckt ganz neue Spielarten der Stille. Immer weiter, weiter, auf und davon. Noch unsichtbarer kann man nicht werden. Man tilgt sein Heim, zieht keine Spur hinter sich her. Was für ein Leben, wenn man um diese Möglichkeit weiß!

So aber war es für Lucas nicht. Für ihn war das Leben ein fortwährendes Ankern, eine Alternative und einen Vergleich zu früher kannte er nicht. Er war auf dem Wasser geboren und von seiner Großmutter Toreth dort aufgezogen worden. Lange hatte er geglaubt, dass alle Kinder, die ihre Eltern verloren hatten, auf Booten lebten, dass dies zum Dasein der Waisen gehörte – oder man kam ins Heim, wo es vermutlich weniger Spinnen, dafür aber auch keine Großmutter und andere Vorzüge gab. Toreth war walisischer Abstammung, fürsorglich, erzählfreudig und hatte Lucas mit ihrer traumauslösenden Geschichte über Peterjohn, den Straßenräuber, der neun Kinder hatte und in eine Zeit gehörte, als die Portobello Road noch eine holprige Landstraße war, durch manches Gewitter geholfen. Sie hatte oft mit Lucas bei schönem Wetter auf dem Bug gesessen, während Denise am Ufer in ihren gärtnerischen Tätigkeiten versank. Wenn Toreth in wahrer Erzählstimmung und der Sonnenuntergang besonders schön war, erzählte sie manchmal noch eine Geschichte, die sich Lucas eingeprägt hatte. Sie handelte davon, wie das Boot an seinen Platz gelangt war, die einzige Geschichte, in der Lucas' Vater vorkam. Sie spielte im Jahr 1969, im Oktober, an einem Tag, dessen Abend ebenfalls einen bemerkenswert schönen Sonnenuntergang gesehen hatte.

Antoney, so nannte es Toreth, hatte einen Hang zu »dubioser« Unauffindbarkeit. An jenem Tag, im Zuge einer solchen Unauffindbarkeit, hatte er in Greenford einem befreundeten Musiker für zweihundert Pfund die Silver abgekauft und war mit dem Boot bei Höchstgeschwindigkeit den Grand Union Canal hinabgefahren, obwohl er nie zuvor in seinem Leben ein Boot gesteuert hatte. Unterwegs winkte er Passanten zu und trank weißen Rum aus einem Flachmann, ein Geschenk von einem seiner »dummen kleinen Groupies«. Er entschied sich für jenen Ort, schräg gegenüber der Gaswerke von Kensal Green, und führte Carla – Toreths Tochter – mit verschwommen triumphierendem Blick ihr neues Zuhause vor. »Du wolltest doch ein eigenes Heim!«, sagte er. »Hier ist es. Was sagst du?« Carla war damals hochschwanger, sie stand kurz vor den Wehen. Sie litt unter Hitze, Schwindel und einer gefährlichen Verliebtheit. Sie betrat das schläfrige, sonnenbeschienene Deck und sank auf einen Metallstuhl. »Antoney«, sagte sie, »du bringst mich ins Grab.«

Dies war auch der Tag, an dem Denise geboren wurde, und nur darum ging es in der Geschichte eigentlich, denn Toreth glaubte, dass Denise mit ihrer frühen Begeisterung für Blumen die Reinkarnation der damals so beliebten Floristin Emily

Kirk sein könnte, deren Beerdigung Toreth just an jenem Tag im Jahre 1969 beigewohnt hatte. Emily, oder Em, wie sie allgemein genannt wurde, hatte mehr als sechzig Jahre lang auf dem Portobello Market Blumen verkauft (»Ganz frische Blumen, Sixpence der Strauß!«, wie Toreth es gerne vormachte), und daher war die Beerdigung ein lokales Großereignis. Der Sitte der Marktverkäufer entsprechend, zog der lange gewundene Trauerzug die Portobello Road hinunter, fast zur gleichen Zeit, als Antoney sein Boot aus Greenford wegsteuerte. Dort, wo der Zug vorüberkam, hielten die Standinhaber mit ihrer Arbeit inne und beugten ehrerbietig das Haupt. Später dann, als die Sonne bemerkenswert schön unterging und Em in den Lauf der Geschichte eintrat, half Antoney Carla, von den ersten Qualen der Kontraktionen gepeinigt, den Uferweg hinauf. Sie schafften es gerade noch rechtzeitig ins Krankenhaus. Der Tod hatte Möglichkeiten in die Luft gestreut. Blumengedanken trieben im Nachtwind, Erinnerungen an Blattwerk und Sträuße, und durch ein wundersames Zusammenwirken drängte Denise in jenem Moment mit einer gewissen Entschiedenheit hinaus in die Welt.

»Stimmt das wirklich, Oma?«, fragte Lucas immer, wenn sie ihre Geschichte beendet hatte. »Natürlich!«, sagte sie dann. »Ich würde euch Kinder doch nie belügen.«

Das waren noch glückliche Zeiten. Toreth ertrug ihre letzten Jahre in einem Pflegeheim in Hanwell, nach zwei Schlaganfällen, die mit sieben Monaten Abstand gekommen waren. Am Tag ihres Einzugs gab sie Lucas einen sehnsuchtsvollen feuchten Kuss und sagte ihm mit knittrigen Lippen und seltsam schleppender Stimme: »Es ist schwer für dich, mein Liebling, so ganz allein als Junge. Halt dich auf dem rechten Weg.« Er umarmte sie lange, prägte sich den Anisgeruch an ihrem Hals ein, dann kehrte er mit Denise allein auf das Boot zurück.

Lucas war verstört. Denise stoisch. Sie schloss die Kabinentüren, lehnte sich dagegen, die Finger hinter dem Rücken verschränkt, und akzeptierte ihr Schicksal in Würde.

»Tja«, sagte sie, »jetzt sind wir beide allein.«

»Bleiben wir hier?«, fragte Lucas.

»Natürlich. Wo sollten wir denn hin?«

Sie wurden, so schien es, vergessen, wie Tanzschritte, die keiner mehr tanzt. Überleben stand an erster Stelle, und Denise begab sich mit neuem Ingrimm an die Arbeit. Für vergnügliche Ausflüge entlang des Sommerkanals war da kein Platz. Ihr Wasser war keine Freiheit. Ihr Boot hatte lange nicht abgelegt.

Mit ihnen auf dem Boot lebten etwa zweitausend Spinnen, die ihre Netze in den Fensterrahmen webten und dort eigene Kinder aufzogen. Lucas war acht Zentimeter größer als sein Vater und von ganz anderer Statur. Beine und Arme waren schlaksig und stangenförmig, die Knie spitz – in der Schule hatte er »Langhans«, »Lulatsch« und »Klassenriese« geheißen. Er war ein schlechter Esser, mochte aber spätabendliche Nachos und Brausedrops. Und wo sein Vater mit seinen sehnigen Unterarmen in einem kurzärmeligen Hemd unwiderstehlich ausgesehen hatte, ragten bei Lucas schmale Gelenke und überlange Hände hervor, und mit seinen großen platten Füßen war Tanzen auch nichts für ihn. Die Augen jedoch, braun und vogelartig, mit intensivem Blick, die waren nach Antoney geraten. Lucas trug das Haar kurz geschoren, womit er recht ansehnlich aussah, wenn auch auf bescheidene, fettnasige Art, die zudem verblasste, sobald das Haar nachwuchs. Sein Lächeln war unsicher. Eine flüchtige Freundin hatte ihm einmal gesagt, seine Ohren seien schön.

Am Dienstag- und Donnerstagnachmittag arbeitete er unentgeltlich für *West*, ein regionales Musikmagazin, aber der

Freitag gehörte einem zeitlosen Dahintreiben, das mit Scarface begann. Nachdem Lucas das Bett gemacht hatte, nahm er in der halbgroßen Wanne ein umständliches Bad und besprühte sich mit Axe. Dann trat er durch den brüchigen weinroten Vorhang in die Kabine und ging zur Stereoanlage, wo Scarface mit seiner tiefen, makabren Stimme schon auf ihn wartete. Er war Lucas' absoluter Lieblingsrapper. Scarface stammte aus Houston, Texas, und war der Erste, der Einzige, der die dunklen Wände des Lebens erforschte und dennoch an einem abgeklärten East Coast Cool festhielt. Über diese summarische Einschätzung hatte Lucas oft mit Jake diskutiert, seinem alten Kumpel, dem Freund eines Wasserzigeuners, aber Jake weigerte sich, einen US-amerikanischen Rapper mit allzu viel Lob zu bedenken, denn er setzte sich für die britische Szene ein, die aktuell auch noch durch Garage in den Schatten gestellt wurde. An Scarface konnte sich Lucas nicht satthören. Über die Jahre hinweg hatte er unzählige Tapes aufgenommen, auf denen Songs in unterschiedlicher Reihenfolge, unterschiedlicher Steigerung von Rhythmus und Text waren, und manchmal befanden sich darauf auch ältere Tracks der Geto Boys und anderer Künstler, nur um zu sehen, wie die Mischung mit den Solotracks kam. Die Tapes waren mit farbigen Filzstiften beschriftet und auf einem Regal nach Code und Kategorie geordnet. Lucas trug immer einen gefalteten und zerschlissenen Zettel in der Gesäßtasche seiner Jeans herum, auf dem, von Hand abgeschrieben, die Lyrics von »The Wall« standen. Er legte das Stück ein und drückte auf die Play-Taste.

It's fucked up, I'm looking at myself in the mirror
I'm seein' something scary, it's blurry make it clearer
I got a funny feeling that today will be the day…

Die Musik erfüllte den Raum und hallte an den hölzernen Wänden. Wie das Bett, so war auch die Kabine zweigeteilt. Hier, auf der linken Seite, lag Lucas auf seinem gigantischen marokkanischen Bodenkissen, dort drüben, auf der rechten, würde Denise später sitzen, wenn sie von der Arbeit kam, in Toreths Sessel mit den gespreizten Beinen. Früher hatte auch ihre Mutter diesen Platz eingenommen (Denise hatte Erinnerungen daran, wie sie dort als Kind auf dem Schoß ihrer Mutter saß). Auf einem Sims gleich neben dem Sessel, unter dem Spinnenfenster, stand ein Foto von Carla mit einundzwanzig, eine Schönheit in Nahaufnahme mit schmalem Gesicht und riesigen Augen – »groß genug für eine Brücke«, wie Toreth immer sagte – und einer Unmenge dicken, waldigen Haars, das sie von ihrem Vater geerbt hatte. Sie blickte vergnügt und schelmisch in die Kamera, eine Hand am Schlüsselbein, die Fingernägel halb lackiert, halb abgeplatzt. Lucas und Denise waren mit diesem Bild ihrer Mutter aufgewachsen. Toreth hatte hin und wieder kleine Einlagen mit dem Foto geliefert, es in die Hand genommen, geküsst und manchmal auch darüber geweint, und noch Jahre nach Carlas Tod hatte ihr Lieblingskleid, ein scharlachrotes, perlenbesticktes Flapperkleid, trauernd an der Seite des Kirschholzschranks gehangen, bis Denise es eines Tages herunterriss und ins Innere warf. Um Antoney hatte es nie eine solche Trauer gegeben. Von ihm standen keine Bilder zur Schau. Von Toreths Kommentar abgesehen, dass er »ein Hutgesicht« gehabt habe, hatte Lucas bis zu seinem zehnten Lebensjahr keine Vorstellung davon, wie sein Vater ausgesehen hatte, bis ihm Denise schließlich ein Foto gab, damit er nicht länger fragte. Es zeigte Antoney als Tänzer, als attraktiven Mann mit hohen Wangenknochen, bloßen Füßen und bloßer Brust, inmitten einer Bewegung, auf einem Parkettboden. Auf der Rückseite stand »Shango Storm, 1968«. Lucas hatte nie daran gezweifelt, woher das Foto mit seinem bitteren Holzgeruch stammte.

Unter dem Seitendeck, an der Kabinenwand, standen Antoneys Schallplatten, Benny Moré, Sam Cooke und Robert Schumann. Wenn Denise nicht zu Hause war, hörte Lucas manchmal den kratzigen alten Sam-Cooke-Song über den Mann, der an einem Fluss in einem kleinen Zelt geboren wurde, und stellte sich dabei vor, wie Antoney zu Cookes entfesselten samtigen Klängen graziös über den Kanal schwebte. Die Tatsache, dass sein Vater Tänzer war, hatte ihn immer schon fasziniert. In einem Buchladen auf der Portobello Road war er einmal in einem vergriffenen Band mit dem Titel *Bühnenrevolutionen der Sechziger* auf einen Eintrag gestoßen. »Antoney Matheus«, so hieß es dort, »Tänzer und Choreograf aus Jamaika, Gründer und künstlerischer Leiter des erfolgreichen schwarzen Ensembles The Midnight Ballet, zu dem auch West-End-Star Ekow Busia gehörte.« Lucas hatte den Buchhändler oft um weitere Informationen gebeten. Er hatte alle Bücher zu den Themen Tanz, Karibik, Theater, selbst die Videoabteilung hatte er durchforstet, fand aber nichts – was ihn zugleich erleichterte. Er wollte mehr wissen, aber er hatte auch Angst vor dem, was er finden könnte. Er hatte Angst, an das Gleichgewicht der ihm bekannten Welt zu rühren.

Doch nun war die Sehnsucht da. Er wollte, dass ihn jemand an die Hand nahm. Er stand auf schwankendem Grund. Er spürte deutlich, dass etwas geschah, wenn man fünfundzwanzig und nicht mehr vierundzwanzig war. Er war nicht sicher, was das war, etwas zerfiel, ein Poltergeist zog in den Kopf. Er stand auf der linken Seite der Kabine, ließ den Blick über die Schallplatten schweifen, den Sessel, das Bild seiner Mutter und die Kajütentüren. Überall auf dem Boot begegnete er seinen Eltern, und anders als Denise konnte er nicht an ihnen vorbeischauen, vor allem nicht an diesem Tag. Worüber hatten sie sich hier unterhalten, in diesem Raum? Waren sie miteinander glücklich gewesen, hatten sie Geborgenheit beieinander gefunden? Manchmal war ihm, als würden sie jeden Augenblick wieder das Deck betreten, sie in ihrem Perlenkleid, er mit seinem Filzhut, und etwas Banales wie: »Hallo, Junge, Mensch, bist du groß« sagen. Oft stellte er sich das vor, dass Antoney einfach auftauchen und diese Worte sprechen würde. Er würde mit ihm über die Zahlen und Jahre reden, über das Gefühl, in einem Jahrzehnt der Ratlosigkeit festzustecken. Denn am Ende dieser Dekade lauerte der Abgrund zwischen neunundzwanzig und dreißig, der vielen Männern zum Verhängnis geworden war. Wie ist es dir ergangen?, hätte er ihn so gerne gefragt. So gerne hätte er sich zu seinem Vater gesetzt und gefragt: Was hast du getan, als du an den Punkt gekommen bist, wo du nicht mehr wusstest, wohin?

In der vorigen Woche hatte Lucas in dem indischen Kiosk, in dem er auch seine Brausedrops kaufte, einen Artikel in einem Psychologiemagazin entdeckt, dem zufolge das Alter Mitte zwanzig für den Mann die produktivste, entscheidendste, aufregendste und nachhaltigste Lebensphase sei, die Zeit, in der die während Kindheit und Ausbildung erworbenen Anlagen einen Punkt der »Ausdefinierung« erreichten und den Mann – intellektuell, körperlich und geistig – an den für ihn vorgesehenen Platz im Leben führten. Er entscheidet sich, so hieß es, für eine Laufbahn. Er wird fülliger. Und meistens sucht er sich eine Frau. »All dies«, schrieb eine altmodisch bebrillte Dr. Glenda Wie-auch-immer, »kann man sich wie einen beflaggten Paradezug vorstellen, der genau dann einfährt, wenn der Mann bereit ist. Aber wenn er den Zug verpasst – und das ist der Knackpunkt –, wenn er aus irgendeinem Grund daran gehindert wird, diesen Zug zu besteigen, führt dies möglicherweise zu langfristigen Problemen, zu psychischen Nöten, Ängsten, Depressionen, die oft bis in spätere Jahre andauern können.« Die Psychologin erwähnte nicht, ob der Zug, wenn man ihn verpasste, noch einmal kam.

Als er das mit Jake diskutieren wollte, musste sich Lucas anhören: »Ist doch Bullshit, Mann, ein Zug. Flaggen? Die meint bestimmt den Union Jack.«

»Die Flagge is doch egal«, hatte Lucas gesagt. »Es geht um den Zug.«

»Die Flagge is nie egal, Bro.«

Jake hatte dann einen kurzen Vortrag über rassistisch gefärbten Nationalismus gehalten. Die beiden hatten in seinem Zimmer in einer Wohngemeinschaft auf der Basing Street einen Joint geraucht. Sie kannten sich seit der Grundschule und hatten viele Nachmittage gemeinsam auf dem nahen Hof einer verlassenen Kirche die Schule geschwänzt.

»Guck dich doch an«, sagte Lucas. »Du bist doch schon drin.«

»Wo drin?«

»Im Zug. Du weißt, wo's hingeht, was du willst, mit deiner Musik und so. Du hast doch voll den Plan.«

Da hatte sich Jake auf seinem Stammplatz nahe der Mischpulte vorgebeugt. Lucas sah auf die muskulösen Arme, so anders als seine. »Jo, ich hab 'nen Plan, wohl wahr.«

»Jo, dann ist doch alles easy. Musst dir keine Sorgen machen.«

»Worüber machst du dir Sorgen?«

»Mach ich nich.«

»Das Leben is kurz, Mann.«

»Das isses.« Lucas nahm einen tiefen Zug. Der Rauch schlug sanft, mit leichtem Brennen, gegen die Kehle. »Aber manche Leute haben halt keinen Plan. Ich wette, Mikey hatte keinen.«

»Mikey is Mikey«, sagte Jake. »Der war schon immer komisch drauf. Selbst in der Schule, mit seinem Gefasel über diese Kultscheiße – weißt du noch, das Ding mit der Weltbank? Der Typ war strange.«

»Wer ist nich strange«, sagte Lucas nach einer Weile.

»Nein, ich meine *strange* strange.«

»Das kann echt jedem passieren. Eines Tages ...«

»Hör zu, Mann, *ich* lass mich nicht von einem weißen Wagen abholen und in die Klapse stecken. Du weißt doch, was die mit uns Niggern da machen.«

»Ich glaub, ich hab ihn schon verpasst.«

»Wen verpasst?«

»Den *Zug*.«

»Hey, Mann, scheiß auf den Scheißzug – woher hast du den Mist? Nur, weil da irgendwer so 'nen Müll schreibt, lässt du dich davon kirre machen ... Interessante Idee, das geb ich zu. Ganz klar 'ne wichtige Zeit für uns Typen, wo sich echt was bewegt, aber das mit dem Zug seh ich nicht. Ich seh – was seh ich? Eine Laufstrecke. Genau, eine Laufstrecke.« Jake stand auf, ging im Zimmer auf und ab, gestikulierte zur Bekräftigung mit den Armen; der Mond schien durchs Fenster. »Wir sind auf der ersten Geraden, okay, ein Drittel der Strecke, wir laufen, die Stirn glänzt, wir schwitzen. Vor uns ist 'ne Kurve, wo's haarig wird, und jeder will vorher sein Ding machen, bevor uns der Saft ausgeht, kapierst du? Aber, hör zu Luke – das ist 'ne Oprah-Weisheit, also hör gut zu. Jeder in dem Rennen darf nur auf sich selbst sehen und auf niemanden sonst. Er kann nicht gucken, wo er liegt, wie weit die anderen sind, weil er sonst zurückfällt. Er muss sich auf *seinen* Lauf konzentrieren. Du brauchst nur eins, Bro, nämlich deinen *Lauf*, dein *Ding*, was, was dich anmacht, ob's jetzt Journalismus ist oder diese Möbelsache, von der du letzten Monat gesprochen hast, egal, aber bleib *dran*. Komm nich alle fünf Minuten mit was anderem.« Er streckte die Hand nach dem Joint aus. »So, *das* soll dein dämlicher Psychodoc mal ausdefinieren.«

Jake wohnte in einer Parallelstraße zur Portobello Road, wo Denise ihren Blumenstand betrieb. Lucas landete dort oft, wenn er nachmittags in der Gegend war. Wenn er genug vom Boot hatte, schlurfte er den Uferweg hinauf, ging durch das Tor und über die Ladbroke Grove zum einen Ende der langen, schmalen Marktstraße, den Weg ins Zauberland West-Londons, wo Tattookünstler und Barleute, Vinyljunkies, Tramps und Hosteltouristen, schöne Menschen, Künstler und Fashionistas zusammenkamen, Mütter mit Babys, Yuppies, Studenten, Filmcrews und Touristen, Ganzkörpergepiercte, weiße Rastafaris, Nonnen, Drogenhändler, Kunsthändler, noch mehr Touristen und Buddhisten, junge Väter, junge Woolworth-Angestellte, Psychotherapeuten und Kinesiologen, Transen, Julia Roberts, Rentner und die Gutmenschen der Heilsarmee, Pudel, Crackjunkies, Pressesprecher, heimwehkranke Insulaner, gestrandete Aktivisten und Verkäufer von spanischem Olivenöl. Dort schlug der Puls des Grove am schnellsten, sah man die deutlichsten Zeichen der Gentrifizierungswelle, die über die Stadt hereinbrach und aus Ghettos angesagte Viertel machte und diese weit über den Orbit des durchschnittlichen einheimischen Wohnungssuchers hinauskatapultierte. Südlich der Themse war das am deutlichsten in Brixton, nördlich, hier im Grove, auch ein Schauplatz historischer Unruhen, das an der einen Seite – Lucas' Seite – von der Harrow Road begrenzt wurde, dem Reich der sechs Avenuen, und an der anderen von Holland Park, wo das Leben leuchtender war. Es war eine wechselvolle architektonische Route von hier nach dort, von den alten verblassten Reihenhäusern und den sozialen Wohnungsbauten mit Grundsteuerbefreiung und Flachdach bis hin zu den wohlgestalteten Stadthäusern mit ihren römischen Säulen. Es war eine historische Teilung, nur die Tauben hatten sich nie darum geschert.

Die Portobello Road wurde in den Nebenstraßen von fünfstöckigen Häusern in Bonbonfarben und mit exklusiven Privatparks flankiert. An ihr entlang breiteten sich die Coffee Shops wie Krätze aus, als ob England gerade erst auf den Geschmack gekommen wäre oder die Rückkehr von Labour für neuen Gesprächsstoff gesorgt hätte. Lucas hoffte, dass Tony Blair etwas unternehmen und die Kapitalisten daran hindern würde, die Gegend mit ihren Accessoirelädchen und auberginefarbigen Teestuben noch weiter aufzuhübschen, mit ihren Gießkannen aus Leder und teuren psychedelischen Toastern, mit all den nutzlosen Dingen, dem hohlen Warenangebot all jener, die Geld mit Geld verdienten. Das Viertel verlor seine Seele, seine Integrität. Ein Typ wie Lucas, mit seinem geschorenen Schädel und seinen ausgelatschten Reeboks, musste das Gefühl bekommen, dass er dort nicht mehr willkommen war. Er war das Roughe, ein ethnisches Einsprengsel, und nur als solches machte er die Gegend interessant.

Meist hing er in der Nähe der Tavistock Road rum, unweit der Brücke des Westway, wo ihm mit zehn Jahren ein dicker weißer Junge das Skateboard zerschlagen hatte. Der Brausedropkiosk war an der Ecke. Die Drops wurden ganz traditionell in weißen Papiertütchen verkauft, und nachmittags durften Schüler nur zu zweit in den Laden, wobei der Neffe des Besitzers den Türsteher gab. Und wenn nicht dort, dann war Lucas die Straße weiter oben vor Honest Jon's, wo Jake stundenlang durch das Schallplattenangebot wühlte. Jake hatte Talent, Ehrgeiz und eine Vision. Als Plattenproduzent hatte er schon drei Undergroundhits gelandet (einen hatte ein Dance-Act aus Devon »gestohlen«), und nun standen die Rapper in ihren Baggy Pants Schlange und buhlten um seine Aufmerksamkeit. Einer davon war MC Crow, ebenfalls Stammgucker bei Honest Jon's, er gehörte zum Portobello-Volk und hatte was mit der Tweedrockverkäuferin gegenüber von Harvey's Antiques wie auch mit dem Duftkerzen-Mädchen und der China-Klamotten-Frau, die samstags aus Camden kam. Lucas war ohne Frage beeindruckt.

Auf der Suche nach seinem »Ding«, wie Jake es genannt hatte, hatte sich Lucas seinerzeit auch bei *West* beworben. Die Redaktionsräume lagen auf der Talbot Road, einer Querstraße der Portobello, einer protestfreudigen Gegend, in die es solche kurzlebigen kreativwirtschaftlichen Unternehmungen meistens zog. Bei *West* wurde ausschließlich teures, den Regenwald schonendes Papier verwendet, und das sollte *West* auch in den Untergang treiben. Das fünfköpfige Team arbeitete um einen großen, ovalen Tisch herum und fand es normal, die Telefongespräche der anderen mitanzuhören. Für Lucas, so hatte er Finn, dem Herausgeber, bei seinem Vorstellungsgespräch im Café eine Etage tiefer erklärt, war das genau die richtige Branche, denn er konnte den ganzen Tag lang Zeitschriften lesen. Echt. »Ich steh auf die Listen«, hatte er gesagt. »Kennst du die Listen in *Touch*? Die ›Reggae Ten‹, die ›Hip Hop Ten‹, die ›Drum & Bass Ten‹, ›Die meistgespielten Hits bei Trever Nelson's Rhythm Nation‹, ›Unsere Lieblingshits, als wir an diesem Heft gearbeitet haben‹, ›Der *Touch*-Guide zu den wahren Spice Girls‹. Musst du mal reinschaun. Die haben dieses echt krasse Stück über Mark Morrison gebracht, von einem Darren Crosdale – sagt der dir was?« Lucas war nervös. Eine einzige Formulierung aus dem Artikel – »schuldig wegen Einerlei« – habe ihn auf die Idee gebracht, in den Journalismus zu gehen.

Er habe früher auch Songtexte geschrieben, das sei aber nicht wirklich sein Ding (Jake hatte das leider bestätigen müssen, Lucas' Vergleiche seien auf dem Niveau von Main Sources »you treat me like a burnt piece of bacon – du behandelst mich, als wär ich verbrannter Speck«), und darum habe er gedacht, vielleicht könne er ja Artikel oder Kritiken oder so schreiben. »Ich könnte eure Listen machen.« Er hatte schon eine ganze Reihe Listen. »Die ultimative Scarface-Compilation«, die »Top Ten Middle School Rapper«. Als Lucas endlich den Mund hielt, war Finn, von Hause aus Fotograf, langes Haar, dichte Augenbrauen, Sohn eines Intellektuellen, versucht zu fragen, warum sich Lucas nicht gleich bei *Touch* beworben hatte, fürchtete aber, dass er damit den nächsten langatmigen Monolog lostreten würde, und so sagte er bloß, Lucas solle am Dienstagnachmittag anfangen.

Das war im Januar. Drei Monate später, und er war noch immer nicht über das Öffnen der Post und das Holen der Doughnuts gegen den nachmittäglichen Heißhunger vor Redaktionsschluss hinausgekommen. Denise wies immer wieder darauf hin, dass er zu alt für ein Praktikum sei. Zu seiner Verteidigung erinnerte er sie daran, dass Finn ihm schon erlaubt hatte, eine Liste zu machen, »Die Fünf Besten Plattenläden in West-London«. Und gelegentlich fand er sich auch auf wichtigen »Missionen«, ein weiterer Hinweis darauf, dass er als verdienter Praktikant galt, als künftiger Lohnempfänger. Finn schickte ihn manchmal ins Subterranea, einen kleinen Club in der Nähe, um einen Gig zu besprechen (in der Regel die, für die sich niemand sonst begeisterte). Lucas gefiel sich darin, »geschickt« zu werden. Manchmal nahm er Jake mit, zeigte stolz seine »Gilt für zwei«-Karte vor, stand während des Auftritts vollkommen reglos seitlich vorne an der Bühne, beobachtete die Musiker mit nüchterner Miene und kritzelte in sein

Heft. Er brauchte außerordentlich lange für seine Besprechungen. Die Worte kamen nie so heraus, wie er sich das vorstellte. Er konnte auch nur mit der Hand schreiben, auf seinem Bodenkissen, ein wenig bekifft, sonst kam das Gefühl gar nicht. Zwei oder drei Wochen später erhielt Finn dann ein liniertes, zweifach gefaltetes DIN-A4-Blatt mit mühsam erdachten, esoterischen, detailverliebten, aber dennoch vagen zweihundert Worten über einen Gig, an den er sich schon nicht mehr erinnern konnte. Die Zettel waren unten in grüner Tinte mit Lucas Matheus unterschrieben. Ein einziger hatte den Weg ins Heft gefunden. Der Ausschnitt hing an der Wand der Kabine, auf Lucas' Seite.

Vor zwei Tagen hatte *West* Lucas nach St. Albans »geschickt«, zu Edwin Starr. Die kommerzielle Musikszene strafte Finn mit Missachtung (er verachtete Robbie Williams von ganzem Herzen), er widmete sein Heft lieber dem charismatisch Obskuren, Nostalgischen, dem »Handgemachten«. Hätte er sich für Lucas bei seinem Vorstellungsgespräch etwas mehr Zeit genommen, hätte er der Begeisterung seines Bewerbers für Hitlisten seine eigene Leidenschaft für Rubriken im Stile von »Was macht eigentlich …?« entgegensetzen können. Motown war eine machtvolle Szene gewesen – mit Berry Gordy und seiner Energie, den Supremes, Martha and the Vandellas mit ihrem zündenden Groove, mit der Geburt von Marvin Gaye. Edwin Starr hatte sich damals mit seinem Anti-Vietnam-Hit »War« einen Platz in der Geschichte ersungen. Und heute? Was macht eigentlich … Edwin Starr? Nun, er lebte in Nottingham, war der Liebling der britischen Feriencamps und spielte für die Freunde des Northern Soul immer noch landauf, landab. Im Alban Arts Centre gab er ein Reunion-Concert mit Martha, und darum hatte Finn seine erfahrenste Journalistin geschickt, Melissa, um vorher ein Interview zu machen. Lucas durfte sie begleiten.

Jetzt, mit etwas Abstand betrachtet, sah Lucas wirklich keinen Grund, weshalb sich ausgerechnet Edwin Starr und Antoney Matheus gekannt haben sollten. Sie hatten zwar beide zum Showbiz gehört, aber dennoch zu anderen Welten, und Lucas erinnerte sich nicht einmal, dass er am Mittwoch im Zug nach St. Albans an seinen Vater gedacht hatte. Er wurde nämlich von der wasserstoffblonden, wortintensiven, moderatorenmäßigen Melissa gebrieft. »Also weißt du, was ich tue«, erklärte sie ihm, »bevor ich reingeh? Erst mal trink ich einen richtig starken schwarzen Kaffee, mit viel Zucker, und dann sag ich mir, ›Das ist deine Show, Baby!‹, klar? Es ist wohl besser, wenn du dir deinen eigenen Motivationsspruch suchst«, – da, wieder ein Hinweis auf eine Festanstellung – »aber so läuft's im Prinzip, klar?« Antoney war ihm, das jedenfalls glaubte Lucas, als Letztes in den Sinn gekommen, als er sich den Kopf über ein geeignetes Motto zerbrach und sich schließlich für einen Satz aus dem Film »Das Leben nach dem Tod in Denver« entschied, den er bei Jake bestimmt schon siebenunddreißig Mal gesehen hatte (auf dem Boot gab es keinen Fernseher). Der Satz, aus dem Mund von Christopher Walken, lautete: »Für Cynthia. Tu es, für Cynthia.« Melissa sagte, er dürfe eine Frage stellen, mehr nicht, und die übrige Zeit solle er einfach zusehen und lernen. Edwins Verhalten ihm gegenüber war reiner Zufall gewesen. Es war Lucas immer noch peinlich, dass er währenddessen so nervös geworden war.

Das Alban Arts Centre war ein steriler, roter Backsteinbau im Zentrum. Mr. Starr war in seiner Garderobe, in einem himmelblauen Trainingsanzug und Sneakers ohne Socken. Er begrüßte beide mit warmem Händedruck. Dann sah er weit, weit hinauf in Lucas' Vogelaugen und sagte ebenjene Worte: »Hallo, Mensch, bist du groß«, und lachte.

Lucas brach der Schweiß im Nacken aus. Er sah regelrecht,

wie sein Vater mit Geisterfüßen auf das Deck der Silver trat. Während des ganzen Interviews war er überzeugt, dass Edwin ihn neugierig musterte. Der Sänger sprach über die Sixties, darüber, was für eine tolle Zeit das war, eine Zeit ohne Grenzen, in der alles möglich schien, im Guten und im Schlechten. Melissa fragte, ob er Jimi Hendrix gekannt habe, und er sagte, ja, Jimi war ein feiner Kerl, eine Ausnahmeerscheinung. Lucas hatte sich mittlerweile etwas beruhigt und gebannt gelauscht, dem reizenden, breiten Lächeln des alten Mannes erlegen, der Leichtigkeit und Autorität, mit der er sprach. Lucas stellte sich vor, wie sich sein Vater durch diese Welt bewegte. Hatte auch er das Gefühl gehabt, dass das Leben grenzenlos war? Wäre Antoney, wenn er noch am Leben wäre, wie Edwin? Säße er immer noch in Garderoben und würde Trainingsanzüge tragen? Wäre er ebenso liebenswürdig? Und gerade, als er sich all diese Fragen stellte, unterbrach sich Edwin selbst und sagte: »Junge, du kommst mir so bekannt vor. Sind wir uns schon mal begegnet?« Lucas fiel der Stift aus der Hand.

Ein tiefer, zitternder Atemzug. Melissa gab ihm ein Zeichen, das hier war sein Moment. Lucas heftete in dem sicheren und doch irgendwie lächerlichen Gefühl, dass es irgendeine Verbindung zwischen ihnen gab, den Blick auf das Gesicht des Älteren, die sanften Augen und die feuchte Haut, und stellte mit großer Beklommenheit seine eine Frage, hinter der so viele andere standen: »Mr. Starr. Sind Sie schon mal, damals – kannten Sie mal einen Typen – Haben Sie …« Melissa blätterte geräuschvoll durch ihr Notizbuch. Edwin lächelte weiterhin reizend. »… Haben Sie jemals von einem Ensemble namens – The Midnight Ballet gehört?«

Edwins Gesicht erhellte sich augenblicklich. Lucas hätte schreien mögen. Edwin legte die Hände auf seine pummeligen Schenkel und machte Anstalten zu sprechen. Aber dann sah er fort, als ob seine Aufmerksamkeit irgendwo anders hingezogen würde. Unsicherheit wanderte über sein Gesicht. Er kratzte sich am Ohr, klopfte sich auf die Schenkel und sah wieder zu Lucas. »Weißt du, Junge«, sagte er schließlich, »ich glaube nicht.«

Lucas trat auf den Bug. Wolken verhüllten die Mittagssonne, es war warm. Scarface räuberte durch den ruhigen Track mit dem Sample des Commodores-Klassikers »Easy (Like Sunday Morning)«, aber Lucas war rastlos. Selbst hier draußen fühlte er sich beengt. Der Kirschholzschrank rappelte in seinem Kopf. Lucas hörte sein Knarren, roch sein bitteres Aroma. Am Vortag war er wieder in den Buchladen gegangen und hatte grotesk lange auf den Eintrag über Antoney Matheus gestarrt, bis er Gesichter in den Schwüngen der Buchstaben sah. Er wollte nicht glauben, dass sein Vater böse war. Er hatte sich niemals der allgemeinen Meinung anschließen können, dass Antoney ein übler Mann gewesen sei, trinkfreudig, gleichgültig, so die subtilen Vorwürfe seiner Großmutter und Denises seltene Echos darauf. »Er war einfach nur mies, klar?«, hatte sie einmal in einem hitzigen Moment geäußert, als sie noch Kinder waren. »Nach Mums Tod hat er sich überhaupt nicht um uns gekümmert. Wenn du mich fragst, wir hatten nie einen Vater.« Das war zu leicht, zu endgültig. Er wollte glauben, dass Antoney gut war.

An Wochentagen, vor der Schule, hatte Lucas oft morgens auf dem Bug gestanden und beobachtet, wie ein großer, breitschultriger Mann die Ladbroke Grove entlanggging, mit einem kleinen Jungen an der Hand. Lucas hatte die beiden nie vergessen. Der Junge trug Schuluniform und Ranzen. Sie hatten sich ähnlich gesehen, nicht nur im Gesicht. Obwohl der Junge rasche, zappelige Schritte machte und dabei gelegentlich hüpfte und der Gang des Mannes gelassen und ausholend war, gab es einen Punkt, an dem sie sich trafen und spiegelten. Sie waren wie zwei Haltestellen auf ein und derselben Strecke. Der Mann war eine stolze Erscheinung und trug lange, ordentliche Dreadlocks, nach hinten gebunden. Er gab sich an den Jungen weiter, der schon die Anfänge dieses Stolzes in sich trug, so wie er ständig zu seinem Vater aufsah. Lucas schaute ihnen immer nach, bis er sie aus den Augen verlor, und malte sich aus, er wäre an der Stelle des Jungen. Es war nur schwer vorstellbar, dass der Mann seinen Jungen nicht wollte, dass es eine Situation geben könnte, in der er nicht auf ihn aufpassen würde, es sei denn, er würde irgendwie daran gehindert.

In seiner persönlichen Schublade im Schlafzimmer, wo er die Fotografie des tanzenden Antoney aufbewahrte, lag auch ein Geschenk, ein Spielzeugbus aus Holz, den er als Baby bekommen hatte. Es war ein Geschenk seines Vaters. Dass Toreth es an Lucas weitergereicht hatte, war der einzige Moment, in dem sie Antoney warmherzig sein ließ. Deshalb wollte Lucas glauben.

Am Ufer, am Rand von Denises Garten, saß wie üblich die gelbäugige Katze, die irgendwo in der Nachbarschaft lebte. Die Katze und Lucas waren aneinander gewöhnt, sie einte ein Leben ohne Dringlichkeit. Sie musterten sich, während sich die Sonne hinter den Wolken hervormühte. Dann schaute Lucas nach Süden, vorbei am dunklen Rund der Gaswerke, über die große Freifläche der Schienen Richtung Paddington, hinüber zu den beiden Wohnsilos am Horizont, an denen sein Vater in den 1960er-Jahren mitgebaut hatte. Dieses kleine Kapitel Familiengeschichte war Lucas nicht bekannt, doch er stellte sich oft vor, in einem der Türme zu wohnen. Sollte er je dem Wasser entkommen, dann würde er ganz nach oben ziehen. Näher an Lucas, quer über den Grand Union Canal, spannte sich die

Brücke der Ladbroke Grove, die am Ende eines jeden Sommers den funkelnden Zug der Karnevalsköniginnen und -könige trug. Davor lag Denises Garten, eine gepflegte Entenrast gleich neben dem Boot am abschüssigen Ufer. Hier wuchsen Tulpen, ihr Blumenemblem, Rittersporn und Rosen. Ein launischer Birnenbaum stand vor der rückwärtigen Mauer, dem hohen, kalten, spitzenbewehrten Wall, der bis ans andere Ende des Friedhofs reichte.

Und dort befand sich auch das bedeutendste aller Andenken. Auf diesen dreiundzwanzig Hektar hügeligen Grunds, inmitten unzähliger Gebeine und Gräber, die man 1833 angelegt hatte, um Londons überfüllte Friedhöfe zu entlasten, hier, auf der anderen Seite der Mauer, hinter der Lucas und Denise saßen, schliefen, stritten, gärtnerten und umständliche Halbbäder nahmen, die von einer Zisterne ermöglicht wurden, die sie jeden Monat an dem Wasserhahn am Uferweg neu auffüllen mussten, dort lag ihre Mutter, ihre tote Mutter, unter einem Kalkstein inmitten einer Gruppe anderer Gräber, die an die Familiengruft äthiopischer Monarchen grenzten. Denise legte dort alle vierzehn Tage Blumen ab. Lucas ging seltener hin – er war doch so nah, da schien das müßig. Sicher hatte es eine Zeit in Carlas Leben gegeben, da wäre sie auch gerne wie die Äthiopier beerdigt worden, in einer Gemeinschaft, mit Antoney an ihrer Seite, doch nun war sie recht allein in ihrer Stätte. Für Antoney gab es in dieser Nekropole keine Inschrift. Die befand sich anderswo, an einem anderen Ort. Es hatte Lucas immer bekümmert, dass er nicht wusste, wo das Grab seines Vaters lag.

Gewöhnlich konnte er den Friedhof ausblenden, so wie die tickende Uhr und die knarrenden Wände und den klirrenden Schrank. An diesem Tag nicht. An diesem Tag kam er ihm in den Sinn, dieser Ort für die eine und den anderen nicht, und es machte ihn verrückt. Währenddessen zog ein lauter, lebhafter Gedanke durch das Haus von Scarface, und Scarface entgegnete darauf: »He greets his father with his hands out, glad to be the man's child.« Lucas wandte den Kopf zur Musik. In dem Moment entkam die Sonne den Wolken, das Deck strahlte auf. Er hatte den Song so oft gehört. Er kannte jedes einzelne Wort, aber so hatte er die Worte noch nie gehört. Scarface wanderte mit seiner tiefen Stimme durch das Haus, auf und ab, manchmal nahm er drei Stufen auf einmal, manchmal sprang er gleich nach unten und kam langsam wieder hinauf. Lucas begleitete ihn:

So you standing in the tunnel of eternal light
And you see the ones you never learn to love in life
Make the choice let it go but you can back it up

»If you ready, close your eyes, and we can set it free.« Die gelbäugige Katze ging zurück in Richtung Harlesden. Ein Vogelschatten huschte über den Bug. Lucas war von einem Augenblick vollkommener Klarheit ergriffen, all seine Fragen drängten zu einer Entscheidung. Die Sonne war warm und schob ihn voran. Seine Angst war fort. Zeit für Veränderungen. Er zögerte nicht. Es war, als hätte ihn etwas aus einer langen Starre herauskatapultiert. Und ohne Rücksicht auf Ausdünstungen, Alpträume oder Denise duckte er sich unter der Kabinentür hindurch und eilte mit fiebrigen Schritten nach innen. Er schob den weinroten Vorhang beiseite. Diesmal blieb er nicht nur stehen oder spähte furchtsam hinein. Er trat vor das alte Kirschholzding, umfasste mit heißer Hand den angelaufenen Messinggriff und zog daran, mit aller Macht.

2

Alles begann mit Katherine. Sie kam und teilte sein Jahrhundert. Er sah sie weit unter dem Meer, mit Bändern in den Haaren. Fortan war er ein anderer.

Es war ein windiger Märztag im Jahr 1951, und am Nachmittag nahm Antoney mit seinem Vater Mr. Rogers den Goldtooth-Bus nach Kingston. Sie fuhren ins Carib Theatre, um sich eine afrikanisch-amerikanische Tanzcompagnie anzuschauen. Mr. Rogers hatte die Karten bei einem Handel mit einem befreundeten, finanziell glücklosen Saxofonspieler erworben, und Antoney durfte sie während der Fahrt halten. Er hielt sie mit beiden Händen, mit Daumen und den ersten beiden Fingern, seine Beine schwangen mit den Bewegungen des Busses hin und her, der hinauf, hinauf und dann hinunter, hinab in die Stadt fuhr. Es war eine kurvige, bergige Straße, auf der einen Seite waldige Täler und Pimentbäume, auf der anderen der Abgrund. Manch Passagier schaute lieber hinunter in seinen Schoß als hinaus aus dem Fenster. Nicht aber Antoney.

Er war schon einmal mit seiner Mutter Florence im Theater gewesen, bei einer Pantomime von *Hans und die Bohnenranke*, aber da er kein großes Interesse gezeigt hatte, war sie nie mehr mit ihm hingegangen. Inzwischen war er zu alt für die Pantomime – er war doch schon neun. Mr. Rogers sah das ebenso. Katherine Dunham (sie klang schon irgendwie kostbar) war eine weltberühmte Tänzerin, ein Broadway-Star. Sie hatte in Hollywoodfilmen mitgespielt, tourte mit ihrer eigenen Compagnie und brachte dabei zum ersten Mal afrikanische und karibische Tänze in großem Stil auf die Bühne. Zudem war sie Anthropologin, alles in allem war es die Mühe also wert. »Schön is sie auch«, sagte Mr. Rogers. Aber wichtiger noch war, dass sie aus dem Rahmen fiel, so wie Mr. Rogers selbst. Er war ein wendiger, femininer Mann mit ausgesprochen schmalen Händen, einem hübschen Gesicht, und er trug immer eine Blume am Hut. Er war mal da, dann wieder nicht, und alle, selbst Florence, nannten ihn Mr. Rogers.

Antoney hoffte, dass sie vorne sitzen würden. Er verkündete, dass er gerne in der ersten Reihe sitzen würde, aber Mr. Rogers erwiderte, das seien gar nicht die besten Plätze. »Ein paar Reihen weiter hinten ist es besser. Von da bekommt man viel mehr mit. Richtig gut ist ein Balkon. Von da kannst du in die Seiten sehen, die Kulissen, und wenn du den Hals ganz lang machst, kannst du ihre Gesichter sehen, wenn sie auf den Auftritt warten. Das ist faszinierend.«

»Wo hast du so was gesehen?«, fragte Antoney.

Mr. Rogers tippte sich ans Kinn und versuchte, sich zu erinnern. »Ach, das ist lange her, ich glaub, in Trinidad irgendwo.«

Antoney war eigentlich kein gesprächiges Kind. Er hatte sich bereits entschieden, müsste er je zwischen Körper und Stimme wählen, er würde den Körper wählen. Aber in Gegenwart seines Vaters war er oft gesprächig.

»An wie vielen Orten warst du, Mr. Rogers?«

An vielen, er hatte sie nicht gezählt. Amerika, Mexiko, und Kuba natürlich. Mr. Rogers war auf Kuba geboren und mit seiner Tante nach Jamaika gekommen, als er noch klein war. Seine Mutter war in der Heimat geblieben. Sie lebte in Baracoa, einer Stadt im Osten. »Wenn man zu lang an einem Ort bleibt, dann vertrocknet man«, sagte er zu Antoney. »Ab und zu braucht man ein Stück Meer zwischen den Zeiten, den Jahren und den Monaten.«

Sie naschten aus einem Beutel voll holziger Number-11-Mangos. Auf der einen Seite fegte der Wind zwei streunende Geißböcke vor sich her. Auf der anderen legte das Kliff den Himmel frei.

»Mr. Rogers?«, fragte Antoney ohne jede Scheu. »Wirst du öfter bei uns sein, wenn du mit Mama verheiratet bist?«

»Ich denke schon«, sagte sein Vater. Antoneys Beine schwangen bei dieser Antwort höher.

»Und wenn ihr verheiratet seid, was passiert, wenn du das Stück Meer brauchst?«

Mr. Rogers wurde nachdenklich. Langwierig pulte er einen Mangofaden aus den Zähnen. Zwischen den Schneidezähnen war eine große Lücke, wie auch bei Florence. Das, so fand Antoney, war der Beweis, dass seine Eltern füreinander geschaffen waren.

»Ich seh das so«, sagte sein Vater nach einiger Zeit. »Die See muss dir immer offenstehen, egal, wie die Dinge liegen. Wenn es in deiner Natur liegt zu schwimmen, dann musst du schwimmen, sonst wirst du krank. Deine Mutter weiß, was ich meine. Die Ehe ist kein Gefängnis, Sohn.«

»Nein«, stimmte Antoney zu. Er wusste nämlich, wie ein Gefängnis aussah. Es hatte kaum Fenster und war aus unbemalten Ziegeln gebaut, und das war ganz sicher nicht dasselbe wie die Ehe. »Du hast recht«, sagte er.

Am Steuer des Goldtooth-Busses saß ein gewisser Juicy. Sein rechter Arm hing aus dem offenen Fenster, und er lehnte sich mit Wonne in jede gefährliche Neigung entlang der gewundenen Straße. Niemand hatte ihn je gebeten, das Tempo zu drosseln. Das war zwecklos. Er war der Herrscher des Goldtooth.

Er setzte zur langen Abwärtsfahrt nach Kingston an, wo sich die Tänzer schon in den warmen Hinterzimmern des Carib bereit machten.

Aber vielleicht hatte es früher noch begonnen. Vielleicht hatte es, wie so oft bei Träumen, im Schlaf begonnen, in einer geheimnisvollen Stunde tiefer Nacht.

Zwei Jahre vor Katherine hatte Antoney nämlich geträumt, dass er fliegen konnte. Wahrscheinlich war es ein sehr gewöhnlicher Flugtraum – plötzlich und wundersamerweise schwebt man –, nicht anders als andere Flugträume. Aber es ist die Wirkung, die der Flugtraum auf den Träumenden hat, die den einen vom anderen unterscheidet. Antoney wurde nicht am folgenden Morgen wach und begann seinen Tag, als wäre nichts geschehen. Er konnte den Traum, das Gefühl, nicht vergessen.

Es war so einfach. Er brauchte keine Flügel. Er stand da, in der wandelbaren Wogenwelt der Träume, im Wohnzimmer ihres kleinen, mandarinenfarbigen Hauses in Annotto Bay, St. Mary, und hörte eine Stimme, keine richtige Stimme, eher etwas, das sich in seinem Kopf niederließ. Es sagte: Na los, versuchen wir's. Er streckte die Arme aus und wedelte mit den Händen. Dann schon mit mehr Kraft, er verspürte ein flatteriges Gefühl an den Fußsohlen, und tatsächlich ging es hinauf. Er hatte schon recht starke Arme und trudelte vergnügt unter der Zimmerdecke herum. Er lachte, er sagte zu der Stimme, die ihm half: Ich fliege! Ich fliege! Sieh nur, ich fliege!

Der Traum kehrte wieder und nahm an Gestalt und Größe zu. Antoney stieg hoch über das Haus, höher als die Palmenspitzen, so hoch er wollte, so lange er wollte, drehen wenden gleiten tauchen, die Arme ausgestreckt, der Körper vorgeneigt, wie ein richtiges Himmelswesen. Es war herrlich dort oben, wärmer und irgendwie kühler. Er wuchs über sich hinaus und wurde so viel mehr und weniger als nur ein kleiner Junge.

Antoney nahm diese Träume sehr ernst. Ihm waren sie real. Von ihnen erwarb er ein tiefes Misstrauen dem Begriff des Unmöglichen gegenüber. Alles ist Täuschung. Lass dich nicht blenden. Schau hinter die Maske der Täuschung.

In den wachen Stunden suchte er nach Arten und Weisen, dem Boden zu entkommen. Er ging nicht, er rannte, sprang von einem Ort zum anderen und traktierte die alte Seilschaukel über dem Schlammpfuhl. Er kletterte auf Leitern. Er verweilte hoch oben in Baumkronen. Er fragte sich, ob er eines Tages in einem Flugzeug fliegen würde. Das war am tollsten: rennen, springen, schweben, wirbeln. Es fiel ihm schwer, sich für längere Zeit in Innenräumen auf unbewegliche Objekte zu setzen, zum Beispiel auf Stühle, zum Beispiel in der Schule (was sich zum Kummer seiner Mutter in den Noten niederschlug). Er mochte es einfach nicht. Lieber saß er draußen auf dem grasigen Hügel bei Miss Enids Laden, wo er eines Tages, den Blick, wie es seine Gewohnheit war, in den Himmel gerichtet, einen tänzelnden rot-weißen Drachen sah, mit Schleifen am Schwanz. Antoney sah ihm lange Zeit zu, wie er kurvte und kreiste und tanzte, bis der Drachen den Himmel eilig über eine Diagonale hinab in die Bäume verließ.

Antoney begab sich sofort auf die Suche nach seiner Mutter. Er fand sie auf dem Rückweg von Mr. Chambers' Heim in den Hügeln, wo sie die Hausarbeit machte. Dem folgte am späten Nachmittag eine Schicht in der Bar gleich neben Miss Enids Laden, in der Irish Moss, angeblich ein Aphrodisiakum aus Seetang, sehr beliebt war; der Seetang wurde an der weitläufigen Küste vor der Stadt aufgesammelt, gewaschen und zum Trocknen an Marktstände und Ladenfronten gehangen.

Antoney eilte auf seine Mutter zu und sagte: »Mama, ich will ein Drachen sein.«

Florence verstand nicht. Sie war streng mit ihrem Sohn und mochte sich nicht auf vage oder gedankenlose Gespräche einlassen. So etwas verlockte nur, führte ihn nur vom rechten Weg ab. »Was soll das heißen, du willst ein Drachen sein?«

Er hüpfte um sie herum, er strengte sie an. Das war Elizas Schuld, dass er so war. Eliza hieß der Hurrikan, der am Abend von Antoneys Geburt gewütet hatte – kein verhängnisvoller Sturm, nur einige Bäume und Zäune wurden gefällt, aber Florence erinnerte sich gut an das Gefühl, den Säugling in den Armen zu halten, während Eliza vorüberzog. Wie zart so ein Kind doch war, ein Blatt im Auge des Sturms! Florence glaubte, dass Eliza in Antoney noch immer wehte – sie war in ihn gefahren und hatte ihn wie einen brodelnden Kessel aufgewühlt, und darum konnte er nicht still sein.

Seine Arme schwangen nach links, nach rechts. Zwei Hüpfer, dann ein Sprung. »Ich will in der Luft sein«, erklärte er sich seltsam, »im Wind wehen. Und helle Farben tragen.«

»Das ist doch Blödsinn. Komm, Junge, lass das dumme Gequatsche.« Sie reichte ihm ihren Beutel, gemeinsam gingen sie den Pfad zum Haus hinauf. »Du wirst was Besseres«, sagte sie. »Arzt oder Apotheker. Wirst ordentlich verdienen. Und deshalb musst du dir in der Schule auch mehr Mühe geben.«

Neben seiner Mutter verzog Antoney heimlich das Gesicht. Er begriff, dass es zweierlei Menschen gab: solche mit Flugträumen und solche ohne.

Florences Hochzeitskleid wartete unter einer Plastikhülle, im Mandarinen-Haus. Es war das Kleid ihrer Tante Ivy und vor zwanzig Jahren bei deren Trauung mit einem Maurer zum Einsatz gekommen. Sie hatten durchgehalten. Sie lebten immer noch in seinem Haus am Fluss, und Tante Ivy bereitete ihm immer noch am Sonntagmorgen, bevor sie in die Kirche gingen, Ackee und Salzfisch zum Frühstück.

Es war ein gebrochen weißes Kleid mit Spitzensaum. Florence war nicht nur mit ihren siebenundzwanzig Jahren eine späte Braut, sie war auch zierlicher als Ivy seinerzeit, und daher musste das Kleid geändert werden. Es war nicht das Kleid, das Florence gewählt hätte, wenn sie in einem großen Haus mit Glastür leben würde, in Stony Hill oder in Fort George. Doch das tat sie nicht, noch nicht jedenfalls. Im Moment aber war nur wichtig, dass sie mit Mr. Rogers zum Altar schritt und ihn heiratete. Alles Weitere würde sich finden.

Sie glaubte, insgeheim, an sein Saxofon. Florence war eine von den Frauen, die anders wirkten, als sie wirklich waren. Wenn es selbst ihr so schien, als wollte sie das eine, dann wollte sie in Wirklichkeit das andere. Sie wollte das Unbekannte, obwohl sie glaubte, sie wollte Sicherheit. Sie wollte scharfes Jerk-Huhn, obwohl sie glaubte, sie wollte ein mildes Hühnercurry. Sie wollte einen Mann mit geziertem Seitenschlendergang und Blume am Hut, einen Mann, der den ganzen Tag im Garten seines Cousins Saxofon spielte, obwohl sie dachte, dass sie einen vernünftigen Mann wollte. Und daher glaubte sie Mr. Rogers auch, wenn er ihr sagte, dass ihn sein Saxofon eines Tages reich machen würde, äußerte aber das Gegenteil. Er sei ein Träumer, sagte sie. Er sagte, dass manche Jazzmusiker richtig viel Geld verdienten, und vielleicht würde er ja eines Tages so ein Musiker. Du hast einen Sohn, entgegnete sie, du musst für deine Familie sorgen. Und er antwortete mit Amerika, mit England, mit einem besseren Leben, das fern von Annotto Bay, fern der Bucht aus Bananenblättern wartete.

Von England war Florence nicht recht überzeugt, Stony Hill aber, ja, das wäre schön.

Nach Jahren des Hinhaltens hatte sich Mr. Rogers nun endlich in Richtung Ehe bewegt. Einen Antrag hatte er, im eigentlichen Sinne, nicht gemacht. Im Grunde hatte er bloß zugestimmt. Es war in einer sternenschimmernden Nacht, er war vom Rum berauscht gewesen, und Florence hatte, in einem hübschen Unterkleid, in der Tür gestanden, die hinaus auf die Veranda führte, einen Arm nach oben an den Türrahmen gelegt, die Augen so dunkel wie noch niemals zuvor, und dann hatte sie mit ihrer Zahnlücke gelächelt und gesagt: »Mr. Rogers, du hast mir gefehlt. Warum ruhst du dich nicht aus und legst deine Füße zu meinen?« Mr. Rogers hatte in diesem Moment, unter den Rumsternen, das tröstlich schöne Gefühl gehabt, dass dieses Mädchen auf immer sein Mädchen wäre, dass er bei diesem Mädchen gehen und kommen könnte und es immer etwas sagen würde wie: Leg doch deine Füße zu meinen, und da war ihm aufgegangen, wie schön und gut ein stetiges Familienleben, welche Freude es wäre, zu einem anderen heimzukommen, was für einen wunderbaren Sohn sie beide hatten, wie süß und bereichernd es wäre, den Hügeln von St. Mary (und der halben Welt) viele kleine Antoneys zu schenken. Fünfzig Minuten später, seine Füße bei ihren und seine Hüfte noch immer an ihre gedrückt, hatte er in das rechte warme Ohr dieser seiner Frau geseufzt: »Du bist die einzig Wahre«, woraufhin Florence den nicht ganz neuen Vorschlag zurückgeflüstert hatte: »Nun, Mr. Rogers, wir könnten ja heiraten.« Und in jener Nacht hatte Mr. Rogers Ja gesagt.

In zwei Wochen nun würde Florence das gebrochen weiße Kleid anziehen. Ihr einziges Silberarmband. Sie würde sich genauso eine Blume an den Hut stecken wie ihr einzig Wahrer und dann mit ihm gemeinsam vor dem Kreuz stehen.

Das Carib Theatre war das größte Bauwerk Jamaikas. Es war eiförmig und wollte den Eindruck vermitteln, dass man am Grund der Karibischen See stand. An Wänden und Decken hausten Meeresbewohner, Seesterne und Barrakudas, fedrige Seelilien, Haarsterne und Borstenwürmer, eine gewaltige Schildkröte und ein flachäugiger Fasanbutt, selbst ein Hai war dort. Antoney fand, dies wäre ein sehr guter Ort für einen Flugtraum. Als sie sich inmitten des Trubels auf ihre Plätze setzten und auf Katherine warteten, fragte er Mr. Rogers nicht zum ersten Mal, ob er jemals einen solchen Traum gehabt habe.

»Natürlich«, sagte sein Vater, wie immer. »Mehr als ein Mal.«

Sie saßen in der vierten Reihe. Der Goldtooth-Bus hatte alle Passagiere wohlbehalten nach Kingston befördert, und auf dem Weg zum Theater hatte Mr. Rogers ständig seinen Hut gelüftet. Antoney dachte immer, sein Vater wäre berühmt. Wo er auch hinging, kannten ihn Menschen jeden Alters. Die eleganten Fräulein, die bei Woolworth arbeiteten, hatten ihm zugewunken. An diesem Tag war die Blume an Mr. Rogers' Hut rot und in der Mitte orange. Sein Hemd war dunkelviolett und glänzte am Kragenrand. Antoney trug eine dunkelblaue Hose (seine beste, von Florence zu Tode gebügelt) und ein rotes Hemd, das, obwohl es ihm ein wenig zu klein war, sich gut an seiner flinken, reifenden Taille machte. Sie boten einen bemerkenswerten Anblick. Antoney hatte das gute Aussehen seines Vaters geerbt, den sinnlichen, entschiedenen Mund, die gemeißelten Wangen und schelmischen Augenbrauen. Und die Augen – sowohl Antoney wie auch Mr. Rogers, beide hatten sie die wachen Augen von Sperlingen.

Die Plakate draußen vor dem Theater bestätigten Antoney, dass Katherine Dunham in der Tat eine Schönheit war: Das Bild war beim Tanzen aufgenommen, ihre Hüften stießen verspielt an die ihres Partners, die Arme schwangen in die Gegenrichtung. Aber nichts sollte Antoney auf den Eindruck vorbereiten, den sie auf ihn machen würde. Da Mr. Rogers so seine Beziehungen hatte, umgingen sie die Schlange vor dem Eingang und kamen schneller ins Theater. Und das war überhaupt nicht wie *Hans und die Bohnenranke*, unter einem Zinkdach in Richmond! Antoney verliebte sich in die Winkel und geheimen Nischen, den großen hallenden Raum. Er verliebte sich in die kühne Bemalung an den Wänden und die Aufregung, die in der Luft lag. Er hatte das Gefühl, dass hier eine andere Welt möglich war, dass man vor der Tür das eine, und wenn man hindurchging, etwas anderes sein konnte. Es war Magie, eine Zauberhöhle, ein verwunschener Ort. Von diesem Tag an, gleich, ob in London, Paris oder Kopenhagen, sollte es für Antoney immer so sein: In dem Moment, wenn man in das Theater geht, den Geruch betritt, und es ist derselbe Geruch in jedem Theater der Welt, der Geruch nach unendlichen Möglichkeiten und angehaltenem Atem, bleibt alles Irdische außen vor.

Er teilte seine Eindrücke nicht mit Mr. Rogers, der ständig Hände schüttelte und seinen Hut lüftete, ganz der Humphrey Bogart von Kingston. Antoney blieb ruhig und beobachtete still, wie sich die Sitze mit der plaudernden Menge füllten. Hier im Innern kamen ihm die Menschen weniger real als draußen vor, wie Kinder, selbst die älteren Leute. Sie alle sahen aus, als spielten sie Theater.

Die Bühne wurde von einem schweren, scharlachroten Vorhang mit schwarzen Quasten verhüllt. Als es draußen rasch Abend wurde, erhöhten die schummerigen Lampen an den Seiten des Zuschauerraums noch die Spannung auf das, was jenseits des Vorhangs lag. Gelegentlich war dort eine Bewegung zu sehen, was Antoney sehr aufregend fand. Wie gerne hätte er den geheimnisvollen Samt berührt.

»Wann geht es endlich los?«

»Bald schon«, sagte sein Vater. »Hab Geduld und warte.«

Mr. Rogers schlug die Beine übereinander, lehnte sich im Stuhl zurück, hob das Kinn und legte seine schlanken Hände übereinander in den Schoß. Antoney tat es ihm nach.

Kurz bevor sich die Dunkelheit über den Saal senkte, beugte sich Mr. Rogers hinüber und sagte: »Hey, vielleicht kann ich uns nachher hinter die Bühne bringen. Was meinst du?«

»Nein«, sagte Antoney völlig entsetzt. »Da will ich nicht hin!«

»Was? Du willst Miss Dunham nicht kennenlernen?«

»Nein, Mr. Rogers.«

Als sich die Dunkelheit schließlich über alles gelegt hatte, lehnte sich sein Vater wieder zurück. »Warten wir's ab«, murmelte er. »Vielleicht doch.«

Der Zuschauerraum war nun vollkommen still, als ob jemand einen Zauberstab geschwungen und Schweigen geboten hätte. Als sich der Vorhang hob, nahm er Antoneys Magen mit. Antoney verschwand, Mr. Rogers verschwand, und mit ihnen das gesamte Publikum. Allein die Bühne blieb übrig, sie war schon in Bewegung, sanft vom Rampenlicht erhellt. Zu Trommelschlägen und kräftigem Gesang fegten Tänzer in Sidesteps über die Bühne, die Frauen in langen weißen Kleidern, die Männer mit entblößter Brust in weißen Kniehosen. Im Zentrum aber stand eine große, kraftvolle Frau mit einem breiten, gestreiften Band um den Kopf, das beim Tanzen flatterte. Sie hatte das leuchtendste Gesicht, das Antoney je gesehen hatte. Die Kraft war überall in ihr, nicht nur im Gesicht, sie war in den Beinen und Armen, den kreisenden Schultern, den Händen, die sich sorgsam formten. Ihre Augen strahlten berückend und verhießen sich und allen anderen, dass sie immer strahlen würden, und sie hatte einen hinreißenden, eigensinnigen Mund. Mr. Rogers flüsterte Antoney in der Dunkelheit zu: »Und das ist Katherine Dunham.«

Antoney konnte die Augen nicht von der Bühne lösen. Er war gefesselt von der Schönheit und dem Stolz der Tänzer, dem Schleifen, Gleiten und Springen der Füße. Er jagte sich selbst in ihnen nach, und schließlich fand er sich, mit einem glücklichen Keuchen, in einer Kampfszene, bei der zwei Männer in weiten, eiligen Sätzen übereinandersprangen, sie flogen, sie stürzten, sie wirbelten sich herum. Aber Katherine war die, der er am ergebensten folgte. Er verpasste keine Bewegung, manchmal tanzte sie wie eine Ballerina, manchmal einen Volkstanz, manchmal beides zugleich. Sie wand den Kopf und warf das Bein in die Luft. Ihr straffer Körper zuckte unentwegt. Sie trug ein weißes Rüschenkleid, ihr Rock war von allen der weiteste, und wenn sie sich hierhin und dorthin beugte, hielt sie den Rock zwischen den Fingern, sodass sie wirkte, als wäre sie Wind, als könnte sie zwei Geißböcke vor sich herwehen. Antoney wurde beim Beobachten rastlos, er musste etwas tun, er wollte auf der Stelle aufstehen und dieses Etwas tun, doch er wusste gar nicht, was es war. Diese Frau war aus einem anderen Stoff als er, sogar als Mr. Rogers. Sie war nicht von dieser Welt.

Antoney lernte in diesem Moment etwas Wichtiges, etwas, das ihn immer begleiten sollte. Er lernte, dass man beim Tanzen mehr sein kann als man selbst.

Katherine und ihre Truppe führten verschiedene Stücke auf, es war ein darstellender Tanz, der Geschichten erzählte. Die Geschichte, die Antoney am meisten mochte, handelte von einem Jungen, der in eine Schlange verwandelt wurde; das Stück hieß »Shango«. Als der Junge bei einem Opfer für Shango einen weißen Hahn tötete, fuhr ein böser Geist in ihn ein. Der Junge zischte und glitt in schlangenartigen Windungen über die Bühne, bis er von Shango selbst besessen wurde, und von da an wurden seine Bewegungen wild und wüst. Shango war von der Verführungsmacht der Superhelden, wie ihr die kleinen Jungen gern erliegen; er schüttelte den Kopf, stampfte mit den Füßen, schleuderte die Arme umher und trieb seine Anhänger zur Raserei. Auf dem Höhepunkt des Stücks stand der Junge mit weit ausgestreckten Armen auf dem Altar und ließ sich von der Menge anbeten. Antoney war wie hypnotisiert. So stark, so furchtlos wollte er sein. Er wollte eine Schlange in seinen Bann schlagen, und die Menschen sollten seinen Namen rufen.

»Na«, sagte Mr. Rogers, »möchtest du sie nicht doch kennenlernen?«

Das Publikum erhob sich und strömte zu den Ausgängen. Die Vorhänge waren geschlossen. Antoney brauchte einige ferne, verschwommene Momente, um sich zurechtzufinden und zu seinem Vater zurückzukehren.

»Was ist denn, Junge? Siehst ja aus, als wärst du vor eine Wand gelaufen.«

»Ich weiß nicht, ob ich sie kennenlernen will, Mr. Rogers.«

»Für mich sieht es so aus.«

»Aber sie kennt mich doch nicht. Das könnte peinlich sein.«

»Hör zu, ich weiß ganz sicher, dass sie eine sehr nette Lady ist – mach dich groß und komm mit.«

Sie gingen hinaus in die Lobby, wo Mr. Rogers auf den Theaterleiter stieß, mit dessen Hilfe er manchmal einen Auftritt arrangierte. Es war ein gewaltiger Mann mit ebensolcher Sonnenbrille. Mr. Rogers sagte ihm, dass sein Sohn gerne Miss Dunham kennenlernen würde. »Mein Junge is ständig in Bewegung«, sagte er. »Genau wie die Tänzer.« Der Manager lachte und sagte, ja, er habe auch so einen Sohn.

Sie mussten lange warten und standen in der Lobby neben der Tür zum Zuschauerraum. Der Vorraum leerte sich, es wurde spät. Antoney befürchtete allmählich, dass er Katherine nun doch nicht kennenlernen würde, denn auf einmal war es sein dringendster Wunsch. Es gab eine Frage, die er ihr unbedingt stellen musste, und diese Frage drängte all seine Angst vor Katherine in den Hintergrund. Wenn er diese Frage nicht stellen konnte, wüsste er nicht, wie es weitergehen sollte.

Schließlich führte sie der Theatermanager, immer noch mit Sonnenbrille, durch eine Seitentür hinter die Bühne. Mr. Rogers redete und scherzte mit ihm. (Wie konnte Mr. Rogers in so einem Moment nur so lässig, so gewandt sein?) Antoney schaute sich in der trüben Dunkelheit um. Dies also war, was hinter der Zauberkunst lag. Dies also war der Ort, an dem man das Kaninchen und den hohen schwarzen Hut holte. Hier sorgte der Zauberer dafür, dass er die Jungfrau nicht zersägte. Dies war ein so unordentlicher, staubiger, verschlungener, durchtriebener Ort, die Wände rauchschwarz, und so viel lag herum – Musikinstrumente, Leitern, ein Strohhut, ein englisches Teekleid an einem Bügel. Hier spürte man nichts von der Großartigkeit der Bühne, und doch machte dies hier die Bühne erst möglich.

Der Theaterleiter erzählte gerade, Miss Dunham wünsche, dass ihre Garderobe auf ganz bestimmte Weise hergerichtet wurde, dass sie Stoffe, Obst und Bücher um sich wollte, er hatte also einiges für sie vorbereiten müssen. Sie wusste genau, was sie wollte. Das Gespräch verschlimmerte Antoneys Verzagtheit noch. Als sie zu der Garderobe kamen, die am Ende einer schmalen Treppe lag, wäre er am liebsten davongelaufen. Aus dem Innern drangen laute Stimmen. Doch bevor ihm der Abgang glückte, die Frage war vergessen, öffnete Katherine Dunham persönlich mit sehr viel Schwung die Tür.

»Hast du meinen Slipper gesehen, den orangefarbenen?«

Sie wandte sich zurück in die Kammer, die voller Blumen war, und kniete sich neben eine Truhe, auf der »K. DUNHAM« stand.

»Miss Dunham«, sagte der Theaterleiter, »hier ist Mr. Rogers für Sie.«

»Mr. Rogers«, murmelte sie. »Mr. Rogers? … Ich glaube nicht, dass ich …« Sie stand auf, sie war fast so groß wie Mr. Rogers, und schaute ihn prüfend an. »Ich kann mich nicht erinnern, wo wir uns begegnet sind, aber Sie kommen mir irgendwie bekannt vor. War das in den Staaten? Hier, nimm mal, ich zieh die an.« Sie beugte sich, schlüpfte in ein Paar hoher Sandaletten und seufzte vor Erleichterung.

Außer Katherine waren drei weitere Personen dort, zwei Frauen und ein Mann. Sie lehnten am Ankleidetisch, sehr selbstbewusst und breitschultrig, die Schlüsselbeine glänzten. Sie unterbrachen ihr Gespräch und musterten die Besucher.

Der Raum war mit lebhaften Stoffen und üppigen Behängen ausstaffiert, als ob sich die Bühne hier fortsetzen sollte. Am einen Ende des Ankleidetischs stand ein Korb mit frischem Obst. Mr. Rogers plauderte mit Katherine, ganz Charme und Lächeln, erwähnte beiläufig sein Saxofon und eine Show in Baltimore, und ob sie sich tatsächlich an ihn erinnerte oder auch nicht, das schien nach einer Weile ganz egal zu sein. Sie hatte offenkundig Gefallen an ihm, alle hatten Gefallen an ihm, und Antoney begriff, dass sein Vater aus diesem Grund berühmt war – er hatte Persönlichkeit. Der Raum füllte sich mit Gelächter und Stimmen. Zunächst versuchte Antoney, Katherine nicht unmittelbar anzublicken, doch sie war so herzlich und freundlich, dass es schwer war, sich vor ihr zu fürchten. Er hob den Kopf, sah auf in das berückende Gesicht mit den Strahleaugen und betrachtete sie ernsthaft.

»Und wer ist der hübsche junge Mann?«, fragte sie.

Mr. Rogers legte die Hand auf Antoneys Rücken und schob ihn vor. »Das ist mein Sohn, Antoney.«

Katherine setzte sich auf ihre Truhe. Sie hatte ihr Kostüm gegen Netzstrümpfe und ein Seidenkleid mit halblangen Ärmeln getauscht. Sie beugte sich zu ihm. »Nun, Antoney«, sagte sie. »*Du* bist ja schon jetzt eine Schönheit.«

Er verstand nicht wirklich, was sie damit meinte, dankte ihr aber dennoch.

»Hat dir die Show gefallen?«

»Oh ja, Miss Dunham. Das war viel besser als *Hans und die Bohnenranke*.«

Katherine lachte und legte ihm kurz die Hand ans Gesicht. »Das beruhigt mich. Bist du aus Kingston, Antoney?«

»Nein, aus St. Mary, auf dem Land. Da kann man mit dem Bus hinfahren.«

»Aha.«

Sie sah ihm herzlich und offen in die Augen, und er fasste Mut. Das war die Gelegenheit. Und wie oft hatte sein Vater schon gesagt, dass sich eine Gelegenheit womöglich nur ein Mal im Leben bot. Er holte also tief Luft und suchte nach seiner Stimme, weit hinten in der Kehle. Als er sie schließlich wiederfand, war sie leiser als sonst. »Miss Dunham?«

»Ja?«

»Was muss ich tun, um – um Tänzer zu werden … so wie Sie?«

Antoney spürte einen kurzen, intensiven Moment lang die Augen seines Vaters auf sich. Die übrigen Gespräche gingen weiter, es hatte sich kaum etwas verändert, und doch hatte Antoney das Gefühl, er stünde plötzlich ohne Kleider da. Könnte er doch mit Katherine allein sein, nur mit ihr, und ganz privat darüber sprechen.

Katherine lächelte bloß. Sie stellte einen Fuß auf die Truhe und schlang die Arme um das Bein. Sie sprach in klaren Worten, als wäre sie die Frage gewöhnt, und machte hin und wieder Pausen, damit er ihren Worten folgen konnte.

»Das erfordert Hingabe, Antoney, und sehr viel hartes Training. Verstehst du das Wort Hingabe? … Gut. Denn du musst dich dem Tanzen hingeben. Du musst jeden Tag üben, wann immer du kannst, damit dein Körper stark bleibt. Hör zu, setz dich zu mir. Willst du wirklich Tänzer werden?« Er nickte heftig. »In dem Fall«, sagte sie, »muss deine Hingabe so groß sein, dass es kaum etwas Wichtigeres als das Tanzen gibt. Und das ist nicht leicht. Du wirst müde werden, auf Schwierigkeiten stoßen, und manchmal willst du sicher aufgeben. Du bist ja selbst noch im Wachsen, daher wirst du mich verstehen, wenn ich sage, dass du das Tanzen wie etwas behandeln musst, was in dir heranwächst, wie ein Kind oder eine Pflanze. Du musst ihm Nahrung und Wasser geben. Verstehst du das?«

»Ja«, sagte er.

Sie machte eine Pause, und ein trauriger Zug glitt über ihren Mund. »Vor allem aber«, schloss sie, »darfst du nie Angst haben oder von deinem Weg abweichen.«

Sie saßen und sprachen sehr lange auf der Truhe, bis es schien, als wären sie allein. Katherine erzählte ihm, dass sie vor vielen Jahren nach Jamaika gekommen sei, um dort zu forschen, und eine Zeit lang in Accompong gelebt habe, einem Maroon-Dorf im Cockpit Country. Sie war auch auf Haiti, Kuba und Martinique gewesen, und von dort, so stellte sich heraus, stammte der Kampftanz der Männer, der Antoney, wie er ihr erzählte, so besonders gut gefallen hatte. Sie war an so vielen Orten gewesen, sagte sie, hatte so viele verschiedene Tanzstile gesehen, dass sie das Gefühl habe, sie bräuchte noch ein ganzes Leben, um all das zu verarbeiten und um noch mehr zu sehen und zu sammeln. Antoney hing an ihren Lippen, und eine zweite wichtige Frage kam in ihm auf.

»Miss Dunham«, wagte er sich vor, »wer ist Shango?«

»Shango? Hat dir Shango gefallen? Das gefällt nämlich vielen.«

Shango, erklärte sie, war ein sehr mächtiger Gott, ein Orisha aus der Yoruba-Folklore, der immer noch Anhänger auf der ganzen Welt hatte, in Kuba, Haiti und Brasilien. Ursprünglich war er eine Erdgottheit, doch eines Tages hatte sein Volk genug von ihm, und deshalb war er in den Himmel aufgestiegen und wurde zum Gott des Donners und des Blitzes. Während der Sklaverei waren den Afrikanern ihre Religionen verboten, und darum maskierten sie ihre Götter als katholische Heilige – Shango wurde zu Johannes dem Täufer. Er war wild und entschlossen, mit eisernem Willen. Rot war seine Farbe, und er trug eine doppelköpfige Axt, die seinem wilden, bedrohlichen Tanz Ausdruck verlieh. Mit so jemandem, sagte Katherine, legte man sich nicht an.

»Also lebt er noch?«

»Oh ja, aber gewiss«, lachte sie. »Das sagen zumindest manche, anderen wiederum ist er gleichgültig.«

Mittlerweile saßen sie sehr eng beieinander. Antoney nahm die anderen nicht mehr wahr, nicht einmal Mr. Rogers. Katherine drückte eine Hand gegen das untere Ende seiner Wirbelsäule, legte die andere unter sein Kinn und hob es an. »Mögest du Wolken berühren«, sagte sie. »Aufrecht und groß werden. Oh ja. Kein Zweifel, du wirst eines Tages sehr, sehr stark.«

Und Antoney, in seinem roten Hemd, wusste, dass sie recht hatte. Sie ergänzte, schon beinahe flüsternd: »Ich glaube, du wirst ein großartiger Shango.«

Entlang der zwei Meilen von Annotto Bay reihten sich vierzehn Kirchen auf, deren älteste die rote Backsteinkirche der Baptisten auf der Main Street war, die 1831 während der Weihnachtsrebellion von Sklaven zerstört wurde. Bei ihrem Wiederaufbau waren farbige Glasfenster von Hand gefertigt und Bibelzitate auf die gelbe Leiste an der Wand geschrieben worden. Ein braunhaariger, blauäugiger Jesus schaute hinab auf seine Jünger, die sämtlich der Meinung waren, es sei höchste Zeit, dass Florence und Mr. Rogers getraut würden.

Sie machten sich bereit, die Gläubigen. Ihre Häuser summten und brummten, und überall roch es nach Jerk und Gewürzen. Antoney erhielt letzte Anweisungen. »Kein Hüpfen, kein Laufen und *kein Tänzeln*. Du gehst *langsam* den Gang hinter mir und Mr. Rogers her, verstanden?«

»Ja, Mama.«

Sie schlüpfte in Tante Ivys Kleid, das an den Hüften immer noch ein wenig locker saß. Antoney stellte sich hinter sie und zog den Reißverschluss zu. Sie verweilten vor dem Spiegel. »Du siehst schön aus, Mama«, sagte er.

Er trug die dunkelblaue Hose, die er an Katherines Tag getragen hatte, diesmal mit einem steifen, frisch gebügelten weißen Hemd. Mr. Rogers war bei seinem Freund Martin und machte sich dort zurecht. Sie hatten verabredet, sich vor der Kirche zu treffen.

Auf dem Heimweg von Kingston, an Katherines Abend, hatte Mr. Rogers den Arm auf dem Rücksitz eines anderen, leeren Busses (es war der Rat Attack) um Antoney gelegt. Sie hatten den ganzen Bus für sich, Mr. Rogers hatte einen befreundeten Busfahrer gefunden, der in ihre Richtung fuhr und sie ohne Murren mitten in der Nacht in St. Mary absetzte. Sie kurvten Runde um Runde, die Berge hinauf und hinab. Hinter den Fenstern war nichts zu sehen, nur die Nacht und ein milchiger Halbmond, der verschwand und wiederkam. Sie sprachen über Mr. Rogers' Mutter, und über sie sprach Mr. Rogers selten, denn es ging ihr nicht so gut. Manchmal aber sprach er über Kuba, erwähnte knappe, geografische Details, zum Beispiel Schatten, man könne, so sagte er dann, vom einen Ende der Insel zum anderen unter dem Schattendach von Bäumen hergehen, oder Entfernungen, man könne, wenn man in einer klaren Nacht an Kubas Ufer stand und hinaus auf die See schaute, die Lichter von Jamaika sehen.

Aber in dieser Nacht wollte Mr. Rogers über seine Mutter sprechen. Sie sei eine stille und katzenhafte Lady. »Was meinst du damit?«, fragte Antoney. Dass sie wie eine Katze sei, sagte Mr. Rogers. Sie bewegte sich so sanft, sie war kaum mehr als ein Hauch. Sie hatte eine Weile in Havanna gelebt, in Kubas Westen, nun aber lebte sie in ihrer Heimatstadt Baracoa. Keine Straße führte dorthin. Man kam nicht mit dem Bus dorthin. Der Ort war von der Welt abgeschnitten, umgeben von Bergen und einem Meer voller Haie. Mr. Rogers sprach leise und zögernd. Diesen Tonfall hatte Antoney noch nie gehört. Sein Vater erzählte ihm, dass er sich nicht mehr an die Stimme seiner Mutter erinnern könne, weil ihre Stimme so sanft gewesen sei, aber auch, weil sie ihre Stimme so selten gebrauchte. Als sie in Havanna gelebt hatte, hatte sie sich in einen Seemann verliebt. Der Seemann aber hatte die See geliebt. Wenn er Segel setzte, wartete Mr. Rogers' Mutter am Malecón, der Uferstraße von Havanna, und ging dort auf und ab. Doch eines Tages blieb ihr Warten vergebens. Sie ging am Malecón auf und ab, sieben Tage lang, in einem langen Rock und alten Schuhen und hielt nach ihrer Liebe Ausschau. Sie trug sein Kind unter dem Herzen. Jeden Tag war sie dort, bis die Sonne sank und die Nachttiere aufflogen, und am siebten Tag setzte sie sich auf die Ufermauer und zog sich die Schuhe aus …

Hier verstummte Mr. Rogers. Antoney war dem Schlaf nahe und wartete mit seiner Großmutter auf den Seemann. Als er merkte, dass Mr. Rogers nicht mehr sprach, oder er ihn nicht mehr hören konnte, war es schon zu spät. Er lag mit seiner Großmutter auf der bleichen Mauer, dann schlossen sie die Augen und trieben fort ins Meer.

Florence und Antoney trafen um elf an der Kirche ein. Florence, mit einer Blume am Hut, hielt ihren Orchideenstrauß in der einen, den Rock in der anderen Hand. Sie stiegen die beiden kreisförmigen Stufen zur Tür hinauf. Im Innern sammelte sich die Gemeinde, fächelte sich Luft zu, glättete Kinderröcke, sicherte sich die besten Plätze und besprach die verheißungsvolle Zukunft der Familie Rogers. Antoney fand die Kirche beunruhigend. In ihren Mauern wurde aufgesprungen, geblinzelt, geweint, geklagt, geklatscht, hier hatte sich Tante Ivy verloren, und ein entsetzliches Gefühl überkam ihn angesichts der wartenden Menge. Da war auch schon Tante Ivy, am Eingang, und schloss Florence in die Arme. Ganz Annotto Bay, von hier bis Boot and Stocking Bridge, wartete im Sonntagsstaat. Auch das glänzende Holzkreuz, auf das seine Mutter und Mr. Rogers zugehen würden, wartete. Irgendjemand wärmte sich am Tamburin auf. Antoney wandte sich um und stellte sich nach draußen auf die Stufe. Er steckte die Hände in die Taschen und sah, wie sich eine dichte graue Wolke auf die Sonne zubewegte.

Hinter ihm sagte seine Mutter: »Antoney, komm her zu mir. Deine Tante will mit dir sprechen.«

Als Antoney neben Florence stand, nickte und nicht wirklich lauschte, malte er sich aus, wie sein Vater über die Main Street und zur Kirche ging. Er trug seine schwarzen Schuhe und ein weißes Hemd, genau wie Antoneys. Die Blume an seinem Hut war gelb. Er musste jeden Augenblick zu sehen sein. Dann würde er am Fuße der Stufen stehen und mit ganz neuer Bereitschaft in das Gesicht seiner baldigen Ehefrau blicken. »Florence«, würde er sagen, »du bist hinreißend, schöner, als wenn du siebzehn wärst.« Dann würde er zu ihr eilen, ihren Arm nehmen, und sie würden den Gang zum Altar beginnen. Es war ganz einfach.

»Siehst du deinen Vater?«, fragte Florence.

Er trat wieder hinaus auf die Stufen. Er blickte die Main Street auf und ab und kehrte nach innen zurück. »Nein, Mama.«

Sie lächelte. In ihrem Blick lag nur ein Hauch von Sorge.

»Ich hab ihm gesagt, er soll bloß pünktlich sein.«

Sie führte das Gespräch mit ihrer älteren Schwester fort, obwohl sie immer weniger zu sagen wusste und immer häufiger zur offenen Tür schaute. Antoney blieb dicht hinter ihr, ein Fuß in, ein Fuß außerhalb der Kirche.

Als immer mehr Zeit verstrich, rückte auch Florence näher zur Tür. Ihre Miene verdüsterte sich, und sie entzog sich der Unterhaltung. Sie fragte Antoney wieder: »Siehst du deinen Vater?« Sie warteten und warteten. Sie warteten, bis sie beide auf der runden, flachen Stufe vor der Kirche standen, mit dem Rücken zur Gemeinde. Die Stimmen hinter ihnen wurden immer leiser. Florence umkrallte die Orchideen, die Ellbogen ragten zur Seite. Sie war wie versteinert, wie die Ziegel der Gefängnismauern, unfähig, nach vorne zu gehen, die Stufen hinunter, unfähig, zurück in die Kirche zu gehen.

Tante Ivy kam in ihrem Blumenkostüm und mit glänzenden Wangen heraus, um sich über den Fortgang der Dinge zu äußern. »Oh mein Gott, Florence«, sagte sie. »Wenn Mr. Rogers ein rechtschaffener Mann ist, wird er in dieser Minute kommen und dich um Vergebung bitten, sobald seine Augen dich sehen. Er ist spät, sehr spät, aber nicht *zu* spät. Doch Gott steh mir bei, wenn er nicht bald kommt, kann er sich nie wieder in Annotto Bay blicken lassen. Warte kurz.« Sie lehnte sich zurück in die Kirche und griff nach einem schlaksigen Neffen. »Joseph, lauf zu Onkel Martin und sieh, ob sie schon los sind, und beeil dich, Junge, wir warten schon viel zu lange.«

»Ivy«, sagte Florence und hob den Kopf. »Joseph, bleib, wo du bist. Niemand wird Mr. Rogers herbringen. Mr. Rogers muss auf eigenen Füßen und aus eigenem Willen herkommen.«

»Mama«, flehte Antoney, »lass mich gehen, ich hole ihn.«

Florence wiederholte: »Niemand wird Mr. Rogers herbringen.«

Eine Viertelstunde später sank sie zu Boden. Mit langsamen, bewussten Bewegungen, als wären sie schon einstudiert. Ein Arm – bloß in der Sonne – legte die Orchideen auf den flachen roten Stufenring. Sie verharrte dort eine Weile und sammelte sich. Dann streifte sie das Kleid ab, richtete sich auf, blickte nach vorne und stieg allein die Stufen hinunter. Antoney prägte sich alles ein, die Hände, die Schultern, die Haltung des Kopfes.

Kurz darauf folgte er ihr.

3

Oscar Day war überzeugt, dass es zwei Arten von Tänzern gab: hässliche und schöne Tänzer. Beide fesseln das Auge gleichermaßen. Hässliche Tänzer sind oft stämmig, mit breitem Hals und großen Händen. Er oder sie wirkt beim Tanzen fast schwer (dabei ist das, was wie Schwere wirkt, eigentlich eine solide Leichtigkeit), beinahe bodennah. Ein hässlicher Tänzer ist nicht immer angenehm für das Auge, langweilig jedoch ist er niemals, während der schöne Tänzer gefällig ist und jeder Erwartung entspricht. Schöne Tänzer sind feingliedrig, schlank, luftig und leichtfüßig. Er oder sie ist meist groß, mit langem, tierhaftem Hals und zierlichen Händen. Das sind natürlich Typisierungen, wie man sie so absolut kaum vorfindet, Oscar Day aber war im Laufe der Jahre zu diesen Kategorien gelangt.

Was also hätte er zu Nijinsky gesagt? Hätte er den Russen je tanzen sehen – wie hätte sein Urteil gelautet, hässlich oder schön? Darüber sann Oscar oft nach. Anhand der Fotografien und dessen, was er über ihn gelesen hatte, schloss er, dass diese Polarität für Nijinsky nicht galt, sie war zu simpel. Allein sein Körper. Vaslav Nijinsky, gerade einen Meter fünfundsechzig groß, hatte den Oberschenkel und die Wade eines Sprinters, doch Arme und Oberkörper waren zierlich. Er war massig und dennoch sehnig, stämmig und dickhalsig und dennoch schwerelos, und der Mythos besagte, dass er fliegen konnte. Wenn es doch Zeitreisen gäbe! Dann, ja dann hätte Oscar sein Dasein als darbender Menschenfreund sofort beendet und wäre in die Zeit vor dem Ersten Weltkrieg gereist, zum Ballett auf der Theaterstraße in St. Petersburg, nur um zu sehen, wie Vaslav Nijinsky flog. Er ging so, der berühmte Sprung: Nijinsky steigt auf, auf auf auf. Das Publikum hält den Atem an, manche erheben sich. Er bleibt oben, minutenlang scheint er in der Luft zu schweben, und dann, und *dann*, wenn es scheint, als setzte er zur Landung an – hört euch das an, steigt er noch *höher*. *Dann* erst landet er wieder auf dem Boden.

Einige unter Oscars Schülern (aber vielleicht sollte man sie lieber Anhänger nennen oder Protegés) glaubten dieser Schilderung nicht. Da erfindest du doch was dazu, sagten sie, dass er höhersteigen soll, bevor er landet, das denkst du dir bloß aus. Nein, sagte Oscar, es ist wahr. Ich will es euch erklären. Nijinskys Körper war dazu in der Lage, weil er es ihm *ermöglicht* hatte. Er hatte täglich und stundenlang seine Beinmuskulatur und die Achillessehne gekräftigt, gelernt, seinen Atem zu kontrollieren, damit er sich im Sprung drehen konnte – er hatte es sich ermöglicht. Wenn ihr öfter glauben würdet, was ihr nicht seht, sagte Oscar gerne, kämt ihr im Leben weiter.

Oscar hatte zum ersten Mal in seiner Heimatstadt Mandeville in den USA von Nijinsky gehört, als Tanzschüler, und daraufhin begonnen, Fotografien von ihm zu sammeln. Sie hatten Oscar auf seinen vielen Reisen durch Europa und Lateinamerika begleitet und reihten sich nun entlang der Wände seiner Schule auf (die fast schon die Bezeichnung Kommune verdiente, auch wenn die meisten einfach nur »bei Oscar« sagten). Die Mehrzahl der Bilder hing im Eingangsbereich, im Vorzimmer der winzigen Küche, in Oscars vollgestopftem Büro und im Tanzstudio. Dort standen auch die beiden alten Ledersofas, die selten ungenutzt blieben, und ein abgewetzter Teppich lag dort auch, den Oscar nicht mehr reinigte, weil das Leben kurz war. Auf einer der Fotografien machte Nijinsky einen spielerischen Seitwärtshüpfer, den Kopf nach hinten geworfen. Auf einer anderen saß er am Klavier und studierte eine Partitur. Es gab Nijinsky in *Scheherazade*, mit Ohrringen und Turban, und Nijinsky in *Giselle*. Eines von Oscars Lieblingsbildern zeigte den noch sehr jungen, schönäugigen Nijinsky (1911 oder 1912), mit hohem weißem Hemdkragen und Mittelscheitel. Hier sah man deutlich die ausgeprägten Wangenknochen, die schrägen, traurigen Augen und den schlauen Mund. Er blickte sanft und trotzig in die Welt.

Aber im Vorraum, über der Küchentür (Oscar erinnerte sich nicht mehr, warum er das Foto gerade dort aufgehangen hatte – vermutlich, weil er es nicht gerne ansah) gab es einen weiteren Nijinsky, und dieser war scheußlich und so ganz anders als die übrigen. Er war für Michel Fokines Puppen-Ballett *Petruschka* kostümiert. Das Gesicht, zu einer verzerrten, jämmerlichen Grimasse verfallen, war dick gepudert, darunter trug er eine riesengroße weiße Halskrause. Das Foto war während seiner aktiven Jahre entstanden, und doch erzählte es schon von dem, was im Anschluss geschehen sollte. Bei diesem Thema verweilte Oscar nicht so gerne, obwohl es ihm wichtig war, dass es nicht in Vergessenheit geriet.

Doch es gab auch andere Porträts. Isadora Duncan, die einst die Ballerinas vom Spitzentanz befreit hatte. Josephine Baker mit ihrem Bananenröckchen in Paris. Gene Kelly, Tamara Karsavina, Martha Graham, José Greco. Oscar selbst als lockiger, junger Mann in Shorts, mit seiner Truppe Six Eight vor einem Seerosenteich in Hampstead Heath. Sie hatten, so resümierte Oscar, damals sehr wohl einen Beitrag zu einem freieren Tanz geleistet. Ihr Stil war kühn und eklektisch gewesen. Sie hatten an den Konventionen der Aufführungspraxis gerüttelt und den Tanz von der Bühne in den Zuschauerraum verlagert. Sie waren keine Isadoras und auch nie berühmt, aber ihren Beitrag hatten sie geleistet.

Nachdem er sich in London niedergelassen hatte, hatte Oscar eine Weile bei Marie Rambert in Notting Hill Ballett studiert und dann seine eigene Truppe gegründet. Als sich Six Eight auflöste, verlegte er sich auf den Unterricht und wählte zu diesem Zweck das Souterrain einer verlassenen Kirche in einer Nebenstraße der Portobello Road. Legal war das nicht – nichts war hier legal. Gelegentlich trafen auch Briefe vom Royal Borough of Kensington and Chelsea ein und drohten mit der Zwangsräumung, doch es geschah nie etwas. St. Bernard war ein großes, schmuckloses Gebäude mit bröckelndem Mauerwerk, gotisierenden Fenstern und einer Holztür mit aufwendiger Schnitzerei, die Oscar bei seinem ersten Besuch an Notre-Dame in Paris erinnert hatte. Rechter Hand des betürmten Schiffes, wo Jesus an einem farbigen Glaskreuz siechte und die dunklen Bänke fest und unverrückbar standen, lag eine günstig dimensionierte Halle, direkt über Oscars Studio. Niemand schien zu bemerken, dass die Schule dort allmählich Wurzeln schlug, die Böden zum Schutz der bloßen Füße glatt geschrubbt und wandhohe Spiegel angebracht wurden. Niemand bemerkte, dass Oscar am Tag nach dem Tornado, noch unter Schock, mit seinen verbleibenden Besitztümern – erstaunlicherweise war seine Brille darunter – die Stufen hinabstieg und sich inmitten des geräumigen Studios auf den Rücken legte und von Tigern träumte (es war ein sanfter Traum, er lag in seinem alten Bett, das Zimmer hatte keine Decke, und neben ihm hatten sich bedächtig vier Tiger niedergelassen). Auch bemerkte niemand, dass Oscar nach diesem Traum Nacht für

Nacht im Souterrain der Kirche blieb, und als es schließlich jemand bemerkte, war es schon die Aufgabe der Bürokratie, ihn zu vertreiben. In gewissen Situationen erweist sich Bürokratie als etwas Wundervolles.

Der Tornado, so hatte Oscar in seiner ersten Nacht auf dem Boden des Studios beschlossen, war eine Mahnung. Um seiner selbst war er entbehrlich, er war nur der Spielball aberwitziger Wetterlaunen. Von nun an würde er sein Leben den Jüngeren widmen, denen, die tanzen, groß und frei sein wollten.

Nun, acht Jahre später, verspürte er die ersten Anflüge von Rheuma, einen morgendlichen Schmerz in den Beinen und im Kreuz. Im Winter war es in der zugigen Kirche eiskalt, so kalt, dass die wärmeren Monate bei der Erinnerung an den Winter abkühlten, und so hüllte er sich stets in einen Pullover, manchmal auch in eine Decke. Als letzte abendliche Handlung, wenn die Jungen alle fort waren, wenn sie sich wie der Regen in den Ladbroke Grove und die benachbarten Viertel ergossen, schlang Oscar seine karierte Decke um sich und trat hinaus in den Hinterhof, um seine eine Zigarette zu rauchen. Das war meist gegen zwei Uhr morgens. Er betrachtete die Sterne und genoss sein Nikotin, dachte über den Tag, die Fortschritte eines Schülers oder eine neue Bewegungsfolge nach. Wenn das geschehen war, ging er widerstrebend zurück ins Innere.

Als er eingezogen war, hatte er zunächst im Büro geschlafen. Dort gab es eine schmale Matratze und gerade genügend Platz auf dem Boden neben dem Schreibtisch. Schlaf jedoch fand er dort schwer. Er misstraute Betten mit ihrer berechenbaren Behaglichkeit. Seine Schlaflosigkeit, so stellte er fest, ließ sich durch ein etwas unkonventionelleres Arrangement besänftigen. Jede Nacht, nach seiner Zigarette, ging er in das Studio und schloss die Tür. Dann stellte er zwei Seitpferde im richtigen Abstand zueinander auf, legte ein langes Sperrholzbrett darauf, darauf wiederum ein Kissen, und dort legte er sich mit seiner Decke nieder. Der Schlaf kam spät. Er währte nie länger als drei Stunden. Der Morgen glitt kühl und weiß von den hohen Fenstern hinab, und wenn Oscar aufstand, sah er sich in den Spiegeln, kahl, fast schon alt, mühevoll sich aufrichtend. Für Tänzer besteht der größte Verrat in der Sterblichkeit ihres Körpers. Jeden Morgen staunte Oscar in den Spiegeln vor sich selbst.

Wenn es im London von 1962 einen Ort gab, der ein derartiges soziales Unternehmen benötigte, dann war es Ladbroke Grove. Außerhalb von Oscars Wänden lagen slumartige Behausungen, Müllberge, Reviergrenzen. Die Kirche, hinter einem umzäunten Hof an der Kreuzung Talbot Road und Powis Square versteckt, befand sich im Herzen eines der ärmsten und verwahrlosesten Stadtviertel, dessen bevorstehender Aufstieg zu Glamour und Reichtum kaum zu erahnen war. In diese Gegend kam niemand, der einen psychedelischen Toaster oder eine Gießkanne aus Leder suchte. Hier nahm sich niemand die Zeit für einen Auberginen-Tee. Dies war eine ferne, vereinzelte Gegend. Sie zerfiel unter dem Ruß der Kohleöfen. Ratten und Mäuse suchten die Straßen heim und taten sich an den Schuttbergen gütlich, die ihnen die Kräne des Jahres '58 hinterlassen hatten, als man weite Teile des Grove niedergewalzt hatte, um Platz für kastige Sozialbauten zu schaffen. Es waren apokalyptische Szenerien, die den Bewohnern, auch Toreth mit ihren Einkäufen, wie die Bilder erschienen, die sie im Zweiten Weltkrieg gesehen hatten. Die fünfgeschossigen Reihenhäuser, die über den Colville Square blickten, ahnten noch nichts von ihrer Bonbonzukunft. Noch waren es die unruhigen Unterkünfte zu vieler Familien, die sich mit lecken Dächern, kriechender Feuchtigkeit und »Keep Britain White«-Graffiti herumschlagen mussten. Die Nähe zum West End hatte aus dem Viertel einen Abenteuerspielplatz für die Ausreißer, Halunken und Nachtschwärmer Sohos gemacht, die im Verband mit den örtlichen Kleinganoven und Feierwütigen in die galligen Pubs, Spelunken und Spielhöllen rings um die Westbourne Park Road und Portobello einfielen. Noch lehnten entlang der nahe gelegenen Bayswater Road die Prostituierten klamm am Gitter des Hyde Park und zogen die Röcke hoch, wenn ein Auto langsamer fuhr. Es war eine Gegend, die Ja sagte, wenn man von fern her kam, mit Löchern in den Taschen, Kindern am Hals, oder wenn man das Meer in seinem besten Kostüm, einem blau befederten Kingston-Hut und mit großen Erwartungen überquert hatte. Wenn irgendwo, so konnte man dort auf Aufnahme hoffen, wenn auch nicht auf freundliche.

Oscars Schüler lebten überwiegend in der unmittelbaren Nachbarschaft und der näheren Umgebung. Es fiel ihm schwer, einen angemessenen Satz für seinen Unterricht zu nehmen, er verdiente grad das Nötigste, denn sie kamen nicht nur zum Tanzen her. Sie kamen aus dem gleichen Grund, der ihn nach dem Tornado hergeleitet hatte. Sie brauchten einen Rückzugsort, eine Atempause vom Ruß. Sie stiegen die bröckeligen Stufen hinab in das Souterrain und kamen in eine reinere Sphäre. Deshalb hingen sie nach dem Unterricht noch auf den Sofas herum, als hätten sie kein Zuhause. Es machte auch nichts, dass die eine oder andere Maus durch das Tanzstudio flitzte oder es so verdammt kalt war. Die Maus war reiner als anderswo, und die Kälte war es wert. Viele Stunden saßen sie auf den Sofas und sprachen über Tanzrichtungen oder Shows, die sie gerne sehen wollten, über Musik, die sie begeisterte, oder sie lauschten Oscars Reiseberichten, seinem Abstecher in den lateinamerikanischen Tanz im Paris der Dreißigerjahre. Manche hielten ihn für den coolsten Weißen, dem sie jemals begegnet waren. Sie sprachen über Performance-Psychologie, choreografische Experimente und über »Hits«, über die Momente, in denen Körper und Musik eins wurden und sich gegenseitig verstärkten. Es waren laute Abende, bei denen viel gelacht und viel herumgehampelt wurde, weil ein Schüler eine Bewegung zeigen oder einen anderen zum Wettstreit fordern wollte.

Sie fielen im Großen und Ganzen in drei Kategorien. Es gab die treuen Anhänger, so wie Ekow – er wohnte zwei Straßen weiter und hatte ein Lächeln so breit wie der Horizont –, die sich Oscar mit Leib und Seele anschlossen, sich um ihn sorgten, um seine Ernährung, sein Schlafarrangement, und manchmal sogar den Eingangsbereich für ihn kehrten. Dann waren da solche, so wie Simone, die einmal in der Woche kamen und bereits eine ernst zu nehmende Tanzausbildung begonnen oder sogar Engagements hatten und denen Oscars Abende eine willkommene Ergänzung boten. Und dann waren da die Flüchtigen, die ein oder zwei Mal kamen und wieder verschwanden. Wieder auftauchten und aufs Neue verschwanden. Manche waren Oscar fremd.

An einem Oktobernachmittag, kurz nach fünf Uhr, eine halbe Stunde, bevor der Abendkurs beginnen sollte, kam Oscar mit einer Tasse Drei-Stück-Zucker-Kaffee aus der Küche. In der Eingangshalle stand ein großer junger Mann mit dem Rücken zu ihm und betrachtete die Fotos. Er hatte etwas an sich, was Oscar fesselte. Er hatte einen außerordentlich langen, starken Hals, breite Schultern, einen kräftigen Körperbau, aber er war auch von einer Leichtigkeit, die eine Illusion erzeugte: Wenn man nämlich nicht nach unten, nicht auf die Füße sah, hätte man glauben können, er schwebte, er trieb über Wasser. Oscar hielt ihn zunächst für einen professionellen Balletttänzer, aber dann war er sich doch nicht mehr sicher; seine Haltung war leicht gebeugt, sein Schuhwerk grob und schäbig (und wie arm ein Balletttänzer auch sein mag, die Füße sind ihm heilig). Der Fremde schaute mit besonderem Interesse auf den fliegenden Nijinsky.

Oscar, abschätzend, abwartend, trank einen Schluck Kaffee. Der Fremde trat vor ein Foto von Katherine Dunham, auf dem sie in einem Satinkleid, mit einer Feder im Haar, an einer Säule lehnte. Oscar wollte gerade ins Studio gehen, als sich der junge Mann endlich umwandte und ihn zur Kenntnis nahm. Nun schau einer an, dachte Oscar, was für ein bemerkenswertes Gesicht. Ein jungenhaftes Lächeln erschien auf dem Mund, als ob sich der Fremde an etwas erinnern würde, aber sogleich verschwand es wieder. Dieses Lächeln, dieses Vorübergleiten, dieser Moment von Kindlichkeit glich einen härteren, stetigeren Ausdruck aus, der in den Augen lag, in klaren, vorsichtigen, braunen, vogelartigen Augen unter dem Schatten frecher, samtiger Brauen. Der Mund war weich und zart, mehr wie der Mund einer Frau, mit einer Spur von Verletzlichkeit in seinen Winkeln. Es war ein Gesicht, von dem man anderen erzählen musste. Mit Kontur und Grazie, rostbrauner Haut, vornehmen Nijinsky-Wangenknochen. Oscar bemerkte, dass er sein Gegenüber anstarrte.

Der junge Mann sagte sehr bestimmt: »Das ist Katherine Dunham.«

»Allerdings«, erwiderte Oscar. »Großartiges Bild, oder?«

»Ich bin ihr mal begegnet.«

»Wirklich? Wo?«

»In Kingston. Und sie war genau wie hier.« Seine Stimme war tief und hatte einen melodischen, karibischen Einschlag. Er schaute wieder auf Katherine und fragte dann reichlich unvermittelt: »Praktizieren Sie hier eine Art religiösen Tanz?«

Oscar lachte. »Religiös? Ich? Nein. Meiner bescheidenen Meinung nach ist Religion bloß eine perverse Form von Optimismus – und für so etwas haben wir hier keinen Bedarf. Wir haben diesen Ort für unser elendes Tun bloß okkupiert.« Als ihm aufging, dass er die Frage nicht wirklich beantwortet hatte, ergänzte er: »Wenn man dem Ganzen einen Namen geben müsste, könnte man es wohl am ehesten Modern Dance nennen. Das ist ausreichend vage – auch wenn Martha Graham den Begriff verständlicherweise hasst.«

Der Besucher musterte Oscar eine Weile, mit hartem, direktem Blick. Oscar war ziemlich klein, er maß nur einen Meter siebzig, obwohl man niemals den Eindruck hatte, dass er zu anderen aufsah. Er lächelte ermutigend. Der Besucher, sein Mantel war noch zugeknöpft, sein großer, schäbiger Beutel noch geschultert, schien unsicher, ob er bleiben oder gehen sollte. Das Schweigen war unangenehm. Oscar, immer noch leicht von der Ästhetik des Jungen benommen, durchbrach es schließlich.

»Stammen Sie aus Kingston?«

»Nein, vom Land. Und Sie?«

Oscar war nicht sicher, was genau er mit »Land« meinte, beließ es aber dabei und erwiderte, dass er aus einer kleinen Stadt nahe New Orleans stamme, obwohl er sich kaum noch daran erinnern könne, weil er seit Ewigkeiten nicht mehr dort gewesen sei. Währenddessen drangen die Stimmen der ersten Schüler, die sich dehnten, sich aufwärmten und miteinander plauderten, aus dem Studio. Die unnahbare Simone erschien und ging hinein, grüßte Oscar im Vorbeigehen und warf einen raschen Blick auf den Neuankömmling.

»Sie waren noch nie hier, oder?«, sagte Oscar. »Ich vergesse nämlich niemals ein Gesicht.«

Er lag mit seiner Vermutung richtig. »Ich habe seit Langem nicht getanzt«, sagte der junge Mann ein wenig zu stolz, und so misslang ihm der Versuch, seine Nervosität zu verbergen.

»Und wo haben Sie früher getanzt, wenn ich so neugierig fragen darf?«

Aber der andere verlor das Interesse an der Unterhaltung und wandte seine Aufmerksamkeit wieder den Fotografien zu, als ob sie, und nicht Oscar, ihn überzeugen könnten, seinen Mantel abzulegen. »Zu Hause hab ich Ballett getanzt«, sagte er geistesabwesend. »Aber es hat mir nicht wirklich Spaß gemacht – es war irgendwie zu ... wie soll ich sagen, zu steif. Und dann hab ich ...«

Er sah über Oscars Kopf hinweg auf den scheußlichen Petruschka-Nijinsky. Es war der gleiche Blick, mit dem er auf den fliegenden Nijinsky geschaut hatte, dann wandte er sich dem wieder zu, neben *Giselle* und *Scheherazade*. Er wanderte von einem Bild zum anderen, Oscar war vergessen, bis er vor einer kleineren Fotografie stehen blieb, die direkt neben der Tür zum Studio hing. Nijinsky spitzentänzelte nach rechts, die Arme ausgestreckt, als wollte er den Raum betreten.

»Wer ist das?«, fragte der Fremde schließlich.

Oscar stellte sich neben ihn. Sie sahen das Foto gemeinsam an.

»Das ist Vaslav«, sagte Oscar, und sie betrachteten weiterhin sein Bild.

»Vaslav Nijinsky. Startänzer, Ballets Russes. Der größte Tänzer aller Zeiten.«

Oscar hatte sich mit dem Begriff »Modern Dance« auch nie angefreundet. Er stimmte Graham darin zu, dass er nicht präzise war, aber er gebrauchte auch nicht die von ihr favorisierte Bezeichnung »Zeitgenössischer Tanz«, die es zwar besser, aber auch nicht wirklich traf. Wenn er sich festlegen musste, sagte Oscar meist »freier Tanz« und meinte damit einen lockeren, flüssigen, vom Lateinamerikanischen beeinflussten Bewegungsstil, der die Kreativität und Dynamik des Einzelnen förderte und dabei auch grundlegende Techniken und Elemente des klassischen Balletts mit einbezog. Um zu einem eigenständigen, wahrhaften Ausdruck zu gelangen, gepaart mit technischer Vollkommenheit, musste man, so glaubte Oscar, zunächst zu seiner inneren Freiheit finden. Sein Unterricht basierte auf der Vorstellung, dass Tanz eine Form der Selbsterkundung, ein emanzipatorischer Weg zu Selbstfindung und Selbstvertrauen war. Gewiss wollte er, dass seine Schüler als Tänzer reüssierten, aber er wollte auch, dass sie dies als Individuen taten. Schau dich an, mahnte er sie, schau in den Spiegel. Deine Zeit ist kurz. Jede Minute ist eine Zeit der Kreativität, eine Aufforderung, zu deiner eigenen Größe zu finden. Hab keine Angst davor, hab keine Furcht. Öffne dich. Begegne den ungeahnten Möglichkeiten in dir, mit Mut, aber auch mit Demut.

Jede Stunde begann noch vor den Aufwärm-Pliés, den Bodenübungen, Adagios und einem leichten Training an der Stange mit einer Viertelstunde Improvisation, bei der die Schüler die in ihnen aktuell vorhandenen Emotionen – Wut, Eifersucht, Angst, die kleine Freude über ein Erlebnis am Vortag – ausagieren und durch spontane Bewegungen vertreiben sollten. Sie rannten, sprangen und schlugen Räder quer durch das Studio, sie wirbelten und kollidierten. Die Übung sollte auch dabei helfen, Befangenheiten zu überwinden, worunter Oscar einst gelitten hatte, und die Schüler so weit zu bringen, dass sie alle gleichermaßen aufnahmebereit waren.

Oscar beobachtete Antoney während seiner ersten Stunde genau. Sie tanzten zu einem Jazzstück. Er bewegte sich auf sehr ungewöhnliche Weise. Ausweichend, katzenartig, es war wie ein Zweikampf mit etwas Tieferem, Ausschweifenderem, das in diesem kräftigen, regsamen Oberkörper rang, den langen sehnigen Armen, die aus dem weißen Oberteil herauswuchsen (was hätte Oscar früher für solche Arme gegeben). Als Antoney zu tanzen begann, war das Schwebende, das Oscar in der Eingangshalle gesehen hatte, fast gänzlich fort; Antoney wirkte beinahe schwer. Er war offensichtlich nicht an offene Klassen gewöhnt. Er stand ganz weit hinten, im Schlupfwinkel der Neuankömmlinge, und auch während der Improvisation hatte er nur auf der Stelle herumgehampelt und einmal sogar die Arme verschränkt. Er sah Oscar jedoch fast während der gesamten Stunde lang an, mit einer grimmigen, suchenden Konzentration.

»Versuch mal, deine Haltung zu lockern«, riet ihm Oscar bei einer seiner Runden, bei denen er Füße kontrollierte und Arme korrigierte. Manchmal verlor er währenddessen den Überblick und versank in einem intensiven Gespräch mit einem Schüler über die Spannung des inneren Schenkel- oder Lendenmuskels. Dann mussten die Übrigen die Stunde ohne Anweisungen fortsetzen und suchten meist bei Ekow Anleitung. Oscar, die Hand an Antoneys Kreuz gelegt, sagte sanft: »Nutze Haltung und Körperspannung als Basis für deine Bewegungen. Mach sie dir bewusst. Es geht nicht darum, sie bis zur Perfektion zu kontrollieren, aber mach sie dir zunutze.«

Er mochte sich täuschen – gewöhnlich aber täuschte er sich bei diesen Dingen nicht –, doch dieser Junge hatte das gewisse Etwas. Das gewisse Etwas, das Zeug zu mehr, die Ausstrahlung. Wenn er seine Angst ablegen könnte (und es war eine mächtige Angst, die ihn wie der düstere Umhang eines Vampirs umgab), würde womöglich etwas Besonderes mit ihm geschehen. Ein schöner Tänzer könnte er sein, mit dem ganzen Charisma der Hässlichkeit.

Aber dann, wie es mit den Flüchtigen nun einmal war, verschwand er.

Florence und Antoney hatten im April 1958 in Southampton angelegt, nach fünftausend Meilen auf einem Dampfschiff, das in Italien gebaut worden war. Florence war während der gesamten Überfahrt seekrank gewesen, aber am Tag ihrer Ankunft zog sie ihr neues Kostüm an – handgenäht, hellgrau –, mit weißer Bluse, hellblauen Handschuhen und einem Hut mit passender blauer Feder. Antoney fand es bemerkenswert, dass seine Mutter stets und unter allen Umständen für glatt gebügelte Kleidung sorgte. Nicht eine Knitterfalte war an ihrem Rock, als sie die überfüllte Landungsbrücke hinuntergingen, wobei Florence den Kopf höher als gewöhnlich und die Handtasche über dem Unterarm trug, und auch nicht an seinem dunkelgrauen Anzug, den sie ebenfalls mit Tante Ivys Hilfe genäht hatte. Er war nun sechzehn und, seit sie ihn vermessen hatte, schon wieder ein Stück gewachsen, daher war die Hose schon ein wenig kurz und schlackerte ihm in der kühlen englischen Brise um die Knöchel.

Sie hatten ihre besten und wärmsten Kleidungsstücke mitgenommen, Antoneys Schulbücher (man lernte nie aus), etwas Geschirr, den Rest dessen, was Florence ein Leben lang zusammengespart hatte, und eine Bibel. Alles Übrige hatten sie weggegeben oder weggeworfen. Im Gegensatz zu vielen anderen Passagieren hatten sie kein Rückfahrticket.

Florence war seit Langem bewusst gewesen, welche Möglichkeiten sich Jamaikanern in England boten. Ihr Cousin Gregory hatte sich während des Kriegs bei der Britischen Armee gemeldet und war im Anschluss in England geblieben. Er arbeitete nun als Busfahrer in London. Und der Sohn von Mr. Chambers, dem Apotheker, dessen Haushalt sie führte, arbeitete in Birmingham als Schreiner und hatte Frau und Kind nachkommen lassen. Aus allen Winkeln strömten sie herbei, verlockt von den drahtlosen Meldungen und Zeitungsannoncen, die in makellosem Queens English von freien Stellen in Krankenhäusern, bei der Bahn und in den Fabriken kündeten. Manche waren so wagemutig und sprangen, wenn sie sich unbeobachtet glaubten, bei Nacht auf ein Schiff – ein Mann aus dem Ort hatte sich im Jahr '53 einen ganzen Tag lang von seiner Heimat verabschiedet, von Miss Enid in ihrem Laden, von Florence hinter der Bar gleich nebenan, vom Pastor, von seinen Cousins und Kusinen, den Eltern, weil er am nächsten Tag in Richtung Mutterland, gen England, aufbrechen würde, und kehrte dann am nächsten Tag als gescheiterter blinder Passagier zurück. Florence war es anfangs gar nicht in den Sinn gekommen, sich dem allgemeinen Exodus anzuschließen, bis ihr allmählich aufging, dass Annotto Bay jenen Tag ohne Bräutigam anno 1951 nie vergessen würde. Ihr einsamer Moment vor dem Altar war berühmt. Sie war die bemitleidenswerte Seele, der man beim nachbarschaftlichen Plausch einen Ananassaft und den besten Platz anbot, in der Hoffnung, dass sie endlich ihren ach so interessanten Schmerz herauslassen und dem Klatsch Nahrung geben würde. Sie konnte nicht einmal mehr in Frieden in die Kirche gehen. Und sie war es leid, hier zehn und dort sechs Shilling zusammenzukratzen. Wie wäre es mit einer Stelle? Mit einem schönen neuen Viertel? Nun, da Stony Hill und Fort George für sie verloren waren, wurde England zu einer attraktiven Alternative.

Zu ihrer großen Beschämung musste sie sich beim Besuch der Arbeitsvermittlung anhören, dass sie das Achtzehn-bis-dreißig-Kriterium für eine Ausbildung als Krankenschwester schon nicht mehr erfüllte (der Beruf wäre ohnehin nichts für sie gewesen, da sie kein Blut sehen konnte), und daher bewarb sie sich um eine Stelle als Hilfskraft im Gesundheitsdienst und erhielt einen Kredit für die Überfahrt. Antoney bedrückte angesichts ihres Fortgangs nur eine Sorge, und die konnte er seiner Mutter gegenüber nicht äußern: Wenn er nicht mehr im Mandarinen-Haus wohnte, wie sollte Mr. Rogers ihn dann finden?

In der Nacht des Tages, der jenem Tag gefolgt war, hatte sich ihm Mr. Rogers, so flüchtig wie ein Schatten, kurz gezeigt. Während bei Florence der Schlaf der Beschämten seines Amtes waltete, wurde Antoney durch ein Geräusch am Fenster wach. Er schaute hinaus, aber dort war nichts, und so ging er auf die Veranda, wo er das Geräusch erneut hörte, ein Zischen. Das Gras raschelte. Die fernen Sterne erröteten. Sein Vater trat hervor, struppig, den Daumen in der Hosentasche eingehängt, der Hut zum ersten und einzigen Male unbeblümt. Während der kurzen Unterredung, die dann folgte, blieb er in der Nähe der Sträucher, zwei bis drei Meter entfernt.

Sie grüßten einander nicht. Mr. Rogers sagte bloß: »Sohn, ich werde zu meiner Mutter fahren.«

Antoney schwieg. Er musste sich sehr konzentrieren, seinen Ärger aufrechtzuerhalten, wo er doch am allerliebsten vor lauter Erleichterung zu seinem Vater geeilt wäre und ihn umarmt hätte. Sein Körper beugte sich angespannt nach vorne und noch etwas weiter, als Mr. Rogers einen kleinen Schritt nach hinten machte. Sperlingsauge in Sperlingsauge musterten sie einander. Antoney kam die Heimfahrt im Rat-Attack-Bus in den Sinn, Katherines Abend, an dem er die Geschichte seiner lautlosen, katzenhaften Großmutter gehört hatte. Es kam ihm so wie damals vor, als ob er und Mr. Rogers die einzigen Menschen auf der Welt wären und alles Übrige bloß Erzählung war. Bevor sich Mr. Rogers dann abwandte und in der Dunkelheit verschwand, hob er noch seine rechte Hand, nahm den Hut ab und sprach das Folgende:

»Ich komm zu dir zurück.«

Ganz beiläufig, als wollte er nur vorher rasch eine Runde

Domino spielen. Das war das Versprechen, das an Antoneys zwölftem, dreizehntem und fünfzehntem Weihnachten nachhallte, an seinem letzten Schultag, bei jeder Busfahrt, immer, wenn er in Kingston bei Woolworth vorbeikam. Im Vorfeld der Abreise nahm seine Befürchtung, dass dies Versprechen nun nicht mehr zu halten war, mit jedem Tag zu, und als sie schließlich Segel über den Atlantik setzten, spürte er, wie er entschwand, dünn und durchsichtig wurde, bis er unsichtbar war und die Suche nach ihm der Suche nach einer Glasscherbe auf dem Grund der See glich.

Antoney trug nun den Nachnamen seiner Mutter, Matheus, auf deren Veranlassung.

Ihr Cousin Gregory nahm sie in London auf, bis sie eine eigene Bleibe fanden. Er wohnte in einem düsteren, muffigen Zimmer im ersten Stock eines kohlegeschwärzten Hauses an der Ecke Portobello und Faraday Road. Nach drei Nächten auf dem Boden forderte er sein Bett zurück, auf dem er meist um vier Uhr morgens alkoholberauscht und noch in der Uniform der Londoner Verkehrsbetriebe niedersank. Antoney fand Gregorys unbeschwertes Junggesellendasein eindrucksvoll, aber Florence drängte auf eine andere Unterkunft, musste bei der Suche allerdings feststellen, dass sie entweder zu knapp bei Kasse oder zu sehr Karibik waren, was gleichbedeutend mit farbig, schwarz oder afrikanisch und in anderen Fällen wiederum mit irisch, Kind oder Hund sein konnte. Schließlich fanden sie, für dreiste zwei Pfund zehn die Woche, etwas auf der Bassett Road, eine der breiten, baumbestandenen Querstraßen westlich der Ladbroke Grove mit ihrer verblichenen edwardianischen Pracht. In jenen Tagen war es eine der vielen düsteren, müllbeladenen Straßen, in der Kinder halbnackt zwischen den Schuttbergen spielten und auch der eine oder andere Betrunkene auf dem Bürgersteig lag. Das Haus gehörte einer Holländerin, die allein die oberste Etage bewohnte. Sie war sehr strikt, was den Stromverbrauch betraf, und gestattete ihren Mietern ausschließlich Fünfundzwanzig-Watt-Birnen. Mieter mit Radio mussten extra zahlen, wie auch solche mit Kindern unter zehn. Der Vorgarten, ehemals ein Rasen, wucherte um einen orangefarbenen Bentley herum, den die Hausbesitzerin einst zu einem schicken Taxi hatte umwandeln wollen. Einige Türen weiter war ein verlassenes Haus zu einem Abladeplatz für zerschlagene Waschbecken, Matratzen, Kinderwagen, Koffer, ungeliebten Bodenbelag und tote Tiere geworden. Von ihm ging ein ranziger, von vielerlei Ungeziefer beförderter Geruch aus, der einem schon auf halber Strecke entgegenschlug. Hier musste Florence, die noch immer nicht fassen konnte, dass dies England war, jeden Morgen auf dem Weg zur Arbeit im Krankenhaus von Paddington leise fluchend vorbeigehen – bis sie schließlich tat, was alle taten: Sie ging links, scharf rechts und dann wieder rechts zur Bushaltestelle auf der Ladbroke Grove, musikalisch begleitet vom ständigen Dröhnen der Bohrer.

Sie hatte mit Antoney zwar ein Zimmer für sich, Waschbecken und Kochstätte aber mussten sie sich mit den anderen Bewohnern ihrer Etage teilen. Ein Stockwerk unter ihnen lebte Sheryl, sie war geschieden und stammte aus Oracabessa, unweit von Annotto Bay. Es gab nur eine Toilette. Es war wie in einem Geschäft oder auf einem Bahnhof, so viele Menschen kamen und gingen durch die Haustür; in den Wänden waren Stimmen und in der Decke Schritte. Jedes Mal, wenn die Haustür zuschlug (die Vermieterin hatte das Türeschlagen zwar untersagt, trotzdem wurde die Tür ständig zugeschlagen), rollte sich ein Fetzen der beigefarbenen Tapete über Antoneys Bett ein Stückchen weiter auf.

Antoney verbrachte in diesem ersten englischen Sommer

viel Zeit mit Streifzügen durch das schöne neue Viertel, entlang der gefängnisgleichen schornsteinbestandenen Reihenhäuser, die ihm bei ihrer Ankunft das unheilvolle Gefühl tiefer Stollen vermittelt hatten. Er ging durch die Portobello Road, vorbei an launischen Pubs und Geschäften, die Talbot Road hinauf bis zum Powis Square, wo manchmal Musik aus einer alten Steinkirche kam, durch die nervösen Seitenstraßen in Richtung Westbourne Park, den er laut Sheryl meiden sollte, wegen »weißen Unruhemachern«. Er vermisste seine Heimat. Er vermisste die Busfahrer. Er vermisste die vielen Mango-Sorten. Manchmal ging er, mit seinem federnden Schritt, dem leichten rechtsseitigen Hüpfer, bis zur Oxford Street und kehrte erst lange, nachdem Florence von der Arbeit gekommen war, heim. Sie wollte, dass er sich am nahe gelegenen College bewarb, um Pharmazie zu studieren, aber er bekannte eines Abends, dass er in einem Theater am West End arbeiten wollte. Als Eisverkäufer oder so was in der Art. (All die bunten Lichter, das glitzernde Vordach des Shaftesbury! Das ist schon ein unglaubliches Gefühl, wenn man aus einer Bühne am Covent Garden kommt und auf eine Straße tritt, deren Steine unter all den Leuchten und Lampen violett schimmern …) »Jetzt hör mir mal zu«, sagte seine Mutter – sie hatte gerade einen Teller Reis mit Sauce und grüner Banane auf den filzbezogenen einstigen Casino-Tisch gestellt, nahm ihn nun aber weg – »hör mir gut zu. Ich putze und wische von morgens bis abends, und du wagst es, mir mit West End und Eiscreme zu kommen? Wo ich nicht mal auf meinem eigenen Herd kochen kann? Was ich bisher gesehen habe, hat mich nicht für dieses Land eingenommen, aber eines weiß ich, du hast hier die Möglichkeit, was aus dir zu machen, verstehst du? Aber wenn du glaubst, dass du auf meine Kosten mit dieser Tanzerei rummachen kannst, hast du dich getäuscht.« An dieser Stelle fiel ihr Antoney ins Wort und sagte, er könne sehr wohl für sich selber sorgen, auch ohne die Pharmazie, aber das fand seine Mutter geradezu unverschämt. »Komm auf den Boden zurück«, sagte sie, den Teller noch in der Hand. »Ich hab nicht dieses Boot betreten und den weiten Weg hierhergemacht, damit du als blöder Drachen im Wind treiben kannst.«

Drei Monate nach ihrem Umzug in die Bassett Road begannen die Unruhen. Der Ausbruch kam weder überraschend, noch war er besonders heftig, das Ganze war vielmehr eine Eskalation schwelender Feindseligkeiten, die durch die Vergeltungsschläge der schwarzen Bewohner noch befeuert wurden. Der Vater der Familie aus Saint Vincent, die im Flur gegenüber wohnte, kam eines Abends spät nach Hause und trug einen Verband am Kopf. Er war auf offener Straße von einer mit Eisenstangen und Flaschen bewaffneten Gang angegriffen worden. »Die weißen Unruhemacher werden immer mehr wie der Teufel«, sagte Sheryl. Florence war während dieser vier Tage, an denen sie das Haus nicht verlassen konnten, in ihrem Zimmer und bügelte unentwegt das hellgraue Kostüm, das sie auf dem Schiff getragen hatte, als ob sie am nächsten Tag gleich wieder an Bord gehen wollte; und wenn sie dort nicht war, dann war sie eine Etage tiefer bei Sheryl, in dem Zimmer mit dem großen Erkerfenster und den vielen Zierdeckchen. Sheryl las zum Zeitvertreib aus der Bibel vor. Wenn die Dämmerung kam, schauten sie aus dem Fenster hinaus auf ihr Viertel, und manchmal sahen sie auch das grellorangefarbene Glühen einer Benzinbombe; davon abgesehen jedoch war es eine Folge leuchtender klarer Abende, an deren Ende die Sonne wie flüssige Gelatine hinter den schwarzen Schieferdächern versank. »Ein schöner Himmel«, sagte Antoney, den Florence nicht aus den Augen ließ.

»Wo sind wir hier gelandet!«, ignorierte sie seine Worte.

Das sagte sie immer wieder, noch Tage und Wochen nach der Rückkehr zu einem unbeständigen Frieden, als sie immer noch furchtbare Angst hatte, hinaus ins Freie zu treten und die Haustür hinter sich zuzuschlagen.

In mancher Samstagnacht, in einem Haus am Tavistock Crescent, ganz in Oscars Nähe, feierten die Marshall-Brüder ihren Blues. Doch von Blues war an diesen Abenden nichts zu spüren, bis auf kleine, nostalgische Momente. Die Nächte waren schummrig rot und stickig, beseelt von rosa Bowle, weißem Rum und Whisky. Unter der Wohnzimmerdecke hing eine große, leuchtend rote Scheibe, von der Aluminiumperlen regneten und unter der sich eine ungeheure Zahl von Menschen versammelte und bis zum Morgengrauen tanzte, bis alle schwitzten, den Ska im Blut, den Soul im Herzen und den Blue Beat in den Füßen hatten. Die Marshall-Brüder, Coby und John, Junggesellen von Anfang dreißig und stets im Anzug, stammten aus Trinidad. Coby war größer als John. Die Mädchen aber standen auf John, weil er der DJ war. (Es ist eine Art Intuition, wenn ein Mann die richtige Musik im richtigen Moment zu spielen weiß.)

Antoney war '62 regelmäßig dort. Er arbeitete, wenn auch nicht in der Pharmazie, sondern im Baugewerbe, und zwar meist auf den nahen Baustellen der neuen Wohnblöcke. Seine Bemühungen um einen Job als Eisverkäufer waren glücklos geblieben, und so hatte er eine Zeit lang bei der Post Briefe sortiert, bis er merkte, dass er allein körperliche Tätigkeiten ertrug. Ihm lag das Heben und Beugen, das Hämmern und Schaufeln. Es war schlecht für die Hände, aber er konnte seinem eigenen Rhythmus folgen. Wenn die Woche vorüber war und die Marshalls zum Tanz riefen, folgte Antoney gerne. Er kam immer erst nach Mitternacht, manchmal mit einem Kollegen, meist jedoch allein, um sich auf das Tanzen zu konzentrieren, und drückte sich im roten Zimmer an eine Wand. Er verfolgte, was Schultern beim Blue-Beat-Swing taten, wie man sich beim Roach oder Twist bewegen kann. Von Prince Buster und Lord Tanamo begleitet, beobachtete er sämtliche Formen des Skankens, der tänzerisch allerneueste Schrei, wobei abwechselnd die Knie angehoben werden und sich der jeweilige Fuß dabei nach vorne schiebt. Wenn ihn ein Mädchen zum Tanzen aufforderte, machte er aus Höflichkeit mit, doch nach ein oder zwei Songs zog es ihn wieder zurück zu seinem Mauerblümchen-Posten.

Es waren nur noch zehn Tage bis Weihnachten, und am Himmel stand der Polarstern. Morgen war ein müder Sonntag. Gab es einen besseren Zeitpunkt, um ein swingendes Hemd, ein sexy Kleid oder eine Hose anzuziehen, deren Beine unten eine andere Farbe hatten, das Haar zu befeuchten, rüber zu den Marshalls zu gehen und seine drei Shilling an der Tür zu zahlen? Die Party war bereits in vollem Gange, als Antoney eintraf. Er schüttelte Coby die Hand und ging durch den Korridor zum Wohnzimmer. Die Möbel waren sämtlich nach oben geräumt worden, um Platz für die Lautsprecher zu schaffen, die übereinandergestapelt die Tänzer überragten. Die Plattenspieler standen an der Hauptwand; John beugte sich selig, in seiner Kopfhörerwelt versunken, über die ausladenden, schwarzen Klanglandschaften. Baba Brooks wummerte in die Köpfe, Derrick and Patsy, The Mighty Sparrow und James Brown. Die einzig freien Plätze waren die gleich neben den Lautsprechern. Nach einer halben Stunde musste Antoney seinem Trommelfell eine Erholungspause gönnen und machte sich auf zu den Drinks.

Hinten, am Ende des Korridors, öffnete sich erneut die Tür, ein lärmender Pulk kam herein, alle lachten und scherzten mit

Coby. Antoney erkannte Ekow. Er war mit einem anderen Typen und ein paar hübschen Mädchen da, und eines kam Antoney auch bekannt vor. Sie wirkten alle so locker, sie strahlten so viel Selbstbewusstsein, so viel Spaß aus. Sie erinnerten ihn an die Tänzer in Katherines Garderobe.

Ekow ließ die Blicke schweifen und entdeckte Antoney. Er schenkte ihm sein breites, entspanntes Lächeln. Antoney nickte im Gegenzug und bahnte sich weiter den Weg in die Küche, zu einer Tasse Bowle. Dort fand eine laute Unterhaltung über Kricket statt; ein gelangweiltes, breitschultriges Mädchen stand am Spülbecken und hielt ihr Getränk mit beiden Händen fest. Als Antoney wieder ins Wohnzimmer ging, warf das Mädchen einen verstohlenen Blick auf ihn. Ekow fing ihn ab. »Hey«, sagte er. »Wo hast du gesteckt?«

Sie waren beinahe gleich groß. Ekow trug ein enges gelbes Hemd mit einer Art Gloss darauf, und Antoney kam sich in seinem kurzärmeligen Baumwollpolohemd furchtbar fade vor. »Nirgendwo wirklich. Hier und da.«

»Oscar hat nach dir gefragt.«

»Ach ja?«

»Ja, du solltest mal wieder vorbeikommen.«

Eines der Mädchen fasste Ekow am Arm und lehnte sich an ihn. »Darren holt uns Drinks, Darling – Bowle?« Sie wirkte so ganz anders ohne ihre Tanzsachen, in Partykleidung, mit Make-up, Rouge, dicker Wimperntusche und langem geglättetem Haar, das ihr bis auf den Rücken reichte.

»Simone«, sagte Ekow, »erinnerst du dich an den Typen hier? Nur eine Stunde da gewesen und schon wieder weg. Wahrscheinlich hast du ihn vertrieben.« (Das stimmte sogar ein wenig. Sie hatte in ihrem Trikot und ihren Ballettschuhen lässig und noch dazu in perfekter Symmetrie in der ersten Reihe getanzt und während Oscars kleiner Unterredung mit

Antoney zum Thema Haltung auch noch nach hinten über die Schulter gestarrt.)

»Also bitte«, sagte sie geziert, unterzog Antoney einer raschen Musterung von Kopf bis Fuß und streckte die Hand aus, »warum sollte irgendjemand mich fürchten? *Moi*? Echt schön, dich wiederzusehen.« Sie wandte sich erneut an Ekow. »Michael ist da und schmeißt sich an Carla ran, behalt das mal besser im Auge. Dann also Bowle«, und damit ging sie zurück zu ihrer Freundin, die Kiefernhaut, türkisfarbene Stiefel und eine sensationelle Haarkrone zierten.

»Klasse Hemd«, machte Antoney den Versuch, ein Gespräch in Gang zu bringen.

»Ist vom Markt. Gefällt's dir? Hey, Mann, alles klar?« Ekow schlug mit einem Kumpel ein. Jimmy Cliffs »Miss Jamaika« segelte aus dem roten Zimmer herüber, und daraufhin verließ Antoney den Korridor und kehrte zu einem besseren Platz, weiter von den Lautsprechern entfernt, zurück. Bald schon ergoss sich Ekows Truppe in den scharlachroten Raum und machte sich daran, die Tanzfläche zu erobern. Ekow begann mit einem Two Step, der noch ziemlich kompliziert und cool werden sollte, aber nicht gleich. Man geht den Tanz langsam an, findet sich erst einmal in die Atmosphäre ein, nickt zum Rhythmus, bewegt die Hände – außer, man ist Coby, der sich in die Mitte drängte und sofort mit den Kapriolen begann, die Schultern rollte, die Fäuste in der Luft, die Knie tief gebeugt, und Ekow dazu anstachelte, es ihm gleichzutun. Simone tanzte mit ihrer kiefernhäutigen Freundin, Carla, so nahm Antoney an, die ihre Bowle mit langen, dünnen Armen durch die Luft balancierte. Die Hälfte aller Männer schaute sie an, ein schwingendes, wirbelndes Sternchen, eine hüpfende, türkis umflorte Nymphe. Sie brach ständig in Gelächter aus und wirbelte mit einem zotteligen Abendschal herum, der ihre Waden umspielte.

Als Ekow Antoney in ihre Mitte zog, sah sie ihn gründlich an, ein wenig länger sogar, als sie wohl vorgehabt hatte, bis sie von Simone abgelenkt wurde. Weiter ging der Tanz. Der frostige Nachthimmel bekam erste Lücken.

Wenn nur noch fünfzehn oder zwanzig Leute da sind und es bald schon dämmern wird, dann geht die zweite Party los. In der Küche wird es philosophisch. Die Tanzfläche wird neblig. Der DJ spielt die langsamen Paarungsstücke, Liebeslieder, die sehnsüchtige Tänzer zueinander treiben, oder aber die schrägeren Sachen, die bei der großen Menge nicht so gut ankommen. Carla hatte sich die Stiefel ausgezogen und offenbarte geschwungene, sinnliche Knöchel. Als Sam Cooks »Chain Gang« zum zweiten Mal lief, shimmyte sie mitten im Stück auf Antoney zu, der gerade an einer Wand zusammensacken wollte, und sagte: »Oh nein, vergiss es«, also tanzten sie zusammen. Ihre Lebendigkeit riss Antoney mit, er wurde lockerer, und dann legte er los, zog eine richtige Schau ab, mit komplizierten Bewegungen, der große Auftritt. Bei einem schwülen sexy Song kam sie in seine Arme, sie tanzten Bein an Bein, er roch ihr Haar, ihr Shampoo, und als wieder ein Ska-Stück kam, sanken sie gemeinsam an einer Wand auf den Boden. Sie saß mit überkreuzten Beinen da, wie ein Kind, in seine Richtung gelehnt.

»Ich find's immer komisch«, sagte sie, sie war ein wenig beschwipst, »wenn ein Ska-Stück läuft. Das Stück beginnt, und ich hör zu, aber anfangs kann ich gar nicht sagen, was es ist, verstehst du, was ich meine? Es klingt irgendwie – unmöglich, so als ob die Sounds nicht zusammenpassen. Geht dir das auch so?«

»Eigentlich nicht«, erwiderte er. In dem fahleren Licht sah er Sternenaugen, sanfte Wangen und ein wenig schiefe Zähne. Sie blinzelte sehr langsam, als ob die Lider nicht groß genug wären, sich über die Augen zu legen.

»Nicht? Nun, nach einer *Weile* versteh ich's ja, ein paar Takte später. Nach einer Weile …«, sie bewegte die Finger wie bei einem Zaubertrick, »… entwirrt sich das Stück. *Dann* kapier ich's. Warum, glaubst du, ist das so?«

»Vielleicht soll es ja so sein«, sagte er.

»Ich mag deine Augen«, sagte sie.

»Ich mag deine Knöchel.«

Sie wohnte, so erfuhr er, auch bei ihrer Mutter. Von dem vielen Tanzen, sagte sie, sei ihr Haar feucht und trocken zugleich, was sie offenbar als Problem empfand. Sie erzählte ohne Blinzeln oder Zögern, dass ihr Vater tot sei. Sie berührte ihn ständig, sie fasste ihn während ihrer Unterhaltung immer wieder in aller Unschuld am Arm oder an der Schulter an. Er fragte sie, ob sie regelmäßig zu Oscar ginge: »Hin und wieder. Ich bin keine richtige Tänzerin.«

Simone kam, nach einem langen Ausflug in die Küche, zurück ins Zimmer, John legte Louis Armstrong auf. Als Simone sich setzte, lehnte sich Carla zurück in den Schoß ihrer Freundin und breitete die Arme aus, sodass sie halb auf dem Boden lag. »Wo sind meine Stiefel?«, lallte sie.

»Hier drüben«, sagte Simone.

Carla legte die Hand an Simones Gesicht. »Simone ist eine richtige Tänzerin«, sagte sie. »Ich mach nur ein bisschen rum, nicht wahr?«

Als Antoney einige Wochen später ein zweites Mal zu Oscar ging, rückte er eine Reihe weiter vor. Das Mal danach noch eine Reihe, allerdings kam er meistens zu spät und entging so der anfänglichen Improvisation, die er peinlich und albern fand. Oscar missfiel Verspätung. »Tänzer!«, rief er. »Euer Timing ist beschissen. Kommt pünktlich oder gar nicht.« Bald schon erschien Antoney einmal, zweimal, manchmal sogar dreimal in der Woche nach Feierabend, und gelegentlich belog er seine Mutter über seinen Verbleib. Dies war der einzige Ort in England, an dem er sich heimisch fühlte. Carla kam nun auch öfter zum Unterricht.

Sie tanzten zu Paul Robeson und Mendelssohns Klavierkonzerten, zu Ray Charles, einem ägyptischen Flötenspieler, dessen Platte Oscar in Alexandria gekauft hatte (und die klang, als ob Vögel einen hohlen Baumstamm hinaufsingen würden; man hörte das Atemholen des Flötisten). Oscar hatte Musik ganz unterschiedlicher Art. Er besaß Hunderte Bänder, sie türmten sich bei seinem Schreibtisch auf, in seinem Büro stand eine regelrechte Stadt aus Felix Baloy, Keely Smith und Igor Stravinsky (der, so erfuhr Antoney von Oscar, gemeinsam mit Nijinsky an einem skandalumwitterten Ballett gearbeitet hatte). Bei Oscar war die Musik wie das Wetter, wechselhaft, aber allgegenwärtig, die Herrscherin über alles und jeden. »Die Musik«, sagte Oscar, »und das gilt sogar, wenn es still ist – denn in der Stille *ist* Musik –, erweckt den Körper. Sie ist eure Wunderlampe, euer Geist. Sie ist der Dornröschenkuss.«

Je häufiger Antoney tanzte, umso häufiger wollte er tanzen. Es war wie in seinem Flugtraum, wenn sie alle gemeinsam über den Boden glitten. Die Tänzer sahen so hinreißend aus, wenn sie den Kopf in den Nacken warfen, eine Hand flach auf das Kreuz gelegt, die entsprechende Schulter nach hinten drückten und aufrecht und stolz voranschritten. Anders als er, besser als er, irgendwie vorsätzlicher. Wenn er sich im Spiegel erblickte, schrumpfte sein Selbstbewusstsein. Er wirkte so unbeholfen, wie eine Karikatur seiner selbst. Ekow hingegen gab allem Gestalt, er konnte sich eine Phrase so aneignen, dass es schien, als wäre sie geradezu für ihn gemacht, als sollte sie genau so getanzt, so sauber ausgeführt werden. Antoney fiel auf, dass er Ekow immer häufiger imitierte, anstatt nach seinem eigenen Ausdruck zu suchen, und wenn er sich dann wieder im Spiegel sah, das Zerrbild der Nachahmung, der Arm zu weit ausgestreckt, die Schultern zu angespannt, wurde er noch verzagter, noch unbeholfener. In solchen Momenten hätte er das Tanzen am liebsten aufgegeben. Ekow wurde zu einem guten Freund, aber gegen die Eifersucht war Antoney machtlos.

Aus Oscars Sicht ragte Antoney, ließ man dieses Ringen mit seiner Befangenheit außen vor, als der potenziell beste Schüler heraus. Eines Abends unterbrach der Lehrer seine Klasse mitten während der Stunde und rief alle zu sich: »Alle mal herkommen, ihr Tänzer, alle mal herkommen.« Er zog seinen dreibeinigen Hocker in die Mitte der Tanzfläche. Obwohl es im Studio vom Tanzen warm geworden war, lag der Pullover über seinen Schultern. Die Schüler setzten sich im Halbkreis vor ihn, einige lagen auf dem Bauch, andere saßen aufrecht, die Beine gespreizt, zwölf oder dreizehn an der Zahl. In solchen Momenten erinnerten sie Oscar an die Tiger.

»Heute möchte ich über frühere Zeiten reden«, setzte er an, »weil einige von euch diese Zeit ganz offenbar vergessen haben.« Er überflog die Gesichter, verweilte einige Augenblicke bei Antoney, der hinter Simone und Carla saß, am Rand der Gruppe. »Über früher«, sagte er. »Über damals. Als wir noch jung waren. Und zwar richtig jung, nicht so wie ihr oder ich – schließlich bin ich, wie wir alle wissen, gerade vierzig.« Einige Tänzer kicherten. »Aber jetzt mal ernsthaft, wisst ihr noch, wie es früher war? Wir waren frei und ungezügelt, genau das waren wir. Wisst ihr es nicht mehr? Waren wir nicht wild, mit fünf oder zwei oder sieben? Also, *ich* ja. Ich hatte den Kopf voller Flausen. Ich war fest davon überzeugt, Regenbogen wären das Werk von Feen und Nussschalen ihre Kutschen.«

»Ich bin mir nicht sicher, wann genau das zu Ende geht«, fuhr Oscar fort. »Es kommt wohl darauf an, was aus uns gemacht wird. Aber alles entwickelt sich langsam auf den Punkt zu, an dem es zu Ende ist, und das ist furchtbar, furchtbar für uns alle. Wir werden größer, lernen, wie wir uns benehmen sollen, was Pflicht und Verantwortung, Gefahr und Schmerz bedeuten. Ich war immer der Meinung, dass das Heranwachsen an sich keine Schwierigkeit darstellt. Es wird nur zu einer, weil es mit einem Leben voller Beschränkung einhergeht. Worauf ich hinauswill, ist Folgendes.« Er beugte sich vor, ein Ellbogen auf das Knie gestützt, wie ein weiser Großvater, der seine Nachkömmlinge um sich schart. »Beim Tanzen«, sagte er, »können wir zu diesem Zustand der Freiheit und Ungezügeltheit zurückkehren. Vermutlich ist das sogar der einzige Weg zurück zu unserem einstigen Selbst, bevor wir zu dem gemacht wurden, was wir sind. Es ist noch alles da, es wartet auf euch, aber nur unter einer Bedingung – und das gilt für euch alle.« Jetzt schaute er Antoney direkt an und sagte sehr ernst: »Ihr müsst bereit sein, auf den Spielplatz zu gehen. Ihr müsst den Mut finden, euch zu *verlieren*.«

Im Raum herrschte Stille. Oscar erhob sich. »Also. Wo wir schon derart nostalgischer Stimmung sind, werden wir uns während der verbleibenden Zeit am Nijinsky-Sprung versuchen.«

Einer nach dem anderen standen die Tänzer auf. Sie begannen zu springen. Wilde, hohe Mutmaßungen, unbeholfene Landungen. Oscar erklärte zwar, die Beinmuskulatur und die Kontrolle über den Atem während der Kehre spielten eine wichtige Rolle, aber im Moment sei das nicht so wichtig, sagte er, lasst einfach los. Es ging nur um die Höhe. Wer kam bis ans Fenster, wer blieb am längsten dort oben, wer konnte lang und hoch zugleich springen. Sie rannten in ihre Sprünge hinein und hielten die Beine in albernen Posen. Sie kreischten und stolperten. Oscar brüllte und lachte und warf seinen Pullover zu Boden. »Nein nein *nein*, Ekow, er ist *höher*gestiegen – bevor er wieder gelandet ist, ist er *höher*gestiegen!« »Was hat eigentlich«, fragte Antoney seinen Lehrer einige Abende später, »Nijinsky zum größten Tänzer aller Zeiten gemacht?«

Das Souterrain war verlassen, bis auf sie beide. Sie lagen auf den Sofas im Vorraum, die Fotografien schauten auf sie hinab – das gepuderte Petruschka-Gesicht, das Androgyne, die wunderschönen sanft-weißen Beine. Antoney war bei den lärmenden abendlichen Zusammenkünften ziemlich zurückhaltend, aber wenn er mit Oscar allein war, zeigte er sich wissbegierig und völlig entspannt. Und Oscar war immer gesprächiger Stimmung, wenn es um Nijinsky ging.

»Das habe ich mich auch oft gefragt«, sagte er. »Sicher der Sprung, zum Teil jedenfalls, seine ungezügelte Energie. Aber das lag wohl auch an dem, was dahintersteckte, an dem Menschen Vaslav. Als Kind war er praktisch stumm. Er hat kaum einen zusammenhängenden Satz herausgebracht.«

»Also ...«

»Also war das entscheidend, glaubst du nicht auch? ... Er musste tanzen. Das war seine einzige Möglichkeit, sich wirklich zu äußern, und darum hat er sich dem Tanz so völlig hingegeben. Es hat ihm den Antrieb verliehen. Gewiss, Nijinsky hatte einen wunderbaren Körper und ein interessantes Gesicht und all das, und natürlich macht es einen Unterschied, ob sich die Leute nach einem umdrehen oder nicht. Aber es war wohl vor allem die *Dringlichkeit*, die Nijinsky so groß gemacht hat – und die Tatsache, dass wir ihn niemals wieder auf einer Bühne sehen werden.«

Antoney fragte, ob er verheiratet gewesen sei. Oscar bejahte, mit einer ungarischen Schönheit namens Romola, einem Mädchen aus gutem Hause. Oscar sprach oft über Nijinsky, als hätten sie sich persönlich gekannt. »Ich glaube aber nicht, dass ihm das gut bekommen ist. Ich glaube übrigens prinzipiell nicht, dass die Ehe irgendjemandem gut bekommt.« Als Antoney nachfragte, was er denn damit sagen wolle, erklärte er: »Es beschränkt die Perspektive, wenn man sich in ein Leben mit einer einzigen Person einrichtet. Man verlangt nach weniger, geht weniger Risiken ein. Für Künstler ist das gefährlich. Sieh dir Vaslav an – erst die Heirat, dann der Rausschmiss, dann der Wahnsinn.«

»Willst du damit sagen, Romola hat ihn in den Wahnsinn getrieben?«

»Nicht nur sie, sicher auch seine Schwiegermutter, sein Direktor, finanzielle Sorgen, der Krieg, er selbst. Da kommt vieles zusammen, und ich glaube, dass eine derartige Größe leicht an einen Abgrund führt. Während des Kriegs hatte er sich mit Romola in eine Villa an einem See in der Schweiz zurückgezogen. Vaslav hat jeden Morgen seine Übungen gemacht, mit seinen Kindern gespielt – eine Zeit lang war er da glücklich, inmitten der Berge, des glitzernden Schnees. Aber seine Bühnenkarriere war zu diesem Zeitpunkt schon so gut wie vorbei. Und das wusste er. Er hatte keine regelmäßigen Proben, Aufführungen, Tourneen, nichts, woran sich sein Geist festhalten konnte. Wahrscheinlich hat er sich einfach … aufgelöst.« Oscar sah hinüber zum Büro, zu seinen Büchern, blieb dann aber sitzen. »In den Monaten, bevor er weggeschlossen wurde, hat Vaslav Tagebuch geführt. Ich leih es dir mal. Wenn man das liest, ist man direkt bei ihm, mitten in seinem Kopf. Es waren seine letzten freien Worte, denn während der folgenden dreißig Jahre war er überwiegend in psychiatrischen Einrichtungen. Er hat so ziemlich jede Therapie mitgemacht, die es gab, Zwangsjacke, Eisenbett, Insulin, Opium, was auch immer, bis er nur noch eine seltsame, monströse Kreatur war, mit einem Gegacker, das kleine Mädchen um den Schlaf bringen würde.«

In Annotto Bay hatte es auch so jemanden gegeben, eine Irre, aber weggeschlossen hatte man sie nie. Sie lebte in einer Hütte am Strand, und Gerüchten zufolge hatte sie ihren Mann umgebracht. Alle sagten, dass sie irre sei. Und das mit solcher Überzeugung, dass das Gerücht allgemein als Tatsache galt. Florence behauptete das, Tante Ivy, sogar der Reverend, der einmal die Stirn der Frau berührt und mit Weihwasser benetzt hatte, als sie in einem zerfetzten Rock, betend und singend, in der Kirche erschienen war. Die arme verirrte Seele, hatte der Reverend gesagt. Antoney hatte sich immer gefragt, was das hieß, eine verirrte Seele zu sein. Hatte es einen Moment gegeben, an dem dieser Frau (sie hieß Jennifer Gates) bewusst war, dass sie irre wurde? Einen eindeutigen Wendepunkt zwischen verrückt und nicht verrückt? Und, falls ja, wie sah der aus? Denn wenn man sich an den genauen Ort erinnern konnte, an dem man den Kopf verloren hatte, die genaue Adresse, den Rückweg, müsste es doch möglich sein, so glaubte Antoney, sich wieder zu entirren. Er hatte sogar einmal versucht, mit Florence darüber zu sprechen, aber sie hatte die Stirn gerunzelt – das ist eine seltsame Frage, Antoney, hatte sie entgegnet. Mit solchen Gedanken sollte man seine kostbare Zeit nicht verschwenden.

Nun trug er Oscar seine Theorie vor. Wenn Nijinsky womöglich in der Lage gewesen wäre, sich an den Rückweg zu erinnern, an seine »Adresse«, hätte er sich unter Umständen retten können. Schon möglich, sagte Oscar, aber vielleicht liegt es gerade im Wesen des Irrsinns, dass man sich nicht erinnern kann.

»Jedenfalls«, sagte Antoney, »werde ich nie so gut wie er. Ich hab viel zu spät angefangen.«

»Warten wir's doch einfach ab«, erwiderte Oscar.

Er hatte die Beine angezogen und sich die Decke unter die

Knie geschoben. Eine Gesichtshälfte wurde von Licht beschienen, von der nackten Glühbirne, die in der Küche hing. Die Haut am Kiefer war lose, die Nase markant. Oscars Brille lag auf der Lehne. Sie sagten kein Wort, bis Antoney fragte: »Fühlst du dich hier eigentlich nie einsam, Oscar, so ganz allein?«

»Ich komme zurecht… Mir behagt es.«

Er warf Antoney einen raschen Blick zu, als ob er etwas mit sich aushandeln würde.

»Ich war auch einmal verheiratet«, sagte er. »Kaum zu glauben, ich weiß. Mir kommt es ja selbst vor, als wäre das in einem anderen Jahrhundert gewesen.« Er sprach langsam, ohne jegliche Spur von Wehmut. »Sie hatte wundervolles, langes, fantastisches blondes Haar. Sie war wirklich eine Augenweide und an mich eigentlich völlig verschwendet. Ich habe sieben Jahre mit ihr zusammengelebt, und während der ganzen Zeit, Antoney, habe ich mich nicht wie ich selbst gefühlt. Es hat mich nicht glücklich gemacht. Langsam, aber sicher habe ich begriffen, was es heißt, mit jemandem zusammen zu sein, den man zu lieben glaubte und bei dem man dann nur noch aus Angst bleibt – es ist eine furchtbare Art, allein zu sein.«

»Hat dich das Tanzen glücklich gemacht?«, fragte Antoney.

Oscar sann darüber nach. »Ja, doch«, antwortete er. »Hin und wieder. Für die Dauer eines Sprungs.«

Im Herbst des folgenden Jahres, 1964, ging Antoney mit Oscar ins Shaftesbury Theatre, wo Alvin Ailey mit seinem Ensemble auftrat. Bei »Revelations«, einer mitreißenden Tanzfolge zu Spirituals und Gospelmusik, gab Antoney alle Hoffnung auf. Er war überwältigt, von der Pyramide aus Armen gleich zu Beginn, dem wogenden weißen Schirm, der Schnelligkeit und Schönheit des männlichen Trios und den seltsam sich biegenden Tänzerinnen mit ihren Fächern. Als sie inmitten des endlosen Applauses standen, Antoney starr vor Verlangen und einem brennenden Schmerz, weil er so viel schlechter war, neigte Oscar den Kopf in seine Richtung und sagte: »So etwas könntest du auch. Das ist ja keine Hexerei. Das sind bloß die Bewegungen in deinem Kopf.«

4

»Sie sind bestimmt Louis? Vom *West*-Magazin?«

Simone de Laperouse blieb einen Schritt vor Lucas' Tisch stehen. Er erhob sich, nicht, weil er darin geübt wäre, eine Dame in einer eleganten Brasserie mit adäquaten Umgangsformen zu empfangen, sondern weil sie etwas an sich hatte – etwas Melodramatisches in den Schultern, eine Strenge in ihrem lippenstiftgetränkten Lächeln –, das ihm gebot aufzustehen. Sie war ausgesprochen zierlich, trug einen pinkfarbenen Frühlingsmantel mit eckigen Knöpfen und rundem Kragen, als wäre sie wirklich gerade dem Jahr 1969 entsprungen. Ihr pechschwarzes Haar war so stramm nach hinten gebunden, dass ihre Augen schräg nach oben wiesen. Denise sah manchmal auch so aus, wenn sie ihr Haar zu fest flocht. Lucas beugte sich, schüttelte die winzige Hand, seine war feucht, und dankte Simone de Laperouse, dass sie den weiten Weg von Battersea her auf sich genommen hatte.

»Für meine Verspätung«, sagte sie und befreite einen Finger nach dem anderen aus einem Paar zarter, schwarzer, im Mai seltsam deplatzierter Handschuhe, »ist die Hammersmith-and-City-Linie verantwortlich. Der Zug ist mitten auf der Strecke liegen geblieben.« Sie entblößte einen Karneval aus Ringen und lange, zum Mantel passende, fuchsiafarbene Nägel; ihr rechtes Handgelenk war ein Orchester aus Armreifen. Sie warf die Handschuhe auf den Tisch und legte den Schal ab. Lucas schätzte sie auf Mitte fünfzig.

Er hatte sie im Schrank gefunden, ein weiß gefiederter Vogel, in einem Stapel kaum lesbarer Zeitungsausschnitte versteckt, der schlanke Hals zu einem dunklen Bühnenboden hin geneigt. »Bird«, so besagte die Bildunterschrift, sei eines der wichtigsten Werke des Midnight Ballet gewesen. Lucas hatte sich dem körnigen, schwarz-weißen Zauber dieser Aufnahme so lange hingegeben, so viele einsame Stunden durch die modrigen, holzig riechenden Erinnerungsstücke gewühlt (die, so empfand er es nun, all die Zeit auf ihn gewartet hatten, sein »Zug« waren, wie Dr. Glenda es formuliert hätte), dass es ihn nun sehr verwirrte, sie als schmuckbehangene Lady, noch dazu in farbig-plastischer Gestalt, vor sich zu sehen. Er hatte eine schlichtere, leicht verblühte Version des weiß gefiederten Mädchens erwartet. Im Vergleich dazu wirkte sie grell, wie eine gealterte Chaka Khan oder die Mutter von Naomi Campbell. Nachdem er sich an einer witzigen Entgegnung zum Hammersmith-and-City-Debakel versucht hatte, was ihm nicht gelungen war, fragte er sie, ob ihr der Platz recht sei. Er sprach sie als Mrs. de Laperouse an.

»Miss, bitte.« Sie reichte ihm ihren Mantel, zum Vorschein kam ein Bleistiftkleid mit einem Reißverschlussgürtel aus den Achtzigern. »Das hier ist schon ein wenig nah an der Tür, oder nicht? Egal. Ich werd mich hierhin setzen.« Sie schritt mit ihren unentwegt agierenden Schultern um den großen runden Tisch herum, zu der reich mit Kissen belegten Wandbank. An diese Bank drängten sich sämtliche, elegant gedeckten Tische mit ihrem üppigen weißen Leinen und dem verwirrenden Besteck, den Gläsern, kleinen Tellern, Zwei-Stiel-Vasen und Servietten – wo soll man hier noch essen?, hatte sich Lucas gefragt, als er gewartet und über seine Einstiegsfrage nachgesonnen hatte. Antike, goldgerahmte Spiegel brachen, neben einer Galerie stimmungsvoller Bilder von Filmstars, die Wände auf. Einige Tische schwärmten hinaus auf die Straße. Simone de Laperouse die Wirkliche visierte den ersehnten Sitzplatz an, fuhr mit dem Handrücken darüber, reckte ihr Adlernäschen ein wenig höher, ihr durchgedrücktes Rückgrat eine Mahnung an alle Krummsitzer dieser Welt, und ließ sich langsam und majestätisch wie auf einem Thronsitz nieder.

»Ich sitze nicht gern mit dem Rücken zum Publikum«, erklärte sie.

Lucas hatte zuvor anderthalb Stunden mit der Entscheidung zwischen Jeans und Cargohose, zwischen Stevie-Wonder- und Rhythm-Nation-T-Shirt verbracht. Am Ende waren es Stevie und Jeans geworden, obenauf eine Wolke Axe-Spray, doch als er aufgebrochen war, hatte er sich schlabberig und unpassend gefühlt. Laut Melissa sollte die Einstiegsfrage allgemein, jedoch präzise sein, am besten humorvoll, persönlich, aber nicht *zu* persönlich, intelligent, aber auch nicht allzu tiefschürfend. Am besten, sie kam spontan – wenn man so was schaffte. »Interviews sind wie Sex«, behauptete sie. »Man muss sich fallen lassen und trotzdem zeigen, dass man weiß, was man tut.« Nach einigen ratlosen Sitzungen auf dem Bodenkissen war Lucas auf zwei mögliche Fragen gekommen. Er wollte einen Versuch in Sachen Spontaneität wagen und sich in letzter Sekunde für eine entscheiden. Nun aber fiel ihm keine der beiden ein. Ihm war nämlich gerade aufgegangen, dass sein wahrer Name auf Seite sechs der aktuellen *West* stand – und die hatte er Simone de Laperouse eben gereicht –, gleich unter der Liste »Die fünf schlechtesten Popsongs aller Zeiten«. Louis Miguel (der Nachname war eine Leihnahme von Sizzla, es war dessen bürgerlicher Name) war, so fand Lucas, genau die richtige Anrede für einen schmissigen Journalisten aus Notting Hill, und die klangliche Ähnlichkeit mit »Lucas« machte die Lüge nicht ganz so groß. Dabei hatte er im Vorfeld sehr wohl geprobt, einer Fremden am Telefon zu sagen, er sei der Sohn von Antoney Matheus, aber es hatte sich komisch angefühlt, als ob ein fremder Mund die Worte spräche. So hatte er sich entschieden, Simone erst von Angesicht zu Angesicht zu offenbaren, wer er war. Sie blätterte interessiert durch das Heft. Um sie von Seite sechs abzulenken, langte er über den Tisch und schlug die »Was macht eigentlich …?«-Kolumne auf. Finn hatte sich von Simone de Laperouse' obskurer Biografie locken lassen und bereit erklärt, auch sie in der Rubrik zu featuren.

»Ruby Turner?«, fragte sie. »Na, *die* ist doch noch da.«

Lucas setzte zu einer Erklärung an: »Sicher, die Seite ist ja auch für Künstler, deren großer Erfolg …«

»Lange zurückliegt, ich weiß … Beruhigen Sie sich, ich scherze bloß. Alles hat irgendwann ein Ende.«

Die Artikel aus dem Schrank hatten Simone de Laperouse als eine der heißesten Attraktionen des Midnight Ballet gepriesen, als »Geschöpf mit großem Potenzial« und einer »sprühenden, entfesselten tänzerischen Sprache«. Dieser Tage gab sie stundenweise Tanzunterricht in einem Gemeindezentrum in Lambeth, und dort hatte Lucas sie auch ausfindig gemacht. »Ich muss zugeben, Ihr Anruf hat mich überrascht«, sagte sie. »Es ist Jahre her, dass jemand das Midnight Ballet erwähnt hat. Ich hatte angenommen, wir wären längst vergessen.«

»Nicht bei uns«, sagte Lucas. »Unser Herausgeber mag – lokale Themen.«

Er schaute in sein Notizbuch und versuchte, sich zu sammeln. (Für Cynthia. Tu es, für Cynthia.) Dann sagte Simone wehmütig, eine Hand an die elegant-pudrig, gespenstisch braune Wange gelegt: »Dieser Ort weckt so viele Erinnerungen. Samstagnachmittags haben wir hier immer Filme angeschaut.«

Lucas sagte ungebremst: »Wie, die andern auch?«

Die Grove Brasserie war nicht immer schick gewesen. Bevor sie so schick geworden war, war sie das Café des »Grove Picture House«, eines heruntergekommenen Kinos gewesen, das im Ursprung, in Toreths Jugend, einmal ein Varietétheater war. Das Lichtspielhaus hatte im Laufe der Jahre mehrfach den Besitzer gewechselt und dabei zwischenzeitlich immer wieder geschlossen. In den frühen Neunzigern hatte es sich auf das Black Cinema spezialisiert, sich für Spike Lee und John Singleton begeistert, mit Wehmut auf Jimmy Cliff in *The Harder They Come* und Gregory Isaacs in *Rockers* geschaut. Der Vorführraum lag damals am Ende einer Wendeltreppe. Es gab nur einen Kinosaal, und nicht immer verlief alles reibungslos. Mancher Angestellte musste zugleich den Vorführer geben, und oft wurde die Leinwand beim Rollenwechsel schwarz. Lucas hatte hier schlechtes, trockenes Popcorn gegessen, das salzige ebenso fade wie das süße, und voller Anteilnahme die vielen kleinlichen Beschwerden mitangehört, die am Verkaufsstand auf Jake einprasselten. Es war keine große Überraschung, dass auch diese Erscheinungsform des Lichtspielhauses schließen musste. Dann kam ein reicher Schwede, der den Schick verordnete.

Nun hieß es »Grove Screening Rooms«. Im Kinosaal war eine neue Bestuhlung mit bequemen Armlehnen. In der Brasserie wurde das Salatangebot revolutioniert (nieder mit Iceberg-, ein Hoch auf Babywildsalat und Rucola). An der Bar gab es keine Knabbereien mehr, nur noch Nüsse (außer Erdnüssen natürlich), das komplette bisherige Personal wurde entlassen, bis auf einen Mitarbeiter mit interessanter, weil kommerzialisierbarer Frisur. Jake hatte feststellen müssen, dass ihm seine Dreadlocks in erstaunlichen Situationen nützten. Das neue Management hieß ihn weiße Hosen anziehen, ein weißes Hemd, eine lange, weiße Bistroschürze und, das war das Schlimmste, eine weiße Fliege. Dann war ihm auch noch aufgetragen worden, in Zeiten von Ungeschäftigkeit nicht etwa gelangweilt herumzustehen, so etwas war antikapitalistisch, sondern sein Silbertablett auf den Fingerspitzen herumzuwirbeln. »Ich seh wie'n Arsch aus«, waren seine ersten Worte gewesen, als Lucas ihn in dieser neuen Aufmachung erblickt hatte. Wäre Jake nicht, hätte Lucas' Treffen mit Simone de Laperouse in einem schlichten Imbiss stattgefunden.

Jake kam in seiner weißen Uniform an ihren Tisch, mit gezücktem Notizblock und verlegen-distanziertem Blick. Lucas hatte mit ihm ausgemacht, so zu tun, als würden sie sich nur flüchtig kennen, damit es wirkte, als wäre dies einer der vielen Orte, die Lucas an einem Dienstagnachmittag im Zuge seines journalistischen Einsatzes aufsuchte. In Anbetracht ihrer verdrießlichen Reaktion auf die Öffnung des verbotenen Schranks war Denise über das Treffen erst gar nicht informiert worden, und so war Jake der einzige Mitwisser in der Louis-Miguel-Scharade. »Na, wie läuft's so, Louis?«, fragte er.

»Echt gut«, sagte Lucas. Er wollte das Geplauder auf ein Minimum beschränken, Jake war ein lausiger Lügner. Er checkte Simone ab. Lucas wusste genau, was er dachte: gar nicht übel, die Alte.

Dann besaß er auch noch die Unverfrorenheit zu fragen: »Sind wir uns schon mal begegnet?«

»Ich glaube kaum, junger Mann«, erwiderte Simone, warf ihm aber ein mädchenhaftes Lächeln zu und spielte an ihren Ketten herum.

»Hier kommen viele berühmte Leute her. Wissen Sie, wer neulich hier war? Annie Lennox. Echt. Voll wahr. Sie hat …«

»Was hätten Sie gerne?« Lucas lenkte die Aufmerksamkeit wieder auf die Speisekarte. Jake hatte ihm bei einigen Gerichten Kostenfreiheit gewährt: Brot, grüner Salat, Riesenoliven und Fisch. Die Freigetränke beschränkten sich auf Ananassaft und Hauswein. »Möchten Sie ein wenig Brot?«

»Es gibt frischen Wolfsbarsch«, sprang Jake ein. »Luc… Louis. Du kennst dich hier aus, du kannst unseren Hauswein doch empfehlen.«

»Oh, dafür ist es zu früh«, sagte Simone. »Nur Wasser, bitte.« Sie bestellte den falschen Salat. Jake musste behaupten, es gebe keine Tomaten mehr. Und Lucas ihm später beibringen, dass er sich niemals als ernsthafter Schauspieler versuchen sollte.

Neben den Zeitungsausschnitten, einigen Fotografien, einem Männerschuh aus Schlangenleder mit breiter Spitze und dem Flapperkleid seiner Mutter hatte Lucas im Kirschholzschrank auch ein Tagebuch aus dem Jahr 1969 gefunden, ebenfalls von seiner Mutter. Es war ledergebunden und recht dünn, wie ein Kalender, in den man mehr als nur Termine, nicht jedoch längere Abhandlungen eintragen kann. Er hatte versucht, es in einer Lichtung am Ufer, ein Stück vom Boot entfernt zu lesen, damit Denise ihn nicht erwischte. Kindliches Filzstift-Gekrakel tollte über die Seiten. (War das von ihm? Denise?) Unter den ersten Monaten standen kurze, sporadische Einträge, »Tournee-Treffen«, »Rushwood Simone«. Im Frühling und Sommer hatte sie mehr notiert. Er fuhr mit dem Finger über ihre ordentliche Schulmädchenschrift. Siebter Juni: *Ich bin an die Erde gefesselt. Es ist eine Schande. Ich kann mich nur noch vorwärtsschleppen.* Ihm fuhr es kalt den Rücken hinunter, als er ganze Sätze von ihr las, wo ihr Grabstein doch gleich hinter der Mauer lag. Darum überflog er die Seiten, auf der Suche nach Namen – »A« nahm er an, hieß Antoney; Simone wurde oft erwähnt, ebenso ein gewisser Bluey. Das Tagebuch trug ihn von seinem Vater fort, während nun Carla, deren Stimme in den Schriftzügen beinahe hörbar war, in ihrem scharlachroten Kleid auf dem Boot umherwandelte. Sie war präsent, wenn die Sonne an den Kajütenwänden aufblitzte; früher, als das Kleid noch am Schrank gehangen hatte, hatten seine Perlen so gefunkelt. Er träumte von seiner Mutter, davon, dass ihn das Geräusch fließenden Wassers weckte, und dann stand sie im Badezimmer und wusch sich die Hände.

Vor ihm tat sich eine endlose Straße auf. Er hatte Denise in der kleinen Essecke über einem Teller Brotfruchtreis mit Erbsen ganz sachlich gefragt: »Kennst du eine Frau namens Simone?« »Simone wer?«, hatte sie zurückgefragt, als spielten sie ein Namensrätsel – sie war guter Dinge, die Heilsarmee hatte ihr aufgetragen, ein Mittagessen zu beblumen. Aber auch der Nachname sagte ihr nichts, bis er ergänzte: »Sie war wohl eine Freundin der Familie oder so.« Denise schluckte missgefällig ihren braunen Hühnereintopf. Sie presste die Lippen so fest zusammen, wie sie die Erde immer über ihren neuen Blumenzwiebeln andrückte. Das Boot schaukelte. »Woher weißt du das?«, fragte sie in eisig kaltem Ton und beschied Lucas, noch bevor er seine ausweichende, ausschweifende Antwort beendet hatte: »Der Mist, den du da gefunden hast, interessiert mich nicht. Ich will nichts davon hören. Verbringst du damit deine Tage, während ich arbeiten geh – du wühlst in einem Schrank herum? Lucas, pack endlich dein Leben an. Es gibt nichts umsonst. Ich mach das hier nicht mehr lange mit. Meine Güte, wenn wir untergehen würden, könntest du nicht mal allein ans Ufer schwimmen!« Lucas erinnerte sie daran, dass er, im Gegensatz zu ihr, sehr wohl schwimmen könne. »Das weiß ich«, sagte sie spitz. »Das war sinnbildlich gemeint.«

Simone de Laperouse nahm sich eine Olive mit einem Zahnstocher von einem gemusterten Tellerchen und steckte sie sich in den Mund. Lucas sah gespannt zu, er verfolgte jede Regung, wie die kauenden Lippen ihr Rot verloren, die steinbeschwerten Finger funkelten. Die Ohrringe hatten ihr goldenes Zeitalter längst hinter sich. Simone de Laperouse war eine Mittlerin zwischen einst und jetzt. Sie besaß das verborgene Wissen, sie war der Schlüssel zu allem. »Ich beginne am besten von vorne.«

Das Diktiergerät wurde eingeschaltet. Die Brasserie war von weich gespültem Ambientsound durchflutet, und Lucas hatte Sorge, dass die Musik samt dem Geklapper von Messer und Gabel Simone de Laperouse übertönen könnte. Ihre Stimme war durchdringend, bemuskelt und hätte sich so gerne hinter einer vornehmen Fassade versteckt. Trotzdem verschluckte sie ständig die Vokale.

Im Alter von fünf Jahren hatte Simone de Laperouse ein Bild von Josephine Baker mit ihren angeklebten Haarsträhnen gesehen. Simone war von so viel Schönheit, Glamour und Stärke derart geblendet, sie wollte nur noch eins, wie Josephine sein, und so nahm Simone in Kilburn Ballettunterricht. Sie wusste, sie musste Tänzerin werden, so wie alte Menschen sicher wissen, dass sie sterben müssen. Mit neunzehn tanzte sie für das Ballet Rambert vor, schaffte es aber nicht, »obwohl meine Haltung besser war als die der meisten Mädchen.« Sie unternahm einen Ausflug in die Welt des Cabaret. »Aber um das klarzustellen, Louis, weil manche Leute Cabaret mit Striptease verwechseln. Ich hab meine Kleider von Berufs wegen nie abgelegt, nur in der Garderobe. Für so was bin ich nicht der Typ.« Sie erging sich in den Vor- und Nachteilen des Cabaretlebens – nächtliche Busfahrten von der Baker Street, die gefährlich hohen Absätze. Um »dran«zubleiben, hatte sie in jener Zeit auch hin und wieder bei kleineren Festivals »richtige« Auftritte absolviert, und zwar mit Oscar Day, der in einer Kirche, ganz in der Nähe übrigens, experimentellen zeitgenössischen Tanz unterrichtete. »Wahrscheinlich haben Sie den Namen schon mal gehört. Er war ja damals recht bekannt. Ein Exzentriker. Und bisexuell war er wohl auch.«

Lucas hatte nicht von ihm gehört. Mit einem kurzen Lachen fügte Simone hinzu, er sei außerdem Nijinskys treuester Fan gewesen.

»Nijinsky?«

»Der Balletttänzer. Der Russe. Das können Sie ja nachlesen. Jedenfalls war Oscar ein fantastischer Lehrer, es gab keinen besseren. Er hat uns an das eigentliche Wesen des Tanzens rangeführt, und nach seinem Unterricht war man immer irgendwie …«, sie suchte nach dem richtigen Wort, die Finger funkelten, »*lebendig* und *gestärkt*. Er hat mir geholfen, mich im Tanz selbst zu *finden*. Ohne Oscar hätte es auch das Midnight Ballet nie gegeben.«

»Tatsächlich?«, sagte Lucas. »Lebt er noch?«

»Ich hab keine Ahnung, aber gut möglich, dass er lange tot ist. Machen wir heute eigentlich Fotos? Ich war nicht sicher.«

Manchmal schickte Finn einen Fotografen mit zu einem Interview, um währenddessen Bilder zu machen. Glücklicherweise hatte er Simone de Laperouse des Aufwands nicht für wert gehalten, und so hatte Lucas sie ganz für sich allein. Er konnte es verderben, sich nach Kräften blamieren, niemand würde je davon erfahren. »Wir hätten gerne eine alte Aufnahme von Ihnen beim Tanzen.«

Davon, erfuhr er, hatte sie zu Hause viele. Sie nippte an ihrem Wasser, führte ihren Bericht aber erst auf ein neues Stichwort fort, als ob die Kränkung, nicht fotografiert zu werden, oder der Schwenk des Rampenlichts auf Oscar ihr die

Lust am Erzählen genommen hätte. Sie saß so aufrecht da, der Rücken so starr wie ein Lattenpfosten, dass sich Lucas unter seinem Stevie-T-Shirt ganz schäbig vorkam. Er streckte sich, während sie sich über Oscars interaktiven choreografischen Ansatz, seine besondere Achtung vor ihrem Talent und seine »innovative Formensprache« ausließ, was Lucas alles nur halb verstand. Wäre er doch so pfiffig wie Jeremy Paxman. Der war in seinem Nachrichtenjournal so was von gut! Immer, wenn sich ein Interviewpartner auf einem Nebenschauplatz verrannte, fing er ihn mit einer Frage im Stile von »Wieso ist die Partei Ihrer Meinung nach nun für einen Mann transsilvanischer Herkunft bereit?« wieder ein. Und mitten in diesen Gedanken hinein sagte Simone: »Und dann tauchte Antoney auf.«

Ein Straßenräuber jagte ihren Worten nach.

»Antoney – Matheus?«

»Richtig, der künstlerische Leiter. Sie haben ja doch ein wenig recherchiert.«

Jake brachte das Hauptgericht, und Lucas nutzte die Unterbrechung, um sich innerlich neu auszurichten. Die allgemeine-und-dennoch-präzise-intelligente-aber-nicht-allzu-tiefschürfende Einstiegsfrage Nummer eins, wie Simone Mitglied der Compagnie geworden war, hatte an einen entscheidenden Punkt geführt. Nun aber war er unsicher, ob er sich weiter vorwagen oder lieber auf die Portobello Road zurückweichen sollte, wo Avocados in der Sonne schimmerten und die Spice Girls von Straßenpostern grinsten, damit die Vergangenheit im Schrank und er in der Gegenwart bliebe, beide an dem Platz, wo sie hingehörten. Bis zu diesem Moment hatte er sich seinen Vater noch nicht als lebendiges, dreidimensionales Wesen vorgestellt. In ihm brannten Fragen. Hatte er Trainingsanzüge getragen? Hatte er sein Leben grenzenlos gelebt?

»Wie war er denn?«

»Antoney?« Sie hatte einen Olivenkern zwischen den Zähnen. »Antoney war… hm…«, sie holte den Kern aus dem Mund. »Sagen wir, er war dem, was er tun sollte, nicht wirklich gewachsen. Er war ein schwacher Mann, und ein ziemlich schwacher Anführer – aber Oscar war vollkommen eingenommen von ihm.«

Schweigen. Am Nachbartisch brach Gelächter aus. Lucas sagte leicht trotzig: »Was meinen Sie mit schwach?«

»Wer die Welt erobern will, muss erst mal seine eigene Truppe erobern«, sagte sie. »Das aber verlangt nach einer Fähigkeit, die Antoney abging.«

Oh, sie persönlich hatte sich gut mit ihm verstanden. *Sie* hatte nicht zu denen gehört, die in solchen Situationen, wenn man zu viel Zeit mit den gleichen Menschen verbringt, den Konflikt suchten. Ein professionelles Verhalten war ihrer Meinung nach unabdingbar. Allerdings *hatte* es auch Momente gegeben…

Lucas beschlich die Vermutung, dass Simone eifersüchtig gewesen war. Antoney war gekommen und wurde zum Liebling des verehrten Lehrers. Sie ließ sich ausführlich darüber aus, wie oft Oscar ihn während des Unterrichts nach vorne gerufen hatte und vortanzen ließ, »obwohl es deutlich erfahrenere Tänzer gab.« »Er *hatte* einen eigenen Ausdruck, das will ich gern zugeben. Irgendetwas machte er immer anders, hielt die Arme falsch oder machte eine Bewegung groß, anstatt sie zurückzunehmen. Das Problem war nur, dass Oscar daraufhin die Bewegung der *anderen* korrigierte und sie an *Antoneys* Stil anpasste, der natürlich nicht der Stil von *jedem* Tänzer war.« Sie beugte sich verschwörerisch vor, mit der gleichen mädchenhaften Art, die sie Jake gegenüber an den Tag gelegt hatte. »Ich vermute ja, Oscar war in ihn verknallt.«

»Wieso, weil er bisexuell war?«

»Nicht nur *das* …« Sie warf Lucas mit ihren hochgezerrten Augen einen kurzen, verlegenen Blick zu. »Es ist nur eine Vermutung.«

Oscar Day hatte die völlig verfrühte Geste gemacht, Antoney – den »schwachen«, »komischen Kauz«, »scheu wie ein junges Füllen«, »immer in schäbigen Schuhen« – bei einem Festival im Sphinx, einem Theater in Earls Court, zu seinem Ko-Choreografen zu machen. So etwas hatte er noch nie getan, nicht einmal für Ekow, der Simones Meinung nach so etwas viel eher verdient hätte (sie persönlich hatte kein Interesse an der Choreografie gehabt – sie war mit Leib und Seele Tänzerin, sie wollte geformt werden, nicht formen). Antoney hatte offenbar in manchen Dingen ein glückliches Händchen, aber Ekow hatte klare Vorstellungen. »Ekow hatte viel Ahnung vom afrikanischen Tanz, von Jazz Dance. Und technisch war er sehr präzise. Er hatte Oscar seit Jahren wegen einer solchen Gelegenheit in den Ohren gelegen.«

»Wie war das Sphinx-Stück denn?«, fragte Lucas. Er musste sie bei Laune halten. »Sie waren doch sicher auch dabei?«

»Sicher. Es ist über dreißig Jahre her, ich kann mich kaum noch erinnern. Na ja … viele Wiederholungen, karibische Einflüsse – reichlich amateurhaft. Nein, warten Sie, ich erinner mich an eine Phrase – sie war Gift für meine Waden.« Ihre Schultern untermalten jedes ihrer Worte. »In die Hocke, zum Rhythmus der Musik. Rechter Arm zur Seite, auf den Boden klopfen … genau, und dann Pause.« Ihre psychedelischen Finger spielten auf dem Tisch, die Armreifen klingelten dazu. »Dann mit der Hand über den Schoß streichen, immer schneller, aufspringen, nach vorne trippeln, die Arme über dem Kopf, als ob man eine Treppe hinunterstürzen würde. Wow, ich hatte keine Ahnung, dass ich das noch weiß. Der Körper vergisst nie, wohl wahr. Ich hab diese Phrase verflixt oft wiederholt. Sie kam bei Antoney immer vor, wie eine Art Markenzeichen.«

»Was sollte das bedeuten?«

»Keine Ahnung.«

»Wer war noch in dem Stück?«

»Antoney, Ekow. Der harte Kern des Midnight Ballet.« Simone blickte kurz in den Schoß. »Und eine Freundin von mir, Carla Bruce.« Als sie den Blick wieder auf Lucas heftete, zeichnete sich auf ihrem Gesicht eine beängstigende Erkenntnis ab.

Sag es, jetzt. Es war an der Zeit, dass Louis abtrat und Lucas die Bühne überließ. Carla war viel zu präsent. Ein schwerer, perliger Dunst hing über dem Tisch. »Leider ist sie früh verstorben«, sagte Simone und erhöhte den Druck, die Maske abzulegen. Lucas war nun ganz sicher, dass sie ihn durchschaut hatte, aber die Worte in seinem Kopf drangen nicht aus dem Mund. Louis war schneller.

»Tut mir leid«, sagte er.

»Ist schon gut, ist lange her.« Sie beugten sich über ihre Teller, Lucas mit dem gleichen Gefühl, mit dem er sich über das Tagebuch gebeugt hatte. Dies war nicht sein Ort, er war fehl am Platz, so wie das Filzstift-Gekrakel, das über die Seiten tollte. Er hätte Simone so gerne von seinem Traum erzählt, in dem sich seine Mutter die Hände wusch, er hätte sie so gerne gefragt, ob sie seine Mutter je in dem Perlenkleid gesehen hatte, als es noch scharlachrot war, aber er fand keine Worte dafür.

»Ich wette, Sie haben den Laden ordentlich aufgemischt«, sagte er und fand sich selbst mit diesem Ausdruck völlig idiotisch. Jake erschien und fragte pflichtgemäß, ob das Essen in Ordnung sei und sie noch etwas trinken oder mehr Brot wollten. »Wissen Sie was«, beschloss Simone, »ich nehm doch einen Wein, aber nur ein Gläschen.« Fünf Minuten später beugte sich Jake neben sie und stellte ihr rechter Hand einen perlmuttweißen Kelch hin. Er zwinkerte Lucas zu und begab sich in Warteposition neben einen Speiseaufzug, ohne sein Tablett herumzuwirbeln.

»Komisch«, sagte Simone und nahm den ersten Schluck. »Aber irgendwie erinnern Sie mich an Carla.«

»Das ist komisch. Wieso?«

»Sie haben so was an sich. Keine Ahnung, wahrscheinlich spielt mir bloß der Verstand einen Streich. Ich hab diese Leute so lange nicht erwähnt, und nun seh ich ihre Gesichter vor mir. Und dann hier zu sein, auf der Portobello Road ... Ich hab lange in Paris gelebt, da war das alles in weite Ferne gerückt.«

Sie war mit Carla zur Schule gegangen. Sie hatten gemeinsam auf der Harrow Road Straßenmusik gemacht, da waren sie gerade zwölf. Carla hatte auf einem umgedrehten Eimer Weihnachtslieder gesungen und Simone dazu gesteppt. Immer Weihnachtslieder, egal, zu welcher Jahreszeit. Wenn sie einen Penny bekamen, hatte sich Carla den Eimer über den Kopf gestülpt. Simone kicherte seltsam, als sie davon erzählte. »Ja, das war Carla. Eine wunderbare, natürliche Tänzerin. Rein und fließend. Sie hat's nur nie geglaubt.«

»Was meinen Sie damit?«

»Sie hat immer behauptet, sie hätte kein Talent. Wir anderen seien ›richtige‹ Tänzer und sie sei nur zufällig dabei gelandet, womit sie sogar *ein wenig* recht hatte – der Tanz war nicht ihr Leben. Carla hätte ebenso gut was anderes machen können.« Simone hob das Glas an die Lippen und trank gedankenverloren. »Sie stand nicht gern im Rampenlicht. Was mich erstaunte. Ich kannte sie schließlich ein Leben lang, und Hemmungen hatte ich nie bei ihr bemerkt, bis sie dann mit Antoney zusammenkam. Und wie sie sich gekleidet hat! Ach!

Das Mädchen hat diesem Kerl überhaupt erst mal gezeigt, was Stil ist!«

Simone schien es zu genießen, nach langer Zeit in Erinnerungen an ihre Freundin zu schwelgen. Sie blätterte einen Katalog von Carlas Kleidern auf, sämtlich aus Secondhandshops, Schals und alte Stiefel, Miniröcke, Blusen, Vintagekleider – das Flapperkleid inbegriffen. Sie hatte ihre Outfits wild kombiniert, mit Farben, die nicht harmonierten, orangefarbenen Strumpfhosen, Pelzmänteln. Sie war ihrer Zeit weit voraus gewesen. »Die Mädchen von heute halten sich für trendy, doch von Carla könnten sie was lernen. Aber Antoney! Er trug immer diese entsetzlichen Laurel-und-Hardy-Hosen, die vorn Falten werfen, und zwar *schlimme* Falten, dazu langweilige, durchschnittliche Hemden, dreckige Schuhe, oh, es war eine Schande. Ich hätte mein Kind so nicht auf die Straße gelassen. Wenn sich der Wert eines Mannes in seiner Kleidung ausdrücken würde …«

»Okay, verstehe …«

»Jedenfalls, als Carla mit ihm fertig war, da trug er Pink. Sie hat die schmuddeligen Schuhe abgeschafft und ihm ein Paar schlangenlederner besorgt. Röhrenhosen, gut sitzende Jeans. Das war eine der radikalsten Verwandlungen in der Modegeschichte. Wenn sie ihn nicht angeleitet hätte, hätte Antoney auch niemals den Mumm gehabt, anderen – Interessen nachzugehen … Die Verpackung ist alles.«

Lucas nahm einen großen Schluck Wasser und erkundigte sich, auf welche Interessen sie anspielte. Am liebsten hätte er sich in eine Gasse verdrückt und mit Jake eine rauchige Auszeit von Mr. Miguel gegönnt, aber würde ein Journalist in Festanstellung so etwas tun, wenn das Gespräch an einem heiklen Punkt war?

»Ich verbreite nicht gern Klatsch«, sagte Simone. »Viele Männer haben Mühe, treu zu sein.«

»Wollen Sie damit sagen, dass er sie betrogen hat?«

»Wie gesagt, ich verbreite nicht gern Klatsch.« Sie wandte sich von ihm ab, zum Raum hin, sie schien ihren Gedanken nachzuhängen. Lucas beschlich das Gefühl, dass sie keine allzu vertrauenswürdige Quelle war, dass sie ihm nur einen Teil erzählte. Der weichgespülte Ambientsound war einer französischen Sängerin gewichen, die Lucas traurig stimmte, aber vielleicht lag es auch an dem Gespräch. Er verzichtete auf weitere Fragen nach seiner Mutter, aus Angst, dass er mit den Antworten nicht umgehen konnte.

»Sie hatte zwei Kinder«, sagte Simone von ferne. »Ich hätte den Kontakt zu ihnen halten sollen.«

Das Interview schritt dann zu der Zeit voran, als das Midnight Ballet gegründet wurde. Simone erläuterte, dass Antoneys Unerschrockenheit in der Choreografie getrogen und den Eindruck vermittelt habe, er sei viel reifer, als es tatsächlich der Fall gewesen sei. Alles war sehr rasch geschehen. An das Sphinx-Projekt schlossen sich weitere gemeinsame Arbeiten mit Oscar an, bei denen sie den Hauptpart tanzte. Das habe schließlich dazu geführt, dass sie zur »Solotänzerin« der Truppe wurde (was Lucas so nirgends gelesen hatte). Sie behauptete, dass sie die »Muse« seines Vaters war. »Unabhängig davon, wie ich zu Antoneys Defiziten als künstlerischer Leiter gestanden hab«, sagte sie, »hab ich seine Arbeit gern getanzt. Sie war flüssig. Sinnlich und eklektisch. Sie war von einer kindhaften Beharrlichkeit, hatte was von Oscars Unerschrockenheit.«

Im Jahr 1966 (»Gott, bin ich alt«) fand in Oscars Souterrain ein Vortanzen statt, um Teilnehmer für eine Show im nahe gelegenen Ledbury Theatre zu finden, mit dessen Leiter Oscar befreundet war. »Es ging also bloß um eine Show. Am Anfang stand gar nicht die Absicht, eine Compagnie zu gründen.«

»Wo genau war denn die Kirche?«, fragte Lucas.

»Hier gleich um die Ecke, am Powis Square. St. Bernard. Sie ist vermutlich inzwischen abgerissen, sie war damals schon ziemlich baufällig.«

»Und die Tür hat ganz viele Schnitzereien und so?«

»Ja, wie Notre-Dame, hat Oscar immer gesagt. Steht sie etwa noch?«

Ein Frösteln, ein Spinnen-Kribbeln setzte sich auf seine Schulter und wanderte nach unten. Er, Jake, sie klettern über das hohe Tor in den Hof, Jake mit seiner Klammer um die großen Zähne, er selbst in seinen zerschlissenen Boots-Turnschuhen. Sechs Stufen bis ins Souterrain. Wer schafft alle auf einmal? *Hörst du das?*, fragt Lucas. Er legt das Ohr an die Tür zum Kellergeschoss. *Was denn?* Jake kommt zu ihm. *Hörst du die Glocke? Welche Glocke? Ich hör keine Glocke.* Sie hören genauer hin, und nun sind dort viele Geräusche, Stimmen, Trommeln, Lachen, Schritte, Simone. An jenem bewölkten Wintertag anno 1966 stiegen Simone de Laperouse mit glänzenden Lippen und den unvermeidlichen Legwarmern, Carla mit ihrem waldigen Haar und Vintagestiefeln, Antoney mit Röhrenhose und neuer Künstler-Miene, Ekow mit seinem ungenutzten Talent und ein ganzer Strom weiterer Hoffnungsvoller hinab durch diese Tür zu Oscar Day, zwanzig oder dreißig an der Zahl, von überall her, West-London, nördlich, südlich der Themse, einige sogar aus Birmingham. (»Fragen Sie mich nicht, wie sich das so weit rumsprechen konnte.«) Einige waren in England geboren, andere noch nicht lange dort. Es waren viele Nigerianer darunter und eine Reihe Jamaikaner mit ihrem verschlagenen Blick. (»Sie wissen, was ich meine, Antoney jedenfalls hatte diesen Blick«, sagte Simone.) Es kamen Studenten, Fabrikangestellte, Tanzverrückte, Nachtarbeiter. Beim Vortanzen waren die Frauen den Männern zahlenmäßig überlegen, bei der Musik war es umgekehrt. Es war eine unglaubliche Atmosphäre. Alles schien möglich. »Damals, Louis, war es nicht wie heute, heute gibt es Ensembles wie Adzido, Kokuma oder Phoenix. In den Sechzigern aber war eine schwarze Tanzcompagnie die absolute Ausnahme hier. Wenn, dann versuchte man es im West End, oder bei einem zeitgenössischen oder klassischen Ensemble, obwohl man dafür eine Ausbildung brauchte. Von den Leuten hatte übrigens niemand eine. Es hat im Midnight Ballet immer nur eine professionelle Tänzerin gegeben, und das war ich.«

Simones Vater war Wissenschaftler gewesen, er war einer der ersten Barbadier, die in Oxford studierten, wie sie eilig hinzufügte. Als junges Mädchen, nach dem Josephine-Bild, hatte ihr Wissenschaftler-Vater etwas gesagt, das sie nie vergessen hatte. Er hatte ihr erklärt, dass menschliche Wesen aus Sternenstaub bestehen. Ja, ganz genau. Wir sind aus Wasserstoff und Sauerstoff und vielem anderem, aber wir sind auch aus leichten Atomen, die in den Leibern uralter Sterne geboren wurden. »Ist das nicht schön?« (An dem Punkt wurde Simone Lucas wieder sympathischer.) »Die Vorstellung, dass das Universum in uns ist, dass wir so viel mehr sind, als wir glauben oder die Gesellschaft uns erlaubt?« (Mann, und ob!) »Mir war die Vorstellung immer zuwider, ein gewöhnliches, mittelmäßiges Leben zu führen. Ich wollte hell sein. Ich wollte strahlen.«

»Aber Sie strahlen doch.«

»Ach wo. Nicht mehr! Ich bin eingestaubt. Eingerostet. Sehen Sie mich an, ich bin alt und steif. Damals hab ich *geleuchtet.* Sie hätten mich sehen sollen – ich war so hell wie der Polarstern, ein ganz anderer Mensch. Ich erkenne mich dieser Tage selbst kaum wieder.« Sie war den Tränen nahe und klammerte sich an ihrer Serviette fest. Ohne Lippenstift wirkte sie alt. Sein Rot hatte ihr Kinn verschmiert.

»In dem Souterrain an jenem Tag«, fuhr sie fort, »waren alle wie ich, egal, wer sie waren und woher sie kamen. Wir alle wollten strahlen.«

Und so hatten sie sich also in Oscars Souterrain eingefunden. Die hohen Fenster waren benetzt von Körperhitze. Die Trommeln dröhnten, die Herzen bebten, die Tänzer dehnten sich, die Glocke schlug. »Wer hat die Glocke gespielt?«, fragte Lucas. »Die Glocke?«, sagte sie. »Sie meinen die Cowbell? Das war Bluey. Bluey war an jenem Tag aber nicht dabei.« Oscar ergriff das Wort, den Rücken zu den Spiegeln, und brachte den Saal zum Schweigen. Antoney stand neben ihm, scheu und verlegen. Bei dem Projekt gehe es um drei Abendaufführungen im Ledbury Theatre, erklärte Oscar, ein einmaliges Experiment, aber er hoffe auf Wiederaufnahmen. Für die Proben gab es kein Entgelt, aber alle würden einen Obolus erhalten, falls am Ende die Kasse stimmte. Er würde schon seit vielen Jahren unterrichten, fuhr er fort, nun aber habe er das Glück gehabt, dass ein sehr talentierter junger Mann namens Antoney Matheus zu seiner Truppe gestoßen sei, ein Name, von dem man in der Tanzwelt seiner Meinung nach noch sehr viel hören würde. Antoney schaute auf den Boden. Die Mädchen musterten ihn, von den kessen Augenbrauen bis hinunter zu den Schwebefüßen. Einige Nachzügler huschten herein und zogen sich weiter hinten um. Es sei sehr selten, so Oscar weiter, dass jemand schon so früh einen so autoritativen und innovativen Zugang zur Choreografie habe. Er pries Antoney wegen seiner »erstaunlichen Fantasie« und seiner Verwegenheit, die Formensprachen von Modern Dance, karibischen und afrikanischen Tänzen zu verweben (bei diesen Worten richtete sich Ekow auf, der an einem Spiegel lehnte). »Aber ich will euch nicht langweilen«, schloss Oscar. »Antoney will sicher selbst einige Worte sagen. Antoney? Möchtest du etwas, äh …?«

Das Gefummel, Gemurmel und Geraschel erstarb. Es war das erste Mal, dass Antoney zu einer Gruppe sprach. Er trat einen kleinen Schritt zurück, die Hände hinter dem Rücken verschränkt. Er schien zu beten, dass sich der Boden auftat und ihn verschluckte. Als er endlich seine Stimme wiederfand, riefen die Trommler, er solle lauter reden. »Mein Lehrer weiß bessere Worte als ich«, sagte er. »Ich habe nicht so viel zu sagen.« Eine lange Pause. Schließlich fuhr er fort, in kurzen Sätzen, es war eine sehr holprige Rede. »Ich wurde während eines Hurrikans geboren. Bewegung kommt aus dem Alltag. Das, was wir hier machen, damit folgen wir dem Wind. Lasst uns sehen, wohin er uns trägt. Keine Wände, keine Grenzen, keine Genres. Das ist alles.« Er wandte sich sofort wieder an Oscar. Er war nicht zum Reden geboren, aber auf seine Weise war er aufrichtig und bezwingend.

»Also«, sagte der Lehrer. »An die Arbeit.«

Als Simone de Laperouse ihr Weinglas und dann ein weiteres geleert hatte, als Lucas mittrank, als es in der Grove Brasserie lebhafter wurde und Jake seine Schicht beendet hatte, an deren Ende die Begleichung der Rechnung vorgetäuscht worden war, versammelte Simone all jene, die es ins Midnight Ballet geschafft hatten. Wenn man zu so etwas gehört, sagte sie, wird das Studio dein Zuhause, das Tanzen dein Atem, die Kollegen deine Brüder und Schwestern. Diese Menschen vergisst man nie.

Milly Afolabi (Tänzerin)
Zum Zeitpunkt des Vortanzens besuchte Milly einen Buchhaltungskurs an der Abendschule und arbeitete als Zimmermädchen. Sie lebte in Harlesden, sie war 1960 von Nigeria nach London gekommen. Bekümmert über das mangelnde Angebot

westafrikanischer Nahrungsmittel in ihrem Viertel (Wo bitte gibt es Yams, wo Egusisamen? Und was ist mit Gari?) erwog sie, einen Importhandel zu gründen. Milly war eine fesselnde Tänzerin. Sie fiel Oscar und Antoney sofort auf, das Mädchen in der zweiten Reihe mit der roten Jacke, den enormen Ohrringen und dem kurz geschnittenen Haar. Sie tanzte groß, aus vollem Herzen. Sie hatte kräftige Beine, und ihre Schultern waren phänomenal schüttelfähig. Sie war zuvor schon in Lagos und Accra aufgetreten und konnte dem Midnight Ballet ein großes Repertoire westafrikanischer Tanzelemente vermitteln. Milly war der Meinung, dass es für das Tanzen, anders als in England, keine Altersgrenze geben sollte. Tanzen sollte man ein Leben lang, egal ob alt oder jung, dünn oder dick. In den späten 1970er-Jahren gründete sie mit ihrem Mann einen Gemüse-Import-Export auf der Victor Street in Harlesden, der heute noch existiert.

Alphonso »Fansa« Fontaine (Trommler und Schlagzeuger)
Alphonso – der Kerl mit der großen Klappe ganz weit hinten, mit den Armbändern und starken Trommlerarmen – hatte Antoney bei den Marshall-Brüdern kennengelernt. Bei reichlich Bowle hatten sie über Tanz und Musik des Kumina-Kultes gesprochen, der aus dem Kongo stammte und im Osten Jamaikas von den Maroons praktiziert wurde, vor allem in St. Thomas. Der Kumina, den Antoney in seinen Stücken so gerne imitierte, war eine schleppende Vorwärtsbewegung, mit einer Rückwärtsbeugung des Körpers. Alphonso hatte gelernt, wie man den Rhythmus des Kumina schlug, wie auch den des Dinki Minni und des Brukins, und zwar auf Trommeln, die noch von seinem Großvater stammten. Alphonso war in Kingston aufgewachsen und hatte dort, bevor er nach Großbritannien gekommen war, in Folk Ensembles mitgespielt. Für

das Midnight Ballet verließ er die Hot Tones, seine dem Erfolg ausgesprochen ferne Ska-Band. Er war das Leben im Showbiz gewöhnt und liebte lange Nächte und Guinness-Bowle (ein, Simone zufolge, widerliches Gebräu aus Guinness, Muskat, Zimt und Kondensmilch). Er kostete auch in vollen Zügen das Groupie-Angebot aus. Es warteten immer Mädchen vor der Bühnentür oder flatterten in der Lobby herum. Alphonso benahm sich ihnen gegenüber niemals reserviert oder überheblich, so wie Antoney. Ganz im Gegenteil – er erzählte immer gleich, dass er ledig und kinderlos sei, und widmete den Mädchen seine volle Aufmerksamkeit.

Ricardo und Rosina Morris (Tänzer, Tänzerin und Fotografin)
Diese beiden, die aus Kennington in Süd-London stammten, waren angeblich Zwillinge, aber Simone glaubte das bis heute nicht. Sie sahen einander überhaupt nicht ähnlich. Simone glaubte vielmehr, dass die beiden das erfunden hatten, um faszinierend und mystisch zu wirken, was bei Antoney ja wohl verfing. Ricardo hatte eine flache Stirn und ein freundliches Gesicht. Ihm war die fremde Welt des Tanzens durch eine Freundin namens Polly-Cinder erschlossen worden. Und das war so gekommen: Sie war halb Spanierin und je ein Viertel Irin und Französin. Sie war mit Körpergröße und Finesse gesegnet, und mit langem, umwerfendem Haar. Sie und Ricardo hatten einander während seiner allerersten Tanzstunde erblickt, die er auch bloß aus dem Grund besucht hatte, weil ihm ein befreundeter Maler und Dekorateur gesagt hatte, dass man da die Mädchen traf. Stell dir vor, sagte er Polly-Cinder später, als sie verschlungen auf einer Gänseblümchenwiese nahe Guildford lagen, unsere Kinder werden dann ein Viertel Schotte, ein Viertel Ägypter, ein Viertel Spanier, ein Achtel Ire und ein Achtel Franzose. Die Verbindung hielt nicht, aber

Ricardo hatte entdeckt, dass er sich leidenschaftlich gerne bewegte. Mit seinem großen, kräftigen Körperbau war er das, was Oscar einen hässlichen Tänzer nannte. Später sollte er eine Laufbahn als Wrestler einschlagen.

Seine angebliche Zwillingsschwester Rosina, mit hoher Stirn, trat dem Midnight Ballet als Tänzerin bei und wurde auch dessen Fotografin. Sie war jungenhaft, viel lauter als ihr Bruder und manchmal ziemlich gemein zu ihm. Von allen Tänzern war sie die schwächste, brauchte am längsten, um eine Bewegung zu erlernen, was Antoneys Geduld sehr strapazierte. Die meisten der noch existierenden Fotografien des Midnight Ballet, darunter auch die, die Lucas im Schrank entdeckt hatte, stammten von Rosina. Sie hatte als Teenager mit der Fotografie begonnen, sie wollte immer schon Wesen in ihrer Bewegung festhalten.

The Wonder (Sänger und zweiter Trommler)

The Wonder, ursprünglich aus Ghana, jobbte damals in einem Restaurant in Bayswater und sehnte sich nach einer Rückkehr ins Rampenlicht. Er hatte sich zuvor viele Jahre in Spanien und auf den Kanaren als Feuerschlucker verdingt. Dabei hatte er Talent und Fantasie bewiesen und seine Auftritte immer um einfallsreiche Nuancen ergänzt – wenn ihm beispielsweise ein Paar in den Flitterwochen nach einem Sonnenuntergangabendessen am Strand zusah, gab The Wonder (mit großem T, da war er sehr empfindlich!) der Frau den brennenden Stab und forderte sie auf, ihn an seinen Fuß zu halten. Er schluckte das Feuer nicht wirklich, hatte er Simone einmal verraten. Nein. Es handelte sich dabei um einen besonderen Stab, der in dem Moment erlosch, wenn man ihn in den Mund nahm, obwohl seine Mundwinkel trotzdem manches Mal angekokelt wurden. The Wonder hatte einen beachtlichen Bauch und ein breites, pockennarbiges Gesicht. Obwohl er älter als die meisten war, begriff er sehr rasch die komplizierten senegalesischen Schrittfolgen, die Ekow ihm zeigte.

Benjamin Omotunde Ojo (Trommler)
Benjamin war der Kerl, der Antoney aufgefordert hatte, lauter zu sprechen. Er war der Älteste der Truppe, und vielleicht auch der Unbeliebteste. Benjamin arbeitete damals für Heinz, in der Fabrik in Park Royal. Er hasste gebackene Bohnen und eigentlich alles von und an Heinz. Er wollte mit Frau und Kindern zurück nach Nigeria, hatte aber Angst vor den politischen Unruhen dort und auch nicht die Mittel dafür. Ihm ging es eigentlich nur gut, wenn er seine Djembe spielte. Missfiel ihm etwas, blähten sich seine Nasenflügel auf, und er rieb sich wild das rechte Knie. Einmal hatte er auch eine vernichtende Tirade gegen Simone de Laperouse losgelassen, die ungefähr so ging: Du hältst dich wohl für die Queen? Glaubst wohl, du bist was Besseres? Du bist kein Stück besser als ich. Du bist Scheiße, und du tanzt scheiße. Du bist steif wie ein Besen. Du hast so lange Ballett und dieses blödsinnige Modern-Stretching-Zeug gemacht, das sich Tanz nennt, dass in deinem Körper kein Zoll Afrika mehr ist! Simone war darüber so aufgebracht, dass sie den Proben eine Woche lang fernblieb. Trotzdem, Benjamin *war* ein kompetenter und souveräner Trommler, und manchmal brach er spontan eine Improvisation los, wuchtige Solos über den Beat hinweg. Danach, so Simone, wirkte er immer viel netter. Aber eigentlich fand sie ihn unerträglich.

Es war zwanzig vor neun. Simone hatte mittlerweile drei Glas Wein getrunken und sprach ein wenig undeutlich. Lucas ging mit ihr unter der schillernden Markise der Grove Brasserie hindurch in den violetten Portobello-Abend, in den sich nun ein armbandtragender Trommler, ein pockennarbiger Feuerschlucker, falsche Zwillinge und ein Kahlkopf namens Oscar Day mischten. Antoney und Carla waren in dem Sauerstoff, den er atmete und der auf Sternenstaub in ihm treffen würde. Die Kirche am Powis Square läutete unter ihrer neuen Geschichte wie zur Sonntagsmesse. All das war für Lucas viel greifbarer als der Funk und das Geschnatter aus der Market Bar, als die Beine von Scary Spice unter dem Westway oder die Silhouetten der Raucher vor dem Falafel King.

Der Weg zur Tube-Station war unstetig. Simone war sichtbar beschwipst, und Lucas hatte sowieso diesen seltsamen Schlendergang. Wer mit Lucas spazieren geht, wird ziemlich schnell feststellen, dass er nicht in einer geraden Linie gehen kann, sondern seinen Begleiter in einer vagen Diagonale bedrängt, sodass man ihm ausweichen und auf die Straße treten muss. Für Denise war dies eine Quelle steten Zorns, und darum ging sie immer vor ihm her. Jakes Strategie bestand darin, kurz vor dem vermeintlichen Zusammenstoß stehen zu bleiben, um Lucas damit wortlos an das Gebot des geraden Gehens zu erinnern. An diesem Abend trieb Lucas besonders heftig ab.

»Hups, wir schwanken ja ganz schön«, sagte Simone. »Ich hake mich lieber bei Ihnen ein.« Wegen des Größenunterschieds musste sie sich unterhaken.

Sie gingen die verlassene Gasse entlang, die von der Portobello Road zur Tube-Station auf der Ladbroke Grove führte und nun, ohne das samstägliche Markttreiben, trübe und grünlich dalag. Nikotinstimmen drangen aus dem Park in der Nähe, der an den meisten Abenden von den etwas rustikaleren Trinkern frequentiert wurde. Lucas kam sich wie ein schäbiger Betrüger vor. Als sie das Ende der Gasse erreichten, als sie gerade in die geschäftige Straße eintauchen wollten, verspürte er wieder die Dringlichkeit, sich zu offenbaren – vielleicht würde ihm Simone im Gegenzug erzählen, was sie verbarg. Aber er wurde von einem heftigen Flügelschlagen abgelenkt, das aus einem Nest unter dem Bahnsteg kam, der sich über die Ladbroke Grove spannte (es gab zwei Stege, einen auf jeder Seite der Straße, die darunter so bekleckst wie ein schwarzweißes Ölgemälde war). Louis Miguel war schon zu tief in ihm. Er bezweifelte, dass er Simone je wiedersehen würde. Und viel konnte sie ihm sowieso nicht mehr geben. Außer.

Es könnte gut sein, dass *West*, quatschte Louis der Schnelldenker, der Dranbleiber in seinem Journalistenslang auf sie ein, daran interessiert sei, etwas Größeres über die Compagnie zu bringen. Wenn sie noch Kontakte hätte, würde sie ihm die vermitteln? Schweigen. Schließlich erwiderte Simone, dass sie mit niemandem aus jener Zeit mehr in Kontakt stand. »Sie sind alle fort oder fern, tot oder aber alt und menschenscheu«, sagte sie.

»Warum der Name?« Sie standen kurz davor, sich endgültig voneinander zu verabschieden. »Warum Midnight Ballet?«

Sie sah zu ihm auf, gegen das farbige Licht einer Straßenlaterne. Wieder dieser prüfende, argwöhnische Blick. »Darauf ist Carla gekommen«, sagte sie. »Es war ein Scherz. Weil wir immer so spät geprobt haben.«

Er sah ihr nach, als sie zur Ticketschranke ging und in ihrer pinkfarbenen Manteltasche nach dem Fahrschein suchte, der Rücken unbeugsam, der Kopf hoch erhoben. Dennoch war etwas Schäbiges an ihr, der zerschlissene Saum, die altmodischen Abendschuhe. Wenn ein Mensch von einem fortgeht, dachte Lucas, ist das der Moment, in dem man ihn als Ganzen sehen kann, als Summe seines Lebens, seiner Erfahrungen, wie eine Hymne oder einen Abspann. Als ein Zug über seinen Kopf dröhnte, sah er Simone de Laperouse als Ganzes, und in ihrem Lied klang Wehmut mit. Sie durchquerte die Schranke in Richtung Stufen. Er wollte gerade gehen, da unterbrach sie, die Hand am Geländer, auf halber Strecke ihren Abstieg und fuhr herum.

»Louis!«, rief sie.

Sie trafen sich an der Schranke.

»Da war noch jemand«, sagte sie mit belegter Stimme. »Ein guter Freund von Antoney. Ein Zeitungskritiker. Er hat viel über uns geschrieben.« In dem Moment wirkte es, als fiele ihr sein Name nicht mehr ein. Aber doch. »Er hieß Riley. Edward Riley. Aber bei uns hieß er nur Riley.«

5

Um die fünfgeschossigen Häuser auf der Ladbroke Grove, die Bonbonfassaden und die zehn Etagen der beiden Türme, die Lucas vom Bug der Silver aus sehen kann, winden sich Aberhunderte Balkone. An den Türmen sind sie klein und schachtelig und durch die obligatorischen grünen Netze vor Taubendreck geschützt. Richtung Holland Park neigen die Balkone zu Kurven und Verzierung. An manchen Stellen ist gleich das ganze Dach der Schau gewidmet, einem Zeitvertreib, der im Grove überall Sitte ist. Die Menschen, die Tauben, die lüsternen Liebenden, sie alle schauen hinaus auf die unscheinbare Windung des Grand Union Canal, auf die zahllosen Kirchen und den platanenbestandenen Grenzhügel. Sie ziehen einen Stuhl heran, stellen ein Glas Rotwein oder Bier neben sich, und vielleicht erinnert sich der eine oder andere noch an jenen Sonntag im Jahr 1967, als die Kinder auf die Straßen strömten, die damals durch den Bau des Westways mit seinen dräuenden titanischen Stelzen verbarrikadiert waren, durch das größte Straßenbauprojekt, das London je gesehen hatte. Vor einer Kulisse aus reglosen Maschinen und staubigen Geröllhalden hüpften und plapperten die Kinder herum, manche in Hütchen und Regency-Kleidern, andere mit Zylinder, Pfeifenreiniger-Schmetterlingsflügeln oder orientalischen Westen. Batman und Robin waren auch dabei. Ein Paar saß im Schneidersitz auf einem Wagen, zu Füßen eines äthiopischen Königs, der von ausgestopften Löwen flankiert wurde. Die Kinder, die nicht kostümiert waren, liefen einfach so nach draußen, mit verrutschten Strümpfen und abgewetzten Schuhen, in kurzen Hosen und gemusterten Pullovern, in allen Farben, die der Kleiderschrank hergab. Sie bestaunten eine bulgarische Tanztruppe. Sie umringten einen Clown mit hohen Augenbrauen, er hatte Süßigkeiten und verknotete Ballons.

Mit den Kindern kamen die Mütter, Väter, Onkel, die älteren Schwestern und lippenstiftbemalten Tanten, mit Glitter Tübchen in den Handtaschen, damit sie sich die Wangen auffrischen konnten, wenn der Glitter vom Tanzen und der sporadischen Sonne weggeschwitzt war. Andere kamen von weit her, viele waren durch die Bauarbeiten aus ihren inzwischen abgerissenen Häusern in ein Sibirien namens Burnt Oak oder Ealing vertrieben worden und wollten ihre Freunde wiedersehen. Calypso-Musik drang aus Lautsprechern an den Straßenecken oder wurde aus den silbernen Bäuchen der Trinidad-Steel Pans herausgetrommelt. Es wurde eine lukrative Saison für Emily Kirk und ihre Blumenkolleginnen. An von Pferden gezogenen Landauern und offenen Wagen kräuselten sich Girlanden, Kränze und Sträußchen, und wer einen Maiskolben wenden oder ein gutes Jerk-Huhn machen konnte, stellte einen Grill auf die Straße und machte ein Feuerchen. Die lärmende Prozession schlitterte die Ladbroke Grove hinauf, hinüber bis zur Holland Park Avenue, am Notting Hill Gate vorbei, links in die Pembridge Road und zurück nach Chepstow. Vor zwei Jahren erst hatte sich eine schäbige, kleine, bunt gemischte Parade zwischen den Linienbussen hindurchwinden müssen; damals war der Trubel ein Ventil für die vielen Slum-Frustrationen gewesen und ein Signal, dass das Viertel mehr zu bieten hatte als Drogen, Rassenkonflikte, Betonmischer und

Müllberge. Nun entwickelte sich das Ganze zu etwas, wofür man sich auf den Balkon setzte.

Am Powis Square, bei Oscar, probte unterdessen das Midnight Ballet für seine Show im Ledbury Theatre, die in zwei Wochen stattfinden sollte. Sie hatten den Saal neben dem Hauptschiff im Erdgeschoss okkupiert. Die Kirchentür war nur angelehnt, das Dröhnen der Trommeln drang hinaus in den Hof. Jeder konnte sie hören, auch jeder Beamte von Kensington und Chelsea, der zufällig vorbeikam, aber das war Oscar längst egal.

St. Bernard war in einem Zeitalter aktiven Gemeindegeistes erbaut worden, als das religiöse Zentrum zugleich auch Heimstätte für Trödelmärkte, Jugendclubs, Frauentreffen und Tanztees war. Am Ende des Saals waren eine Durchreiche, in der Carla gerne saß, und ein Lagerraum, der nun für die Kostüme genutzt wurde. An einer trüben Alabasterwand hing immer noch das Plakat für einen Porzellan- und Geschirrbasar, der hier 1948 stattgefunden hatte. Zwei Schiebefenster waren zerbrochen, es gab keine Spiegel, in den Boden hatte sich schwarzer Dreck eingefressen, der sich nicht wegschrubben ließ, und ein Nachbar hatte sich auch schon über den Lärm beschwert. Doch all das machte nichts. Benjamin war meilenweit von der Fabrik entfernt, Simone vom Cabaret, Antoney von der Baustelle, Milly vom Hotel. Sie waren, wie Simone es Lucas in der Grove Brasserie beschrieben hatte, »voller Energie, Bewegung, Leben«. Schweiß sammelte sich in der Halsmulde. Nichts war herrlicher, als morgens mit dem Gedanken wach zu werden, dass man wenigstens einige Stunden am Tag, von der Musik umfangen, hart trainieren würde, und der Druck war gewaltig, denn vieles musste für die Show noch erarbeitet werden.

Von draußen drang der Trubel, während innen alle zuschauten, wie Antoney und Milly (die insgeheim seine Lieblingstänzerin war) versuchten, Elemente aus einem nigerianischen Tanz namens Apepe mit zeitgenössischen Bewegungsformen zu verschmelzen. Es lief nicht gut. Antoney hatte lernen müssen, dass die Bewegungsfolgen, die er in seinem Kopf hatte, nicht so zugänglich waren, wie es schien. Sie sprangen weg, wenn er nach ihnen griff. Wenn er auf der Westway-Baustelle einen Betonmischer bediente oder einen Bohrer hielt, kamen ihm manchmal ganze Phrasen in den Sinn, vollständige, vollkommene, fließende Kadenzen; in diesen Momenten unterbrach er seine Tätigkeit, um sich Notizen zu machen. Genau dann aber entschwand ihm alles. Vielleicht waren die Bewegungen in seinem Kopf ja weiter nichts als Bewegungen in seinem Kopf – sie sollten nicht nach draußen kommen. »Gib dich nicht immer gleich geschlagen, Antoney«, erwiderte Oscar darauf. »In jeder Schöpfung steckt Zerstörung. Kein Konzept überlebt in seiner ursprünglichen, perfekten, vorgestellten Form. Man verliert immer etwas, und das ist kein Problem.« Antoney war nicht recht überzeugt. Er fragte sich immer noch, ob Oscar ihn nicht überschätzte. Er hatte Angstträume, in denen er von der Bühne stürzte und vom Publikum verlacht wurde.

Es gab insgesamt vier Tänze (»Ballette«, wie Oscar es nannte). Zwei waren Weiterentwicklungen früherer gemeinsamer Projekte von Oscar und Antoney – ein »Shango«, inspiriert von Katherine Dunham, und eine überschwängliche Hommage an die Marshall-Abende namens »Blues House«. Die beiden anderen Stücke waren Neuschöpfungen, eines war vom Modern Dance geprägt und fußte auf der jamaikanischen Form des Kumina, und dann war da das schwierige, an dem sie gerade arbeiteten. Die Ballette waren Amalgame aus dem Wissen, das die einzelnen Mitglieder der Truppe besaßen, aus Oscars Erfahrungsschatz und Antoneys Talent, flüssige und dramatische Arrangements durch ganz unterschiedliche Formensprachen hindurch zu entwickeln. Kühn brachte er zackige burlesque Schultern, senegalesische Fußakrobatik und Merengue-Hüften mit Gesten zusammen, die er auf der Straße aufgeschnappt hatte, hier ein klassischer Sprung, dort ein wenig Skanken. Er hatte sich aufgrund seines Wagemuts, der scheinbar vor gar nichts Halt machte, in der Off-Szene schon einen Namen gemacht, nun aber war er wohl an eine Grenze gestoßen. Milly wiederholte die gleiche Phrase seit zehn Minuten.

»Pass auf«, sagte Oscar und biss in eine überreife Birne, »du musst dir vorstellen, es wäre einfach, dann *ist* es einfach – als würdest du quer durch einen Raum gehen.«

Antoney schaute seinen Lehrmeister von der Seite an. Carla saß barfüßig in ihrer Durchreiche und baumelte mit den Beinen, die Knöchel überkreuzt. Trotz seines Unmuts konnte sich Antoney dem Zauber ihres üppigen kupferbraunen Haars, das ihre Augen noch größer erscheinen ließ, wenn es aus dem Gesicht gebunden war, nicht entziehen. Carla kam zu jeder Probe, selbst an einem heißen Tag wie diesem, in Stiefeletten und ihrem gerupften Sechs-Shilling-Kunstfellmantel, unter dem im Sommer Shorts und eine geblümte Hippie-Weste erschienen. Sie hatte eine unbeschwerte Einstellung zum Tanzen, die man leicht als Ausdruck von Gleichgültigkeit missverstehen konnte. Sie trainierte nicht so viel wie die anderen und mischte sich auch nie in die kleinlichen Meinungsverschiedenheiten ein, die ständig ausbrachen. Sie beobachtete und blieb außen vor, und manchmal warf sie einen belanglosen, lockeren Kommentar ein, der die Stimmung besserte und den Ärger zerstreute. Als sie nun Simone angrinste, fragte sich Antoney wieder, ob es ein Fehler gewesen war, sie gehen zu lassen. Sie war sein Mädchen gewesen. Er musste an ihren warmen Körper denken, so nahe an seinem. Verlangen rührte sich.

Simone mit ihren allgegenwärtigen Legwarmern war wie

immer nahe am Zentrum des Geschehens. »Lass mich es mal versuchen. Ich glaub, ich hab's. Komm, mach Musik.«

Antoney gab Simone eine halbe Minute, um sich an der Bewegungsfolge zu versuchen, ging in einem engen Kreis um sie herum, dann blieb er abrupt stehen und lauschte. »Es ist die Musik.« Er ging zu den Trommlern. »Die Musik ist falsch, wir brauchen etwas ... Fansa, spiel den Brukins.«

»Du willst jetzt den Brukins?«

»Ja, versuch's mal.«

Fansa und Benjamin hatten ihr Quartier am anderen Ende des Saals, beim Lagerraum. Fansa spielte gerne mit nacktem Oberkörper, seine Armbänder schwangen im Rhythmus mit, den langen, schmalen Kopf beugte er dabei nach hinten, als ob er mit aller Macht noch den zartesten Tönen folgen wollte. Am Spannreifen seiner Trommel waren drei metallene, gelöcherte Rasselbleche befestigt, die einen zischenden Klang machten. Benjamin kannte den Brukins nicht, und so schaute er in Habachtstellung hinter seiner Djembe zu. Der Rhythmus erschloss sich nicht gleich. Benjamin lauschte und sah dem Fortschreiten des Tanzes zu, seine Nasenflügel blähten sich auf. Die rechte Hand rieb über das berühmte rechte Knie.

»Das ist es. Besser.« Antoney sah erleichtert aus. »Wir neh men Tempo raus. Oscar, was meinst du?«

»Ich finde es gut.«

Das Stück wurde nur von Frauen getanzt, und im Mittelteil gab es ein Solo für Milly. Antoney holte Carla und Rosina dazu, Simone war bereits in Position. Als der Brukins wieder ansetzte und die Tänzerinnen Milly folgten, stand Benjamin auf und schabte dabei absichtlich mit seinem Stuhl über den Boden. Es war nicht das erste Mal, dass er alles zum Erliegen brachte. Ganz offensichtlich hatte er etwas Ernsthaftes und Verdrießliches auf dem Herzen. Er wandte sich an Antoney.

»Du solltest den Apepe in seiner ursprünglichen Weise zeigen, so wie Milly ihn dir beigebracht hat.«

Die Trommel verklang, Antoney fragte Benjamin, was das denn heißen solle. »Können wir bitte weitermachen?«, fragte Simone, die Hände in die Seiten gestemmt. »Wir versuchen zu arbeiten.«

Benjamin ließ sich nicht beirren. »Oh ja«, sagte er in seiner starken Yoruba-Färbung. »Ich beobachte euch bei der Arbeit, und nicht immer mag ich, was ich sehe. Das ist ein traditioneller Tanz. Man kann nicht einfach hier und da was nehmen und alles zusammenwerfen, als würde man eine Suppe kochen. Was weiß der Apepe schon vom Brukins?«

»Meint der das ernst?«, raunte Oscar Ekow zu.

»Ist mir scheißegal«, sagte Antoney, ohne nachzudenken. Irgendetwas fehlte immer noch in der Musik. Es mangelte ihnen an Schlaginstrumenten, aber nun war es zu spät. »Fansa, mach einfach weiter.«

Benjamins Nasenflügel blähten sich zu ihrer vollen Kapazität auf. »Hör mir zu«, sagte er, »denn du dummer kleiner Junge verstehst das nicht.« Carla beobachtete, wie sich Antoney unter Benjamins herablassenden Worten immer weiter verkrampfte. Benjamin machte sich einen Spaß daraus, die anderen an die beschränkten Kenntnisse ihres künstlerischen Leiters – ganz im Gegensatz zu seinen – zu erinnern. »Manche dieser Tänze, mit denen du hier rumspielst, sie sind vor *Hunderten von Jahren* entstanden. Vor Hunderten und Aberhunderten von Jahren. Lange vor der Sklaverei, lange, bevor es dieses Land gab. Sie sind Kulturgut der afrikanischen Zivilisation. Sie sollten geschützt und bewahrt werden.« Er sah sich um, auf der Suche nach Verbündeten. »Oder etwa nicht?«

Rosina gähnte. Fansa streckte sich. Milly zuckte mit den Schultern und murmelte, dass sie die Musik okay fand, während Carla sehnsüchtig aus dem Fenster, hinaus zum Klang der Steel Pans schaute. (Wer war eigentlich auf die Idee gekommen, an einem Sonntag zu proben?) Als sie sich vom Fenster abwandte, stand Antoney neben ihr. Er berührte ihr Handgelenk, als wollte er sie zurück an die Arbeit führen, obwohl sie den Eindruck hatte, dass dies bloß ein Vorwand war. So etwas machte er nämlich öfter seit einiger Zeit, er fasste sie geistesabwesend an den Schultern, während er einem Mitglied der Truppe etwas erläuterte, oder nahm ihre Hand, um sie an eine neue Position zu leiten. In einer bierseligen Nacht im Fiesta One (einem nächtlichen Einkehrort des Midnight Ballet) hatte er ihr sein Leid geklagt; er fühlte sich überfordert, glaubte, dass er für seine Rolle nicht geschaffen sei, er, der Stille mit seiner flüsternden Seele. Sie versuchte, es zu ignorieren, aber jedes Mal, wenn er sie berührte, kehrten die alten Empfindungen zurück, eine warme Angst, gepaart mit einem kindlichen Glücksgefühl.

The Wonder ergriff nun das Wort. Er war der Unterhaltung gefolgt, hatte sich dabei den Fuß massiert und auf einem Stück Ingwer herumgekaut (dessen Geruch ihn penetrant umgab, doch angeblich war es gut für die Nieren). Unter seinem Hocker, mit dem Gesicht nach unten, lag ein Buch zum Thema Zen-Buddhismus. »Vielleicht ist ja etwas dran an dem, was Benjamin sagt«, warf er nachdenklich ein. »Was wollen wir mit dieser Show erreichen? Was wollen wir denn sagen?«

»Ich will gar nichts erreichen oder sagen!« Antoney, aufgebracht, löste sich von Carla. »Was wird das hier, Tanzen oder Politik?«

»Richtig«, rief Oscar. »Na kommt, Jungs, wir haben keine Zeit für hitzige Wortgefechte.«

»Aber du entwertest die Tradition!«, schrie Benjamin.

»Tradition? Große Güte, was ist das schon?«

»Du, der Älteste von allen, stellst so eine dumme, lächerliche Frage?«

Das wiederum reizte Ekow, er ging auf Benjamin zu. Dass Oscar in seinem eigenen Reich niedergemacht wurde, das würde er nicht dulden. »Ach, jetzt setz dich, Ben«, sagte Fansa. »Sei nicht so altväterlich.« Er legte wieder laut mit dem Brukins los und trommelte den Ärger nieder. »Na kommt! Mir nach!«, und eine nach der anderen gehorchten die Tänzerinnen. Benjamin aber war immer noch zornig, Antoney beleidigt. Er träumte doch nur vom Fliegen, mehr nicht. Laufen, springen, schweben, drehen. Welche Rolle spielte es da, ob es ein Kumina-Schritt oder ein Sprung aus dem Senegal war? Warum spielte es überhaupt eine Rolle, in welcher Sprache er sich ausdrückte? Er hatte große Mühe, sich zu konzentrieren, und darum bemerkte er auch als Erster den schmalgesichtigen, dunkelhaarigen, weißen Jungen, der vom Eingang her in den Saal lugte.

Carla bemerkte ihn ebenfalls. Er wirkte so verängstigt und entschlossen wie ein neuer Soldat. Es war nicht ungewöhnlich, dass neugierige Fremde hereinschauten. Irgendjemand steckte immer den Kopf durch die Fenster, Kinder kicherten am Eingang – vermutlich war er ein Irrläufer vom Festival (an seinem Hals hing eine verräterische Pfeife). Aber anders als der durchschnittliche Voyeur wollte dieser Junge etwas. Er stand an seinem Platz wie festgenagelt, spähte hungrig in den Saal, fixierte keine bestimmte Person und kein bestimmtes Objekt, sondern riskierte mehrere rasche Blicke auf die Trommeln, die Tänzer und die Musiker. Kindliche, sonnengebräunte Arme staken aus einem übergroßen T-Shirt hervor. Er versuchte ein Lächeln zur Begrüßung. Wieder schwiegen die Trommeln.

»Kann ich dir helfen?«, sagte Antoney.

»Ich möchte mitmachen«, sagte der Junge.

»Mitmachen?«

Simone und Fansa lachten. Antoney und Oscar sahen sich verwirrt an. Der Junge nickte schlicht.

»Nun, wobei denn?«, fragte Antoney.

»Egal.«

Selbst Benjamin war angestachelt.

»Kannst du tanzen?«

»Nee.«

»Kannst du singen?«, fragte Fansa zum Scherz.

»Weiß nich«, der Junge zuckte mit den Achseln. »Glaub ich nich.«

Die Trommler brüllten vor Lachen. Carla befahl ihnen zu schweigen. »Süßer, wie heißt du?« Er konnte nicht älter als sechzehn oder siebzehn sein. Er hatte die blausten Augen, die sie je gesehen hatte.

»Bluey«, sagte er.

Sie lachte. »Ehrlich?«

»Was ist daran so komisch?«

»Tut mir leid. Das passt einfach zu dir. Ist dein Spitzname, oder?«

»Ja«, sagte er zu Carla. Er sog sie mit den Augen ein, er sprach nur zu ihr. »Kannst du irgendetwas spielen, Bluey?«, fragte sie sanft.

»Ich kann Klavier spielen. Mein Dad ist Organist, in der Kirche. Er hat's mir beigebracht.«

Nun hielten sich Benjamin und Fansa die Bäuche und schlugen sich auf die Schenkel. »Aber wir haben kein Klavier!«, grölte Benjamin.

»Dann versuch ich's am Schlagzeug.«

»Mumm hat er ja«, raunte Oscar Ekow zu.

Nach einigem Zögern und auf Geheiß von Carla rutschte Fansa von seinem Platz, um diesem Jüngelchen einen Versuch an seiner Djembe zu gewähren. Bluey näherte sich dem Instrument sehr entschieden, mit immer schnelleren Schritten und lockerer Jeans, aber er hatte offensichtlich nie zuvor eine Trommel zwischen den Beinen gehalten, denn er stieg mit dem linken Bein darüber und verlor fast das Gleichgewicht, anstatt sich zuerst zu setzen und das Instrument zu sich zu ziehen. Benjamin spielte einen komplizierten Rhythmus, dem nur ein erfahrener Trommler folgen konnte. Der junge Gast bekam rote Wangen und geriet immer wieder aus dem Takt, schließlich gab er auf und blieb steif auf dem Hocker sitzen. Er war so am Boden zerstört, dass Carla nicht anders konnte, als zu ihm zu gehen und ihm durch die dunklen, zerzausten Locken zu wuscheln, was ihm noch peinlicher war.

»Irgendwas muss es doch geben«, sagte sie.

»Ach so, jetzt kann jeder, der da draußen rumhängt, mit an Bord?«, fragte Benjamin.

»Nee, hast ja recht.« Bluey stand genauso auf, wie er sich hingesetzt hatte. »Ich hau schon ab.«

»Warte mal. Kannst du die Time halten?«

Das kam von Antoney. Er wühlte in Fansas Seesack herum und holte einen Satz hölzerner Klangstäbe hervor, schlug sie zusammen, aber er wollte einen höheren Ton. Benjamin maulte, der Junge habe doch gerade *bewiesen*, dass er den Rhythmus *nicht* halten konnte, und wurde nochmals und endgültig von Carla und Rosina zugleich zum Schweigen gebracht. Als Antoney fand, wonach er suchte – Cowbell und Stab –, richtete er sich auf, reichte beides an Bluey und sagte ihm, er solle einen simplen Zweivierteltakt schlagen. Die Glocke war aus Messing und hing an einem groben roten Riemen.

»Fansa. Spiel den Brukins.«

Alle schauten zu. Auf Blueys Gesicht erschien wieder Hoffnung, gepaart mit einer Konzentration auf Leben und Tod.

Von seiner neuen, stehenden Position nahe der Trommeln aus schaute er ein letztes Mal zu Carla, dann nahm er den Takt auf. Er spielte unbeirrt, umfing die Musik mit seinem konstanten Zeitmaß, lächelte sogar, entblößte zwei Reiher kleiner, nikotinverfärbter Zähne. Die Glocke schallte durch die Fenster und hinauf in den ruinösen Kirchturm. Er vertat sich nicht ein Mal, nicht einmal, als Benjamin schneller wurde. Er hielt mit – dann hielten *sie* mit *ihm* mit. Sein klarer Klang war der letzte Ton, er brachte die Musik an ihr Ende. Schweigen herrschte.

»Er kann den Takt halten«, sagte Fansa völlig verblüfft.

»Oh ja«, sagte Antoney. »Oh ja.«

Die Cowbell löste das Apepe-Dilemma. Bluey wurde gebeten, im Ledbury mitzuspielen, mit der Aussicht auf weitere Engagements, sofern es welche gab, und angehalten, am Mittwoch um vier Uhr zurückzukommen. Bevor er wieder hinaus zum Fest ging (leicht über dem Boden schwebend), musste er sich noch Benjamins schroffen Vortrag über die Lehre des Rhythmus-Haltens anhören.

»Du bist für den Beat verantwortlich, kapiert? Wenn du aus dem Takt kommst, kommt auch ein anderer aus dem Takt. Du kannst alles versauen.«

Carla formulierte es anders. Sie spürte eine so starke Zuneigung zu dem Neuling, dass man sie jetzt schon Freunde nennen konnte. Seine nervösen Augen sogen sie mit dem Kopf voran in seine meerumrahmten Pupillen. »Du bist der Mittelpunkt«, sagte sie. »Ohne dich, Bluey, denk daran, bricht alles andere weg.«

»Was für ein außergewöhnlicher Junge«, sagte Simone, als er fort war.

Nach der Probe schleiften die Jüngeren Oscar, der ohnehin gewöhnlich am Sonntagnachmittag einen Spaziergang unternahm, mit zum Festival. Antoney, Simone, Carla, Ekow und Oscar trieben eine Weile hinter einem Festwagen her, im Gefolge einer Gruppe Jugendlicher in weißen Turnanzügen, mit rot geränderten Schmetterlingsflügeln, die sich von dem unentschiedenen Tröpfeln, das ihre Stirn benetzte, nicht im Mindesten beeindrucken ließen. Carla und Simone tollten herum und tanzten hin und wieder einige ihrer Schritte. Sie tranken Rum und Cola aus Bechern. Ein buntes Volk war unterwegs. Teenager mit ihren schrillen Pfeifen, vollgedröhnte, südländische Studenten in gestreiften T-Shirts, Jamaikanerinnen mit Minikleid und üppiger Frisur, alte Männer, die vor dem Pub ihr Pint schlürften, Verkäuferinnen, Polizisten, die Deserteure der Steel-Bands mit ihren offenen Hemden, eine bekannte Bardame in ihrem berühmten Leoparden-Mantel. In diesem Viertel fanden sich Spuren der Sahara und der Irischen See, vom Panama-Kanal und aus jener Music Box, die Kingston heißt; hier pulsierte das Leben, im Guten wie im Schlechten, eine ordentliche Party war hier ebenso an der Tagesordnung wie ein ordentlicher Streit. Portobello war kein englischer Name. Portobello war eine Schlacht zwischen den Engländern und den Spaniern im Jahre 1739 (und unter dem Asphalt rings um das Notting Hill Gate lagen die Überreste eines anderen Gefechts, die Gebeine römischer Soldaten, denen die Heimkehr aus ihrer Schlacht nicht geglückt war). Die Parade war eine Botschaft an die Krawallmacher mit ihren Eisenstangen, die die Gegend gerne farbbereinigt hätten: Ob's euch passt oder nicht, sangen die Steel Pans, wir bleiben hier.

An der Kreuzung Chepstow Road und Westbourne Grove-Antiquitätenmeile gingen Simone und Ekow los und holten sich etwas zu essen, Carla blieb in der Menge bei Oscar und Antoney. Mittlerweile war sie recht rumbeschwingt, doch als Oscar sich abwandte, um mit einem Bekannten zu reden, und sie mit Antoney allein ließ, wurden sie befangen. Sie sprachen beide zur gleichen Zeit und versuchten, sich lässig zu geben. Die Szene mit Bluey hatte Antoney verstört. Normalerweise berührte es ihn nicht, wenn Carla von anderen Kerlen angemacht wurde, aber in letzter Zeit, und er wusste nicht, warum, vermisste er sie, wenn er sie einige Tage lang nicht sah, und fragte sich, was sie wohl gerade machte. Sie war der einzige Mensch, mit dem er reden konnte. Sie hörte zu, ohne ihn zu verurteilen, streichelte ihm auf ihre so selbstverständliche Art über die Schulter oder strich ihm ebenso sanft und verständnisvoll über den Hinterkopf, wie sie es heute mit Bluey getan hatte. So jemand täte ihm gut, jemand, der lieb und anständig war, ein verlässliches Mädchen, das am Ende seiner Unternehmungen auf ihn warten würde. Ihm wurde langsam bewusst, wie wichtig eine Gefährtin war, damit ein Mann mit beiden Füßen auf dem Boden blieb.

Carla ihrerseits, so plötzlich ohne Simone, fand es schwer, sich ihre Reaktion auf Antoneys flüchtige Berührungen nicht anmerken zu lassen, auf die Hitze, die sich nun leuchtend in seinem Gesicht festsetzte, während sie versuchten, einander nicht in die Augen zu sehen. Als sich die Prozession über die Chepstow-Kreuzung schob, wurden Antoney und Carla in der dichten Menge auf dem Bürgersteig aneinandergedrängt. Das Einfachste wäre gewesen, sich einzuhaken und die Biegung vereint zu meistern, doch Carla wollte den Abstand zwischen ihnen wiederherstellen und stolperte rückwärts über den Bordstein. »Vorsicht!« Er fing sie auf. »Sonst wirst du noch mitgerissen.« Seine Sperlingsaugen schenkten ihr einen so hingebungsvollen Blick, dass ihr Gesicht zu einem einzigen Lächeln wurde. Er sah so gut aus, so attraktiv, er war der attraktivste Mann, den sie je gesehen hatte. Einen Moment lang glaubte sie, er würde sie bitten, zu ihm zurückzukommen. Er hielt sie immer noch, und dies unnötig eng, umklammert – als hinge er an ihr fest. Und doch waren sie beide erleichtert, als Oscar zurückkam, sich zwischen sie drängte und erzählte, dass sie mit Glück eine Zeitungsanzeige für die Show bekommen würden. Daraufhin entspann sich ein Gespräch über Lampenfieber – Carla hatte Angst, ihre Schrittfolge zu vergessen.

»Du musst über das Publikum hinweg auf das Schwarz ganz hinten schauen und dich auf das konzentrieren, was du tust«, sagte Oscar. »So habe ich es immer gemacht, wenn ich nervös war. Stell dir vor, du wärst in einem leeren Raum. Das hilft, ehrlich.« Er holte sich ein Tuch aus der Tasche seines knitterigen Leinenhemds und wischte sich das Gesicht ab. Oscars Gegenwart hatte Carla früher immer eingeschüchtert, inzwischen aber genoss sie seine Gesellschaft. »Wenn du einen Schritt vergisst, sieh nur zu, dass du es gut überspielst. Du darfst nie verschreckt aussehen, egal, was passiert. Richtig, Antoney? Also, warum zeigt ihr jungen Dinger nicht mal, was ihr könnt?«

Der Wind trug einen alten Calypso-Song von Lord Kitchener über das wogende Klirren und Klimpern der Steel Band hinweg. Carla tanzte wieder, mit ihrem schlanken Körper bewegte sie sich mühelos zur Musik. Antoney wünschte, Oscar wäre nicht zurückgekommen, er brachte ihn in Verlegenheit, mit seinem aufmunternden, verschwörerischen Lächeln. Am allerliebsten wäre er mit Carla Bus gefahren, hätte er allein mit ihr auf dem Oberdeck des 52A gesessen. Er hätte ihr eben, als er sie in den Armen gehalten und sie ihn mit ihrem herrlichen Lächeln und den schiefen Zähnen angestrahlt hatte, sagen sollen, was er auf dem Herzen hatte. Womöglich würde sie ihn nie wieder so anlächeln. Niedergeschlagen und bekümmert tanzte er neben ihr her, vorbei an den Chepstow-Balkonen und den heruntergekommenen Häusern, steif wie ein Brett. Seine alte Schüchternheit grinste ihm höhnisch entgegen, verdarb ihm die Freude und lähmte ihn, als Carla mutig seine Hand fasste. Schließlich sagte sie beiden ein gezwungenes Auf Wiedersehen und ging nach Hause.

»Du große Güte, Mann, warum rückst du nicht einfach mit der Sprache raus? Ihr beide macht mich wahnsinnig!« Oscar und Antoney bewegten sich wieder in Richtung Kirche.

»Das verstehst du nicht«, sagte Antoney. »Ich mag sie, Mann. Ich mein, ich *mag* sie.«

»Was du nicht sagst.«

Bier und Rum verlangsamten ihre Schritte. Alkohol lähmte die Sprache. »Warum empfinde ich auf einmal so? Ich genier mich in ihrer Nähe, ich weiß nicht, wie ich mich verhalten soll. Ich mach mich ja langsam zum Narren. Wir haben das doch alles hinter uns.«

»Red mit ihr. Sag ihr, was du fühlst.«

»Aber was, wenn sie anders empfindet? Ich müsste so tun, als wär nichts. Ich muss ja noch mit ihr tanzen.« (Am Ende von »Blues House« hatten er und Carla ein Duo.)

»Antoney, hör zu«, sagte Oscar. »Sie ist ohne Frage verrückt nach dir. Aber wenn sich der eine nicht traut, traut sich der andere gewöhnlich auch nicht. Mach dir eine schöne Zeit mit ihr. Leb doch mal ein bisschen. Das ist alles Stoff fürs Tanzen, und je mehr du davon bekommst, umso besser.«

Sie hatten die Talbot Road durchquert und waren auf den Platz gekommen. Antoney bemerkte nicht, dass sich Oscar erst einige Augenblicke lang am Kirchentor festhalten musste, bevor er öffnete, oder dass er sehr langsam durch den düsteren Unkrauthof ging. Er war viel zu sehr mit seinen eigenen Gedanken beschäftigt. War er verliebt oder nicht? Und falls ja, in eine *abstrakte* Carla (gut aussehend, gute Tänzerin, Kiefernhaut, angenehmes Wesen) oder in die reale Carla? Als sie zusammen gewesen waren, war sie ihm schon manchmal etwas unreif erschienen, etwas mädchenhaft und oberflächlich, mit ihrem Klamottenfimmel, immer musste sie rumlaufen, als wär sie auf dem Weg zu einer coolen Party. Und sie lag, anders als Oscar, so gar nicht auf seiner Wellenlänge, wenn er über das Tanzen sprechen wollte. Was, wenn sie wieder zusammenkämen und ihn das wieder stören würde? Welchem Gefühl sollte er trauen? Zu allem Überfluss hatte er den Kopf mit der Show so voll, dass er sowieso keinen klaren Gedanken fassen konnte.

»Bei ihr finde ich Ruhe«, sagte er, nicht an Oscar gerichtet, eher ein lauter Fetzen seiner rasenden Gedanken.

Oscar versuchte, behände die Kellertreppe hinunterzuspringen. Er hielt sich am Geländer fest und schaukelte einen Schritt nach unten. Er fasste sich ans Knie. Es bereitete ihm heftige Schmerzen.

»Und diese Beine«, scherzte er, »haben einst Pirouetten gedreht.«

»Red dir doch nichts ein, Oscar – deine wilden Zeiten sind noch lange nicht vorbei.«

»Nein«, sagte er mit größerem Ernst. »Ich brauche einen Stock. Das war der längste Spaziergang meines Lebens.«

Antoney lehnte sich über das Geländer. »Also, wie siehst du das, mit ihr und mir?«

»Wie ich das sehe? Hey, das Mädchen ist ein Traum.«

»Wirklich?«

»Aber ja, sie ist ... Welcher Ausdruck passt hier?« Oscar schaute in den blauen Abend, auf den Großen Wagen und den weißen Halbmond. »Ah, ja. Funkelnd«, sagte er. »Sie funkelt.«

Antoney kehrte mit einem Lächeln in die Bassett Road zurück. *Sie funkelt, sie funkelt.* Er wohnte nicht mehr im selben Zimmer wie Florence, sondern hatte den Abstellraum im Erdgeschoss bezogen, obwohl seine Mutter ihn immer noch bekochte. Florence war bei Sheryl, sie hatten den Nachmittag mit Bette Davis und *Das Leben der Mrs. Skeffington* verbracht und sich nur ein- oder zweimal draußen die Beine vertreten. Nun sahen die beiden hinaus auf den Müll, auf die Nachzügler und heimstrebenden Flaneure. Die Parade, so sagten sie, habe sie an die Heimat erinnert, alles war auf den Beinen, und dann die Kostüme, die Kinder – mit einem Mal hatten die Straßen ein fröhliches Gesicht. Aber sieh dir all den Müll an, sagte Florence. Den werden sie sicher erst nächsten Monat wegräumen, erwiderte Sheryl. Noch wehte Silbermusik im Nachtwind. Die Spaziergänger schritten weiter, vielleicht ahnten sie, dass sie immer weitergehen, sie am Ende eines jeden Sommers in immer größerer Zahl von künftigen Maskeraden heimkehren würden, als dann die Musikwagen mitmachten und der Calypso zu Soca wurde, als sich lateinamerikanische Rhythmen und Hip-Hop-Soundanlagen dazu mischten, die Grillstände ganze Straßen in Beschlag nahmen und Hunderttausende von überall auf der Welt herbeiströmten – als sich diese schäbige, kleine, bunt gemischte Parade, die sich zwischen den Linienbussen hindurchgewunden hatte, zum Notting Hill Carnival entwickelt hatte.

Carla lebte ebenfalls bei ihrer Mutter, in einem der neuen, viergeschossigen Mietblöcke hinter der Harrow Road. Sie waren Westway-Flüchtlinge. Toreth machte Antoney dafür verantwortlich. Er war einer von *denen*, die mit den orangefarbenen Helmen, die ihr kleines Häuschen an der Latimer Road zerstört hatten, ihren Gemüsegarten, ihr Wohnzimmer nach Süden, und, ja, es hätte sicher größer sein können, und ja, hin und wieder hatte es auch hereingeregnet, aber es war doch ihr Heim, das Haus, über dessen Schwelle Carlas Vater sie an ihrem Hochzeitstag getragen hatte. Dort war er überall zugegen, in ihrem Haus.

Er hieß Freddy Bruce und stammte aus Dominica, einer der Inseln über dem Winde. Er und Toreth hatten sich 1943 kennengelernt, während seines Heimaturlaubs von der Luftwaffe – Toreth hatte ein Ei auf seinen Schuh fallen lassen, als sie aus dem Lebensmittelladen auf der Portobello Road gekommen war. In ihrem Korb, in Pergamentpapier verpackt, lagen Mehl, Kekse, Zucker und was-nicht-alles, und obenauf die Eier. Sie hatte eine Dreiviertelstunde lang anstehen müssen und war genau in dem Moment aus dem Laden geeilt, als Freddy mit seinem Freund vorüberging. Sie prallten zusammen, der Korb neigte sich, und heraus fiel ein Ei, genau auf die schwarz polierten Schuhe. Von den Schuhen erfährt man viel über einen Mann, sagte Toreth immer, wenn sie die Geschichte erzählte. Dein Vater hatte schöne Füße. Er war stolz darauf.

Toreth schnappte nach Luft. »Ach, herrje, oh verflixt, was hab ich bloß getan, oh je!«

Freddy war, seiner Miene nach zu schließen, leicht vergrätzt. Auch auf seiner Hose war Eigelb gelandet, und Toreth rieb wie verrückt mit einem Taschentuch darüber, ohne sich zu vergegenwärtigen, was sie tat. Freddys Freund lachte so heftig, dass sich auch Freddys Laune wieder besserte und er einen Witz riss, etwas wie: »Ich wollte den linken Schuh sowieso schon immer mit einer ganz besonderen Politur behandeln«, was sein Freund wiederum zum Schreien komisch fand. Bald giggelten sie alle drei vor sich hin, Freddy und Toreth beäugten einander und wurden ganz verlegen, und bevor er mit seinem eibefleckten Schuh davonging, fragte er sie noch, ob sie mit ihm nicht irgendwann einen Spaziergang durch den Hyde Park unternehmen wolle. Sie sagte: »Da muss ich erst meinen Vater fragen.«

Carlas Großvater war im Jahr 1929 mit seiner Frau, den drei Kindern und einer Wäscherei im Kopf aus dem walisischen

Llandudno nach London gezogen. Eine Wäscherei ist eine sichere Sache, sagte er immer. Ob arm oder reich, Waliser oder Engländer, jeder hat Wäsche zu waschen. Ursprünglich hatte er an eine eher flotte Wäscherei gedacht, in der man eine Tasse Tee und ein Stück Battenbergkuchen bekommen konnte, aber damit war er seiner Zeit wohl doch zu sehr voraus, und so lief es am Ende auf ein durch und durch gewöhnliches Etablissement auf der Scrubs Lane hinaus, das er mit der Härte eines Diktators führte, wie sein Heim. Samstags wurde das Haus geputzt, sonntags in die Kirche gegangen. Toreth war das einzige Mädchen, und auch mit einundzwanzig, als sie Freddy begegnete, durfte sie noch lange nicht mit jedem Hinz und Kunz herumpoussieren. Als es hart auf hart kam, wagte sie es nicht, ihren Vater zu fragen, ob sie mit einem Neger spazieren gehen dürfe, und so traf sie sich heimlich mit ihm, um erst einmal zu sehen, ob er den Ärger wert wäre. War er. Freddy lud sie auf ein Boot ein. »Ich hab keine Ahnung, wie er sich das leisten konnte, Carla, ein Ruderboot im Hyde Park. Das muss ihn ein Vermögen gekostet haben!« Ziemlich genau da verliebte sie sich in ihn. Er war breit und gut gebaut, »so wie ein richtiger Mann eben sein sollte«. Es war der romantischste Moment ihres Lebens, als sie über den See glitten, Freddy in seinem weißen Hemd, sie in einem gelben Kleid. Es fehlte nur noch ein Sonnenschirm.

Zehn Monate später wurde geheiratet, wieder zehn Monate später Carla geboren, ein Kind aus Kriegszeiten. Einmal kehrte Freddy sechs Monate lang nicht nach Hause zurück und Toreth glaubte schon, er wäre tot. Als der Krieg vorüber war, bekam Freddy eine Stelle als Busfahrer. In Carlas ersten Erinnerungen saß sie neben ihrer Mutter auf dem wichtigsten Platz, gleich hinter dem Fahrer, und schaute auf den Hinterkopf ihres Vaters. Am Strand von Blackpool, in Great Yarmouth oder

Brighton endeten die Fahrten, und dann konnte Freddy auch den Kopf wieder wenden, Carla hochheben und ihr mit seinen dichten gelblichen Zähnen in die Wangen beißen. Mit ihrer Schmalgesichtigkeit samt großer Augen war sie das Ebenbild ihrer Mutter, aber sie hatte die Zähne ihres Vaters und das dicke Haar der Kariben. In seinen Armen war ihr Lieblingsort, seine Stimme war ihr Lieblingsklang. Als Carla sechseinhalb war, musste ihr Vater eine weite Tour nach Penzance fahren und kam nie zurück. Dezember. Vereiste Straßen. Freddys Bus kollidierte mit einem Lastwagen, der überholte, und rutschte in den Graben; der Fahrer und zwei seiner einunddreißig Insassen kamen dabei ums Leben. Carla hatte in ihrem Nachthemdchen unten an der Treppe gestanden und das seltsame Heulen gehört, das aus dem Wohnzimmer drang. Ihr Vater sei fortgegangen, wurde ihr gesagt. Er sei nun bei den Blumen. Er säße unter einem Birnenbaum im Himmel. »Ist er mit dem Bus dahingefahren?«, fragte Carla einmal ihre Mutter. »Ja.« Toreth fing wieder an zu weinen. »Leider viel zu schnell.«

Als Folge entwickelte Toreth eine Transport-Phobie. Sie bestieg kein Boot, keinen Bus, keinen Zug, nach Möglichkeit nicht einmal den Linienbus, und aus diesem Grund ihr einziges Kind auch nicht (sie hatten es mit einem zweiten wohl versucht). Als ihre Familie mit dem Gedanken spielte, zurück nach Wales zu gehen, sagte Toreth, dass sie bleiben würde. Sie bekam eine Stelle bei der Soap-Land-Wäscherei in St. Helens Gardens, nahm, wenn die Zeiten hart waren, Pensionsgäste auf, und Carla wuchs mit den vielen Erinnerungen an ihren Vater heran, die das Haus beherbergte – das Foto von ihm in seiner Royal-Air-Force-Uniform auf dem Kaminsims, an der Wand über dem Küchentisch das fadenscheinige Geschirrhandtuch aus Dominica, einer Insel, die ihr beinahe ebenso fern wie der Jupiter war. Als sie Antoney 1962 bei den

Marshall-Brüdern traf, war sie mit ihren achtzehn Jahren nicht weiter als bis Llandudno gekommen. Während ihrer Schulzeit hatte sie ihrer Mutter an den freien Nachmittagen bei der Wäsche von Haushaltsleinen geholfen. In Augenblicken unerträglicher Langeweile hatte sie die heißen Laken an ihr Gesicht gedrückt und so lange eingeatmet, bis sie ganz von pflichtgetreuer Hitze erfüllt war, und möglicherweise hatten diese Momente auch ihr Talent für Genügsamkeit genährt. Dies war ein wesentlicher Unterschied zwischen ihr und Antoney. Die Wäscherei hatte Carla gelehrt, dass, wie ruhelos und unzufrieden man auch war, ein frisches Laken immer Frieden bot.

Falls Antoneys weiche, tiefe Schaukelstimme sie auf irgendeine Weise an einen einst liebsten Klang erinnerte, war sie sich dessen nicht bewusst. Antoney war breit und stark, so wie ein richtiger Mann eben sein sollte. Er war genau ihr Typ. »Sag, wie bist du damit klargekommen, deinen Vater auf diese Weise zu verlieren?«, fragte er sie auf dem 52A von Ladbroke Grove nach Victoria. »Es war schon okay«, Carla zuckte mit den Schultern. »Es ist halt passiert. Wir mussten weiterleben.«

Busse hatten es ihm angetan. Eines Abends hatte er sie nach dem Unterricht gefragt, ob sie Lust auf einen Ausflug habe. Sie waren mit dem 23er zum Oxford Circus gefahren und zum Piccadilly Circus gegangen. In der folgenden Woche war es der 18er, danach der 30er bis Hackney. Er sagte immer, die Reise sei besser als das Ziel, und ihr fiel auf, dass er am fröhlichsten war, wenn sie in einem Bus saßen. Ampeln, Bäume, Straßen. Von der Regent Street nach Kennington. Von der Upper Street nach Archway. Nachtsterne auf dem Fluss, die Schaufensterpuppen in Knightsbridge. Sein Lieblingsessen waren Ackee mit Salzfisch und Scotch Bonnets. Ihres war Toast. Erzähl mir was von Jamaika, sagte sie. Bergig ist es dort, sagte er, mit steilen Straßen, nicht wie hier, und richtiger Sonne, aber es ist klein.

Zu Kuba hatte er mehr zu sagen, dessen Lichter man bei klarer Sicht von der nördlichen Küste Jamaikas aus sehen konnte. Kuba faszinierte ihn. Eines Tages, wenn er genug Geld hätte, wollte er dorthin reisen und sich mit eigenen Augen die afrokubanischen Volkstänze ansehen. Nach Paris, nach Amerika wollte er auch. Er war so voller Weltendurst und Neugierde, dass sich Carla dagegen ganz langweilig vorkam. Sie nickte und lauschte, wenn er sprach, musterte eine kleine Beule in der Haut über dem Wangenknochen, vielleicht die Erinnerung an einen hässlichen Pickel, und wusste nichts Nennenswertes zu erwidern. Einmal hatte er sie gefragt, ob sie je auf Dominica gewesen sei, und als sie antwortete, dass sie nur das Geschirrtuch habe, hatte er sie mit langem Erstaunen, das sich erst allmählich entleerte, angeschaut.

Sein intensiver, nach innen gerichteter Blick zog sie an. Sie mochte den rätselhaften Widerspruch, dass sie ihn suchen musste, obwohl seine Blicke nach den ihren suchten. Sein jungenhaftes Lächeln, die Besorgtheit in den Mundwinkeln. Er entwich ihr immer wieder und versank so sehr in sich selbst, dass alles, wovon er sich fortstahl, wohl lange nicht so fesselnd war wie das, was er sich in seinem Geist erschuf. Zurückhaltung sah sie nicht darin. Es war ein Vertrauen in die eigene Welt. Er rauchte gerne was, hockte gerne allein über einem ordentlichen Joint und dachte nach, aber es störte ihn auch nicht, wenn sie danebensaß. Sie sei, so sagte er, einer der wenigen Menschen, bei denen er sich entspannen könne, wenn er high wurde. Bei Oscar hielten sie alle für ein Paar. Und eines Tages wurden sie es auch. Er legte seinen Arm auf dem Oberdeck des 2B um sie, und sie küssten sich. Sie hatten trockene Lippen, und im Bus roch es nach Curry, aber der zweite Kuss war besser, beinahe so gut wie ein guter erster Kuss. In den folgenden fünf Monaten taten sie nichts anderes, sie küssten sich. Sie waren keusch wie Kinder. Antoney rieb ihr Bein, strich ihr über die Taille, sie drückte die Hände in seinen Rücken. Simone meinte, er wäre vielleicht ein verkappter Schwuler, aber Carla wusste es besser. Er war respektvoll.

»Du hattest doch bestimmt schon massenweise Mädchen«, sagte sie, als sie die Waterloo Bridge mit ihren ausholenden Bögen überquerten. »Du bist bestimmt ein richtiger Hengst.«

(Es hatte zu Hause nur Cordelia, Maxine und Susan gegeben, die ihn mit vierzehn in die Liebe eingeführt hatte, und Nancy in der St. Mark's Road, die ihm manchmal Schweinebauch machte.)

»Keine war so schön wie du«, sagte er. »Und ich will mich sauber halten.« (Das stimmte sogar. Er ging längst nicht mit *jeder* aus.)

»Das ist gut.«

»Was ist mit dir?«

»Niemand Besonderes.« Sie schenkte ihm ein goldenes, geheimes Lächeln. »Ich heb mich für den Richtigen auf.«

Es beeindruckte Carla zwar, dass er so galant war, aber sie hätte auch nichts dagegen gehabt, wenn er etwas weitergegangen wäre, nur damit sie wusste, dass er mehr wollte. Sie hatte Angst, dass es sich abkühlte, bevor es richtig heiß wurde. Es beschäftigte sie sehr. Dann, eines Abends im November '64, gingen sie auf einen Jahrmarkt in Shepherd's Bush, wo ihnen zweierlei widerfuhr: erstens eine Wahrsagerin und zweitens eine Vision.

Sie nahmen den 94er. Das Riesenrad wartete. Bunte Lampions erleuchteten Zigeunerzelte. Carla und Antoney boten einen hinreißenden Anblick, als sie dort entlangflanierten, Antoney in einem langen Ledermantel, den er in einem Secondhandshop aufgetrieben hatte (er hatte die Laurel-und-Hardy-Phase noch nicht ganz hinter sich, doch insgesamt sah es schon besser aus), sie mit üppiger Krone, in einem breit gegürtelten Trench. Antoney sagte, es sei sehr lange her, dass ihm jemand die Zukunft vorhergesagt habe, und so betraten sie ein blau schimmerndes Zelt und setzten sich Seite an Seite vor eine mollige Roma-Frau mit Doppelkinn und Kopftuch.

»Gemeinsam?«, fragte sie.

»Klar, warum nicht?«, sagte Carla.

Sie benutzte Karten, drehte sie um und legte sie auf den dunklen Tisch. Als Erstes sagte sie Antoney, dass er einen heimlichen Bewunderer habe und auf seine Beine und seinen Teil des Dachs achten solle, worüber er grinste. Dann sagte sie, dass sie eine Botschaft von einem fernen Elternteil für ihn habe.

»Was meinen Sie mit Elternteil?«

»Mutter oder Vater, an einem fernen Ort.«

»Seine Mutter wohnt gleich auf der Bassett Road«, sagte Carla.

»Es ist eine sehr wichtige Botschaft«, ergänzte die Wahrsagerin leicht gelangweilt, ohne eine Miene zu verziehen.

Antoney fragte mit einer unsicheren Stimme, die Carla so noch nicht gehört hatte: »Ist mein Vater tot?«

»Das ist nicht mein Gebiet«, sagte die Frau und schwieg eine Weile. »Aber ich glaub nicht, dass er oder sie tot ist. Wollen Sie die Botschaft nun hören oder nicht?«

»Okay, was gibt es?« Antoney bemühte sich um seine übliche Distanziertheit und lehnte sich verächtlich zurück.

»Also«, sagte sie. »Sie ist kurz. Ich will es erklären. Sie sind, das sehe ich, liebevoll im Unbewussten, und da ist Dunkelheit in Ihnen. Die Botschaft lautet, wenn alle in eine Richtung gehen, wollen Sie immer in die andere, und daran dürfen Sie nichts ändern.«

»Das ist es?«

»Fast, ja. Außerdem heißt es, wenn Sie nicht Ihren Füßen folgen, wird die Dunkelheit Sie essen wie ein großer Fisch – ein Hai, glaub ich, hat er gesagt. Sie sollen Ihrem Stück Meer folgen.«

Bei diesen Worten stand Antoney auf und verließ das Zelt.

Carla blieb fassungslos allein zurück, noch ohne vorhergesagte Zukunft, die sich als beinahe ebenso seltsam erweisen sollte wie das, was sie gerade gehört hatte. Die Frau schaute ihr tief in die Augen. Sie hantierte mit den Karten herum, dann sah sie ihr wieder in die Augen, diesmal mit einem gewissen Entsetzen. Sie sagte nicht viel, nur dass sie, Carla, ein sehr hübsches Mädchen sei. »Wenn Sie nachts schlafen, meine Liebe, versuchen Sie, auf der Seite statt auf dem Rücken zu liegen.«

»Das ist alles?«

»Ich fürchte ja.«

»Kann ich bitte mein Geld wiederhaben?«

»Verdammt, nein, was erlauben Sie sich?«

»Was zur Hölle war das?«, sagte Antoney, als Carla aus dem Zelt trat.

»Wem sagst du das. Alles in Ordnung?«

Er wirkte, als wollte er auf etwas einschlagen. Er sagte nicht, was los war, nur dass es ihm vor dieser Frau gegruselt habe. Carla umarmte ihn, so verletzlich schien er ihr mit einem Mal, und zunächst war es, als würde sie die Arme um die Nelsonsäule schließen. Er hatte seinen Vater nur ein einziges Mal erwähnt, dass er verschwunden sei, als Antoney selbst noch jung war, aber er hatte dabei keine große Gefühlsregung gezeigt. Carla führte Antoney von dem Zelt weg. Sie traten auf bereiftes Gras.

Dann passierte das Zweite. Feuerwerk, die Blicke nach oben, die Hände ineinander, das Krachen übertönte die Karussellmusik. Carla sah Grün, Rosa und Silber in den Himmel schießen.

Antoney aber sah etwas anderes, und das beschrieb er ihr später so. Als er nach oben sah, in die schwarze Welt der Nacht, in die Lavendelwolken, die hier und da am Himmel hingen, auf den noch nicht vollen Mond, und dachte, dass das Feuerwerk ein Muster wie Tanzschritte ergab und er vielleicht einen Tanz wie ein Feuerwerk erschaffen sollte, sah er einen Bus. »Einen Bus, du hast einen Bus gesehen, am Himmel?« »Ja, habe ich«, bestätigte er. Der Bus reiste quer über den Mond, in aller Gemächlichkeit. »Was, wie der 23er? Ein Doppeldecker?«, fragte Carla. Nein, ein ganz normaler Bus. Antoney hatte die Farbe nicht erkannt, weil der Bus nur Silhouette war. Aber er sah, er *wusste* einfach, dass im Innern Tänzer waren, und sie waren auf dem Weg zu etwas Fabelhaftem. »Das sollte man meinen, bei der Strecke.« Er hatte beobachtet, wie der Bus in einem leichten Bogen von der linken zur rechten Seite des Mondes fuhr. Die Fenster standen offen, die Passagiere schauten nach vorne, auf und nieder ging es, und dann war er fort. »Da hast du es, ein wacher Flugtraum.«

»Du bist echt komisch«, sagte Carla.

Man sollte noch erwähnen, dass Antoney ihr all das erzählte, als sie unbekleidet und ineinander verschlungen in Carlas Zimmer lagen. Sie hatte Antoney geschickt hineingeschmuggelt, als ihre Mutter schlief. Das war das Dritte, das geschah. In einem magischen Moment, vom Kitzel der Heimlichkeit befeuert, waren sie leise auf ihr Erdbeer-Daunenbett gefallen und bis zum Äußersten gegangen. Sie durften keinen Mucks von sich geben, damit Toreth nicht wach würde, und aufgrund der Umstände waren sie recht schüchtern miteinander. Es war langsam und zögernd. Er zog sein Oberteil aus, sie bewunderte seinen dreiecksförmigen Oberkörper, der so stark aus der Taille herauskam. Er verweilte lange dabei, die Innenseite ihrer Knöchel zu küssen, was irgendwann kitzelte und Carla zum Kichern brachte. »Ich will dir nicht wehtun«, sagte er. »Das wirst du nicht«, flüsterte sie, und der Schmerz war wirklich klein, gemessen an der großen feuchten Wärme, an dem Gefühl, dass sie umfangen und getragen wurde. Nach dem Bus-Gespräch schliefen sie zu lange und wurden erst um sechs Uhr wach, als Carlas Mum schon im Badezimmer nebenan ihrer Morgentoilette nachging. Es lag nicht nur am Westway, dass Toreth und Antoney nie miteinander warm wurden. Es lag auch daran, dass das Knöchel-Gekicher Toreths Schlaf gestört hatte, und sie dann auch noch vom Badezimmerfenster aus sah, wie er über den Weg zum Haus entfloh und sich dabei mühte, in seinen Schuh zu schlüpfen.

Drei Monate später trennten sie sich. Durch die Bus-Vision nahm Antoney das Tanzen noch ernster. Es sei ein Zeichen, ein Omen gewesen, und würde er es ignorieren, würde es ihm Unglück bringen. Er verbrachte häufiger den Abend bei Oscar und diskutierte Gott weiß was mit ihm. Carla war es manchmal ziemlich leid, dass sich ihre Gespräche nur darum drehten, ob er wirklich das Zeug zum Choreografen hätte und wie es einem gelang, »den Tanz sein zu lassen, was der Tanz sein will«. Wenn Carla einwarf, dass sie gerne über die King's Road bummeln oder Otis Redding sehen würde, fand er einen ärgerlichen Weg, das Thema wieder auf den Tanz zu lenken. Sie wollte doch bloß mit den Händen an der Rückseite seiner Schenkel entlangfahren und so nahe bei ihm liegen, dass sich ihre Nasen berührten, in seiner Armbeuge einschlafen, bei ihrem ersten richtigen Mann. Aber es war schwer, einen Ort zu finden, an dem sie bei ihm liegen konnte, denn Toreth erlaubte ihm nicht, nach oben zu kommen, und er wollte Carla nicht mit in sein Zimmer nehmen. Sie kamen aus dem Rhythmus. In seiner Berührung war Distanz, und so fühlte sie sich irgendwann wie eine der Schaufensterpuppen in Knightsbridge, edel, aber kühl wie Porzellan. Er ignorierte sie während des Unterrichts, und wenn sie mit Ekow, Simone und den übrigen Tänzern im Vorraum waren, behandelte er sie wie alle anderen. Auch fand sie ihn manchmal ziemlich arrogant. Als er sie einmal von einer Party nach Hause brachte, äußerte er, dass wahre Künstler über »gewöhnlichen Menschen« stünden und auf unkonventionelle Weise leben müssten, so wie Oscar, ohne jede Ablenkung. Carla widersprach dem heftig. Sie sagte in einem forschen Ton, in den sich Sarkasmus mischte: »Keine gute Idee, wenn sich dein Leben nur um eine Sache dreht. Das fliegt dir doch irgendwann um die Ohren.«

Eine Woche später fragte sie ihn, ob sie eigentlich seine Freundin sei, und er sagte darauf: »Baby, warum müssen wir dem einen Namen geben? Lass es doch einfach laufen.«

»Okay«, sagte sie. »Dann mach's gut.«

Sie dachte oft an ihn, wenn sie in ihrem Bett in ihrem neuen Heim auf der Harrow Road lag. Im Gegensatz zu ihrer Mutter war sie über den Umzug froh. Sie hatten nun einen Balkon statt eines Gartens. Freddys Geist hatte sich ein wenig verflüchtigt. In der Ecke ihres Schlafzimmers war ein Rohr, das sich durch alle vier Geschosse zog, sodass sich die Wärme durch das ganze Haus verteilte. In diesem Rohr konnte sie vieles hören, häuslichen Streit, betrunkenes Gemurmel, das Seufzen und Matratzenquietschen von dämmerigem Sex – was sie immer an den wunderbaren Moment erinnerte, als er auf ihr gelegen hatte, beide im selben Rhythmus, seine dreiecksförmige Brust über ihr, die Hände an den Seiten aufgestützt. Sie nutzte das Bild auf ihre Weise, um zu sehen, ob es auch für sie eine Mondreise gab.

Das Ledbury Theatre war kein See-Ort wie das Carib. Dort war kein Barrakuda. An den blassgrünen Wänden fanden sich weder Seesterne noch Schildkröten, stattdessen Tropfenleuchter, darüber war eine hohe, gewölbte Decke, unter der sich auf einer Metallschiene Spots aufreihten. Doch der Bühnenvorhang – frisch gewaschen und neu aufgehangen – war weinrot, wie es alle guten Bühnenvorhänge, so fand Oscar, sein sollten.

Das Midnight Ballet versammelte sich dort am Nachmittag des 6. Oktober 1967, einen Monat vor Antoneys sechsundzwanzigstem Geburtstag. Als er das Gebäude betrat, überkam ihn eine starke Erinnerung an jenen windigen Tag im Goldtooth-Bus nach Kingston – die Ziegenböcke an den Berghängen, die Haie auf der Decke des Zuschauerraums, die Blume mit der orangefarbenen Mitte an Mr. Rogers' Hut. Seine Brust war eng vor Nervosität. Er hatte kaum geschlafen in der Nacht zuvor, weil er solche Angst hatte, dass etwas schiefgehen könnte, die Tänzer ihre Schritte vergessen oder nicht genügend Zuschauer kommen würden. Als Carla mit Simone eintraf – beide strahlten nach der Ei-Maske vom Vorabend, außerdem hatte Carla mit ihrem Haar etwas anders gemacht –, ging er mit seinem durchdringenden Blick direkt auf sie zu und küsste sie auf die Wange, als ob sie seine Frau wäre, so erleichtert war er über ihren Anblick. Ihn störte, dass sich Bluey ständig neben sie drängte, wie ein streunender Hund, der endlich ein Zuhause gefunden hatte.

Milly und »die Zwillinge« waren spät. Fansa brachte seine neueste Flamme mit und zwinkerte ihr während des Soundchecks ständig zu, sodass Oscar sie schließlich bitten musste zu gehen, woraufhin Benjamin mit Fansa schimpfte. Ekow und Antoney eilten im außerweltlichen Zwielicht des Zuschauerraums umher. Ekow war gefasst. Antoney verlor die Nerven. Er schrie Milly an, weil sie zu spät kam. Er ließ sich nicht beruhigen – es war, als ob sich ein Hurrikan in ihm erhoben hätte. Während der Beleuchtungsprobe, bei der Antoney alles und jeden kontrollieren wollte, eskalierte die Situation. Er traute niemandem zu, bei »Shango Storm« den bernsteinfarbenen Scheinwerfer vier Minuten und zwanzig Sekunden lang auf die Bühne oder ein rotes Spotlight auf die Hebefigur zu richten, die er und Carla beim Blues-House-Duo tanzten. Er brüllte den Techniker an, und als Ekow ihm sagte, er solle sich mal wieder beruhigen, das Licht sei doch gut, fauchte er zurück: »Aber die Beleuchtung ist *so* wichtig, die Beleuchtung ist *so* wichtig! Warum ist dir immer alles egal?« Ekow riet ihm, erst mal einen Joint zu rauchen.

Carla bekam von dem Streit nichts mit, weil sie hinter der Bühne auf einer niedrigen Stufe saß und mit Bluey sprach, der beim Soundcheck des Brukins aus dem Rhythmus gekommen war und sich mit der Verantwortung quälte, die auf seinen Schultern lag. »Du, das ist wie die Atombombe. Wenn die losgeht, sind alle am Arsch. Ich werd alles versauen. Ich mach mir vor Angst in die Hose.«

Carla zerzauste sein Haar, sie mochte die weichen Locken. In den vergangenen Tagen hatte sie erfahren, dass Bluey mit dreizehn von zu Hause weggelaufen war, weil er zum Zirkus wollte, dann aber bei einem Onkel in Ealing angekommen war und in dessen Bäckerei arbeiten musste. Er wirkte jünger, als er war. Er war achtzehn, fast neunzehn.

»Ich hab auch Angst«, sagte sie.

»Du doch nich. Siehst nicht so aus.«

»Im Ernst. So was hab ich doch noch nie getan. Nur in der Schule.«

»Ich würd am liebsten weglaufen.« Bluey warf ihr einen verliebten Blick zu. »Lass uns weglaufen, du und ich.«

Je näher der Moment des »Vorhang hoch!« rückte, umso kopfloser und irrationaler wurde Antoney. Schließlich behauptete er sogar, die Bühne sei seit der Kostümprobe geschrumpft, woraufhin ein Techniker Antoney in trockenem Ton darüber informierte, bei dieser Bühne handele es sich um eine nichtbewegliche Konstruktion. Antoney nahm sich keine Zeit zu essen. Dann verschwand, vorübergehend, das Shango-Buschmesser. Sein rotes Oberteil war plötzlich fadenscheinig. Mit ihm war kein Reden. Eine halbe Stunde, bevor die Show beginnen sollte, als sich draußen die Lobby füllte und es rumorte, stürmte er voller Panik aus der Männergarderobe. »*Wieso* ist es hier drin so heiß? Da kann man doch keinen klaren Gedanken fassen! Und wo zur Hölle ist Oscar?«

Eine Stimme antwortete aus dem Dunkel: »Er hat sich hinten an seinen Platz gestellt.«

The Wonder saß in einer düsteren Ecke auf einer Holzkiste vor der Garderobe. Er saß einfach da in seinem orangefarbenen Musikergewand, als würde er auf den Bus warten. Antoney hätte gleichzeitig lachen und ihn schlagen mögen.

»Was machst du da, Mann?«, fragte er.

»Ich gönn mir meine Minute«, sagte The Wonder. »Komm, setz dich zu mir!«

»Wonder, wir ...«

»*The* Wonder, bitte. Antoney, ich hab dir das schon einmal gesagt. Wonder ist ein Mädchenname.«

Darauf wusste Antoney nichts zu entgegnen. Knurrend setzte er sich auf die Kiste, sie erinnerte ihn an Katherines Truhe. Er wandte The Wonder den Rücken zu, beugte sich nach vorne, stützte die Ellbogen auf die Knie, die Schultern wie Zement, rang die Hände und tappte mit den Füßen.

»Große Sache«, sagte The Wonder.

»Ja ja.«

»Zu meiner Zeit als Feuerschlucker hab ich auch manchmal Angst gehabt, dass meine Auftritte nicht so ankommen. Besonders am Anfang. Es soll ja alles klappen.«

»Ja ja«, machte Antoney unbeteiligt.

»Ich hab immer Angst gehabt, dass ich mich selbst in Brand stecke. Jemand anders verbrenne und im Gefängnis lande oder so was Schreckliches. Dass ich mein Publikum nicht begeistern kann und mich blamiere.« Er knuffte Antoney, der nicht länger mit dem Fuß herumtappte, in die Seite. »Und weißt du, was ich dann getan hab?«

»Was?«

»Vor der Show hab ich mir meinen Drink genommen – damals war ich Brandy-Fan, aber, wie du weißt, trink ich heut nicht mehr, denn es schadet dir, jedenfalls kannst du jedes hochgeistige Getränk nehmen, es muss nicht Brandy sein. Also hab ich meinen Drink genommen und ein wenig davon auf die Bühne gegossen, damit es Glück bringt.« The Wonder hatte eine warme, leicht hohe Stimme.

Antoney wandte sich um. »Du meinst, wie so 'ne Art Trankopfer?«

»Ja, ganz genau. Als Gebet an die Götter, die negative Energie zu vertreiben. Ich bin überzeugt, dass es bei mir gewirkt hat. Mein Publikum hat sich nie beklagt… Und außerdem«, fügte er hinzu, während Antoney all das verdaute, »ist ein Moment der Ruhe, ganz mit sich allein, sehr wichtig. Es ist nicht gut, vor einer Show so die Nerven zu verlieren. Ist schlecht fürs Herz.«

Kurz danach schickte Antoney Ricardo an die Bar, um einen Rum zu holen.

Und kurz danach verlor er seine Stimme.

Beim Wein in der Grove Brasserie hatte Simone Lucas die Premiere geschildert, so genau, so lebhaft, als wäre es erst eine Woche her. Sie wusste noch, dass sie barfuß hinter Carla in den Kulissen gestanden hatte, während sich der Zuschauerraum überraschend füllte, die Hände auf die Taille ihrer Freundin gelegt, beide in roten Viskoseröcken und ärmellosen Trikots. Carla sagte zu Simone, dass sie sich vollkommen fremd vorkäme. Sie waren stark geschminkt. Sie sah wie eine erstaunte braune Puppe aus. Jedes Mal, wenn sie versuchten, am Vorhang vorbei auf das Publikum zu spähen, ging Simone auf die Zehenspitzen, eine Angewohnheit, die noch aus ihren Ballettzeiten stammte.

Im Publikum fanden sich die Leute aus dem Grove, allerlei Schaulustige, der neugierige liberale Mittelschichtler, die Tanz- und Kunstszene mit rauchigen Augen und James Dean-Frisur. Toreth war ebenfalls gekommen, sie saß mit sehr viel Skepsis in der ersten Reihe, bei den anderen Familienmitgliedern der Compagnie. Florence war sehr bewusst nicht gekommen. Sie war bei der Kostümprobe gewesen, aber der Anblick ihres Sohns, der mit Shango-Rock und Make-up herumstolzierte, war ihr peinlich. Die Trommeln, die alten Gottheiten, was war daran anders als an einem Obeah-Tanz, wie man ihn zu Hause, in St. Thomas, praktizierte? Und genau das hatte sie geäußert. Die beiden sprachen nicht mehr miteinander, und die Situation sollte sich im Laufe der Zeit sogar noch verschlimmern.

Die Häute der Trommeln waren mit Talkumpuder bestrichen, damit Nebel aufstieg, wenn sie spielten. The Wonders eröffnender Gesang ließ das Rascheln der Menge verstummen. Hier und da war Schluckauf zu hören. Bluey trug sein Gewand verkehrt herum, aber er blieb im Takt. Vergessene Schritte wurden gut überspielt, und Antoney als Shango war sensationell, er loderte mit glühenden Armen über die Bühne. *(Du wirst eines Tages sehr, sehr stark, du wirst ein großartiger Shango.)* Was mit seiner Stimme geschehen war, blieb ein Rätsel. Doch von nun an verlor er bei jeder weiteren Show eine Viertelstunde vor dem Vorhangheben seine Stimme, und sie kehrte erst während der Pause zurück. Und das war gut so, sagte Simone.

Sie wusste auch noch, dass die Spannung zwischen Carla und Antoney an jenem Abend beinahe greifbar war. Es war, als müsste man Angst haben zu stolpern, wenn man zwischen ihnen durchging – als ob das Lampenfieber und die höhlenartige Atmosphäre des Theaters sie in den Bann geschlagen hätten. Wenn Carla in Antoneys Nähe kam, wurden seine Augen weicher. Als Carla und Simone in ihren Shango-Kostümen in den Kulissen standen, spürte Simone hinter sich eine Spannung. Sie drehte sich um – Antoney lauerte einen Meter von ihnen entfernt. Die Chemie zwischen Antoney und Carla war so stark, dass sie wie eine Barriere wirkte. Erst beim letzten Tanz, erst bei »Blues House«, konnten sie miteinander kommunizieren.

Dies war ihr aller Lieblingsballett. Sechs Tänzer (Antoney, Ekow, Ricardo, Carla, Simone und Milly), die Männer mit Fedoras, die Frauen in goldenen Paillettenoberteilen mit weißen Chiffonschals, swingten und stöckelten zu Songs von den Maytals, Lord Tanamo und Nina Simone durch schwindelmachende, eklektische Vignetten. Der Zuschauer sah skulpturale Hände und statueske Köpfe, lockere Hüften und robuste Arme. In der Mitte des Stücks gab es eine Sequenz, bei der alle Tänzer auf der Bühne waren und sich eine glitzernde Aluminiumscheibe zuwarfen; Antoneys choreografisches Markenzeichen kam darin vor, das Motiv aus Auf-den-Boden-Klopfen, Immer-schneller-über-die-Hüften-Streichen, dann Aufrichten und Vorwärtsstolpern, hier eher feierlich getragen. Er und Carla beschlossen das Stück mit ihrem Duo. Es war der Höhepunkt des Abends. Sobald die beiden mit Ninas schwermütiger Stimme allein auf der Bühne waren, sobald sie im Stil des Kumina von den Seiten her aufeinanderzugeeilt waren und sich in der Bühnenmitte trafen, übernahm die Chemie, die sie seit Tagen, Wochen, Monaten umgeben hatte, die Kontrolle. Es war, als wären sie in einem leeren Raum, als wüssten sie nur voneinander, als würde das Publikum durch ein Schlüsselloch zusehen. Es hatte, wie Oscar es von seiner fernen Beobachterposition aus wahrgenommen hatte, fast schon etwas Pornografisches. In all seinen Jahren in der Tanzwelt hatte er noch nie etwas so Erotisches, so greifbar Leidenschaftliches gesehen. Toreth schaute weg. Ihre Körper glitten in ständigem Kontakt umeinander herum und zeigten alle Facetten einer Umarmung. In der dampfenden Hitze, die von den Rampenlichtern aufstieg, schienen sie schwerelos und unerreicht. Carlas lange Arme waren hypnotisierend. Sie überflügelten sich selbst. Als Antoney sie in dem roten Licht emporhob und sein Gesicht an ihre Rippen drückte, war dies ein erhabener Moment, der Augenblick, in dem Carla wusste – wie sie Simone später erzählen sollte (»das arme, fehlgeleitete Ding«) –, dass dies der Mann fürs Leben war.

Besser hatten sie es nie getanzt. Oscar war außer sich vor Freude. Der Applaus war kräftig und würzig. In Antoneys Ohren klang er vertraut. Wenn seine Mutter beim Kochen abgelenkt war, die Zwiebeln mit zu wenig Öl anbriet und dann eilig Wasser hinzugoss, dann klang es genauso. Du weißt, was ich meine, oder?

»Du bist echt komisch«, sagte Carla, als sie um vier Uhr morgens in seiner Armbeuge lag.

An jenem Abend saßen auch zwei Journalisten im Publikum. Der eine arbeitete für die Lokalzeitung. Der andere war Edward Riley, der die Show für das einflussreiche *Dancing Eye* besprechen sollte und einen Mantel mit Salz-und-Pfeffer-Muster trug, den er während der gesamten Aufführung anbehielt.

6

Es war eines jener lindenverschatteten Häuser abseits der Holland Park Avenue, deren Vorgärten so lang waren, dass man sich auf dem Weg zur Haustür eine Rede ausdenken konnte. Lucas war schon lange nicht mehr durch das Viertel geschlendert, Toreth war hier mit ihm spazieren gegangen und hatte ihm erklärt, der einzige Unterschied zwischen den Leuten auf dieser Seite des Hügels und ihrer bestünde im Geld, und das sei als menschliches Verdienst ein Witz. Drüben, auf dem großen Boulevard, lagen die hervorragende Patisserie, die Top-Qualitätsreinigung und der schicke Burgertreff, zwei Straßen vom üppigen Stadtgarten entfernt. Das Haus selbst war jedoch nicht so schick wie manch anderes in seiner Nachbarschaft. Weder war es von einer gepflegten Hecke umgeben, noch gab es Beete, Blumenampeln oder Hängekörbe. Es wirkte mit seinem rostigen Tor und dem knöchelhohen Unkraut, das unentschieden um einen Pfad aus Trittsteinen herumstand, fast ein wenig heruntergekommen, unheimlich gar, mit seinen dreckigen Fenstern und dem Kletterefeu an der Wand. Erst hatte Lucas aus reiner Verzagtheit vor dem Tor gezögert. Er kaute auf einem Wrigley's herum, weil er vor seinem Besuch noch ein Mittagspfeifchen für nötig befunden hatte. Je näher er der schwarzen Haustür kam, umso weniger konnte er sich an das erinnern, was er sagen wollte.

Er klopfte. (*Wenn du deine Angst nicht bezwingst, dann wird sie dich bezwingen.*) In seiner Umhängetasche warteten Notizblock und Diktiergerät, falls es tatsächlich zu einem Interview kommen sollte. Eine spätfrühlingshafte Hitzewelle hatte die Stadt im Griff. Lucas trug sein einziges weißes Hemd, um einen guten Eindruck zu machen – er hatte keinen Termin und auch keine Vorstellung davon, was, oder wer, ihn erwarten würde.

Auch das zweite Klopfen blieb unerwidert. Lucas spielte schon mit dem Gedanken, eine Nachricht zu hinterlassen, was die schwierige Lucas-oder-Louis-Frage aufwarf, da sah er aus den Augenwinkeln, wie eine Gardine zuckte. Eine grauweiße Katze saß im Fenster und beobachtete ihn. Er versuchte es noch einmal und wartete gefühlte fünf Minuten, bis er eine Bewegung hinter der Tür vernahm. Sie ging vorsichtig auf, dahinter stand ein fahler, bärtiger, alter Mann mit freudlosen Augen, der ein schlecht sitzendes Cordjackett und Hausschuhe trug. Mit feindseliger Miene spähte er zu Lucas hinaus.

»Ich habe keinerlei Interesse«, sagte er. »Ich werde Ihresgleichen wegen Belästigung anzeigen, Sie stören meine Privatsphäre.«

So viel Zorn wäre gar nicht nötig gewesen, auch *wenn* Lucas der Gasmann oder eine Avon-Beraterin gewesen wäre.

»Ich verkaufe nichts. Ich bin auf der Suche nach … Mr. Edward Riley?«

An der Art, wie sich sein Gegenüber versteifte (als ob Lucas ihn wegen irgendetwas beschuldigt hätte), war offensichtlich, dies war sein Mann. Es verwirrte ihn. Lucas hatte nicht damit gerechnet, dass Mr. Riley so einfach an die Tür kommen würde.

»Und, was wollen Sie?«, fragte der Mann.

Nun mach nicht rum, jetzt komm zur Sache. Für Cynthia. Tu es, für Cynthia.

»Ich bin Journalist. Louis Miguel, vom *West*-Magazin.« Die ausgestreckte Hand wurde nicht ergriffen. »Ich wollte Ihnen schon eine Nachricht hinterlassen – worum es geht, ich wollte mit Ihnen über meine Recherchen sprechen, über das Midnight Ballet …«

»Wie?«

Lucas dachte, Mr. Riley hätte ihn nicht verstanden, darum sagte er etwas lauter: »Das Midnight Ballet. Ich habe Ihre Artikel gelesen.«

»Welche Artikel? Woher haben Sie die?«

Der Mann wirkte ausgesprochen verwirrt und leicht paranoid. Das linke, bleierne Auge zuckte. Als Lucas ihn an die Existenz öffentlicher Bibliotheken erinnerte, drehte Mr. Riley den Kopf ein wenig, als ob er etwas in der Dunkelheit hinter sich hören würde. Aufgrund des virtuosen Stils der Artikel hatte Lucas eine selbstbewusste, hochtrabende Erscheinung erwartet, vielleicht jemanden mit dickem Bauch und Bart, aber nicht diese kleine, angespannte, verwaschene Type vor ihm. Er umklammerte einen Füllfederhalter, den er gelegentlich in seiner Handfläche hin und her rollte. Die andere Hand lag auf der Tür, bereit, sie Lucas jeden Moment vor der Nase zuzuschlagen. In einem letzten verzweifelten Versuch, diese Tür offen zu halten, holte Lucas eine Ausgabe der *West* aus seiner Tasche und erwähnte das Feature, an dem er schrieb (seit seinem Treffen mit Simone waren vier Wochen vergangen, und trotz erheblicher Anstrengungen hatte er noch nichts Vorzeigbares produziert). Er war sicher, dass er nun seines Weges geschickt würde, aber dann sagte sein Gegenüber ernst, mit leicht argwöhnischem Unterton: »Wie gehen Sie es an?«

Lucas dachte rasch nach. »Retrospektiv.«

»Woher haben Sie meine Adresse?«

»Aus dem Internet.«

»Sie hätten mir erst einmal einen Brief senden sollen. Schreiberlinge ertrage ich nicht.«

Damit machte er Anstalten, die Tür zu schließen. Lucas zerbrach sich den Kopf nach einem anderen Zugang. Ihm fiel ein, was er empfunden hatte, als er in der British Library Rileys Schilderungen von Antoney und seiner Truppe gelesen hatte. In der Stille dieser hohen Säle, vor deren Fenstern das Leben auf der Euston Road pulsierte, hatte er beinahe gehört, wie die Tänzerinnen – Carla, Simone, Milly – atmeten und ihre roten Viskoseröcke rauschten. Die raschen Schritte seines Vaters hatten auf seinem Lesepult vibriert.

»Mir haben Ihre Worte gefallen«, sagte er in einem anderen, einem vertraulicheren Tonfall. »Seine ›typische, wild donnernde Drehung‹. Das ist eine tolle Beschreibung.«

Die Junisonne schien in Mr. Rileys Augen, die sich nicht zwischen Grau und Blau entscheiden konnten. Sie sagten: »Schmeichelei verfängt bei mir nicht, junger Mann.« Doch als diese Augen auf Lucas' Gesicht verweilten, zitterten Mr. Rileys brandygerötete Lippen leicht. Offensichtlich fürchtete er sich vor etwas, aber auch nicht genug, oder vielleicht war er einfach zu neugierig, um die Tür zu schließen.

»Ich wollte gerade das Haus verlassen«, sagte er. »Viel Zeit habe ich also nicht.«

Das Haus war in zwei Wohnungen aufgeteilt, Mr. Riley hatte das Erdgeschoss. Als Lucas ins Innere trat, verschwand der Juni. Der Flur war düster, schummerig und roch nach Katze, die Atmosphäre war so schwer, dass er sich instinktiv duckte, wie auf dem Boot. Das Haus wirkte nicht eigentlich schmutzig. Doch sein gesamter Inhalt, der Teppich, die Wände, der Lampenschirm mit seinen Quasten, all das schien so alt, als hätte sich der Staub darin entschieden, für immer dazubleiben. Trotzdem, Lucas war zufrieden, dass er so weit gekommen war, und beglückwünschte sich zu guter Tür-Taktik. Mr. Riley führte ihn langsam einen breiten Korridor entlang, von dem mehrere Zimmer abgingen. Die erste Tür stand einen Spalt weit offen, die zweite offenbarte eine altmodische Formica-Küche, die dritte war verschlossen. An der Schwelle zum vierten Zimmer, am Ende des Korridors, blieb Mr. Riley stehen. Sein Gang war immer langsamer geworden, und während sie den Korridor durchschritten hatten, hatte er sich verstohlen umgeblickt. Sein Rücken war von den Jahren niedergedrückt, sein Kinn lag am Hals auf. Bedächtig sagte er zu Lucas: »Bitte fassen Sie im Arbeitszimmer nichts an.«

Sie betraten ein großes, hässliches Zimmer. Das bräunliche Achteckmuster der Tapete war ungewollt retro, der Teppich ein verblichenes Blau. Vor der gegenüberliegenden Wand stand ein klobiger Mahagoni-Schreibtisch, darauf eine altmodische Schreibmaschine, inmitten von leuchtenden Post-its, Tassenrändern, Büchern, Papieren, daneben eine Ansiedelung von Kartons und grünen Lederschachteln. In einer Ecke kauerte ein paisleygemustertes Sofa. Die durchgebogenen Regale vor der Wand verlangten verzweifelt nach einem Schreiner. Ein Bord war allein dekorativen Kultgegenständen gewidmet – Glaselefanten, angeschlagenen Porzellanfiguren in Tanzposen, Miniaturballettschuhen, Briefbeschwerern und gerahmten Fotografien. Der Inhalt des Zimmers hatte sich offenbar im Laufe von Jahrzehnten angesammelt – hier ein antiker Zeitungsständer, dort ein metallener Aktenschrank – unter der einzigen Maßgabe, die zum Zeitpunkt ihrer Anschaffung an sie gestellten Forderungen zu erfüllen. Für Lucas war dies eine Zeitreise, ein Ausflug in die Arbeitshöhle eines Menschen, der nur wenig Kontakt zur Außenwelt hatte. Das Zimmer roch, wie Mr. Riley selbst, nach feierlicher Melancholie. Lucas sah regelrecht vor sich, wie Mr. Riley endlose Stunden an diesem Tisch verbrachte und dort seine detailreichen, lyrischen Artikel schrieb, den Blick kaum vom Text gelöst, die Lippen geschürzt und trocken vor Einsamkeit. Einzig eine Reihe französischer Fenster, die auf den Garten blickten und das Arbeitszimmer heller als die übrige Wohnung wirken ließen, bot Linderung von dieser bedrückenden Atmosphäre. Eines dieser Fenster stand auf, eine warme Brise spielte mit einem Paar bodenlanger Musselinvorhänge.

Nach einem Augenblick der Unentschiedenheit wies Mr. Riley Lucas an, sich auf das Sofa zu setzen. Er beobachtete ihn, eine Hand in der Tasche, die andere spielte immer noch mit dem Füller herum. Erst stand er ein wenig zu nahe, dann wich er zum Schreibtisch zurück. Er musterte Lucas, als habe er gerade eine unbekannte Spezies entdeckt.

»Hier also arbeiten Sie?«, fragte Lucas in seinem Bemühen um eine normale soziale Interaktion.

Die Frage wurde ignoriert. »Was genau ist der Anlass für Ihren Text?«

»Nun«, sagte Lucas/Louis, »es ist Stück ungeschriebener Geschichte, unbekannter Lokalkultur. Und außerdem«, das hatte Simone erwähnt, »ist im Moment in der schwarzen Tanzszene einiges los, der Zeitpunkt ist also günstig.«

»Ah. Verstehe.«

Das Lügen wurde anstrengend. Lucas war nicht sicher, wie lange er in solch einer erdrückenden Situation undercover bleiben konnte. Ihm fiel ein, wie er mit Jake im Alter von fünfzehn Jahren in einen Pub in Maida Vale gegangen war. Sie hatten so getan, als wären sie aus Sheffield, bis sie ihre Ausweise zeigen mussten – der falsche Akzent war zerbröselt, als sie dem Barmann einreden wollten, sie seien alt genug zu trinken. Lucas sagte Mr. Riley, dass er sich mit Simone de Laperouse getroffen hatte, und zumindest das war keine Lüge. Als Lucas ihm berichtete, was Simone über das Midnight Ballet erzählt hatte, über dessen Aufstieg, so eigene Formensprache und exotischen Reiz, wurde die Miene seines Gegenübers noch besorgter. Mr. Riley kam bedrohlich näher. »Exotisch! Lachhaft!«, er schrie beinahe. »Das war eine ernst zu nehmende Compagnie mit einem überzeugenden Repertoire. Mit handwerklich gelungener und intelligenter Choreografie. Das war eine der wichtigsten Compagnien ihrer Zeit, nicht irgend so eine affige Cabaret-Nummer.«

»Äh, sicher«, sagte Lucas. Hier, in seinem Arbeitszimmer, wirkte Mr. Riley plötzlich groß und energisch, raubtierhaft geradezu. Seine aschfahle Nähe war beunruhigend.

»Ich verbiete Ihnen dieses Wort.«

»Sie meinen affig?«

»Exotisch!« Eine kurze Pause entstand. »Es ist sehr wichtig, sie nicht falsch darzustellen.«

Die Art, wie Mr. Riley »sie« sagte, war seltsam. Mr. Riley hatte dabei zur Tür geschaut, als ob er das Midnight Ballet samt seiner Kostüme, Instrumente und Seesäcke im Korridor vermutete. Die Vorstellung war so mächtig, dass Lucas ebenfalls zur Tür sah. Er entschied sich, auf den Punkt zu kommen.

»Simone hat ja eine ziemlich eigene Meinung über den künstlerischen Leiter der Truppe«, sagte er. »Wir fokussieren besonders auf ihn – war offenbar ein interessanter Typ. Kannten Sie ihn gut?«

Mr. Riley sagte leise (er hatte sich wieder hingesetzt): »Allerdings.«

»Können Sie mir sagen, woran Sie sich am ehesten erinnern? Falls es Ihnen nichts ausmacht? Gibt es irgendeine Besonderheit, an die Sie sich erinnern?«

Lucas holte seinen Notizblock heraus. Mr. Riley blieb vollkommen reglos, beobachtete Lucas, die verblichenen Hände lagen sorgsam auf den Knien. Wieder diese anklagende Miene. Er vermittelte Lucas ein intensives Gefühl von Abneigung. Nach einem langen, unangenehmen Schweigen sagte er:

»Seine Stimme.«

»Seine Stimme.«

»Sie war ängstlich. Raunend.«

Um sich Mr. Rileys Blicken zu entziehen, senkte Lucas den Kopf und schrieb.

»Er neigte manchmal ganz plötzlich den Kopf, als würde er seltenen Vögeln nachlauschen. Finden Sie diese Beschreibung auch so toll?«

Als Lucas wieder aufsah, blickte er in Augen voller Hass. Er verstand nicht, warum Mr. Riley so feindselig war. Er wollte gerade etwas erwidern, doch sein Gegenüber war noch nicht fertig.

»Wieso meinen Sie, dass Sie hier so einfach reinplatzen können? Mich Dinge fragen können, die Sie gar nicht verstehen?«

»Hören Sie, ich wollte nicht …«

»Meinen Sie, nur weil Sie ein paar Artikel gelesen haben, wären Sie Experte? Könnten Sie fremde Erinnerungen stehlen und daraus Ihre eigenen machen?« Lucas stand langsam auf. Mr. Riley stand mit ihm auf. »Ich sollte Sie wohl darüber informieren, dass ich seit Jahren an einem Projekt arbeite, gegen das Ihres ein abgenagter Knochen ist. Antoney Matheus war ein vielschichtiger …«

In diesem Augenblick öffnete sich die Tür auf geradezu geisterhafte Weise, dann schlüpfte die Katze ins Arbeitszimmer. Lucas entsetzte sich. Der Schweiß brach ihm aus. Denise hatte recht. Es wäre besser, das alles zu vergessen und nach vorn zu schauen. Es wurde unheimlich. Die gepflegte und wohlgenährte Katze ignorierte beide Männer, ging zum Regal und rieb sich mit erhobenem Schwanz daran. Und genau da fiel Lucas' Blick auf eine Fotografie seines Vaters, die einige Reihen höher, inmitten der Reliquien stand.

Dort standen sogar zwei Fotografien, und keine der beiden hatte er je zuvor gesehen. Eine zeigte Antoney, auf einer Straße, mit einem Streichholz zwischen den Lippen – das Bild war wohl an einem Wintertag aufgenommen, angesichts des schweren Mantels und der vielen Schichten darunter. Auf seiner Stirn waren zwei tiefe Falten. *(Was hast du getan, als du an den Punkt gekommen bist, wo du nicht mehr wusstest, wohin?)* Das andere Foto zeigte Antoney mit Anzug und Hut, er wirkte jünger, lehnte in einem Türrahmen neben einem anderen, zierlicheren Mann, ebenfalls im Anzug, über ihnen das Schild Bühnentür. Beide wirkten glücklich, zufrieden, hatten die Arme auf gleiche Weise verschränkt, die Köpfe einander freundschaftlich zugeneigt. Sie wirkten, als könnten sie die Welt aus den Angeln heben und nach ihren Wünschen gestalten.

Mr. Rileys Redefluss verstummte, als die Katze schnurrend um seine Beine strich. Lucas ging zum Bücherregal.

»Ich kann Ihnen nicht helfen«, hörte er Mr. Riley. »Bitte gehen Sie jetzt, und fassen Sie nichts an.«

»Sind Sie das?«

»Wer?«

»Auf dem Bild hier.«

Der Mann neben Antoney wirkte vital, mit strahlenden Augen, dichtem, lockigem hellbraunem Haar und einem schmalen Kinn. Er trug eine apricotfarbene Krawatte. Er war von einer gewissen Eleganz, einer Eleganz, die Lucas auch an Riley bemerkt hatte, als er sich das erste Mal in seinen Stuhl gesetzt hatte. »Sind Sie das in jüngeren Jahren?«

Mr. Riley stellte sich hinter ihn. Sie sahen gemeinsam auf das Bild. Die Atmosphäre entspannte sich.

»Neunzehnhundertachtundsechzig«, sagte Mr. Riley. »Er war gerade für einen Choreografie-Preis nominiert worden.«

»Davon hab ich gelesen.«

»Da war er auf dem Höhepunkt seines Schaffens. Sehen Sie nur, wie glücklich er wirkt.«

»Ja, das stimmt.« Lucas drehte sich zur Seite, damit er Mr. Riley ins Gesicht sehen konnte. »Mr. Riley«, sagte er, »was ist ihm widerfahren?«

»Ich dachte, Simone de Laperouse hätte Ihnen alles erzählt?«, höhnte er.

»Nicht die ganze Geschichte.«

»Er – na ja – er hat uns verlassen.« In seiner Stimme klang ein ferner, zärtlicher Unterton mit.

»Wollen Sie es mir nicht erzählen?«

Mr. Riley schwieg, er wurde wieder ernst. »Seien Sie bitte ehrlich. Treibt Sie dabei ein persönliches Interesse, das Sie mir gegenüber noch nicht erwähnt haben?«

Endlich sagte Lucas es. »Er war mein Vater.«

Das Projekt, von dem Riley gesprochen hatte, sollte sich zu einem Buch mit dem Titel »Antoney Matheus und das Midnight Ballet« entwickeln, ein langwieriges Unterfangen, das der Vollendung nun aber nicht mehr fern war. Es war als Vermächtnis der Compagnie und Antoneys Biografie gedacht. Die vielen Schachteln neben dem Schreibtisch lagen voller Manuskriptseiten, Skizzen und Quellenmaterial wie Konzertprogramme, Fotografien und Plakate. Riley verfügte über Kopien eines jeden Artikels und einer jeder Besprechung, die über die Compagnie erschienen waren, wobei eine beträchtliche Menge aus seiner eigener Feder stammte. Die Bücherregale bargen eine regelrechte Tanzbibliothek, mit der Mr. Riley jede Prämisse, jede noch so marginale Tatsachenbehauptung kontextualisieren und stützen konnte. Er erklärte all dies recht leidenschaftlich; man müsse sein Terrain, so sagte er, bis ins Letzte beherrschen. Dieser Raum hütete das Archiv eines vergessenen historischen Moments, und Mr. Riley sah sich als Einzigen befähigt, dieser Geschichte zu ihrem Recht zu verhelfen. Er erlaubte Lucas noch immer nicht, irgendetwas auch nur anzufassen, aber schließlich, im Laufe der langen nun folgenden Unterhaltung, zeigte er ihm einige Seiten aus seinem Buch. Ganz zum Schluss erwähnte er, mit einer gewissen Zurückhaltung, noch einen Gegenstand, den letzten Beweis für sein Insider-Wissen: eine grüne Lederschachtel voller Briefe, die ihm Antoney geschrieben hatte.

Riley hatte Antoney im Juni 1968 bei einem Pressetermin kennengelernt, nachdem er ihn schon oft hatte tanzen sehen. Kurz darauf machte er mit ihm ein Interview für *Dancing Eye*, und sie wurden gleichsam auf der Stelle zu Freunden. Noch bevor sie sich persönlich begegnet waren, hatte Riley geglaubt, Antoney schon zu kennen, schon in seine Seele geblickt zu haben, denn ein Tänzer, der gut ist, trägt sein Herz auf dem Körper. Sie waren eins, diese beiden. »Ich will damit sagen«, erklärte er Lucas, »dass wir zwar sehr unterschiedlich waren, uns aber vollkommen verstanden haben.« Antoney hegte einen besonderen Respekt für Riley, weil er als einziger Kritiker ein wirkliches Empfinden für seine Arbeit hatte. Der Erfolg der Compagnie war gleichsam über Nacht gekommen, und ihre Auftritte wurden überall besprochen, doch zu viele Journalisten legten zu viel Gewicht auf ihre Ethnizität, ihren »Exotismus«, auf ihre Schönheit und Lebendigkeit. Natürlich wollte Antoney etwas Schönes erschaffen, aber er wollte auch ernst genommen werden. Er wollte, so hatte er sich einmal geäußert, nicht als bunter Hund oder Einhorn gelten. Der Umzug nach England habe ihn übermäßig dafür sensibilisiert, wie sehr die

Hautfarbe vom Wesentlichen ablenken könne. In Jamaika, als kleiner Junge, habe er eine viel deutlichere Sicht auf die Dinge gehabt. »Schwarz ist so viel mehr als schwarz«, sagte er immer. »Das Leben ist doch so viel mehr.«

Er wurde zum »dunklen Adonis«. Die Frauenpresse fand besonders großen Gefallen an ihm. »*Shango Storm* ist eine stürmische Show!« – »Elektrisierend!«, schrieb *She*. Mehr noch: »Wann hat man so etwas Hinreißendes zuletzt auf einer britischen Tanzbühne gesehen?« Simone de Laperouse wurde wegen ihrer technischen Meisterschaft bewundert, Milly Afolabi wegen ihrer knisternden Energie, Ekow wegen seines Charmes – aber Antoney war eindeutig der Star. Im Kulturteil der Londoner Tagespresse, in den Untergrund-Magazinen der aufblühenden Schwulenszene erschienen kurze, lockerflockige Interviews. Ein *Times*-Kritiker erkor ihn zu Englands Alvin Ailey mit Karibik-Flair. Nicht alles, was geschrieben wurde, war grenzwertig, trotzdem hatte Riley es auf sich genommen, in *Dancing Eye* lange Besprechungen zu Antoneys Ehrenrettung zu verfassen, die sich auf das Handwerkliche und den Ausdruck der Compagnie konzentrierten, auf Antoneys frühe Meisterschaft als Choreograf. Schon damals hatte er es fast als eine Mission betrachtet – denn etwas Seltsames war geschehen, als er Antoney zum ersten Mal tanzen sah. Etwas, was ihm niemals zuvor geschehen war, bei keiner der hundert Aufführungen, die er besprochen hatte. Die Regel lautete, die Augen bleiben oben, der Stift bleibt unten. Das, was man sieht, was sich in einem Oberkörper ereignet, wie nuanciert Armhaltungen sind, Drehungen, das Hintergrundgeschehen, all das wird in einer Art sensorischem, unleserlichem Gekritzel niedergeschrieben, das man erst im Nachhinein entziffert. Man sieht nie nach unten. Solange der Vorhang oben ist, wird geschrieben. Als aber Antoney zum ersten Mal auf der Bühne des Ledbury Theatre als Shango erschien, in roter Weste und rotem Rock – nachdem Riley ihm nur wenige Minuten lang zugesehen hatte, hörte er zu schreiben auf. Sechs oder sieben Minuten lang. Er erklärte es Lucas mit einem Zögern. Der Wortfluss stockte. Jeder Kritiker braucht einen Engel, um ihn aufrecht zu halten, sagte er. Vielleicht war ihm ja seiner in jenem Moment erschienen.

Riley hatte selbst einst zu den Schreiberlingen gehört. Er hatte in den Fünfzigerjahren als Nachrichtenreporter gearbeitet, doch ihm hatte die dafür nötige Forschheit gefehlt. Er stellte die falschen Fragen, und wenn er sie stellte, war es zu spät. Als Kind hatte ihn seine Mutter einmal im Monat mit in ein Theater im West End genommen (seine Großmutter war Ballerina, auf dem Dachboden ihres Hauses in Finchley lagen pastellfarbene Tutus und eine Volantkrinoline aus Satin). Er hatte auf den dunklen Samtbänken Feigen gegessen und zugesehen, wie die Schwäne mit ihren Ballettfüßen den See überquerten, wie der Nussknacker gegen das Heer des Mäusekönigs kämpfte, und irgendwann, besonders während der Duos, hatte sich das Gefühl in ihm eingenistet, dass irgendetwas fehlte, dass irgendetwas dazukommen musste, zusätzlich zu den Feigen. Das Gefühl war in die Fingerspitzen gewandert und hatte sie zum Kribbeln gebracht. Um das Kribbeln zu besänftigen, hatte er Stift und Papier mit ins Theater genommen. Aus Kritzeleien wurden Worte, aus Worten wurden Sätze, über die himmelsgleiche Bühne und die geflügelten Wesen, die sie ihr Eigen nannten.

Diese frühe Begeisterung für den Tanz hatte Riley niemals verlassen. Während einer Schicht im Newsroom hatte er einem Reporter gegenüber einmal erwähnt, dass er gerne Tanzkritiken schreiben würde. Sein Kollege, der für seine Taktlosigkeit berühmt war, hatte erwidert, dass Riley ganz sicher nicht als Kritiker geeignet sei, weil man dafür nämlich wissen müsse, was man meint, »und Sie wissen ja nicht, was Sie meinen. Sie sind ein durchschnittlicher Mann mit durchschnittlichem Verstand. Nichts für ungut, aber Sie haben zu keinem Thema wirklich was zu sagen.« Bald darauf verließ Riley die Zeitung, um sich seinen Lebensunterhalt auf die mühsame Weise des Freiberuflers zu verdienen. Er schrieb für die Tanzpresse. Er saß bei drei oder vier Aufführungen pro Woche auf den Presseplätzen, bei Alvin Ailey sogar drei Reihen von Antoney und Oscar entfernt. Er entwickelte ein eigenes Notizbuchsystem, ordnete seine Kritzeleien aus dem Dunkel nach Alphabet und Farbe, entsprechend Genre und Compagnie. Immer, wenn er schrieb, war er auf Reisen. Es war, als säße er in einem Zug, als würden Dächer, Schafe, gelbes Gras an ihm vorüberziehen, und schließlich kam er irgendwo an, mit klarem Kopf. Man muss überhaupt nicht wissen, was man denkt, hätte er seinem Kollegen gesagt, wenn er die Gelegenheit dazu bekommen hätte. Das findet man erst später raus. Es reicht, wenn man die Richtung kennt.

Angesichts all dessen, was Riley schon vor seiner Begegnung mit Antoney über das Midnight Ballet geschrieben hatte, und wenn es ebenso zutraf, dass Autoren ihr Herz auf der gedruckten Seite trugen, konnte man wohl mit gleichem Recht behaupten, dass auch Antoney bereits Riley kannte. Riley war zehn Jahre älter. Er wurde zu Antoneys Vertrautem und Ratgeber, wenn es um kreativen Zweifel, sein Verhältnis zu den anderen Tänzern oder den Umgang mit seinem plötzlichen, verstörenden Ruhm ging. Sie führten lange Gespräche in einem spanischen Café gegenüber des 20th Century Theatre auf der Westbourne Grove, in deren Verlauf sie von Kaffee zu Brandy wechselten. Ihr Lieblingstisch stand neben einem farbigen Glasfenster, auf das sie beide schauten, wenn sie nachdachten. Antoney war der Redselige. Riley der Zuhörer, der stille Betrachter. Er wurde bei den Proben der Compagnie willkommen geheißen, und so lernte er die anderen Mitglieder der Truppe kennen, Ekow, den zwanghaften Fürsprecher, die larmoyante Simone, den misstrauischen Bluey und Carla (»deine Mutter machte sich einen Spaß daraus, mich mit dem Nachnamen anzureden«). Im Herbst 1968 folgte Riley ihnen auf einer Tour durch Großbritannien, im Hinterkopf schon sein künftiges Buch. Es war bemerkenswert, in welch kurzer Zeit sie so erfolgreich geworden waren, doch für die damalige Zeit war das nicht ungewöhnlich. Einen Monat nach dem Ledbury hatten sie einen Auftritt im Jeannetta Cochrane Theatre in Holborn, dann folgten Shows im Commonwealth Institute und Sadler's Wells. Riley hatte zusehen können, wie ihre Aufführungen dichter, perfekter wurden, ihre Verbeugungen gesammelter und weniger panisch. Die experimentelle Szene, die in jenen Jahren den zeitgenössischen Tanz prägte, nahm sie mit offenen Armen auf, aber auch das breitere Publikum schätzte sie. Bereits ein Jahr nach ihrem Debüt zogen sie landesweit auf respektablen Bühnen große Zuschauermengen an. Es waren für alle, nicht zuletzt für Riley, turbulente und großartige Zeiten. Fahrten in rostigen Zügen durch Englands Süden, sonnenbeschienene Spaziergänge, Diamanten, die auf Wellen hüpften. An manchen dieser Orte, Cardiff, Oxford, Devon, wurden die Tänzer wie reisende Würdenträger behandelt. Sie stiegen in einem idyllischen Gästehaus oder schicken Hotel ab, sie, die lärmende Truppe mit ihrem rauem Showbizglamour, ihre Poster hingen in Lobbys, Bibliotheken und Geschäften, zum Frühstück gab es die besten Eier. Sie genossen es in vollen Zügen. Es gab Einladungen zu Partys, Kleinstadtmädchen flatterten nach dem Vorhang zur Bühne, ihre Bilder waren in der Zeitung. Antoney und Ekow marschierten wie Rockstars an der Spitze ihrer Entourage in die Theater. Die Bühnentür, von der Antoney einst nur geträumt hatte, war nun der alltägliche, allabendliche Durchgang.

»Dein Vater glaubte, dass ihn das Schicksal begünstigt habe«, erzählte Riley Lucas. »Er hatte das Gefühl, er sei auserwählt – der Mond-Bus, die Flugträume. Er liebte das Zitat von Albert Einstein, wonach Tänzer die Athleten Gottes sind.« Entsprechend schwer war es ihm gefallen, nach einer Show wieder auf den Boden zu kommen. Das war sein bestes Selbst, dort oben auf der Bühne. Er wollte, dass der Applaus ewig weiterbrandete, und musste die Stille, die folgte, mit seinem eigenen Gerede übertönen. In der Garderobe sprach er endlos über Höhepunkte und Fehler eines Abends. Er trat als Erster durch die Tür der nächstgelegenen Kneipe, wo er in der Aufmerksamkeit der Gäste badete, die unvermeidliche Pall Mall an der Lippe, den Hut in den Nacken geschoben. Am nächsten Morgen war er distanziert und launisch, nur wild auf den nächsten Auftritt, und oft war der einzige Mensch, mit dem er dann zusammen sein wollte, Riley.

Im Anschluss an die Rückkehr nach London arbeiteten Ekow und Oscar, der sich um die verwaltungstechnischen Angelegenheiten der Truppe kümmerte, bereits Pläne für eine neue Tournee aus, diesmal auf dem europäischen Festland. Eine Einladung von einem Pariser Theater lag bereits vor. Sie schickten Angebote nach Holland, Dänemark und Belgien, an Orte, wo parallel und zahlreich über sie berichtet worden war. Antoney begab sich in der Zwischenzeit daran, ein neues Ballett zu kreieren. Inspiriert war es von einer Diskussion mit Riley über die Frage, ob der Tanz versuchen sollte, seine Musik zu werden. Antoney wollte damit experimentieren, dass einzelne Körperteile einzelne Instrumente wiedergaben. Konnte der Bauchnabel zum Klavier werden? Konnten die Schultern die Reinheit von John Coltranes Tenorsaxofon erreichen? Doch er hatte Mühe mit dem Stück. Es ließ sich nicht fassen. »Bei jedem neuen Stück ist es am Anfang dasselbe«, offenbarte er Riley bei ihrem ersten Interview in dem Café. »Ich fühle mich total unfähig und völlig verängstigt. Ich sehe *etwas*, eine Beugung, eine Begegnung von Körper und Musik, aber ich weiß nicht, was daraus wird. Ich suche, ich fühle es, aber ich finde es nicht. Es macht mir Angst.« (Riley hatte Antoney in diesem Moment genau beobachtet, wie er innehielt, wie er den Kopf schräg nach oben in Richtung des farbigen Glasfensters neigte, wie ein Vogel, der lauscht.) »Wenn ich es dann endlich habe«, fuhr Antoney mit blitzenden Augen fort, »wenn ich es ein Stück weit vorangetrieben habe, hab ich das Gefühl, ich hätte ein ganzes Tagespensum erledigt, sollte meinen Mantel holen und ein Bier trinken gehen. Die ersten Schritte sind die reine Perfektion. Sie strahlen. Ich wünschte, ich könnte sie den Leuten so zeigen, so ganz für sich, bevor der ganze Rest das dann zerstört.«

Ekow tat die Idee für das neue Ballett als schlicht und prätentiös ab. Antoney erwiderte, das ginge ihn nichts an. Oscar hatte schon lange auf Antoney eingeredet, damit er Ekow auch einmal an die Choreografie ließ, aber Antoney sperrte sich. Es widerstrebte ihm, selbst Oscar ein Mitspracherecht zu gewähren. Er wollte sich beweisen, dass er es alleine schaffen konnte. Die Truppe trat immer noch regelmäßig in Londons Umgebung auf, es war eine willkommene Ablenkung von dem, was sich zu einer kreativen Blockade auswuchs, aber die Feindseligkeit zwischen Antoney und Ekow nahm nur noch zu, da Antoney sich weigerte, auch nur ein kleines Stück Kontrolle abzugeben. Die Beleuchtungsprobe und der Soundcheck wurden zu Zweikämpfen, denn nun wollte Ekow wenigstens hier das Sagen haben. Vor einem Auftritt in Greenwich warf Antoney in einem Wutanfall die Scheibe aus dem Blues-House-Stück quer über die Bühne und verfehlte nur knapp einen Techniker. Auch die Proben waren von Konflikten geprägt. Simone schlug sich auf Ekows Seite, unterstützte all seine Vorschläge und zog Antoneys Worte in Zweifel. Sie beklagte sich laut über die mageren Summen, die die Tänzer erhielten, und befeuerte damit die allgemeine unterschwellige Unzufriedenheit über die Diskrepanz zwischen dem Erfolg der Compagnie und den Einkünften ihrer Mitglieder. Simone war, Rileys Meinung nach, ein bösartiges, hinterhältiges Wesen, und er fand auch Benjamin sehr unangenehm. Riley hatte miterlebt, wie er Antoney einmal des Diebstahls bezichtigt hatte. »Sag du mir die Wahrheit. Du hast nie mal in die Kasse gegriffen, um dir einen Burger oder ein Fläschchen Rum zu besorgen?« Milly verließ während dieser Probe den Raum, sie war es leid, dass ständig gestritten wurde. Hätte es nicht die stabilisierenden Elemente innerhalb der Gruppe gegeben – Oscar, The Wonder, Carla –, wäre die ganze Sache an diesem Punkt womöglich in sich zusammengefallen.

Rileys Ablehnung Simone gegenüber wuchs, je besser er sie kennenlernte. Immer wollte sie im Mittelpunkt stehen, und wenn sie etwas wollte, tat sie alles dafür, auch wenn das hieß, dass sie ihre Freunde verraten musste. Antoney war, ungefähr einen Monat vor der Europatournee, mit seinem Coltrane-Tanz noch nicht über die ersten Schritte hinausgekommen, da war Riley in der Kirche Zeuge eines Zwischenfalls zwischen Antoney und Simone geworden.

Er war zum Powis Square gegangen, weil Antoney nicht wie verabredet in dem Pub nahe des Notting Hill Gate erschienen war. Riley hatte sich wie immer auf die gemeinsame Zeit gefreut und war enttäuscht. Es war ein ungewöhnlich warmer, ruhiger Märzabend. Riley schlenderte die Portobello Road entlang, in der Hoffnung, Antoney würde ihm dort begegnen, und als es auf zehn Uhr zuging, wandte er sich in Richtung Kirche. Die Tür war angelehnt. Er schlüpfte ins Innere. Jazzmusik lief, Coltranes »A Love Supreme«. Riley wollte gerade in den Proberaum gehen, als über die Musik hinweg Stimmen erklangen, erst die Stimme einer Frau, dann Antoneys. Die Frau sagte: »Ich dachte ja nur, du hättest vielleicht gern ein wenig Gesellschaft. Nun sei nicht so schroff.« Das war Simone. Riley spähte in den spärlich beleuchteten Flur, er sah sie von hinten, sie stand an einem Fenster, nur wenige Meter von Antoney entfernt, in einem kurzen Häkelkleid und einem Paar hochhackiger Riemchenpumps, die ihre strammen, muskulösen, geölten Waden betonten. Sie war angezogen, als wollte sie zu einer Party, während Antoney mit bloßem Oberkörper, barfuß und nur mit seiner dünnen Tanzhose bekleidet dastand. Auf seiner Haut lag eine zarte Schweißschicht. Riley verharrte auf der Schwelle und lauschte.

»Nimm dir ’nen Drink, wenn du willst«, sagte Antoney. »Ich bin nicht der Schroffe hier.«

»Warum vergessen wir das nicht einfach alles?«

Simone nahm sich einen Plastikbecher vom Tisch, der neben einer Flasche Rum stand, den Blick fest auf Antoney geheftet. »Weißt du eigentlich«, sagte sie, »dass du viel besser aussiehst, wenn du ohne Oberteil tanzt? Du solltest immer so tanzen, deine Fans würden wahnsinnig … Gibt es hier was zum Verdünnen?«

»Siehst du hier eine Bar?«

»Egal, ich lass es. Es macht nur keinen Spaß, allein zu trinken.«

»Ich bin sowieso fertig. Ich war auf dem Weg nach draußen.«

»Arbeitest du immer noch an diesem Coltrane-Stück?«

»Was willst du, Simone?«

»Ich weiß, dass du damit Probleme hast.«

Antoney durchquerte den Raum und hob ungeduldig sein T-Shirt vom Boden auf. »Das wird schon.«

»Es wär doch schön, wenn es für Paris fertig wäre, oder? Oh, bitte, meinetwegen musst du dich nicht anziehen«, sagte Simone in einem, wie Riley fand, ziemlich verruchten Tonfall. »Es ist ja nicht so, als hätt ich diesen Anblick nicht schon mal genossen.«

Sie stelzte aufreizend im Catwalk-Gang auf ihn zu, ließ den Fuß in der Luft kreisen, setzte einen vor den anderen. Riley sah nun, dass ihre Lippen mit Gloss bestrichen waren, die Wangen scharf mit Rouge konturiert. Er fand sie so abstoßend, wie eine Frau nur sein konnte. Die Schlüsselbeine stachen an den dünnen Schultern hervor, ein so viel geringerer Anblick als der von Antoneys geschmeidig ebenen Wüsten. »Nicht«, sagte sie und fasste ihn am Arm, berührte den weichen Stoff des T-Shirts.

»Warum nicht?«

»Weil ich es nicht will.«

Dann war Schweigen, sie sahen einander nur an. Riley ergötzte sich an Antoneys prachtvollem rostbraunem Rücken, eine Kette um den Hals, als er auf Simone hinabsah. Vielleicht flüsterte sie ihm etwas zu, Riley war nicht sicher. Aber er sah, dass sie eine Hand auf Antoneys Taille legte. »Ich hab immer eine Schwäche für dich gehabt, das weißt du.« Und während ihre Finger tiefer wanderten, sagte sie: »Ich hoffe, Carla zeigt sich – sagen wir, so dankbar für ihre Privilegien … wie ich es wäre?«

»Hey, komm, hör mit dem Blödsinn auf«, sagte Antoney und schob sie fort.

»Findest du nicht auch, dass sie in letzter Zeit ein wenig launisch ist? Ich weiß nicht, was mit ihr los ist. Sie spricht kaum noch mit mir.«

»Vielleicht liegt das an deinem Benehmen.«

»An meinem Benehmen?«

»Du und Ekow, ihr zwei macht nur Ärger.« Zu Rileys Erleichterung zog Antoney sein T-Shirt an. Sie sprachen eine Weile über Ekow, Simone sagte, sie könne ja versuchen, ihn zu etwas mehr Zurückhaltung zu bewegen – schließlich wolle sie nur das Beste für die Truppe –, aber Antoney sei manchmal wirklich sehr eigensinnig. Es schien, als würde er ihr zustimmen.

Coltrane bewegte sich auf das abschließende »Psalm« zu, Antoneys Lieblingsstück. Simone sagte, und dabei schlich sich die Verführerin wieder in ihre Stimme: »Warum zeigst du mir nicht, woran du heut Abend gearbeitet hast? Vielleicht überrasche ich dich. Vielleicht kann ich etwas beitragen, etwas Besonderes. Etwas, was kein anderer Mensch auf der Welt dir geben könnte.«

Sie näherte sich Antoney erneut, diesmal glitten ihre unwürdigen Hände an seinen Armen empor und schlossen sich hinter seinem Hals. »Wir könnten gemeinsam daran arbeiten«, schlug sie vor und presste ihren Körper gegen seinen. Sie fühlte sich offenkundig nicht wohl dabei, sich ihm so anzubieten – sie wirkte peinlich. Riley hätte sie am liebsten verscheucht, wie eine Fliege von einem rohen Steak.

Antoney schien amüsiert. »Simone«, sagte er, »du machst dich zum Narren. Ich steh nicht auf dich.«

Sofort schnellte ihr Kopf zurück – eine Hand rieb über den anderen Ellbogen, als ob sie sich gestoßen hätte –, sie machte einen grazilen Schritt in Richtung Tür, Riley wich zurück. Dann aber fuhr sie zornig herum. Alles Verführerische war fort. Das war Simone de Laperouse, wie man sie kannte, hochmütig, fordernd und selbstsüchtig.

»Antoney«, sagte sie. »Ich bin die einzige ausgebildete Tänzerin in dieser Truppe. Ich bin gut genug für Rambert, aber ich habe dich gewählt. Ich trainiere härter als alle anderen, ich gebe bei jeder Show, bei jeder Probe mein Bestes – ich verdiene den Status der Haupttänzerin. Du hast verdammtes Glück, jemanden wie mich an Bord zu haben, und das weißt du. Warum also, Herr Künstlerischer Leiter, haben Sie mir noch immer kein Solo gegeben?«

»Ein Solo?«

»Ja, ein Solo.«

»Das also willst du? Ein Solo?«

»Ich werde mir wohl kaum selbst eins choreografieren«, sagte sie beleidigt.

Antoney lachte. »Und warum *sagst* du das nicht einfach, Mädchen? Hättest dich nicht rausputzen müssen, als wolltest du zu den Marshall-Brüdern.«

Er lachte wieder über die Musik hinweg, er bog sich vor Lachen vor und zurück, eine ganze Weile lang. Riley wäre beinahe mit eingefallen.

»Du weißt wirklich, wie man einer Frau schmeichelt, was?«

»Keine Sorge, Baby«, sagte er, beruhigte sich wieder und nahm einen ordentlichen Schluck aus einer Tasse. »Ich schreib dir eines Tages ein Solo. Du hättest mich ganz einfach fragen können. Das machen wir, ich versprech's dir.«

Sie warf ihm einen obszönen Blick zu, die kleine Adlernase in der Luft, dann machte sie den gleichen grazilen Schritt in Richtung Tür, die Hand am Ellbogen. Und plötzlich war Antoney, so sollte er es Riley an jenem Abend später noch erklären, von ihrem Profil, der leichten Höckernase, dem empörten Mund vollkommen gefesselt. Um sie herum leuchtete alles, wurde lebendig, vor allem zu ihren Füßen und um den Hals herum. Antoney hatte das seltsame Gefühl, dass sein Blut heißer strömte, dass alles in ihm beschleunigt, in Aufruhr war. Coltranes Saxofon im Hintergrund. Die Frau, der Vogel, sie verschmolzen mit dem Saxofon. Wie durch ein Wunder erschienen ihm die ersten Schritte ganz deutlich vor Augen. Er ging auf Simone zu, zittrig, wie ferngesteuert.

»Es muss nicht einmal ein Saxofon sein«, murmelte er. »Etwas anderes ginge auch.«

»Was?«, raunzte sie.

»Mach das noch mal. Was du gerade getan hast.«

Lucas hörte all das in der Senke auf Rileys altem Sofa. Seine Fragen wurden immer zugespitzter, immer karger. Hatte Carla das jemals herausgefunden? Warum war sie so launisch? Wie hatte Antoney seinen Kaffee getrunken? Die Notizen blieben aus, als Louis Miguel endlich seinen Griff lockerte und Lucas, Sohn von Antoney, in die Geschichte seines Vaters eintauchte. Es war das erste Mal, seit er den Kirschholzschrank geöffnet hatte, dass er sich selbst darin sah, in Antoneys Rastlosigkeit und Unsicherheit, in den melancholischen Morgenstunden. Rileys Arbeitszimmer verwandelte sich von einer geschmacklosen Rumpelbude in einen köstlichen Schrein; hier hatte Antoney einst geschlafen, hier, auf diesem Sofa, hier hatte er einst gestanden, dort drüben bei den Fenstern, wo Rileys Erinnerungen an ihn am stärksten waren. Die weißen Vorhänge blähten sich im Wind, umwehten seinen großen, starken Körper. Für Lucas war es, als hätte er endlich festen Boden unter den Füßen. Und Riley legte all seine Feindseligkeit ab, er war nett und zuvorkommend, regelrecht glücklich, sein Wissen mit jemandem teilen zu können, der all dem so nahestand. Er servierte Lucas Tee, in einer angeschlagenen Tasse, und bot ihm sogar trockene Bourbon-Kekse an. »Es ist bemerkenswert, dass du gerade jetzt erschienen bist«, sagte er. »Ich durchlebe gerade selbst so etwas wie eine schöpferische Blockade.« Dabei zupfte er sich ständig, es schien ein nervöser Tic zu sein, am Bart herum. Obwohl er sich geöffnet hatte, strahlte er immer noch eine unüberwindbare Distanziertheit aus.

Riley schrieb dieser Tage nur wenig für die Tanzpresse. Das *Dancing Eye* war 1982 eingestellt worden. *Stage* schickte ihn gelegentlich nach Euston, ins The Place mit seinen unbequemen Sitzen, aber Rileys Fingerspitzen kribbelten nicht; seine Seiten wurden immer leerer. Er war zu dem Schluss gelangt, dass sich ein Leben auf mehr als ein paar Seiten in einem Magazin oder ein paar Textspalten in einer Zeitung belaufen sollte. Er arbeitete vorwiegend an seinem Buch, und das nun schon seit siebzehn Jahren. Einen Verleger hatte er bislang nicht, hoffte aber auf Interesse, wenn das Projekt erst einmal beendet war. Nach außen hin schien es, als besäße Riley keines der Accessoires, die das Alter mit sich bringt, keine tote Frau, keine Kinder, keine Enkel. Er hatte seit den Sechzigern in derselben Wohnung gelebt und diese offenbar nie renoviert. Auf die Frage, warum er so lange für das Buch benötigte, sagte er einfach, und damit meinte er Antoney: »Er will nicht vergessen werden.«

Lucas sah sie vor sich, Antoney und Riley, zwei Männer, die die Welt nach ihren Vorstellungen formen konnten. Sie gingen bis zum höchsten Punkt der Ladbroke Grove in jener warmen, stillen Nacht des März 1969. Es war vier Uhr morgens. Riley hatte die Kirche unbemerkt verlassen und war nach Hause gegangen, wo ihn Antoney, mit einem smaragdgrünen Wildledercape aus dem Kostümfundus und einem flackernden Lächeln, in den frühen Morgenstunden weckte. Er bat ihn, mit ihm und »den Geschöpfen der Nacht« spazieren zu gehen. Riley fühlte sich wie ein Kind, an dessen Seite ein Zauberer wandelt. Sie gingen stundenlang umher, den Holland Park Boulevard entlang, um den großen Kreisverkehr von Shepherd's Bush, die

Wood Lane hinunter bis nach Harlesden. Antoney sprach unentwegt von »Bird«, seiner ersten, ureigenen Schöpfung. Ihm sei nie zuvor aufgegangen, wie beschwörungsmächtig Simone war. Er musste sie nur beobachten. Sie tat genau, worum er sie bat, und doch tat sie so viel mehr, indem sie einfach nur sie selbst war. »Es war, als ob der Tanz auf uns gewartet hätte, und wir mussten nur noch gemeinsam hineingehen.« Antoney tanzte auf die Straße, um eine Sequenz vorzuführen. Es wirkte mit seinem Cape vollkommen albern und wurde nur knapp von einem Auto verfehlt. Er war leichtsinnig, entflammt. Er würde Europa erobern. Das Leben war grenzenlos.

An der Spitze des Hügels blieben die Männer stehen. Sie sahen hinab auf violett schlafende Straßen, die Äste noch beinahe bloß unter der ersten Frühlingsblüte, auf Armeen von Kaminen und bernsteinfarbenen Laternen. Antoney legte den Arm um Rileys Schulter und kam mit seinem Gesicht sehr nahe.

»Siehst du das Schimmern da draußen, Riley, da hinten am Rand der Erde? Diesen leuchtenden Streifen? Diese geheime Macht? Das Schimmern? Da draußen?«

»Meinst du die Lichter?«, fragte Riley.

»Ja«, sagte Antoney lächelnd. »Das Licht. Das liebe ich so an dir. Du weißt immer, wovon ich spreche.« Sie standen schweigend in der Stille, Rileys Herz klopfte, Antoney sah auf den Horizont und dessen fernes, gelbliches Leuchten. »Das da draußen«, sagte er, »das verleiht mir den Glauben an mich selbst.«

Du Versager, dachte Denise. Du Drückeberger, fauler, selbstsüchtiger Penner.

Sie wartete auf Lucas. Er hätte um halb fünf da sein und ihr beim Transport für das Mittagessen der Heilsarmee helfen sollen. Jetzt stand sie da in ihrer Zimmermannshose und den vernünftigen Schuhen, während die Ware in einem Kistenstapel auf dem Boden darbte, die Sonnenblumen in schmalen Metalleimerchen vor dem Stand warteten, die Orchideen nahe bei Denise. Sie hielt in der Ferne Ausschau, rechnete aber eigentlich nicht mehr mit ihm. Ein Heer von Kaufwilligen zupfte an den Ständen herum, befingerte afrikanischen Schmuck, gebatikte Strampelanzüge und Secondhand-CDs. Denise hatte an diesem Tag bereits einen versuchten Raubüberfall und einen Mann aus Nigeria überstanden, der vergeblich nach einer schwarzen Blume verlangt hatte. Wirklich schwarze Blumen gibt es nicht, hatte sie ihm erklärt, nur die Illusion von Schwarz, wie bei Stockrosen oder Calla, die aber hatte sie nicht. Es missfiel ihr, wenn sie den Wunsch eines Kunden nicht erfüllen konnte. Alles in allem war sie sehr mieser Stimmung.

Morgens war sie wie üblich um vier Uhr aufgestanden, als Lucas noch schnarchte. Sie hatte ihr Kissen geschüttelt und ihr kompliziertes Bad genommen, sich dann auf den Weg zum New Covent Garden Blumenmarkt gemacht, der allerdings nicht in Covent Garden, sondern einer Lagerhalle auf der anderen Seite des Flusses lag. Dort, in Battersea, begann, wenn es noch dunkel war, der Tag von Denise. Sie fuhr mit ihrem taufeuchten, senffarbenen Auto die Park Lane entlang und ließ sich vom Zauber der Morgenröte betören. Das war ihr einziger Moment der Zerstreuung, und in diesen fiel auch der Anblick ihres Lieblingsbaums, derjenige draußen vor dem Dorchester, mit den vielen Lichtern. Dieser Baum strahlte durch seine Haltung eine ganz besondere Überzeugung aus. Es war immer Weihnachten in diesem flüchtigen Moment am Beginn ihres Arbeitstages, in der Gegenwart dieses Baumes.

Wenn sie am Markt ankam, im Anorak aus der düsteren Tiefgarage auftauchte, das Haar – sie war erst neunundzwanzig, doch es wurde schon grau – streng gescheitelt und zu zwei Zöpfen geflochten, verblich alles andere. Sie näherte sich den schweren Gummitüren und stieß sie mit der ihr eigenen verborgenen Verve auf. Die Blumenköpfe strahlten sie an. Wiesen aus Gelbtönen, eine Palette an Rosa, der unverkennbare Geruch weit gereister Rosen. Sie tauchte ein in ihr schönes Metier. Als Händlerin musste sie auf alles vorbereitet sein. Sie musste sich jede Gelegenheit vorstellen können, eine Hochzeit, ein Begräbnis, einen Liebhaber, den Schenkenden ebenso wie den Beschenkten. Sie musste die Blume vorhersehen, die der alte, nun einsame Mann kaufen würde, um sie auf das Grab seiner toten Frau zu legen, musste ahnen, wie der letzte Romantiker im November seine Leidenschaft ausdrücken oder was die Schwester der Braut wollte, die Weiß hasste. Denn solche Menschen gibt es. Es gibt Menschen, die um neun Uhr morgens zu Denise an den Stand kommen und eine Blume ohne Blattwerk wollen, am besten ohne Stiel. Sie musste für alles gerüstet sein. Und so eilte sie jeden Morgen mit einem Wagen durch die Lagerhalle und sammelte ihre wohlüberlegten Güter ein, beobachtet allein von den Reihen gläserner Gartenzwerge – Lucas hatte einmal versucht, ihr einzureden, sie wären lebendig –, dann fuhr sie die Park Lane zurück zu ihrem Platz unter den weißen Markisen auf der Portobello Road, einem guten Standort im Herzen des Marktes. Neben ihr befand sich ein Händler mit algerischen Seidentüchern, der jeden Tag Falafel aus dem Falafel King an der Ecke aß und ihr immer die Orange schenkte, die es dazu gab. Denise war ruhiger als Em. Denise war keine Marktschreierin. Sie war auf kühle Weise aufmerksam, beriet, wo es nötig war, ließ aber sonst ihre Blumen sprechen.

Wo verdammt war er? Sie hatte Lucas den ganzen Tag noch nicht gesehen. Donnerstags ging er doch immer »arbeiten«, aber selbst dann entdeckte sie ihn meist irgendwann vor Honest Jon's und schleppte ihn für eine halbe Stunde an ihren Stand, damit er ihr half. Nicht, dass er eine große Hilfe wäre. Er war nicht gut im Einwickeln und verschwendete so viel braunes Papier wie eine unfähige Imbiss-Kraft, aber zumindest war er dann mit etwas Nützlichem, etwas Einkommensbezogenem beschäftigt. Das Essen der Heilsarmee war Denises erster großer Auftrag, und sie glaubte, dass sie schon jetzt einen schlechten Eindruck gemacht hatte. Sie musste die Blumen wohl selbst dort hinbringen. Dabei sollte Lucas das doch tun! Er war wie ein Kind, und es wurde immer schlimmer mit ihm. Er rauchte zu viel von diesem modrig riechenden Zeug. Das würde sie in Zukunft auf dem Boot nicht mehr dulden, dann musste er es draußen rauchen, auf dem Pfad. Er hatte keine Richtung, keinerlei Ehrgeiz. Er hinterließ Kekskrümel auf der Küchentheke. Er drückte die Zahnpasta am oberen, selbstsüchtigen Ende aus. Hielt er sie für seine Mutter? Glaubte er im Ernst, dass er den Rest seines Lebens auf ihre Kosten leben könnte? Selbst *wenn* sie seine Mutter gewesen wäre, hätte sie ihrem Sohn solche Freiheiten nicht zugestanden. Von nun an gab es kein Geld mehr. Sie würde ihn schon *zwingen*, endlich selbständig zu werden, anstatt durch diesen verdammten Schrank zu wühlen, durch diese alten Dinge, als wäre er Rentner oder Hobbyarchäologe. Wahrscheinlich hörte er, wie so oft in jüngster Zeit, gerade Sam Cooke oder Nina Simone statt seinem üblichen Hip-Hop-Gebrüll und hockte in diesem Schrank. Denise hasste Hip-Hop. In ihren Augen war Hip-Hop aggressiv, arrogant und testosterongetränkt. Sie hatte überhaupt keine besonderen musikalischen Vorlieben, ihr war die Stille noch am liebsten. Aber wenigstens lebte Scarface, oder wer auch immer gerade angesagt war, im Hier und Jetzt. Revolverschüsse im Hintergrund waren vermutlich die bessere Option, wenn man bedachte, worauf Lucas nun verfallen war. Fragen. Jeden Tag Fragen. Seltsame Fragen. Wie alt war »Antoney«, als er ertrank? Hatte sie Erinnerungen an gemeinsame Momente ihrer Eltern? Hatte sie die Adresse ihrer Großmutter auf Jamaika? »Als ich gesagt habe, du solltest dir einen Job suchen, hatte ich nicht an den MI5 gedacht«, hatte Denise erst vorige Woche erwidert. Er rüttelte an ihrem Fundament, löste dessen sorgsam platzierte Steine. Er machte dumme, klischeehafte Bemerkungen wie »Wer nicht weiß, woher er kommt, weiß nicht, wohin er geht« und »Der Mensch kennt sich selbst nicht genügend, wenn er nichts von seiner Vergangenheit weiß«. Stand er davor, der Nation of Islam beizutreten? War er für Sekten anfällig? Sie wusste es nicht. Selbst sein Gang regte sie auf.

Doch wenn sie ganz ehrlich war, machte sie sich Sorgen. Nein, seine Mum war sie nicht, aber seit jenem Tag im Jahr 1986, als sie sechzehn, Lucas zwölf und Toreth in das Pflegeheim gekommen war, hatte sich Denise für ihn verantwortlich gefühlt – und wie eine Mutter ihr großes, dem Spielzeug entfremdetes Kind nie wirklich als Erwachsenen sehen kann, sah auch Denise, trotz ihrer Wut, ihrer Erwartungen, ihren Bruder immer nur so, wie er an jenem Tag gewesen war, als stangendünnen zwölfjährigen Jungen.

Denise hatte das schmale Gesicht und die auffälligen Augen der Bruce-Seite, in ihrer Art aber war sie Florence ähnlich, an die sie sich vage als eine harsche, scharfzüngige Frau erinnerte. Sie hatte mit ihrer Großmutter väterlicherseits nie viel zu tun gehabt. Sie hatte von Toreth erfahren, dass Carla sie mit den Kindern zu streng fand. Sie war vermutlich inzwischen tot, so wie alle anderen auch. Der Tod hatte Denise ein Leben lang begleitet, es begann mit dem Tod ihrer Mutter, als Denise vier war und zum ersten Mal gespürt hatte, dass sie irgendwie für

Lucas verantwortlich war. Hinter ihrem Schutzschild aus Blumenfolie hatte Denise sehr wohl verstanden, dass das Leben beschwerlich war.

Es gab da einige markante Bilder, die wie ungeliebte Möbel in ihren Erinnerungen herumstanden. Das markanteste war das ihrer Mutter, sie lag im Gras, mit Gänseblümchen im Haar, und trug nur einen Schuh. Toreth hatte mit Denise oft, wenn sie beide allein waren, über die Gänseblümchen gesprochen. Lucas war noch ein Baby, als Carla »verschied«, wie Toreth es ausdrückte, und so blieb er verschont. Toreth schilderte Denise immer in diesem merkwürdigen, schwafeligen Tonfall, der Denise so unangenehm war, wie Toreth in dem weißlichen Krankenzimmer gestanden und die feuchten Blumen aus dem Haar ihrer Tochter gepflückt hatte. Toreth stammte aus einer anderen Haarwelt, und darum hatte sie Carlas Korkenzieher, ihre üppige weiche Fülle immer geliebt. »Ich hab mir immer vorgestellt, darin wie in einem Wald herumzuspazieren«, erzählte sie, »und so hat es sich auch tatsächlich ein wenig angefühlt, als ich die Stiele herausgerupft habe: als ob ich in einem Wald umherginge und es sehr still wäre. Es ist erstaunlich, Denise, wie viel man von seinem Kind versteht, wenn es dahinscheidet. Das ist der Moment, in dem man es ganz und gar kennt, besser als je zuvor. Begreifst du das, Liebes?«

»Nein«, sagte Denise geradeheraus. »Dafür bin ich zu jung.«

Toreth hatte also die Gänseblümchen herausgezupft, und sie waren auf den desinfizierten Boden gefallen, dann hatte sie wieder nach den Kindern gesehen, denn in solchen Situationen müssen Mutter und Tochter die Rollen tauschen, sie wissen ja, wie die andere alles handhabt. Toreth wusste beispielsweise, dass Carla ihren Kindern jeden Tag etwas beibrachte, etwa den Namen der Kreuzdorn-Büsche mit ihren blauen Beeren, die am Uferweg wuchsen, oder die genaue Entfernung bis nach Dominica. Sie wusste auch, dass Carla, wenn Denise keine Vitamine essen wollte, diese zu einem Nichts schnitt oder karamellisierte, damit Denise wenigstens die Seele von Gemüse zu sich nahm. Aber es war nicht dasselbe, nicht für Denise. Sie weinte auch nicht bei der Beerdigung, weil sie immer noch überzeugt war, dass ihre Mutter aufstehen und wieder laufen würde, auch wenn man sie in eine Kiste gelegt hatte. Stattdessen tröstete sie Lucas und hob ihn irgendwann in ihre Elfenarme.

Ihr Vater kam nicht zur Beerdigung, wohl aber Florence. Sie wohnte damals in der Silchester Road, und Denise erinnerte sich, dass sie dorthin mitgenommen wurde. Florence stand an einem Baum, ein wenig von der Trauergemeinde entfernt. Sie hatte einen Schleier an ihrem schwarzen Hut, der das Gesicht zum Teil verdeckte. Bevor sie den Friedhof verließ, ging sie zu Toreth. Sie wechselten kein Wort, nur einen langen Blick, beide waren kalt und mitfühlend. Ich versuche ja zu verstehen, schien Toreth zu sagen, aber das ist nicht der richtige Moment, du blöde Kuh. Als Antoney einen Monat später die Böschung herunterkam, war Toreth weniger zugänglich. Auch das war ein markantes Bild in Denises Gedächtnis, die plumpe Gestalt ihrer Großmutter, die mit einem kleinen Küchenmesser in der Hand die Kajütentür öffnet. Toreth hatte Gemüse klein geschnitten und in Seelen verwandelt. Sie hatte gesehen, wie Antoney den Hang herunterkam, und als er klopfte, war sie ohne argen Hintergedanken zur Tür gegangen. Sie hatte ihm lediglich sagen wollen, er solle sich niemals wieder bei ihr blicken lassen. Doch als sie in sein Gesicht schaute, fand sie die Worte nicht. In seiner unerwünschten Gegenwart sah sie nur eines, die unabänderliche Abwesenheit ihrer Tochter, und das Haar, das nicht mehr wuchs. So hob sie den Arm, mit fremdem, vagem Ausdruck, und fuhr ihm mit dem Gegenstand, den sie zufällig in der Hand hielt, durchs Gesicht.

Dies war das letzte Mal, dass Denise ihren Vater sah. Frühere Erinnerungen an ihn waren spärlich. Er war eine Andeutung in den Augenwinkeln, ein reizbarer Schemen hinter den weichen Armen ihrer Mutter. Toreth gab diesem vagen Umriss Farbe, indem sie seinen Charakter schrittweise diffamierte. Er sei »eine üble Saat«, »eine üble Brut«, niemals hätte sie zulassen dürfen, dass sich Carla mit ihm einließ, und überhaupt sei *er* der Grund, warum sie ihnen vor der Zeit genommen worden war. Denise hatte oft den Eindruck, dass ihrer Großmutter nicht wirklich bewusst war, was sie bei ihren Monologen von sich gab oder zu wem sie sprach. Denise wollte nicht über das waldige Haar ihrer Mutter oder die verkommenen Gene ihres Vaters sprechen. Sie wollte überhaupt nicht sprechen, und schließlich rettete sie sich in ihren Garten.

Soweit sie wusste, war Antoney in den Siebzigerjahren mit seiner Mutter nach Jamaika zurückgekehrt. Toreth und Florence hatten über die Jahre einen lockeren Kontakt gehalten, bei dem es sich um die Kinder drehte. Manchmal sprach Toreth über Florence, sie habe ein hartes Leben gehabt und verdiene deshalb Mitleid. Eines Tages, Denise war zwölf, Lucas acht, setzte Toreth sie beide in die Essecke und verkündete, sie habe von Florence gehört, ihr Vater sei gestorben – nicht »verschieden«, sondern gestorben – er sei bei einem Bootsunfall ertrunken. Danach entstand eine verwirrte Stille. Lucas war wie stets der drängendere Frager. Was für ein Boot?, wollte er wissen. Eine Fähre oder ein großes Schiff? Konnte er nicht schwimmen? Gab es da Haie? Toreth sagte, sie wisse nichts Genaues, aber es sei doch sehr wahrscheinlich ein kleines Boot gewesen, denn wenn es ein Dampfer gewesen wäre, hätten sie davon in der BBC gehört. »Seid nicht traurig«, sagte sie. »Das ist keine einzige Träne wert.« Nun sei auch dieses Kapitel endlich abgeschlossen und sie könnten in Frieden weiterleben.

Denise hatte beobachtet, wie Lucas die Geschichte in seinen mageren Händen umhertrug. Sie nach seinem Sinn und Vermögen gestaltete. Es war in Jamaika, die Nacht war dunkel. Am Himmel Regenwolken. Ein Mann stieg in ein Boot. Er war ein guter Schwimmer, aber gegen das Gewitter hatte er keine Chance. Er segelte hinaus, und als er weit draußen auf dem Meer war, begann es zu regnen. Oh nein, dachte der Mann. Es regnete und regnete und regnete, und dann kam der Donner. Der Mann war klatschnass. Er verlor eines der Ruder. Dann kam eine große Sturmwelle und warf sein Boot um. Er schwamm beinah zwanzig Minuten lang, bis er nicht mehr konnte, und schließlich sank er auf den Grund des Meeres und wurde nie wieder gesehen. Wenigstens gab es dort keine Haie. Für Denise hingegen war die Neuigkeit kaum mehr als ein Wassertropfen auf einer fremden Insel.

Es wäre ihr vermutlich sogar gelungen, Antoney ganz zu vergessen, wären da nicht Toreths letzte Worte gewesen. Zwei Tage, bevor ihre Großmutter verstarb, besuchten Denise und Lucas sie im Pflegeheim. Sie saß in ihrem Rollstuhl. Der zweite Schlaganfall hatte ihre rechte Seite gelähmt, doch an jenem Tag schien es ihr nicht schlechter als sonst zu gehen, abgesehen davon, dass sie Seltsames von sich gab. Sie wolle, so sagte sie, die Llandudno-Hügel sehen, die weite, endlose See. Sie sagte: »Ich kann den Mann nicht aufhalten. Er kommt schon seit Langem auf mich zu, aber er bleibt immer wieder stehen, weil ihn etwas am Wegesrand ablenkt.« Lucas hielt ihre Hände. Toreth weinte. Als sie aufbrachen, rief Toreth Denise noch einmal in ihr Zimmer, zu einem letzten intimen Monolog. Dies jedoch war kein Monolog. Es war kurz, dafür umso schwerer, wie immer, wenn es zu viel zu sagen gibt.

»Denise«, sagte sie mit nahem, abgestandenem Atem, mit ihrem kränklichen Anisgeruch. »Schreib deiner Großmutter in Jamaika und frag sie nach deinem Vater.«

Das war alles. Ein halbes Jahr später schrieb ihr Denise. Weitere Monate vergingen, bis Florence schließlich antwortete, mit einem blauen Luftpostbrief und dem Poststempel aus St. Mary. Der Brief war in dem harschen Ton gehalten, den Denise in Erinnerung hatte: »Dein Vater ist von uns gegangen«, schrieb sie. »Am besten, ihr vergesst ihn und lebt euer Leben.« Dann aber offenbarte Florence noch etwas. Denise ließ den Brief daraufhin einige Momente nach unten sinken, bevor sie ihn schließlich zu Ende las. Sie hatte sich nie überwinden können, diese Information an Lucas weiterzugeben, und so hatte sie den Brief zwischen ihren Arbeitsunterlagen versteckt und nie wieder in die Hand genommen. Sie hatte sich, wie zuvor auch, um ihren Bruder gekümmert, und das Kapitel blieb, wie zuvor schon, abgeschlossen.

Der Brief war noch da, er war an das Ende der Schublade unter dem Bett gerutscht. Als Denise an ihrem Stand auf Lucas wartete, kam ihr auf einmal der panische Gedanke, dass er ihn womöglich gefunden hatte. Vielleicht stellte er deshalb so viele Fragen. Vielleicht war er deshalb auch nicht gekommen. Vielleicht hatte er ihn entdeckt und seinen Inhalt nicht verdauen können und hatte – aber was? Sie wusste es nicht. Sie musste nach Hause. Sie bat den Algerier, ihren Stand im Auge zu behalten, während sie die Blumen zur Heilsarmee fuhr, dann machte sie so schnell wie noch nie zuvor Feierabend. Eilig trug sie alles zum Auto: die Eimer, die Ausgedienten, die Orchideen, die Einnahmen. Sie fuhr eine Abkürzung und umging den Verkehr auf der Ladbroke Grove. Sie war nicht mehr wütend, nur unruhig, und das war selten der Fall.

Lucas war nicht zu Hause. Denise eilte durch die Kabine zum Schlafzimmer und zog die Schublade auf. Sie hetzte durch die Papiere, befühlte das Holz am Boden, in den Ecken, an den Seiten. Sie fand ihn nicht und hätte beinahe geweint. Erst, als sie die Schublade ganz leer geräumt hatte, erst dann sah sie ihn. Ja, dort war er, ganz hinten, in seinem blauen Luftpostumschlag. Ein offenes Kapitel. Ein Anlass zu Verstörung. Eine Reise in die Vergangenheit. Es gab eines nur zu tun. Denise stand auf und nahm ein Streichholz.

7

Hinten die Djemben. Über ihnen das offene Dach. Vor ihnen die weite Straße, hinein in das perlende Licht der französischen Landschaft. Sie alle in einem aufgemotzten Bus mit goldenen Flügeln. Bluey hatte die Flügel in einer Werkstatt in Cricklewood aufgemalt, auf jede Seite einen, auf königlichem Purpur. Alle, die damals im Mai 1969 auf der kornumstandenen Straße von Calais nach Paris unterwegs waren, sahen einen Bus vorüberfliegen. Der Bus war nicht größer als ein Wohnwagen, ein Bremslicht fehlte, die Fenster waren unten, The Wonder saß am Steuer, mit einer Baseballkappe auf dem Kopf und Ingwer zwischen den Zähnen. Die anderen lutschten Obstpastillen. Hinten war alles vollgestopft – mit Kostümen, Requisiten, Instrumenten, Notproviant, Simones aufwendigem Gepäck, Rumflaschen für Trankopfer und andere Gelegenheiten, zwei Zelten für den Pannenfall. Ruhig war ihre Reise nicht. Aber auf welchem Flug gibt es keine Turbulenzen? Auch hatten sie Schlafsäcke und Decken dabei, darunter Oscars treue Begleiterin, die Karodecke, ein Geschenk in letzter Minute, bevor er sie auf die Reise entlassen hatte. Carla hatte sie in Beschlag genommen.

Sie saß nicht vorne, aber auch nicht hinten, sondern in der Mitte an einem Fenster, dort war es ihr am angenehmsten. Die Decke lag über ihrem Schoß, aber kalt war ihr nicht. Bluey saß, wie gewöhnlich, neben ihr, Antoney vorne auf dem Beifahrersitz, die Füße auf dem Armaturenbrett. Er unterhielt sich mit The Wonder über den Big-Band-Sound der Supremes. Weder Carla nach Bluey trugen viel zum allgemeinen Geplauder bei (Rosina: »Findet ihr nicht auch, dass die Telegrafenmasten hier anders aussehen?« Simone: »Josephine Baker hat jetzt einen Leoparden … *Ehrlich*. Ob ich nicht eine Möglichkeit finde, sie kennenzulernen?«). Wenn Carla schwieg, schwieg Bluey auch. Seit Calais hatte sich um sie beide ein Kraftfeld aus Ruhe aufgebaut, und niemand machte eine Anstrengung, sie ins Gespräch einzubeziehen. Sie waren halb vergessen. Carla und Bluey hätten ebenso gut in einem anderen Bus sitzen können – in die andere Richtung, wenn es nach Carla gegangen wäre, zurück nach Calais, zurück auf die Fähre, zurück zum Marble Arch, zurück durch die vertrauten Straßen bis zur Harrow Road. Ihr wurde erst während der Reise bewusst, wie sehr sie London liebte. Zuhause war der einzige Ort für eine Frau, die an ihrer Form von Reiseübelkeit litt. Alle fünfhundert Meter hätte sie sich übergeben mögen. Alle tausend Meter musste sie auf die Toilette, darum trank sie so wenig wie möglich, was nicht hilfreich bei der Übelkeit, den Turbulenzen und dem durchdringenden Geruch nach Abgas und Kuhhintern war. Je weiter der Bus voran in das Abenteuer brauste, umso mehr bedauerte sie, dass sie nicht noch rasch in Dover entflohen war. Was hatte sie sich dabei gedacht? Tanzen. Sechs Wochen lang auf Tournee. In ihrem Zustand.

The Wonder fuhr an den Straßenrand. Längliche Wolken spannten sich wie Rippen über den Himmel. Es ist eine Schande, dachte sie, dass eine Frau, die schwanger ist, an die Erde gefesselt ist. Die Schwerkraft bestimmt ihr Sein. Sie bestimmt jeden Schritt, und nicht einmal die Füße genügen ihr. Die Schwerkraft will die Knie, die Hände, den Rücken, den Magen, und es wäre das Fügsamste, sich auf den Asphalt zu legen, oder besser ins Gras. Und genau das hätte Carla am liebsten getan, als sie aus dem Bus kletterte, um in den Straßengraben zu brechen. Genau das wollte sie seit drei Monaten jedes Mal tun, wenn sie eine Bühne betrat. Sie wollte nur noch auf den Boden sacken, wie ein Haufen Kleider, deren Träger sich in Luft auflöst. Jeder Sprung, jede Drehung, jeder Ausfallschritt kostete sie eine enorme Willensanstrengung, und während der Hebefigur von »Blues House« war sie voller Angst, dass Antoney die Gewichtszunahme bemerken könnte, die sie nach Kräften hinauszögerte. Sie hatte einmal von einer Balletttänzerin gehört, die fünf Kinder bekommen und fast bis ans Ende einer jeden Schwangerschaft getanzt hatte. Der Embryo hatte sich günstigerweise stets bis zum siebten Monat versteckt. Dies war ihr Vorbild. Und noch ging es gut. Ihre Kleider passten unverändert. Selbst ohne Kleider verriet ihr Bauch nichts. Aber sie musste aufpassen. Sie wollte ständig essen. Sie träumte von Sandwiches mit Spiegelei. Aber wenn sie ein Sandwich mit Spiegelei essen würde, müsste dem ein zweites folgen, und deshalb waren sie verboten. Während der ersten drei Monate hatte sie ohnehin das meiste Essen wieder ausgewürgt, doch seit Kurzem war es mit der Übelkeit vorbei. Bis zu dieser Reise.

Antoney ahnte nichts. Sie kletterte wieder auf ihren Sitz, sah ihn dabei kurz an. Weiter ging es. Er versicherte ihr, sie seien bald da, dann klopfte er weiter mit seinem Schlangenlederschuh zum Takt gegen das Armaturenbrett. Er trug violette Röhrenhosen, farblich auf den Bus abgestimmt. Sein Hemd war bis zum Bauchnabel offen, sein Hut ein Seitenpuffer, falls der Kopf bei einer seligen Träumerei auf der weiten Straße nach hinten gegen die Kopfstütze schlug. Für wen hielt er sich? Jimi Hendrix, einen der Beatles? Es war so ungerecht, dass ein Mann seinen Samen einpflanzen und normal atmen konnte, während die Frau gezwungen war zu brüten, zu erdulden und anzuschwellen. Wenn er zu ihr sagte, er sei müde, hätte sie am liebsten geschrien: Du hast ja keine Ahnung, was müde heißt! Und wenn er sagte, er sei hungrig, hätte sie ihm am liebsten in seinen harten, freien Bauch geschlagen. Er hatte sogar die Frechheit gehabt, ihr neulich bei einer Probe zu sagen, sie müsse sich beim Tanzen schon etwas mehr Mühe geben, sie »strebe nicht hoch genug«. Was wusste er schon von der Schwerkraft? Was wusste er überhaupt?

Es war nicht seine Schuld. Es *war* seine Schuld, aber ihre auch. Sie hatte es ihm sagen wollen, aber jedes Mal fiel ihr ein, was er bei einem Spaziergang am Grand Union Canal geäußert hatte, und das hielt sie davon ab. »Kinder machen alt«, hatte er gesagt. Das war sehr deutlich. Vor ihnen war eine Familie hergegangen, samt Kinderwagen und Säugling. Kurz vor Antoneys Bemerkung hatte Carla noch gescherzt – vielleicht eine hauchfeine Andeutung –, dass sie eines Tages diese Familie sein könnten. Abscheu war auf seinem Gesicht erschienen. Es hatte sie verletzt. Dieser grässliche Satz (sie fand, das Gegenteil war der Fall) drängelte sich in ihrem Kopf immer ganz nach vorne, wenn sie mit Antoney alleine war, und dann hasste sie ihn umso mehr. Selbst unverfängliche Gespräche litten inzwischen darunter. Sie liebte ihren Embryo. Sie liebte das Wissen, dass er sich heimlich von ihrem Körper ernährte, dass sie niemals allein war. Er war ihr Geheimnis. Niemand in der Truppe ahnte etwas, nicht Simone, nicht einmal ihre Mutter wusste es. Am Tag vor der Abreise hatte sie es Antoney wieder sagen, vorschlagen wollen, dass es vielleicht besser wäre, wenn sie zu Hause bliebe, aber auf seinem Gesicht hatte eine so brennende Erwartung geleuchtet, dass sie es nicht übers Herz gebracht hatte, ihm das zu verderben. Also musste sie es ihm irgendwo während der Reise sagen. Vielleicht regte sich im Pariser Wind ein elterlicher Wunsch. Vielleicht in Amsterdam, in Hamburg. Die vielen Busreisen versetzten ihn gewiss in eine so dauerhaft gute Stimmung, dass er, einmal in Fahrt, alles hinnehmen würde. Er würde das Richtige tun. Sie wusste es. Er würde zu ihr stehen – weil sie waren, was sie waren. Sie war doch seine Kaiserin, seine Königin auf Zauberknöcheln.

Das Theater, das sie gebucht hatte, lag in Montmartre, im Norden von Paris. Antoney und Simone wirkten enttäuscht über sein bescheidenes Äußeres und seine Entfernung vom Epizentrum. Vermutlich hatten sie so etwas wie die Royal Albert Hall erwartet. Die Stimmung besserte sich jedoch, als sie erfuhren, dass sich beide Abende gut verkauft hatten. Hier sollte Simones »Bird«-Solo »Weltpremiere« feiern. Eine Chinesin aus Clerkenwell (ihre kleine Nähstube galt als die schnellste und billigste Schneiderei in Londons Theaterwelt) hatte ein Kostüm aus weißen Federn genäht. Simone nannte sich nun die Haupttänzerin der Compagnie. Carla hoffte insgeheim, »Bird« würde ein Fehlschlag, damit Simone wieder auf den Boden kam, doch das wurde es nicht. Es war elektrisierend.

Das Stück wurde allein von The Wonders Flötenspiel begleitet. Es lebte von der sehr ungewöhnlichen Haltung des Oberkörpers, er war vorgebeugt, Simones dünne Arme waren nach hinten gestreckt, die Hände lagen verschränkt am Kreuzbein auf. Sie machte rasche, zuckende Bewegungen mit dem Kopf, überquerte die Bühne mit fedrigen Schritten und kapriziösen Sprüngen. Carla sah von den Kulissen aus zu. Als Simone zum außerweltlichen Klang der Flöte ihren schlanken Hals reckte und mit der Nase fast den Boden berührte, die weißen Federn ragten in die Höhe, erkannte Carla sie kaum. Sie wirkte zart und durchscheinend, als ob man sie in die Hand nehmen könnte. Oscar hatte immer gesagt, einen Menschen, den man gut kennt, auf der Bühne zu sehen, wäre so, als sähe man ihn nackt. Carla hatte das nie verstanden. Bis jetzt. Sie sah auf das Wesen, das immer schon aus Simone herausflattern wollte – ihr Besonderes, ihr Außergewöhnliches, ihre Josephine. Es war beunruhigend, dass ausgerechnet Antoney dieses Wesen herauslassen konnte, dennoch freute sich Carla für ihre Freundin – bis sie sah, wie Simone während des donnernden Applauses, als sie von der Bühne kam, in Antoneys Arme sprang, so vollkommen federleicht. Carla fühlte sich bei ihrer Hebefigur wie eine Tonne Ziegel. Antoney schien unter ihrem Gewicht zu schwanken. Sie war nicht würdig. Sie hatte nicht das Recht, an diesem Platz zu sein.

Die Show wurde um zwei Abende verlängert. Blumen fielen Simone zu Füßen, begleiteten Shangos donnernden Abgang. Antoney rauschte in seinem Wildledercape durch Montmartre, den Applaus im Kopf. Er mochte Paris, so sagte er Carla, weil man hier »gegen den Strom schwimmen« könne, was immer das heißen sollte. Sie wohnten in einem billigen Hotel, nur wenige Straßen vom Theater entfernt. Simone teilte sich das Zimmer mit Milly, Carla das mit Antoney, obwohl sie, wenn er endlich von seinen Streifzügen mit den anderen Jungs durch die Bars, die Jazzclubs, die Cafés am Rive Gauche heimkam, schon tief und fest schlief, nachdem sie mit Bluey Kakao aus Tütchen getrunken hatte, um nach der Show runterzukommen. Aus Simone und Ekow war ein Paar geworden. Sie konnten nicht voneinander lassen, es war, als ob der Pariser Wind sie einander endlich in die Arme geweht hätte. »Sie hat sich sehr verändert«, sagte Carla zu Bluey – er hatte wissen wollen, warum sie und Simone sich nicht mehr so nahe waren. »Sie ist so von sich eingenommen, dass mir schlecht wird. Als Niemand war sie mir lieber.«

Antoney fragte Carla eines Tages, als er nachmittags verkatert und mit blutunterlaufenen Augen wach wurde, was zwischen Ekow und Simone lief. Carla machte sich gerade fertig, um in den Louvre zu gehen. Sie hatten den Ausflug gemeinsam geplant, er aber drückte sich. »Ist das nicht offensichtlich?«, sagte sie. »Sie vögeln. Wieso, was geht dich das an?«

»Sie passen nicht zusammen«, sagte er und verschwand in ihrem winzigen Badezimmer.

Carla hatte eines an Antoney akzeptieren müssen. Er verschwand nicht nur faktisch – so sagte er etwa, dass er Zigaretten holen wolle, und kam dann fünf Stunden später ohne Erklärung zurück –, sondern auch, wenn er vor ihr stand. Er konnte sein Gegenüber direkt ansehen, mit ihm sprechen, aber seine Stimme, sein Verhalten wirkten monoton und sogar ein wenig feindselig, als ob man ihm den Blick auf etwas Wunderbares und Dringenderes versperrte. Das kam immer häufiger vor. Anfangs hatte Carla seine Selbstversunkenheit verführerisch gefunden, nun nur noch ärgerlich. Der Erfolg hatte ihn sprunghaft und obsessiv gemacht. Er trank viel mehr als früher. Seine Gefühlsausbrüche während der Proben, seine Hypothesen über schrumpfende Bühnen und Beleuchterverschwörungen wurden immer extremer, und nun, wo Riley nicht bei ihnen war, merkte Carla, wie sehr sich ihr Einfluss auf Antoney verringert hatte, seit er mit Riley befreundet war.

Vor der *Mona Lisa* musste sie an ihn denken. Sie betrachtete das seltsam Losgelöste von Kopf und Schulterpartie. Das unverfängliche Lächeln, die ausweichenden, bräunlichen Augen. Das waren, so ging ihr auf, Antoneys Augen, sie schauten gleichzeitig nach innen und außen, auf nichts und alles, auf zu wenig und zu viel.

Die Garderobiere des Theaters, eine laute Brünette mit bemerkenswert hoher Taille, war in Carla verknallt. Sie berührte Carlas Haar, als wäre es Mondschimmer. Nach der letzten Aufführung schenkte sie Carla ein glänzendes, olivfarbenes Vintage-Ballkleid, das Carla bei ihrer Ankunft mit einem hingerissenen Luftschnappen kommentiert hatte. »*Prends-le*, nun nimm es schon«, sagte die Garderobiere. »Ich will, dass du es trägst. Auch wenn ich Ärger bekomme.« Carla bestand darauf, es nur einmal auszuführen. Begleitet von den Seufzern und verhangenen Blicken der Garderobiere schwebte sie – ja, sie schwebte, es war ein Sieg über die Schwerkraft – in Antoneys Garderobe, wo er sich, so nahm sie an, umzog. In diesem Kleid war sie zu allem fähig. Sie war Kleopatra, Königin von Ägypten, bald Mutter, stolz auf ihre Leibesfrucht. Sie würde sich dem Vater mit tausenden Trompetenstößen darbieten. Er würde sie in seinen starken Armen in den Himmel heben. Sie klopfte entschieden an die Tür, der prächtige Stoff rauschte, Schleifen tropften von ihren Ärmeln. »Herein«, hörte sie ihn sagen, und so stieß sie die Tür auf – und da saß er vor dem Spiegel und drehte sich einen Joint. Und wer hockte neben ihm auf der Kommode, im Minikleid, die unbefederten Beine in nagelneuen Lochsandalen, die puderigen Schlüsselbeine im Lampenschein? Simone, die sie gespannt musterte.

»Wow«, sagte sie. »Was für ein Anblick.«

Antoney drehte sich um. Er war immer noch geschminkt. »Steht dir gut«, sagte er. »Wir sprechen grade über dich.«

»Ach ja?« Carla fühlte sich deplatziert und aus der Zeit gefallen.

»Ich dachte, vielleicht machst du ja zu viel in ›Blues House‹ und solltest deine Energie für das Duo aufsparen.«

»Ich komme mit dem Stück, so wie es ist, gut zurecht«, log sie. Simone schaute rasch weg.

»Wir werden nur in der ersten Hälfte ein paar Kleinigkeiten umstellen, okay?«, sagte Antoney.

Alles, wenn sie nur weniger tanzen müsste, wirklich, aber

Carla war erneut verletzt. Erniedrigt stand sie auf der Schwelle, sah auf Antoneys Hinterkopf. Simone bedachte sie mit einem Grinsen voll falscher Zuversicht. »Gut«, sagte Carla, »wie du meinst.« Sie rauschte davon, Tränen brannten in den Augen, wenn nur das Duo nicht angetastet wurde, denn das war, wenn Antoney verschwand, ihre einzige Verbindung.

Sie eilte durch den leeren Zuschauerraum in Richtung Ausgang. In der Lobby lief sie Bluey in die Arme. Bei seinem Anblick ging es ihr schlagartig besser. »Du siehst unglaublich aus«, sagte er, und auf seinem Gesicht erschien eine seltene, unbändige Freude. Sie weinte sich an seinem Ohr aus (seine Schulter war zu niedrig) und zog ihn hinaus auf die Straße, an die frische Luft. Bluey war, von ihrer Mutter abgesehen, der einzige Mensch, bei dem sich Carla vollkommen aufgehoben fühlte. Er war die pure Güte, war immer für sie da. Mit ihm konnte sie kommunizieren, auch wenn sie mit keinem anderen Menschen sprechen wollte. Er sah sie auf eine Weise an, die ihr das Gefühl gab, überirdisch schön zu sein, und oft schien es, als könnten sie einander direkt in die Seele schauen – aber das verstand Carla, bislang jedenfalls, nicht unter Liebe. Bluey hingegen, der nun ganz Gentleman neben ihr herschritt, ihre Hand lag in seinem Arm, fühlte sich selbst in Jeans und Sweatshirt nicht geringer als der glücklichste und beneidenswerteste Cowbell-Spieler auf der ganzen weiten Welt.

Sie gingen durch die Straßen von Paris, in enge Seitenwege, in stille Gassen. Sie wussten nicht, wohin sie trieben. Wenn die rechte Straße stärker als die linke lockte, gingen sie nach rechts. Sie erlagen Kurven und Gefällen, sie ließen sich von dem verblüffen, was hinter einer Ecke oder einer Windung lag. Sie waren nicht mehr in Paris. Der Ort, an dem sie waren, hätte überall liegen können, in jedem Viertel, jeder Stadt und jedem Land, denn er war das Wohlige, Gemeinsame in ihnen.

Schließlich aber änderten sie den Kurs und suchten die geschäftigen Boulevards, angezogen von der Energie, den nächtlichen Umtrieben. Carla fühlte sich zum ersten Mal, seit sie von London fort war, durch das Fremde rings um sie – das unverständliche Gerede, den anderen Fluss, die unbekannten, geheimnisreichen, interessevollen Gesichter an den Tischen vor den Bars und nächtlichen Bistros – beschwingt und nicht bedroht. Irgendwann nach Mitternacht kamen sie auf die Champs-Elysées, eine Symphonie aus Licht und Verkehr und exquisiten Schaufensterpuppen. Die Passanten sahen Carla nach, als sie in ihrem bauschigen olivfarbenen Rock vorbeischwebte, selbst die hochmütigen Pariserinnen mit ihren Stöckelschuhen und schicken Mänteln lächelten. Allmählich wurde sie müde. Als sie schon dachte, dass sie keinen Schritt mehr gehen könnte, kamen sie an einen hübschen Platz, der von Bäumen und Beerenbüschen umgeben war. Bänke standen dort, und in der Mitte befand sich ein kleines, von Ziegeln gerahmtes Beet. Der Platz lag vollkommen verlassen da, was seltsam schien angesichts all des Trubels ringsum, und er wirkte so ländlich, als wäre er genau in dem Moment, als Carla ihn brauchte, an dieser Stelle aufgetaucht. Ein schmaler Pfad, den die Büsche vom Boulevard aus verbargen, führte zu ihm.

»Ist das schön hier«, sagt Carla. Sie setzten sich nahe beieinander auf eine Bank. Es war ein wenig kühler als draußen.

Sie hatten noch nicht wirklich darüber gesprochen, was sie im Theater so aufgebracht hatte, und jetzt offenbarte sie es ihm. Bluey nahm es nicht gut auf. Carla jedoch war erleichtert, dass sie endlich ihr Geheimnis teilen konnte. »Behalt es aber für dich«, bat sie. »Das muss zwischen uns bleiben.«

»Wieso hast du's ihm noch nicht gesagt?«, fragte Bluey.

»Ich versuch es ja. Ich habe Angst.«

»Wieso?« Als Carla den Kopf schüttelte, erwiderte er: »Aber

du solltest vor deinem Typen nicht so ’ne Angst haben. Was hat er denn getan? Wieso hast du so große Angst?«

»Das ist es nicht, er würde nichts tun. So etwas sowieso nicht – das Problem ist eher, wie er mich ansehen wird.«

»Das kapier ich nicht.«

»Er mag mich so, wie ich bin. Aber wenn ich mich verändere – ich werde schließlich fett und plump und so was alles –, vielleicht empfindet er dann anders. Und auch er wird sich ändern müssen. Ich hab das Gefühl, ich zwinge ihn zu etwas.«

Bluey schaute sie missbilligend und verwirrt an und suchte nach seinen Zigaretten. In dem Augenblick sah er umwerfend aus, mit seinen machtvollen Augen und den sommersprossigen Wangen. Carla fiel wieder einmal auf, wie attraktiv er war. »Sollte er dich nicht akzeptieren, egal, wie du bist?«, fragte er. »Na, geht mich nichts an, solange er dich gut behandelt. Aber er hätte inzwischen selbst drauf kommen müssen, ohne dass du ihn drauf stoßen musst.«

»Bist *du* auch nicht«, sagte Carla.

»Ich bin ja nich dein Macker.«

Eine Frau betrat den Platz. Sie erinnerte Carla und Bluey daran, dass sie immer noch mitten in Paris waren. Sie nickte ihnen zu, dann ging sie ernst an der anderen Seite des Blumenbeets vorbei. Sie war um die vierzig, hatte Blueys dunkle Locken, trug einen schwarzen Mantel und Pumps und war von einer Aura aus Einsamkeit umgeben.

Carla fragte Bluey, ob er selbst einmal Kinder haben wolle. »Das hängt von vielen Dingen ab«, sagte er und fügte auf ihr Drängen hinzu: »Von den Umständen und so. Den Bomben.«

»Den Bomben? Warum hältst du dich mit den Bomben auf?«

»Weil die Bomben uns alle töten werden. Da reicht ein Irrer, ein Knopf, und das war’s. Sie werden über Vietnam eingesetzt, und hier auch eines Tages. Ich weiß nicht, ob ich Vater sein will, wenn mein Winzling doch nur in die Luft gejagt wird.«

»Gott, ist das deprimierend.«

»So ist die Welt.«

Als Bluey seine Zigarette beendet hatte, näherte sich die Frau und fragte ihn auf Französisch, von vielen Gesten begleitet, ob er eine übrig habe. »Klar, sicher«, sagte er. Sie beugte sich, um sich Feuer geben zu lassen. Sie richtete sich wieder auf, blieb einige Züge lang vor ihnen stehen und schaute auf sie hinunter. Sie betrachtete Carla sehr ernstlich durch den Rauch hindurch. Dann, als ob sie nun mit etwas zufrieden wäre, sagte sie *Au Revoir* und ging langsam wieder in Richtung Straße.

»Es hängt auch von der Familiensituation ab«, fuhr Bluey fort. »Ich mag Familien nicht. Sie sind gefährlich – zu viele Leute im Dunst der Launen anderer.«

»Ich schließe daraus, in deiner Familie war es so?«, sagte Carla.

»Bei dir nicht?«

Sein Gesicht hatte den düsteren Ausdruck angenommen, den Carla manchmal während der Proben sah, wenn die Cowbell Pause hatte und Bluey in Gedanken versunken dasaß und wartete, oder wenn es Streit gab. Seine Augen erloschen. Er schien abwesend. In solchen Momenten ging sie manchmal zu ihm und kitzelte ihn. Diesmal nicht. Er hatte bisher kaum über seine Familie gesprochen.

»Bist du deshalb weggelaufen? Wegen der Launen?«

»Vielleicht«, sagte er schon wieder fröhlicher. »Aber vielleicht hab ich auch einen Vogel in einem Ballkleid gesucht.«

»Du bist ein seltsamer Junge, Bluey Ellis, weißt du das?«, sagte Carla, als sie den Platz verließen. »Ich wüsste wirklich gerne, was in deinem Kopf vorgeht.«

Zurück ging es über die Champs-Elysées, mit bauschigem

Rock, ihr Arm in seinen eingehakt, und sie überragte ihn nur ein wenig.

Nach Paris fand Carla keinen zweiten Kleopatra-Moment. Ihre Herabstufung in »Blues House« errichtete eine Wand zwischen ihr und Antoney, verstärkt durch sein Einvernehmen mit Simone, das Carla als Indiz für eine Affäre genommen hätte, hätte Simone nicht etwas mit Ekow gehabt. Die ständige Bewegung versetzte Antoney in einen Freudentaumel, das Fahren und Tanzen und Packen und Fahren, vorbei an den sonnengetrockneten Hügeln bei Reims, durch kleine Provinzstädte, wo die Leute auf der Straße stehen blieben und den goldgeflügelten Bus bestaunten, der mit schwarz rauchendem Auspuff vorüberfuhr. Die Luft im Bus war schwer vom Geruch nackter Männerfüße. Zum Zwecke der eigenen Belustigung tranken Fansa, Ricardo, Rosina und Antoney Opfer-Rum und diskutierten immer lauter über Themen wie Kricket, die Ehe, die Echtheit der Bibel, den Charme der französischen Mädchen und die Ermordung von Malcolm X. Alle übrigen waren sehr erleichtert, wenn sie am Ende einer jeden Reise von Bord gehen konnten. Simone äußerte, sie habe noch gar nicht gewusst, wie entsetzlich Männer stinken konnten. Und wie üblich war Antoney weit weniger jovial, wenn der Bus zum Stehen kam.

Von Amsterdam war er besonders enttäuscht. An diesem Teil der Reise, an dessen Ende Milly fortging, war alles schrecklich, das Theater schäbig, die Unterkunft schmutzig, die Laken muffig. (Wen, glauben die, haben die zu Gast?) Sogar die Show war schwach, was Antoney auf die Tatsache schob, dass er während des Trankopfers nicht anwesend war. Er ging damit auf seine Weise um, indem er nach dem Vorhang eine heisere Schimpftirade losließ – seine Stimme war wie üblich erst während der Pause zurückgekehrt. Er ließ es besonders an Bluey aus, der zwei Mal aus dem Takt gekommen war, und an Milly, die Schritte vergessen hatte. Er beschimpfte sie, weil sie die Situation nicht professionell überspielt habe, weil sie unkonzentriert und gleichgültig sei. Milly verlor die Fassung und nannte ihn einen Heuchler, Tyrannen und hysterischen Diktator, riss sich den Chiffonschal vom Hals und warf ihn weg. Am nächsten Tag ging sie fort. Sie war immer noch seine Lieblingstänzerin. Er spähte ihr vom Hotelfenster aus hinterher, als sie mit ihrem Rucksack die Straße überquerte, ihre großen Plastikohrringe schwangen gegen den Hals, diesen so biegsamen Hals, auf diesen so fantastisch schüttelbaren Schultern. Sie hatte seinen entschuldigungsfreien Vorschlag, es sich noch einmal anders zu überlegen, zurückgewiesen. Ekow sagte, so viel Blödheit sei unerreicht, aber Antoney weigerte sich, die alleinige Schuld zu übernehmen. Er fand in jener Nacht Trost bei einem rumseligen Zug mit den Jungs durch Amsterdams Rotlichtviertel. Im kirschroten Schein der Fenster mit den freizügigen Mädchen entlang der Singel-Gracht fand Fansa eine, bei der er sein Geld ließ, in Zebrakorsett und mit schwarzer Perücke. Nicht so Antoney. Er blieb lieber sauber, selbst wenn es schien, als wäre seiner Frau das im Moment egal.

Als er am Wasser vorbei durch das Dunkel schwankte, dachte er, wie anders es neuerdings mit Carla war. Mit ihr konnte man keinen Spaß mehr haben. Es zog ihn runter, wenn sie wie eine Oma mit Oscars altersschwacher Decke auf dem Schoß im Bus saß – und das mitten im Sommer! Unterwegs zu sein elektrisierte, entflammte sie nicht. Sie wollte eine kleine Welt. Und in letzter Zeit ergriff sie für jeden außer ihn Partei, sei es Bluey, Milly oder Ekow. Warum lag es immer an ihm, wenn etwas schiefging? Warum sollte er alle Fäden zusammenhalten, wo er doch außerdem neue Stücke schaffen musste? Das war alles etwas viel, um es einem Mann alleine aufzubürden. Manchmal spielte er mit dem Gedanken, auf Solopfaden zu wandeln. Möglich wäre das nun. Er war bekannt. Er könnte zu so manchem Theater gehen und dort unterkommen. Er war schließlich Antoney Matheus, der gefeierte Tänzer-Choreograf-künstlerische-Leiter. Er stammte aus einem Mandarinenhaus im Busch, und nun war er mit seiner eigenen Truppe auf Tournee. Er könnte Tänzer anheuern, ganz nach Bedarf. Und das Schöne daran wäre, er allein hielte das Ruder fest. Dann müsste er sich nicht mehr mit Ekow herumschlagen, der ständig meuterte und sich in Bereiche hineindrängte, in denen er nichts zu suchen hatte. Wusste er denn nicht, dass zu viele Köche den Gumbobrei verdarben? Ekow war doch mal so ein lässiger, verträglicher Kumpel gewesen. Antoney wusste noch, wie Ekow in seinem glänzenden gelben Hemd zu den Marshalls geschlendert war, wie er ihn bei Oscar aufgenommen hatte, wie inspirierend er seinen Optimismus und seine Leichtigkeit gefunden hatte. Heute konnte er sich mit Ekow kaum unterhalten, ohne den Drang zu verspüren, ihn niederzuschlagen. In seiner Gegenwart fühlte er sich mies, unterlegen, und zwar nicht nur Ekow gegenüber, sondern grundsätzlich. Manchen Menschen gelang das – Benjamin, seiner Mutter, Simone früher, aber heute nicht mehr. Wenn einem jemand dieses Gefühl vermittelte, dann war ihm nicht zu trauen, durfte man ihn nicht wirklich an sich heranlassen. Antoney nahm sich vor, das in einem Brief an Riley niederzuschreiben, dass es besser sei, allein zu sein, als in einem Bus voller Menschen, die einen runterzogen; lieber blickte er in einen Abgrund aus Nichts und Verzweiflung und bezog seine Stärke daraus, seinen Mut auf die Probe zu stellen. Das war der richtige Weg. Der Sinn lag darin zu akzeptieren, dass es keinen Sinn gab, und darauf aufzubauen.

Er wusste, was mit Carla nicht stimmte. Sie wollte heiraten.

Sie wollte einen Antrag. Auch auf diesem Gebiet waren sie ungleich. Sosehr sie sich auch bemühte, mit seinen unkonventionellen Ideen Schritt zu halten, sosehr sie auch angeblich mit den Hippies sympathisierte, im Grunde war sie ein kleinbürgerliches Mädchen mit einem sehr konventionellen Wunsch nach Sicherheit und Beständigkeit. Vor ein paar Tagen hatte er sich noch im Bus mit den anderen über die Ehe unterhalten. Ihr Schweigen hatte regelrecht von hinten gegen ihn gedrückt, als er – aufgrund des allgemeinen Alkoholkonsums vielleicht etwas heftiger, als es eigentlich gemeint war – gesagt hatte: »Die Ehe ist nichts Natürliches. Da klammern sich zwei Menschen aneinander, weil sie Angst vor der Welt und sich selbst haben. Und das kommt von der Tradition. Sie schreibt uns vor, was wir tun sollen, und das aus dem einzigen Grund, weil es immer so war.«

»Aber man kann doch auf verschiedene Weise verheiratet sein«, hatte Rosina eingeworfen, worauf Fansa gescherzt hatte: »Ich kenne nur eine – und die ist dornig und steinig!« Fast jeder hatte zu dem Thema etwas zu sagen, nur Carla hatte die ganze Zeit geschwiegen, mit dem Gesicht zum Fenster. Antoney fürchtete sich davor, gefangen zu sein, so wie Oscar es während seiner Ehe empfunden hatte, weniger zu werden, festgenagelt zu sein, sich im anderen aufzulösen. Er wäre gefährdet. Er würde sich aufgeben, und das wollte er nicht.

Mit einer tiefen Sorgenfalte auf der samtigen Stirn schaute er sehnsüchtig auf die Boote, die am Ufer der Gracht vertaut waren. Die Decks flackerten unter ihren Lichtern, aus den beschlagenen Schiffsfenstern leuchtete ein Gefühl von Frieden und Ruhe. Ein Boot glitt durch das tiefblaue Wasser und zog eine Spur reinsten Silbers hinter sich her. Wie richtig, wie richtig und groß musste so ein Leben sein, ein Leben in Einsamkeit, losgelöst von allen Lasten und Bindungen des Festlands, ein Leben in der Freiheit, jederzeit weiterzuziehen, ohne einem anderen Rechenschaft zu schulden. Keine Tänzer, die einfach abhauten. Keine Frau, die nach der Ehe jaulte.

»Hey, Ric«, rief er über die Straße, »was glaubst du, kostet so'n Kahn?«

Am nächsten Morgen brachen sie zu ihrer großen Show in Hamburg auf, zu einer sechsstündigen Fahrt über die deutsch-holländische Grenze hinweg. Der Verlust von Milly hatte allem einen Dämpfer aufgesetzt. Ekow und Antoney hielten sich so weit wie möglich voneinander fern, Antoney hockte vorne unter seinem Hut, Ekow hinten, mit Simone im Arm. Carla saß auf ihrem Stammplatz und fühlte sich ausgesprochen elend. Selbst Fansa und Benjamin waren still. Nur The Wonder war gut drauf, er war wach und vital, beseelt vom Ingwer, einem langen Schlaf und davor einigen Versen aus dem *Dhammapada*. Am Steuer war er in seinem Element. Er behielt die Benzinuhr im Auge, tankte, wenn nötig, aber natürlich war er kein Mechaniker, und so versäumte er es auch, dem mittlerweile tiefschwarzen Rauch, der hinten aus dem Bus quoll, und dem immer schrilleren metallischen Kreischen, das damit einherging, die nötige Beachtung zu schenken. Die Route führte über sonnengescheckte Landstraßen, vorbei an Deichen und hügeligen Weiden. Als sie an einem Feld irgendwo zwischen Oldenburg und Bremen hielten, damit sich alle erleichtern konnten, gab der Bus den Geist auf. Als The Wonder die Zündung betätigte, war ein vergebliches Husten die Antwort. Sie waren meilenweit von allem entfernt, hier gab es bloß Felder, Bäume, leere Straßen und Telefonleitungen, die sich bis zum Horizont erstreckten.

»Warum halten wir?«, fragte Antoney, der aus seinem Schlaf erwachte.

Simone klärte ihn auf. Ricardo, Bluey und Ekow frickelten vorne am Bus herum, Rosina holte die Kamera hervor. Carla sah mit wachsender Panik zu. Sie sollten um vier Uhr im Theater sein, und es war fast Mittag, aber das war die geringste ihrer Sorgen. Sie hatte viel größere Angst davor, in ihrem Zustand mitten im Nirgendwo zu stranden, wo es keinen Schutz außer einem Zelt und einem Bus gab.

Antoney kam hinaus auf die Straße. Ein sanfter Wind rollte durchs Gras. »Was ist denn los? Wir müssen weiter.«

»Im Moment geht's nicht weiter«, informierte ihn Ekow. »Der Motor ist platt.« Ricardo und The Wonder machten sich auf, in den nächsten Ort zu trampen und Ersatzteile zu besorgen.

»Aber das kann Stunden dauern«, sagte Antoney.

»Hast du eine bessere Idee?«

Antoney starrte blöde unter die Motorhaube. Er konnte nicht einmal Bremsflüssigkeit von einem Keilriemen unterscheiden. »Ric, solltest du das Teil nicht in Schuss halten?«

»Schieb's jetzt nicht auf mich, das konnt ich nicht ahnen. Ist halt ein alter Motor.«

»Und Schuldzuweisungen bringen auch nichts.« Ekow und Antoney stritten sich, bis Simone dazwischenging. Die gesamte Gruppe schaute zu, wie Ricardo und The Wonder, den Daumen parat, voran in die Landschaft schritten, die rostfarben und hellgrün in der Mittagssonne lag. Irgendwo in der Ferne wand sich die dunkelgraue Straße nach rechts. Antoney zog die Luft durch die Zähne. Eine verpasste Show war fast so schlecht, wenn nicht gar schlechter, als eine schlechte. Sein Publikum würde warten. Die deutschen Tanzfans würden sich vergeblich den ganzen Samstag auf die abendliche Unterhaltung freuen. Antoney durchfuhr es heiß und kalt. Um drei Uhr waren die Jungs noch immer nicht zurück. Es wurde Zeit für einen Entspannungsschluck, und so öffnete er die drei viertel volle Flasche, die von den Vorräten noch übrig war, lehnte sich an den Bus und prostete Fansa lustlos zu. Fansa meinte, da sie ohnehin nichts unternehmen könnten, sollten sie das Beste aus der Situation machen und das Intermezzo genießen. »Sieh doch die Weite«, sagte er. »Sieh dir den Himmel an. Das erinnert mich ein bisschen an zu Hause, diese unverstellte Landschaft. In solchen Momenten denke ich immer, dass die Welt eins ist.«

Antoney war nicht in der Stimmung zu philosophieren. Außer vielleicht Simone schien niemand beunruhigt zu sein. Ekow und Benjamin schliefen. Rosina fotografierte Füße. Carla und Bluey hatten aus Oscars Decke eine Picknickunterlage gemacht und aßen zwischen Löwenzahnblüten Äpfel, wie Adam und Eva. Das machte ihn rasend. *Er* sollte dort bei ihr sitzen, nicht dieser Kerl. Beim Anblick dieser vertrauten beiden kam ihm der Gedanke, dass es mit ihm und Carla womöglich dem Ende entgegenging, dass sie womöglich aufgehört hatte, ihn zu lieben, ein, wenn er es so besah, unangenehmer, einsamer Gedanke. Sie machte ihn zum Außenseiter, sein eigenes Mädchen. Um sich abzulenken, versuchte er, ein Auto anzuhalten – aber es kam nur hin und wieder eins – und keins blieb für ihn stehen. Mittlerweile war es dahin gekommen, dass er an einem Ort nur noch verweilen konnte, wenn er trank. Seine Gedanken waren klarer, lauter, seine Wahrnehmung überdeutlich. Er hatte Angst. Der Wind tollte wie tieffliegende Engel über das Land. Eine verlassene Hütte in der Ferne wurde zu einem gedrungenen Mann, der ihn lockte. Alkohol, davon war Antoney fest überzeugt, war eine Form von Wahrheit. Er vermittelte den tiefen, den wahrhaftigen Eindruck, der uns im oberflächlichen Einerlei des Lebens verstellt blieb. Das wahre Bild. Das Licht wurde anders, Simone stieg im Blau des späten Nachmittags aus dem Bus, sie streckte sich, ihr Cordrock wanderte die Beine hinauf, wie gewöhnlich schimmerten die Lippen. Antoney sah sie so, wie er sie in der Kirche gesehen hatte, als sie »Bird« erschaffen hatten, als sie für ihn geglüht, für ihn in ihrem rosa-rosa Kleid geschillert, sich in seinen Händen materialisiert hatte. Die Luft gab ihre Wärme ab. Schmutzige Wolken sammelten sich. Leicht hungrig ging Antoney zu Simone, aber er wusste nicht, was er sagen sollte. Er schlug vor, gemeinsam nach den beiden anderen zu suchen, denn er könne es nicht ertragen, noch länger zu warten.

»Mein lieber Antoney«, sagte sie, »willst du eigentlich weitertrinken, bis wir wieder in Dover sind? Du kannst doch nicht mal mehr geradeaus schauen. Wir sollten warten.«

»Nein«, sagte er. »Na komm schon, ich will mit dir reden.«

»Und warum geht das nicht hier?«

»Weil es privat ist… Ich hab da eine Idee.«

»Was für eine Idee?« Ekow erschien hinter Simone, kühl und arglistig schaute er aus dem Bus.

»Mit dir hab ich nicht geredet.«

»Du tust es jetzt.«

»Simone, ich weiß echt nicht, was du in dem Typen siehst. Ist der jetzt dein Aufpasser?«

Die anderen schauten hinüber zum Bus. Der Himmel verdüsterte sich, ein leichter Regen fiel, und die Aussicht, bei schlechtem Wetter über Nacht dort festzustecken, sorgte für Nervosität. Sie hatten nur noch wenig zu essen (die Notration war nicht als solche behandelt worden – Fansa und Ricardo hatten während der Fahrt den beliebten Erdnuss-in-die-Luft-werfen-und-mit-dem-Mund-auffangen-Trick geübt). Auch das Wasser wurde knapp, und Rosina sorgte sich um Ricardo.

Ekow blickte prüfend zum Himmel. »Zeit, die Zelte aufzubauen«, sagte er.

Antoney rief nach Simone, doch sie folgte Ekow, der hinten zum Bus ging. Carla sah, die Decke um die Schultern gewickelt, aus einiger Entfernung argwöhnisch zu, ihre große, schlanke Gestalt stand schützend vor der Dämmerung. In all seiner Not und wachsenden Angst hätte Antoney so gerne in ihren Armen gelegen, aber er wusste nicht, wie er sich Carla nähern sollte. Er konnte nicht sagen, ob ihr Ausdruck liebevoll oder grausam war. Er hatte das Gefühl, dass er fortgespült wurde, dass er den Boden unter den Füßen verlor, dass alles um ihn herum teuflisch und finster wurde. Er war noch nie so elend, so verzweifelt gewesen. Er konnte mit niemandem sprechen, konnte sich selbst nicht ertragen. Das Klappern der Zeltstangen beunruhigte ihn. Er zog sein Cape an, aber auch damit wurde es nicht besser. Die anderen kauerten sich in die Zelte, schützten sich dort mit Schlafsäcken und Decken vor dem Regen, aßen Fischkonserven und mürbe Kekse. Er konnte sich nicht zu ihnen gesellen. Sie alle verhöhnten ihn, auch Fansa, die Augen leuchteten hasserfüllt, und so setzte er sich mit dem letzten Rest Alkohol alleine in den Bus. Als er ruhelos im Gang auf und ab ging, musste er wieder an das wartende Theater in Hamburg denken, ein schöner Gedanke – denn das Publikum war gekommen, um ihn fliegen zu sehen.

In einem Augenblick wahnwitziger Hoffnung drehte er mehrere Male den Zündschlüssel. Als nichts geschah, fing Antoney an, wie verrückt zu hupen, so waren die Minuten, die vorüberzogen, schon viel erträglicher. Bald darauf kam Ekow aus dem Zelt, riss die Bustür auf, schimpfte und fluchte und packte Antoney fest am Arm. Antoney konnte sich nicht länger beherrschen, vom Fahrersitz aus schlug er nach Ekow und schleuderte ihn zu Boden. Dann prügelte er auf ihn ein, wo immer er ihn zu fassen bekam, ins Gesicht, die Brust, er trat ihn. Doch Antoney war kein Kämpfer. Schon in der Schule war er Rangeleien immer aus dem Weg gegangen, und wenn er zu einer Rauferei gezwungen wurde, hatte er nie gesiegt. Er verfing sich in seinem Cape. Ekow überwältigte ihn, doch er revanchierte sich nicht mit den Fäusten, sondern den Handflächen; er schlug Antoney auf den Kopf und sagte dabei, dass er verschwinden würde, dass Antoney wahnsinnig und ein einziges Ärgernis sei. Carla und Simone waren aus den Zelten gekommen. Antoney hörte, dass Carla irgendwo über ihm schrie: »Lass ihn in Ruhe – *Ekow!* Lass ihn los!« Sobald Antoney freikam, warf er einen atemlosen Blick um sich, dann rannte er ohne ein Wort davon, ungeachtet des Gewitters. Carla rief hinter ihm her.

Er ging zu dieser Hütte, der gedrungene Mann lockte. Der Weg schien sehr weit, Antoney hatte kein Gefühl, weder für die Zeit noch die Entfernung. Regendurchnässt und schlammverschmiert bog er schließlich von der Hauptstraße ab auf einen langen, schmalen Pfad, der dunkler als die Straße und zu beiden Seiten von Brennnesseln bestanden war. Das klaustrophische Entsetzen lockerte seinen Griff. Das Donnern in der Ferne klang gedämpft und unbedrohlich, als käme es aus einer anderen Welt. Weiter und weiter ging er den Pfad entlang, immer mehr kam Antoney in seiner Einsamkeit zur Ruhe. Als er sich endlich der Hütte näherte, die in der Tat gedrungen war – er konnte im Innern nicht aufrecht stehen –, hörte er in dem Regen noch einen anderen Klang, Wellen, die sich an einem Ufer brachen, und darin ein fernes Klopfen.

Vor seinem geistigen Auge änderte sich die Landschaft. Er sah das tiefblaue Meer, Kokospalmen so hoch wie der Mond, und ringsumher schimmerte alles gelblich. Selbst die Hütte war bei näherer Betrachtung farbiger, nicht länger nur grau, sondern sattbraun, die Luft warm und still. Neben der Hütte, nur wenige Schritte von ihm entfernt, lag die Quelle des Geräuschs. Eine kleine, kräftig gebaute Frau kauerte auf dem Boden und trieb mit einem Holzstück einen Nagel in eine Art Kinderhocker. Irgendwie kam sie ihm bekannt vor. Sie summte vor sich hin, ein altes, trauriges Lied – und da fiel es ihm ein.

Mrs. Gates?, sagte er.

Sie hatte diese Melodie immer am Strand gesummt, wenn sie in ihrem Kleid im Wasser saß. Nach der Schule hatten die Kinder sie immer belauert, auch Antoney, und sich zugeflüstert, wie gruselig und großartig es doch sei, dass diese verrückte alte Mrs. Jennifer Gates ihren Mann umgebracht hatte. Sie sah genau wie früher aus, nur ihr Kleid war trocken.

Wie geht es Ihnen, Mrs. Gates?

Ach, antwortete sie, ohne aufzusehen, ich vertreib mir hier nur die Zeit.

Er fragte sie interessiert: Haben Sie sie schon gefunden?

Sie wusste genau, was er meinte. Die richtige Adresse, den Rückweg, den genauen Ort, an dem sie den Verstand verloren hatte.

Noch bin ich nicht darauf gestoßen, sagte sie, aber hier irgendwo ist es, das weiß ich.

Wissen Sie, wie das Gebäude aussieht?

Sie antwortete, es habe eine weiß gekalkte Front, und falls er so was sähe, würde er's ihr bitte sagen? Dann sah sie zum ersten Mal auf, und er bemerkte mit Entsetzen, dass ihre Augen eingesunken, wie zwei schwarze Höhlen waren. Sie bot ihm etwas zu essen an. Ein starker Wind trieb ihn langsam auf sie zu.

Nein, danke, Mrs. Gates, sagte er und wich zurück. Ich muss weiter.

Wie du meinst, sagte sie achselzuckend. Aber auch *du* solltest auf deine Adresse achtgeben. Wir wollen ja nicht, dass *du* dich auch verirrst. Dann säßen wir beide in der Patsche!

Es war ihnen selber nicht bekannt, doch das Midnight Ballet hatte in Dänemark zahlreiche Anhänger. Schon vor ihrer Ankunft prangten ihre Bilder in den Zeitungen, und in Kopenhagen wurden sie im Theater von einer Traube begeisterter Tanzliebhaber empfangen, einige hatten sogar Blumen dabei. Am Ende der letzten Show, der eine einst von Natur aus blonde Baronesse namens Kristine Ploug zwei Abende lang vom Balkon aus zugesehen hatte, wurden sie zu einer privaten Aufführung in ihr »Haus« gebeten, das nördlich von Kopenhagen auf der wunderschönen Insel Seeland vor der Küste des Kattegat lag. Das Haus erwies sich als Schloss. Die Baronesse, eine Witwe, lebte dort alleine mit ihren Angestellten und manchmal auch mit Nichten und Neffen. Sie war eine sinnliche Frau mit schnellen Reflexen und einer machtvollen Präsenz und bestand darauf, dass die Truppe blieb und einige Tage lang ausspannte, weil sie so furchtbar gerne von so schönen jungen Tänzern umgeben war, besonders von Antoney, in ihren Augen ein Genie.

Man kam zu ihr über eine Schotterallee und am Ende einer Anhöhe über eine weitläufige Auffahrt mit atemberaubenden Ausblicken in die Landschaft. Das Schloss hatte ein kupfernes Dach, drei Türme am Nordflügel und hohe Fenster, die auf einen saftigen, gepflegten Rasen schauten, eine umzäunte Weide, auf der zwei Pferde lässig im rauen Ostseewind mit dem Schweif schlugen, und im Süden auf einen dichten Wald, der in einen Privatstrand überging. In dem Gebäude gab es mehr als dreißig Räume, die in satten Rot-, Violett- und Senftönen dekoriert waren, und einen mit Korbmöbeln ausgestatteten Wintergarten mit Glasdach (in jenen Tagen selten ungenutzt), der hinaus auf einen wunderschönen Garten führte. Die Baronesse hatte ihr ganzes Leben hier gelebt, sagte sie. Sie fand es so wundervoll, sie hatte nicht fortziehen können.

»Aber wo ist Ihr Mann?«, fragte Fansa. »Sie wollen mir doch nicht einreden, eine schöne Frau wie Sie lebt ganz allein hier?«

»Doch, ich fürchte ja.« Die Baronesse war sichtlich geschmeichelt. Sie sprach mit gutturalem dänischem Singsang. »Obwohl viele Besucher zu mir kommen, aus Amerika, Russland, England, der ganzen Welt, so wie ihr wunderbaren Darlings auch. Ich bin so froh, dass es mir gelungen ist, euch zum Bleiben zu überreden.«

Simone fand ohnehin, dass dies die richtige Unterbringung und der Standard war, der schon während der gesamten Tour angemessen gewesen wäre, und genoss es in vollen Zügen. Alle waren beschwingt, zufrieden, wie Kinder, die man in einen ganz erstaunlichen Hort gesteckt hatte, aber niemand war dankbarer als Carla, die immer noch von Antoneys Ausraster traumatisiert war. Sie war so erleichtert, dass sie nach der allerletzten Show in dem luxuriösen Schlafzimmer, das man ihnen zugewiesen hatte, den Kopf auf ein Kissen aus ägyptischer Baumwolle betten konnte, dass sie neunzehn Stunden am Stück schlief. Als sie wach wurde, saß Antoney auf dem Bett und betrachtete sie.

Am Abend hielt die Baronesse in ihrem riesigen Esszimmer ein pompöses Diner ab. Das Porträt ihres verstorbenen Vaters samt seinem Hund nahm eine ganze Wand ein. Die Truppe war guter Stimmung; all der Komfort ringsum, die warmen Farben, die Kerzen, das üppige Essen und die Aussicht auf keine weiteren Shows hatten die Fronten beruhigt. Selbst Antoney und Ekow gingen zivilisiert miteinander um. Am Tisch fanden mehrere Unterhaltungen gleichzeitig statt, über die Tanzszene in Dänemark, Ailey's Compagnie, die Ballets Nègres und den zeitgenössischen Tanz in Großbritannien. Carla trug nur wenig bei, sie badete in dem Gefühl, Antoney nahe zu sein; ihre Schultern berührten sich, einmal legte er sogar seine

Hand auf ihr Bein. Seit jenem Abend war er sehr still. Er war bei Tagesanbruch zum Bus zurückgekehrt, demütig und distanziert, und hatte sie wieder wie früher mit weichen Blicken angeschaut. Die Baronesse fragte ihn sichtlich fasziniert nach seinem choreografischen Ansatz, ein Thema, über das er sich normalerweise lang und breit ausgelassen hätte, aber an diesem Abend wirkte er desinteressiert. Er nippte an seinem Wein und gab kurze, vage Erklärungen von sich, wurde immer stiller und sah zu Carla. Sie fragte sich, ob er Bescheid wusste, ob er es, so wie Bluey meinte, erraten hatte. Aber ob dem so war oder nicht, dies, so entschied sie, war endlich der Ort, es ihm zu offenbaren.

Fansa saß links der Baronesse, die am Kopfende thronte, schweren grünen Lidschatten aufgelegt hatte und ein turbanartiges Kopftuch à la Isadora Duncan trug. Er benutzte jede Gelegenheit, um ihr Komplimente für ihren Kleiderstil, ihr köstliches Essen, ihre »melodramatische« Einrichtung – die Möbel hatten in der Tat etwas tierhaft Lauerndes – zu machen. »Ja«, sagte sie. »Ich hatte das Glück, immer von schönen Dingen und Besitztümern umgeben zu sein, aber euer Leben muss doch viel aufregender sein. Ich habe niemals etwas *Melodramatisches* getan, so wie ihr, wenn ich mir deine interessante Formulierung borgen darf.« Sie flatterte kokett mit den Wimpern in Fansas Richtung. »Ich habe niemals eine Bühne betreten und die Welt mit anderen Künstlern bereist. Meine Geschichten wären wahrlich enttäuschend. Ich habe gar nichts zu erzählen. Ich habe niemals etwas Sensationelles getan.«

Nach dem Kaffee entschuldigte sich Carla und ging zu Bett. Antoney folgte ihr. Langsam schritten sie die gewundenen Marmorstufen hinauf, unter dem flimmernden Kronleuchter hindurch, fassten sich auf halber Treppe an den Händen und betraten ihr Zimmer, das hinaus auf die Weide ging, eine verträumte Insel im Rot der gedämpften Lampen und des schimmernden scharlachroten Bettüberwurfs. Die Teppiche waren so dick, sie versanken darin. Er war auf ganz neue Weise sanft zu ihr, als wäre sie zerbrechlich, er führte sie zum Bett und zog ihr das Perlenkleid aus. Tänzer und schwangere Frauen haben eines gemeinsam. Sie achten auf sich. Sie sah auf ihre geschwollenen Brüste, als er sie mit Mund und Händen bedeckte, auf ihren bewohnten Bauch, der sich diskret wölbte. Dort blieb er mit seiner Wange liegen.

»Baby«, sagte er düster, »ich hab Angst vor mir selbst.«

»Hab keine Angst«, sagte sie. »Ich bin da. Es ist alles gut.«

Hier kannst du dich fallen lassen, dachte Antoney. All seine unterschwelligen Ängste, die Leere strömten fort wie das Wasser, das die Hügel von St. Mary hinunterrann. Hierher könntest du kommen und dich wiederfinden, wenn du gezaubert und dich beim Zaubern verloren hast. Sie waren sich niemals so nahe gewesen. Für Carla war alles Geheime gesagt, mit ihren Körpern und ihren Seelen.

Sie schliefen ineinander verschlungen ein und wurden am frühen Morgen gemeinsam wach. Der Vollmond schien durchs Fenster. Ihre Nasenspitzen berührten sich. Es gab nichts zu sagen. Pläne konnten sie später schmieden. Im Moment wollte Carla nur, dass sie in dem Wissen um ihr Gemeinsames schwelgten. Sie griff nach seiner Hand und legte sie auf ihren Bauch. Er drückte ihn, schloss die Augen halb und lächelte schläfrig. »Fühlst du es?«, flüsterte sie. Oh ja, murmelte er, du fühlst dich gut an, und rieb ihr über die Brust. Sie legte sich auf den Rücken, schaute zur Decke, hielt seinen Arm fest umklammert und war so glücklich wie seit Monaten nicht mehr. »Bald schon werden wir spüren, wie es sich bewegt«, sagte sie. Seine Atemzüge waren tiefer geworden. Auch sie hatte die Augen geschlossen.

Zehn Sekunden später sagte er: »Bewegt?«

»Ja, tritt. So wie du.« Sie hielt ihn noch fester.

Nun war er wach. »Was heißt das?«

Vielleicht wusste er ja nicht, dass auch ungeborene Babys strampelten, was ihm ähnlich gesehen hätte, aber die Atmosphäre änderte sich spürbar. Carla wusste nicht, wie sie reagieren sollte, also sagte sie nichts. Keiner rührte sich.

»Wovon redest du da?«

»Weißt du es nicht?« Er zog seinen Arm ein wenig weg. »Muss ich es dir ausbuchstabieren?«

»Du bist schwanger?«

»Ja!«

»Nein.«

»Was heißt nein?«

»Das geht nicht.«

»Warum?«

»Weil – Gott, Carla.« Er setzte sich auf. Sie sagte kühl: »Ich betrachte es nicht als derart schlechte Neuigkeit.«

Dem folgte ein Gespräch, in dem die Fakten geklärt wurden und in dem Antoney allmählich der wahre Grund für Carlas Reiseübelkeit, ihre Distanziertheit und ihre Weigerung zu tanzen bewusst wurde.

»*Vierter Monat*?«, sagte er. »Vierter Monat, und du sagst es mir erst *jetzt*?«

»Ich hab ja versucht, es dir zu sagen, unzählige Male, aber du …«

»Große Güte.«

Er schüttelte unentwegt den Kopf. Schon wieder verletzte er sie.

»Was siehst du denn in mir?«, fragte sie und zog ihr Nachthemd an. »Wir sind ja nicht erst seit Kurzem zusammen. Ich versteh nicht, wieso du so außer dir bist.«

»Ich kann kein Kind großziehen!«

»*Wir*.«

»Über so was haben wir bisher noch nicht einmal *gesprochen*.«

»Nun, Antoney, manche Dinge geschehen einfach, da kann man nichts tun. Man muss damit leben.«

Ein gereiztes Schweigen entstand. Antoney sah Kinderwagen vor sich, Schnuller, Milchflaschen, Frauen, die mit geschwollenen Knöcheln über die Portobello Road watschelten, ruinierte Rücken und Nächte voller Gebrüll, die in seinem Kopf hallten. Eine befremdende Vorstellung. Ein trostloses, angebundenes Dasein.

Irgendwann setzte sich Carla zu ihm, schon ruhiger, und legte das Kinn auf seine Schulter. »Kannst du dir das denn gar nicht vorstellen?«, fragte sie. »Ein kleines Wesen, unser Wesen, um das wir uns gemeinsam kümmern? Wir könnten uns ein Haus suchen. Ich hab darüber nachgedacht. Du müsstest gar nichts aufgeben, alles bliebe, wie es ist – es gäbe nur einen kleinen Menschen, um den wir uns kümmern müssen … Es macht mir nichts aus, nicht zu heiraten.«

Er schwieg. Dann sagte er, ohne sie anzuschauen, tonlos und vorwurfsvoll: »Du willst also gewöhnlich sein.«

»Was?«

Er erklärte es nicht. Sie stand vor ihm, am Fußende des Bettes, die Hände auf dem Bauch und schrie: »Und *das* hier findest du gewöhnlich?« Mit raschem Schritt ging sie zum Sessel am Fenster, griff nach ihrem Bademantel, schlüpfte hinein und band ihn an der Taille zusammen. Dann stürmte sie in das angrenzende Badezimmer und schlug die Tür hinter sich zu.

Er spielte es in Gedanken durch, den Kinderwagen, ihre Worte von einem Haus und dass sich nichts ändern würde, aber das sah er nicht. Es würde nicht funktionieren. Er sah nur Eintönigkeit und Endgültigkeit. Er dachte an seine Mutter und ihre große Enttäuschung. Er hatte sie nie gebeten, sich für ihn aufzugeben, aber sie warf es ihm trotzdem vor. Er würde sich nicht in diese Lage begeben. Er würde es nicht wiederholen. Tanzen und Kinder passten nicht zusammen. *Eine* wichtigste Sache im Leben. Eine, nicht zwei.

Aber es gab eine Lösung, und als sie ihm einfiel, erhob er sich. Natürlich. Dinge ließen sich wegzaubern. Schau hinter die Maske der Täuschung. Er zog die Unterhose an und legte sich sorgsam die Worte zurecht. Als er an die Badezimmertür klopfte, war ihm ganz leicht ums Herz. Sie saß auf dem Toilettendeckel, sie wirkte sehr schmal, so weit entfernt hinter all den Spiegeln und dem frei stehenden Waschbecken mit den goldenen Hähnen. Sie blickte nicht auf.

Er kniete sich ihr zu Füßen, nahm ihre Hände, sie widerstand. »Schon gut«, sagte er.

Ihre Augen wurden feucht.

»Wir kümmern uns darum.«

Sie nickte, ein angedeutetes Lächeln, Tränen fielen ihr von den Wangen.

»Heutzutage ist das legal«, sagte er. »Sobald wir zurück sind – wir machen das richtig. Noch ist es nicht zu spät. Und ich werde dich dabei keinen Moment alleine lassen.«

Carla brauchte eine Weile, um seinem Gedankengang zu folgen. Zunächst konnte ihr Verstand das überhaupt nicht fassen, aber als es ihr aufging, trat sie Antoney in die Eier.

»Hey, *pass* auf!«

Ihre Augen waren mörderisch. Ihr Haar war wüst. »Du willst also, dass ich es töte.«

»Das ist doch kein Töten, das ist…«

»Kapierst du es denn nicht, du Mistkerl? Ich liebe dieses

Kind schon jetzt!« Sie warf eine Seifenschale nach ihm. Er duckte sich. »Raus hier.«

»Carla …«

»Raus hier.«

»Nun warte, lass uns doch …« Es folgten eine Flasche edlen Shampoos und eine Flasche anderen Inhalts.

»Ich hab gesagt, verpiss dich!«, brüllte sie.

Was also blieb ihm anderes übrig?

Er saß im Wintergarten und versuchte nachzudenken. Doch je öfter er es im Geiste durchspielte, umso erzürnter wurde er. Das hatte sie doch absichtlich getan, um ihn an die Kette zu legen. Sie hatte kein Recht dazu. Sie machte ihn fertig. Er hatte keine Lust zu trinken, stattdessen rauchte er viele Zigaretten, und als es langsam hell wurde, brach er zu einem Spaziergang auf, erst über den Rasen, dann durch den Küstenwald, der gespenstisch, aber nicht unangenehm war. Aus hohen blauen Bäumen flogen die Geschöpfe der Morgendämmerung auf. Antoney schaute auf die Krone einer elfenbeinfarbenen Birke, als wüsste sie alle Antworten. Er folgte dem Klang der See, und schließlich kam er zur Privatbucht der Baronesse. *Die See muss dir immer offenstehen*, hörte er seinen Vater sagen. *Man braucht ein Stück Meer zwischen den Zeiten, den Jahren und den Monaten.*

Und wie weit und groß die Erde war! Der Himmel hier draußen war grenzenlos, durchzogen von Bahnen aus leuchtendem Morgenweiß. Die Sonne erschien hinter den violetten Bergen am Horizont und goss einen öligen Film auf das Wasser. Er fühlte sich besser. Er warf die Schuhe von sich, ging ans Ufer und ließ sich von der kühlen Ostsee die Füße umspülen. Etwa zweihundert Meter links von ihm ragte eine schmale Mole ins Meer. An ihrem Ende stand eine kreisförmige Wand aus Steinen, an der sich die Wellen brachen. Erst, als er im Sand saß und hinüber zur Mole schaute, bemerkte Antoney, dass noch jemand am Strand war, ein Mann. Er trug ein wadenlanges Dashiki, Jeans und unglaublich weiße Turnschuhe. The Wonder. Er trieb in Antoneys Richtung und hob den Arm zu einem fröhlichen Gruß.

»Was für ein wunderbarer Tag!«, rief er. Als er näher kam, sagte er: »Ich gehe wahnsinnig gern bei Sonnenaufgang spazieren. Das ist die schönste Tageszeit.«

Antoney sagte nicht viel, er war nicht in Plauderstimmung.

»Ach, komm«, sagte The Wonder. »Was ist denn jetzt schon wieder los? Hast du schlecht geschlafen? Ich hab wie ein Baby geschlafen. Es ist einfach großartig hier.«

»Es ist ganz okay«, sagte Antoney lustlos.

»Wer hätte gedacht, dass wir eines Tages in einem Schloss übernachten würden? Weißt du, woran mich das hier erinnert, Antoney?« Er wartete die Antwort nicht ab. »Das erinnert mich an einen Ort in Portugal, an dem ich mal war. Ich hab da mit meiner Frau Urlaub gemacht, wir haben im Haus eines Verwandten gewohnt – ich erinnere mich nicht mehr, wie die Stadt hieß, das ist viele, viele Jahre her. Aber vom oberen Fenster aus konnte ich ein sehr beeindruckendes Gebäude sehen, dem hier ziemlich ähnlich, mit einer Bucht, genau wie hier. Vielleicht war es ja Vorhersehung, oder?« The Wonder beugte sich vor und gab Antoney einen Knuff. »Vielleicht hat uns das Schicksal ja hier hergeführt… Mein Freund, du siehst heute Morgen nicht gut aus. Bist du krank?«

»Hör zu, ich hatte eine harte Nacht. Mir ist nicht nach Gesellschaft.«

»Ich wollte dir das längst schon mal sagen, Antoney, ich finde, du solltest weniger trinken.«

»Was heißt das? Ich hab nichts getrunken.«

»Wirklich? Gut… gut. Nun, die Shows sind vorbei. Du kannst dich jetzt entspannen.«

Sie schwiegen eine Weile und schauten aufs Meer.

»Wo ist deine Frau heute, Wonder?«, fragte Antoney.

»Lass uns erst einmal ein anderes Problem klären. Warum sprichst du mich bis zu diesem Tag nicht mit meinem richtigen Namen an? Es ist wichtig, einen Mann bei seinem korrekten Namen zu nennen. Wie fändest du es denn, wenn ich dich *Anthoney* nennen würde, wie die Amerikaner? Das würde dir auch nicht passen… Ach, jetzt setz dich, Junge, ich bin nicht wütend.«

»Warum ist das so wichtig für dich?«, fragte Antoney. »Wonder ist doch nicht – verdammte Scheiße, *The* Wonder ist doch sowieso nicht dein richtiger Name, oder? Oder bist du mit dem Namen geboren worden?«

»Darum geht es nicht.«

»Wie heißt du denn richtig?«

»Das kann ich dir nicht sagen.«

»Warum nicht? Na komm, vielleicht bekomm ich's dann ja hin.«

»Wie lautet dein Name?«

»Du weißt doch, wie ich heiße.«

»Wie heißt dein Vater? Deine Vorfahren?«

»Er heißt… Der Name meines Vaters war – Rogers… Ich bin nicht sicher. Ich trag den Namen meiner Mutter.«

The Wonder sah ihn fragend an. Irgendetwas stimmte nicht. Antoney konnte ihm nicht in die Augen sehen, und plötzlich genierten sie sich voreinander.

»Also, wie heißt du?«

Den Blick stur nach vorne gerichtet, sagte The Wonder leise: »Brian.«

»Brian?«

»Findest du das komisch?«

»Nein, nein – ich hatte nur etwas anderes erwartet. Wie lautet dein Nachname?«

»Meinen Nachnamen musst du nicht kennen.«

»Ist jemand hinter dir her, The Wonder? Siehst du, ich sag doch, das hilft.« Nun knuffte Antoney ihn, das Carla-Problem so gut wie vergessen.

»Ich bin froh, dass wir endlich das gewünschte Ziel erreicht haben«, sagte The Wonder. Dann wurde er wieder ernst und ergänzte: »Aber behalt das für dich. Ist das klar? Ich werde sehr wütend, wenn du das weitererzählst. Kapiert?«

»Kapiert, Mann, verstehe.«

»Gut.«

The Wonder stützte sich auf die Ellbogen und kehrte zu Antoneys heikler Frage zurück.

»Meine Frau hat mich verlassen«, sagte er. »Wegen einem anderen.«

»Wirklich?«

»Ja. Ich war damals ein junger Kerl, so gut aussehend wie du. Vielleicht hat sie sich gelangweilt, keine Ahnung.« Er stampfte mit dem Fuß auf, um eine wollige Spinne zu verscheuchen. »Sie fand meinen Beruf nicht männlich genug.«

»Was, das mit dem Feuer?«

»Genau. Kannst du dir was Männlicheres als Feuerschlucken vorstellen?«

»Habt ihr Kinder?«

Eine Tochter, sie lebte bei ihrer Mutter in Portugal. The Wonder sah sie gelegentlich, wenn er das Geld dazu hatte. Antoney fragte vorsichtig: »Hat das was für dich verändert, Vater zu sein?«

»Du hast heute Morgen aber viele Fragen. Natürlich hat es das. Alles verändert sich, es sei denn, man wär aus Stein.« Er schaute zu Antoney. Dann sagte er mit der gleichen Umsicht, in seiner warmen, luftigen Stimme: »Mir war wohl schon aufgefallen, dass sie irgendwie anders aussieht. Ihr Gesicht ist rosiger.«

Antoney stand auf und ging zum Wasser.

»Ach so, du bist gar nicht begeistert! Ist es so schrecklich?« The Wonder stand auch auf. »Wohin gehst du?«

Antoney ignorierte seine Rufe. Er näherte sich der Mole und durchwühlte seine Taschen nach Zigaretten. Er nahm eine zerdrückte Pall Mall heraus, hatte aber kein Streichholz. The Wonder holte ihn ein. »Hast du mal Feuer?«

»Nein, hab ich nicht, und du solltest das sowieso lieber lassen. Willst du Lungenkrebs bekommen?«

»Kannst du mit diesem Scheiß mal aufhören? Du bist doch nicht mein Vater! Was zur Hölle geht's dich an, ob ich rauche oder nicht?«

»Es geht mich nichts an«, sagte The Wonder. »Gar nichts.« Er wich zurück und marschierte davon, was Antoney auch nicht recht war.

»Wissen hier alle Bescheid?«, rief er. »Komm zurück!«

»Sag bitte.«

»Sag was?«

The Wonder drehte sich um, seine sehr weißen Turnschuhe mit ihm. »Sag bitte.«

Wieder war Antoney hin- und hergerissen, ob er lachen oder ihn schlagen sollte. Er lachte, eine Viertelsekunde lang. »Du bist irre.«

»Du auch.«

»Gott.« Er bereitete sich darauf vor. Es widerstrebte ihm. »Bitte.« Und schon schlenderte The Wonder zurück, in sehr gesprächiger Stimmung. »Demut ist etwas Wunderbares. Meiner Meinung nach viel beeindruckender als Männlichkeit. Es spielt keine Rolle, wer sonst noch Bescheid weiß. Ich hoffe, du hast sie nicht unglücklich gemacht. Sie ist eine großartige Frau.«

»Ich bin für so was nicht bereit, The Wonder. Ich will nicht, dass mein Leben klein wird.«

»Ich möchte *dir* mal eine Frage stellen. Jetzt bin ich dran. Komm mit.«

Er ging an ihm vorbei und trat auf die Mole. Antoney folgte nach einigem Zögern. Sie gingen den halben Weg hinaus, bis The Wonder stehen blieb; zu beiden Seiten wogten die Wellen.

»Also«, sagte er. »Was siehst du am Ende der Mole? Sieh bis zum Ende.«

»Das Meer. Was soll das?«

»Ja, ja, natürlich das Meer. Aber stell dir mal vor, dass die Mole so was wie ein Lebensweg ist. Und darauf liegen deine Kindheit, deine Träume, prägenden Erfahrungen, deine Leidenschaften, dein Beruf. Der kleine Kreis da hinten am Ende, nur mal für diesen Zweck – nur für eine Minute, Antoney, du brauchst nicht so zynisch zu sein –, ist eine Bühne, okay? Aha, jetzt hab ich dich! Und auf dieser Bühne befinden sich all die Dinge, die neben deinen Träumen und Leidenschaften auch noch existieren müssen, Liebe, Freundschaft, Familie, Beistand. Also sag mir, was siehst du am Ende der Mole?«

»Okay, ich seh einen Tanz.«

»Und wer tanzt?«

»Ich.«

»Ganz allein?«

»Ja.«

»Ist niemand bei dir? Sieh genau hin.«

Antoney trat vor und schaute hin. Das Bild blieb gleich. »Da ist niemand. Ich versteh ja nicht mal, was du meinst.«

»Nun, wenn da nichts anderes ist«, sagte The Wonder bedeutungsschwer, »werde ich für dich beten, denn du wirst, bis zu dem Tag, an dem du über diese Wand dort hinaus in deinen Tod stürzt, alleine sein.«

Er betrachtete Antoney aus einigem Abstand heraus mit solcher Traurigkeit, mit so viel Mitleid und Enttäuschung, dass sich Antoney umdrehte und verunsichert noch einmal hinaus auf die Mole sah. The Wonder war schon auf dem Rückweg zum Ufer. Es war seltsam, doch diesmal sah Antoney etwas anderes. Dort auf der Bühne stand plötzlich ein anderes Bild, eine alte, sehr alte Erinnerung. Er war mit seiner Mutter und seinem Vater am Strand von Annotto Bay, dort waren sie immer schwimmen gegangen. Alle drei schauten nach unten. Seine Mutter sagte: Siehst du die lustige Krabbe, Antoney? Das schwarzäugige Geschöpfchen flitzte auf dem Sand hin und her. Warum läuft sie so komisch?, fragte Antoney. Sein Vater erwiderte: Weil sie zu viele Füße hat, was seine Mutter noch komischer als die Krabbe selbst fand. Über ihnen, auf der Steinmauer, saß Carla in ihrem scharlachroten Kleid und sah hinaus auf die glitzernde See. Das Bild auf der anderen Seite der Bühne, dort, wo er tanzte, war nun ebenso durchscheinend blass wie das neue.

»The Wonder, so warte doch!«, rief er. »Woher weiß ich, welches Bild das richtige ist?«

»Du kannst es nicht wissen«, rief The Wonder zurück, und sein Dashiki wehte im Wind. »Dafür bist du noch zu jung. Hat dir das niemand gesagt?«

Ich bin ein selbstsüchtiger Mensch, schrieb Antoney an Riley. Ich habe immer nur an mich und meine Wünsche gedacht und dabei übersehen, was mir andere geben. Carla hat gestern gesagt, wir seien der Natur unterworfen und müssten dem Gang der Dinge folgen, dem Weg, der uns bestimmt ist, darin läge der Sinn. Und das werde ich tun – außerdem liebe ich mein Mädchen.

Die Baronesse war vollkommen überwältigt, als sie von Antoneys und Carlas Verlobung erfuhr. Nachdem sie alle beide abwechselnd und mehrfach auf die Wange geküsst hatte, erzählte sie, sie habe vor fünf Jahren die Hochzeit ihrer Tochter auf dem Anwesen ausgerichtet, und dabei weinte sie immer noch vor Rührung. Erst schlug sie es vor, dann bestand sie zunehmend darauf, dass auch *sie* beide dort heiraten sollten. Sie hatten doch alles Nötige beisammen, oder nicht? Sie selbst könnte arrangieren, was immer sie wollten, das Essen, das Kleid, die Ringe, Musik. Sie hatten doch sogar schon eine Fotografin, war es nicht, als ob es so kommen *sollte*? Oh, bitte, Darlings, kein Zeitpunkt ist besser als das Jetzt, um eine Liebe zu festigen, und nichts würde sie lieber sehen, als wenn sie beide das Ehegelübde in ihrem Garten sprechen würden. Und während sie diese absurde Idee zusammenschusterte, mischten sich immer weitere Stimmen ein, Rosina, Fansa, Ricardo, alle bestürmten sie, fanden den Vorschlag toll, selbst Simone sagte, warum denn nicht, also *ich* täte es. Die einzige Person, die sich überhaupt nicht begeistert äußerte, war Bluey. Sein Blick suchte nervös nach Carlas Augen.

An Carla war, im Vergleich zu Antoney, mehr Überzeugungsarbeit zu leisten. Es war wegen ihrer Mutter. Sie konnte nicht ohne ihre Mutter heiraten! Das wäre zu schrecklich, nein, das ging nicht. »Nun, das verstehe ich«, sagte Kristine. »Natürlich. Aber gar kein Problem. Wir fliegen sie her.« »Meine Mutter fliegt nicht«, sagte Carla. Es war unmöglich. »Dann sprich mit ihr«, drängte die Baronesse. »Sprich mit deiner Mutter und sieh, was geschieht. Vielleicht gibt sie dir ja ihren Segen …«

Toreth war in Tränen aufgelöst. Sie saß auf der Harrow Road in ihrem Mietwohnungswohnzimmer im dritten Stock und sehnte die Rückkehr ihrer Tochter herbei, umgeben von der unruhig blattgemusterten Tapete und Frank Sinatra im Radio, während Carla, ebenfalls in Tränen aufgelöst, an der Küste des Kattegat auf einer Chaiselongue mit Walnussfüßen saß. Toreth sagte, Carla sollte die Einladung der Baronesse Wie-auch-immer-sie-hieß annehmen, wenn das ihr Glück sei und, wichtiger noch, wenn sie sich absolut *sicher* sei (denn Toreth war es nicht), dass Antoney der Richtige für sie sei und dass sie, Toreth, nicht einmal im Traum daran denken würde, ihre Tochter daran zu hindern, nur weil sie nicht fliegen wollte – Hauptsache, sie bekäme hinterher die Fotos. Nach weiterer Überlegung und schwindendem Widerstand entschied Carla, es geschehen zu lassen, dem Gang der Dinge zu folgen. Die Hochzeit war beschlossene Sache.

Im Schloss brach ein Wirbelsturm los. Es war Dienstag. Die Hochzeit sollte am Samstag stattfinden. Jeder Winkel, jedes Fenster, jedes Messer und jede Gabel wurden auf Hochglanz poliert. Die Baronesse kümmerte sich um die Einladungen, die Blumen, die Begutachtung des Pavillons im Garten, wo die Zeremonie stattfinden sollte. Ekow bekam endlich seine Gelegenheit, ein Stück zu choreografieren, ein Duo, das er mit Simone zu einem Gospel tanzen wollte, arrangiert von The Wonder und den anderen Musikern. Braut und Bräutigam wünschten sich eine kleine Feier, und so lud die Baronesse nur wenige wichtige Leute ein, die verstreut auf Seeland, Fünen und in Kopenhagen lebten: Mitglieder der dänischen Aristokratie, ein befreundeter Filmstar mit ihrem Ehemann. Ja ja ja, sagte sie, natürlich wird das eine kleine Feier, aber doch nicht klein im Sinne von *unbedeutend*, nur ein Mitglied der Presse (natürlich müsst ihr in die Zeitung!) und der russische Graf, der im Land weilte und ihr ebenfalls sehr teuer war. Stellen Sie sicher, dass wir genügend Stühle haben, wies sie den Butler an, stellen Sie sicher, dass wir genügend zu trinken haben; der Alkohol muss in Strömen fließen, diese farbigen Jungs trinken wie die Fische! Oh, eine Hochzeit, eine Hochzeit – funkelnde Silberzapfen hingen vom Dachrand, die Landesflagge wehte über dem dritten Turm. Und während die Tänzer unter den Bäumen ihre Dehnübungen machten, Kristine aufgeregt hin und her lief und mit den Armen ruderte, die Trommler ihre Trommeln spannten und vergnügt auf dem Rasen den Rhythmus schlugen, bemerkte niemand, zunächst nicht einmal Carla, dass sich Bluey abseits hielt und für lange Zeit verschwunden war. Seine Cowbell lag vergessen in einem Beutel voller Schlaginstrumente.

»*Hier* bist du. Ich hab dich heute noch gar nicht gesehen«, sagte Carla, als er am Donnerstag plötzlich im Türrahmen des Wintergartens erschien. »Ich hab schon nach dir gesucht. Wo hast du gesteckt? Das hier gerät völlig außer Kontrolle, Bluey. Die Baronesse hat sich in eine Sprungfeder verwandelt. Und hast du von dem russischen Grafen gehört? Glaubst du, Jimi Hendrix kommt auch zu meiner Hochzeit? Also, *dagegen* hätte ich nichts.«

»Jetzt hör sie dir an.« Simone stand hinter Carla und machte ihr, wieder ganz wie einst, das Haar, die angespannte Atmosphäre hatte sich gelöst. »Ich würde mich nicht beschweren, wenn ein Graf zu *meiner* Hochzeit käme. Soll er doch seine Entourage gleich mitbringen.«

»Ich meine ja bloß, mir hätten der Vikar und ein paar Pastetchen gereicht. Dazu was von Otis – Frieden seiner Seele. Mir ist es einfach zu viel.«

»Carla, du nimmst dich wie üblich nicht wichtig genug. Wenn du erst einmal mit einem weinenden Baby auf dem Arm und dunklen Rändern unter den Augen« – (der Embryo war inzwischen eine allgemein bekannte Tatsache) – »zu Hause sitzt, kannst du wenigstens daran denken und mit deinem Schicksal hadern: Das Leben ist ungerecht. Warum bin ich denn nicht so reich? Warum musste ich zurück nach Kilburn?«

»Du würdest dich so oder so beschweren.«

»Kann ich dich kurz sprechen?« Bis dahin hatte Bluey schweigend auf der Schwelle gestanden. Seine Bitte klang sehr barsch.

»Wen, mich?«, fragte Simone.

»Carla«, sagte er. Sein Haar war fettig. Er trug die Kleider vom Vortag.

»Natürlich, Süßer. Schieß los.«

»Allein.« Er schaute Simone finster an.

»Aber bitte, *ich* entschuldige mich. Ein wenig Zartgefühl wäre trotzdem angebracht.«

Sie wischte sich die Hände an einem Handtuch ab, das an Carlas Korbstuhl hing, ging nach draußen und warf Bluey einen bösen Blick zu. Er schloss die Türen hinter ihr, sah Carla eine Weile lang an, setzte sich auf einen Stuhl neben sie und stand gleich wieder auf.

»Alles in Ordnung?«, fragte sie.

»Nein, überhaupt nicht.«

»Was ist los?«

Er setzte sich wieder. »Ich weiß nich, ich weiß nich.«

»Bluey?«

»Eure Hochzeit. Das bist nicht du, Carla.«

»Sag ich doch ständig. Aber es macht nichts, das ist alles Beiwerk. Im Kern bin ich's.«

Bluey zündete sich mit zitternden Händen eine Zigarette an. »Aber ich versteh nicht, wieso du ihn heiratest, das ist der Knackpunkt. Er ist nicht gut genug für dich. Ich mag ihn nicht. Du könntest doch jeden haben.«

»Das siehst du so.« Sie klang gekränkt.

»Ich will dich nicht verletzen.« Er stand auf und ging zur Tür, um nachzusehen, ob irgendjemand in der Nähe war. Doch sie waren vollkommen allein, daraufhin rieb er sich eine Hand an seiner Jeans ab, ging wie toll auf Carla zu und kniete sich vor sie hin. Er nahm ihre Hand, und sie musste an einen Hamster oder eine Maus denken, ein kleines kratziges Etwas, das ihr Knie streifte.

»Heirate *mich*«, sagte er.

Sie lachte ein kurzes Lachen. Der Schönheitsfleck neben ihrem Auge bewegte sich nach oben und wieder nach unten. Da war schon nichts mehr zu retten.

»Meinst du das ernst?«

»Das war kein Scherz.«

»Äh …«

Diese kratzige Kinderhand, dieser knochige Unterarm. Dieser penetrante Nikotingeruch. »Hör zu, ich kann dir nicht viel bieten, das weiß ich. Aber ich werde mich um dich kümmern. Ich werde dir niemals wehtun.« Seine Miene wurde immer verzweifelter. »Du wirst es nicht bereuen, das versprech ich dir.«

»Das ist echt schräg, Bluey.«

»Bitte, heirate mich. Irgendwo anders, wir verschwinden von hier.«

Sie bewegte das Knie, um seine Hand loszuwerden, die sie ekelte. Die Hand sank auf den Boden. Carla schüttelte unmerklich den Kopf. »Ich liebe dich«, sagte sie, »das weißt du – aber als Freund.«

Seine blauen Augen verdüsterten sich. Er stand auf und trat zurück. »Du willst mich also nicht?«

»Tut mir leid. Nein.«

Er zögerte, er sah mit finsterschwarzem Blick in den Garten.

»Na schön«, sagte er. »Na schön. Ich hau schon ab.«

»Die Frau ist klasse«, sagte Fansa, der unterdessen im Schatten einer Zypresse lag. »Guck nur, wie sie rumläuft – wie flott. Ich hab noch nie eine Frau in dem Alter gesehen, die noch so viel Feuer im Leib hat.«

»Ich hab schon besser aussehende Frauen in ihrem Alter gesehen«, entgegnete Ricardo. Fansa und die Baronesse, die in der Ferne vorbeisauste, winkten sich zu.

»Ich nicht«, sagte er. »Guck mal genau hin. Die ist richtig gut in Schuss. Hat 'ne gute Figur. Schöne Haut, weder Unreinheiten noch Leberflecken.«

»Aber Falten.«

»Wenige, und auch nur um die Augen rum. Aaach, das Gras ist so grün, die Luft so rein. Und London ist so siffig.«

Fansa und Ricardo waren träge. Das Mittagessen war wieder opulent gewesen.

»Ihr Mann hat gern geangelt. Am Strand steht seine Hütte, die Ausrüstung ist noch da. Hat sie gesagt. Netze«, seufzte Fansa, »Haken.«

»Hm.«

»Ich hab immer vom Fischen geträumt.

»Jo«, sagte Ricardo und öffnete ein Auge. »Klar.«

Das Hochzeitskleid der Baronesse hatte die Jahre in einer ledernen Schutzhülle gut überstanden. Es war schneeweiß und mit Diamanten besetzt, der Rock bestand aus fünf Lagen Stoff, die wie vom Winde verweht schienen. Das Oberteil schwang sich an zwei aufgestickten Pfeilen in Dekolleté und Nabel, an der Schulter entlud es sich zu aufgebauschtem Satin. Es war geradezu unheimlich, wie perfekt es Carla passte.

Schon am Vorabend der Hochzeit fand eine Party statt. Die Männer tranken Alkohol, lungerten im Wintergarten herum, hörten Doris Day (die Lieblingssängerin der Baronesse) und Prince Buster, und das alles unter der strikten Auflage, von Simone an Ekow übertragen, die Trunkenheit auf einem beherrschbaren und zivilisierten Niveau zu halten. Als Trauzeugin verbrachte Simone den Abend mit den anderen Frauen im Salon im Nordflügel, bei einem deutlich verhalteneren Beisammensein mit Pfefferminztee und schlankem Champagner, das Rosina, sichtlich gelangweilt, verließ, sobald die Baronesse wieder ins Zimmer rauschte, um Carla zu einer letzten Anprobe in ihre Gemächer zu holen.

Kristines Schlafzimmer verfügte über einen eigenen Wohnbereich mit einem kolossalen, lachsfarbenen Sofa, einer turmartigen orientalischen Truhe mit verschachtelten Schubladen und dem größten Bett, das Carla je gesehen hatte. Sie zog das gereinigte, blinzelnde Kleid hinter einem Paravent an und kam langsam hervor. Kristine schnappte nach Luft und stand auf.

»Hinreißend!«, sagte sie. »Einfach perfekt!« Ihre Augen füllten sich mit Tränen, Carla musste schlucken. »Komm«, sagte die Baronesse, »komm mit zum Spiegel.«

Kristine stellte sich hinter Carla. »Wir hatten die gleiche Größe. Das sollte wohl alles so kommen. Ihr wurdet zu mir geschickt, du und Antoney-Darling, um hier euer gemeinsames Leben zu beginnen, hm?«

Das Kleid war eine Sternenwolke, es funkelte durch den Raum.

»Es ist wundervoll«, sagte Carla. »Ich fühle mich wie eine Märchenfee.«

»In der Tat, in der Tat!« Kristine fasste sie an den Oberarmen. »Und ich wollte dir noch etwas geben.«

»Nein, bitte, Kristine, Sie haben uns schon so viel gegeben.«

Die Baronesse schritt unbeirrt zu ihrer Truhe, holte eine

Schmuckschatulle aus der zweiten Schublade, ging zum Sofa und wies auf den Platz neben sich.

»Das hier habe ich an meinem Hochzeitstag von meiner Großmutter bekommen.« Sie hob ein Armband aus großen, ovalen Rubinen empor. Jeder Rubin war von einem Ring aus kleinen weißen Steinen, ebenfalls Diamanten, umfasst. Sie reichte es Carla.

»Das kann ich nicht annehmen.«

»Ich will es aber.«

»Ich kann nicht. Nein.«

»Bitte. Bitte, nimm es. Ich will, dass du es bekommst.« Kristines Ton wurde sehr bestimmt.

»Aber es gehört *Ihnen*. Wir kennen uns doch erst seit Samstag.«

»Wenn es dir nicht gefällt …«, sagte Kristine beleidigt.

»Das ist es nicht. Es *gefällt* mir ja, aber …«

»Dann nimm es, *bitte*!«

»Oh, Gott.«

Es war überraschend schwer. Carla ließ es in der Hand liegen und betrachtete es; etwas rührte sich am Grund ihres Magens. »Ich helfe dir«, sagte die Baronesse und schloss das Armband um Carlas Handgelenk. »So, nun bist du fertig. Er wird überwältigt sein.« Carla bedeckte das Gesicht mit den Händen.

»Aber meine Liebe! Was ist denn los?«

Carla heulte.

»Aber warum *weinst* du denn? Es gefällt dir nicht …« Schluchzen. »Dir gefällt das *Kleid* nicht! Oh, aber ich habe dir doch gesagt, trage es nur, wenn du es wirklich tragen *willst*. Wir können gleich morgen früh losgehen und etwas anderes kaufen.«

»Es ist nicht das Kleid.«

»Das Armband.«

»Es ist nicht das Armband!«

Kristine war konsterniert. Carla nahm die Hände fort, gab einen Champagner-Hickser und dann einen tiefen, zitternden Seufzer von sich. Ihr fiel auf, dass die Baronesse außergewöhnlich zierliche Füße hatte.

»Mir kommt es vor, als würde ich in letzter Zeit nur noch heulen«, sagte sie. »Ich hab noch nie so viel geweint. Ich bin so aufgewühlt. Angeblich schlägt es ja auf die Stimmung.«

»Die Stimmung? Was ist mit deiner Stimmung?«

Carla konnte sich nicht beherrschen und brach in lautes Gelächter aus. Das war nicht zu fassen! Hatte Kristine bei all ihrem Geplapper und Herumgerenne, ihrem Organisieren, Einmischen und Flirten etwa nichts davon mitbekommen?

»Bist du ... in anderen Umständen?«

»Und ob ich das bin!«

Kristine zog ihr elfenhaftes Kinn ein und rutschte auf ihrem Platz herum. »Oh, das war mir nicht bewusst.« (Die Gäste auszuladen, die Blumen abzubestellen, den Grafen, nein, wie *peinlich*. Nein, dafür war es zu spät, viel zu spät, aber so etwas schickte sich doch nicht, du liebe Güte, die Jugend von heute.)

»Wollen wir das Ganze lieber absagen?« Carla sah schon die verlockend schlichten Pastetchen samt Otis Redding vor sich.

»Nein nein nein, unmöglich. Das ist überhaupt kein Problem für mich. Ich bin da vollkommen offen. Was für eine – *wunderbare* Steigerung dieses Anlasses ... Wir wollen nur nicht, dass unsere Gäste davon erfahren. Ein Kind ist etwas Intimes, ein sehr intimes Wissen zwischen einem Mann und einer Frau, und ich würde nicht wollen – beim Grafen, zum Beispiel –, dass dieser Frieden durch das Wissen anderer gestört wird. Sind wir uns einig? Das verstehst du doch? Nein, da müssen wir jetzt durch.« Sie spähte auf Carlas Bauch. Es wurde still.

»Es ist so schade, dass meine Mum nicht kommen kann.«

»Ist das der Grund für deine Tränen?« Kristine wandte sich wieder an Carla. »Wenn du noch etwas auf dem Herzen hast, abgesehen von …«, ihre Augen wanderten nach unten, »… biete ich dir gerne mein Ohrläppchen an, obwohl du mich, wie du sagst, erst seit Samstag kennst. Ich kann dir nicht die Mutter ersetzen, aber zögere nicht, es auf einen Versuch ankommen zu lassen, damit es dir besser geht, damit du morgen von allen Sorgen befreit bist.«

Carla entschied sich, es zu riskieren. Blueys Worte ließen sie nicht los. »Kämmt Antoney Ihnen, ich meine natürlich, *kommt* Antoney Ihnen wie ein Mann zum Heiraten vor?«

»Aber natürlich. Er verfügt über all die nötigen Eigenschaften.«

»Wirklich?«

»Ja.« Schweigen. »Ist das *alles*?«

Carla sank schlapp gegen die Lehne. »Warum hab ich dann das Gefühl, einen Vogel in einen Käfig zu sperren?«

(Was war nur mit diesem Mädchen los?) »Das verstehe ich nicht«, erwiderte die Baronesse.

»Vergessen Sie's. Es ist nicht wichtig.«

Aber Kristine ließ nicht zu, dass die Braut so düster und zerknittert dasaß. Sie schaltete rasch wieder auf ihren lustig-hektischen Hochzeitsmodus um, zog Carla hoch und beförderte sie zurück vor den Spiegel. »Mach dir keine Sorgen«, sagte sie. »Deine Nerven und deine Stimmung, das ist alles. Kein Grund, sich wegen Antoney Sorgen zu machen. Er liebt dich. Ich sehe es daran, wie er dich anschaut. Du bist seine Musik, sein Diamant. Du bist sein Ein und Alles, und morgen wirst du den Mann heiraten, der dein Ein und Alles ist!«

Ja ja, nun mach mal halblang, dachte Carla.

»Nur eines noch, meine Liebe«, sagte Kristine. »Was machen wir mit deinem Haar?«

Sie musterten ihre wundervolle, überschäumende Krone.

»Es bleibt, wie es ist.«

Eine halbe Stunde vor Mitternacht war das Gesprächsniveau im Wintergarten auf das Thema Blowjobs herabgesunken. Fansa gab den Ton an. »Ich will's nicht mehr mit'm Mund«, sagte er. »Ich will nich, dass mir eine Frau auf den Eiern rumkaut.«

»Bring diesen Kerl doch mal jemand zum Schweigen. The Wonder, red du mit ihm«, sagte Ekow.

Antoney, der drei Bier und zwei Rum intus hatte, fragte aus reiner Neugierde: »Und warum nicht? Na los, jetzt lasst ihn mal erzählen.«

Alle räkelten sich in den Korbstühlen. Fansa erklärte mit geröteten Augen: »Also schön, passt auf. Sie macht da unten ihr Ding, und alles ist easy, aber eines Tages – denn irgendwann ist immer eines Tages – ist sie irgendwie komisch drauf, sie is sauer, wegen irgendwas, was letzte Woche war, du aber gar nicht mehr weißt.« Der Mann liegt also da (die Ausführungen gingen in diesem Stil weiter), in der sensibelsten Position, die ein Mann einnehmen kann, wehrlos, auf dem Rücken, der Ekstase nahe, und irgendwann fällt der Frau auf einmal ein, dass sie sauer ist, was zu einem ganz plötzlichen, überraschenden epileptischen Anfall führt, bei dem sie dem Mann den Schwanz abbeißt. Die anderen brüllten vor Lachen. Ekow riss sich mit Mühe zusammen. Nur The Wonder blieb ungerührt und gedankenvoll. »Fansa, du solltest nicht solche rüden Witze machen.«

»Hat eigentlich jemand Bluey gesehen?«, fragte Ekow.

Simone erschien an der Tür. Sie hatte ein Handtuch um den

Kopf gewickelt und schnupperte die alkoholgeschwängerte Luft. »Ekow. Trinkst du etwa?«

»Baby, hast du mich jemals trinken sehen? Ich leb sauber.«

»Gut. Ich glaube dir. Aber es ist fast zwölf, ihr solltet bald Schluss machen. Antoney, du willst doch sicher morgen frisch sein?«

»*Und* munter«, giggelte Fansa in das restliche Gekicher hinein.

Dann erschien Carla in ihrem Bademantel, sie wirkte ernst und verängstigt und irrsinnig jung. Die Männer wirbelten herum, schauten hin und her zwischen ihr und Antoney, der keine Anstalten machte, sie zu beruhigen.

»Nun geht schon«, sagt Ekow.

Braut und Bräutigam verschwanden in der Halle. Sie versanken in einer kurzen, heftigen Umarmung, die zwar nach Alkohol roch, Carlas Zweifel jedoch augenblicklich zerstreute. Bevor sie nach oben ging, sah sie ihn scharf an und packte ihn mit den Fäusten an seiner Weste. »Eines will ich dir sagen.«

»Was denn, Baby?«

»Wenn du mir jemals wehtust, Antoney, wenn du mich jemals betrügst – werde ich dir das nie vergeben.« Ihr Tonfall entsetzte ihn.

Als er in den Wintergarten zurückkehrte, hörte man von draußen Geschrei. Simone ging zur Tür, zwei Gestalten kamen zickzacklaufend in Sicht, die eine lief nach links, die andere nach rechts. Jedes Mal, wenn sich ihre Wege kreuzten, machten sie einen Nijinsky-Sprung. In dieser Nacht, so sollte Simone es dann sehr viel später Lucas schildern, als Ricardo und Rosina gemeinsam LSD genommen hatten, waren sie ihr das erste und einzige Mal tatsächlich wie Zwillinge vorgekommen.

»The Wonder!«, sagte Rosina. »Du siehst wie das Meer aus! Simone! Du siehst – irgendwie hexig aus!«

»Wer will schwimmen gehen?«, fragte Ricardo verzückt.

»Ist es nicht widerlich, wie fremd und vollkommen albern sich Menschen benehmen, wenn sie betrunken sind? Ekow, sorg für Ruhe, sonst gibt es einen Höllenärger. Und geschwommen wird auch nicht!« Simones Nase ragte gen Himmel, dann verschwand sie im Bauch des Schlosses, gefolgt von Benjamin und The Wonder.

»Okay, Leute, die Party ist vorbei.« Ekow sammelte Gläser ein.

»Die Frau hat dich aber echt im Griff«, sagte Fansa.

Ekow betrachtete den Bräutigam, der mit geschlossenen Augen in seinem Sessel lehnte und lauschte. Rosina hüpfte zurück in den Garten und rief nach Ricardo. Er sah wie gebannt auf Antoney und sagte gedehnt: »Du musst das Meer sehen, Mann, es ist wuuun-der-schön – silbern und meilenmeilenweit.«

»Es wird nicht geschwommen!«, rief Ekow. »Heute Abend geht niemand schwimmen!« Aber Fansa rappelte sich auf und tollte hinter den Zwillingen her.

So blieben zwei. Antoney setzte sich auf. Ekow stand drohend, mahnend, ihm gegenüber, mit einer Flasche in der Hand.

»Na, so ein kleiner Spaziergang bei Nacht«, sagte Antoney leichthin.

»Lass es.«

Antoney machte Anstalten aufzustehen.

»Wenn du durch diese Tür gehst, ist Schluss.«

»Hör auf, mich rumzukommandieren.«

Als Antoney sich ganz aufrichtete, schubste Ekow ihn in den Korbstuhl zurück und hielt ihm die Flasche vors Gesicht. Er drohte bei jedem Wort mit ihr. »Hör mir zu, und hör mir gut zu«, sagte er. »Ich hab das mit dem Weggehen ernst gemeint. Wenn wir erst wieder zu Hause sind, bin ich raus. Ich hab genug. Ich tu nur noch diese eine Sache hier für dich. Dass ich dein Trauzeuge bin, ist mein Abschiedsgeschenk, weil du mich darum gebeten hast, weil du mein Bruder bist, vor allem aber, weil Carla deine Rettung ist. Ohne sie bist du ein Arsch.« Antoney schaute ihn finster an, sein Mund so zäh wie Mangofäden. »Im Grunde«, sagte Ekow, »mach ich das sowieso mehr für sie als für dich, denn aus irgendeinem mir unerfindlichen Grund liebt sie dich. Keine Ahnung, wieso. Also, was immer hier oben Seltsames vorgeht«, er tippte mit der Flasche an Antoneys Kopf, »was immer es ist, tu was dagegen, geh zu einem Seelenklempner, egal, was auch immer – aber wenn du das versaust, Antoney, wenn du ihr das versaust, ich schlag dich zu Brei. Ich schlag dich so zusammen, dass kein Knochen heil bleibt. Hast du verstanden?«

Die finstere Miene war fort. Er sah hinauf zu Ekow, mit offenem, aufrichtigem, neugierigem Blick. Die anderen lärmten und lachten im Garten.

»Wie machst du das, Ekow?«, fragte er.

»Wie mach ich was?«

»Wieso fällt dir alles so leicht?«

Ekows Hände sanken herab. Bei seiner Antwort, die nur sehr langsam kam, neigte er den Kopf ein wenig nach links.

»Leicht, Mann?«, sagte er. »Gar nichts ist leicht. Aber ich weiß, wohin ich will.«

Und er gewährte ihm seinen kleinen Nachtspaziergang. Aber nicht bis ans Meer, nichts bis ins Wasser, nicht länger als eine Stunde, nicht weiter als bis zur Baumgrenze. Er gab ihm die Hand darauf. Ekow setzte sich auf einen bequemen Stuhl mit Blick in den Garten. Er legte die Füße auf einen Hocker, und als es kühler wurde, zog er sich eine Decke über die Knie. Er dachte an den nächsten Tag, er malte sich aus, wie Carla am Morgen zu einem Raunen die Treppe herunterschreiten würde. Ob Simone eines Tages seinetwegen die Treppe herunterschreiten würde? Er schaute durch das Glasdach hinauf in den Nachthimmel und musste an etwas denken, was er einmal gelesen hatte, über die Zeit und die Sterne. Die Sterne sind nicht so, wie das menschliche Auge sie sieht. Das unvollkommene menschliche Auge sieht nur den zitronengelben Schimmer der ihm bekannten Zeit, doch Lichtjahre von uns entfernt strahlen die Sterne in Rot und all den anderen Farben, die das galaktische Geheimnis vor uns verbirgt. Vor seinem Auge stieg ein anderer Himmel auf, so wie er wirklich aussehen könnte, ein Meer voll nackter, funkelnder Farben. Weinrot, tiefgrün leuchteten und kreisten, kreisten die Sterne langsam durch das kalte Universum.

»Mr. Fontaine. Komm endlich zu dir!«

Fansa träumte vom Fischen. Er saß auf einem Felsenhügel inmitten des Ozeans, die Schnur spannte sich, er stand kurz davor, den größten Fisch der Welt zu fangen, da hörte er die tiefe Stimme seiner Frau, die ihn von einem herannahenden Dampfer rief.

»Mr. Fontaine!«

Die Felsen unter ihm wurden weich. Er befühlte sie, sie hatten sich in Gras verwandelt, er sank. Er mühte sich nach oben und riss die Augen auf. Ein pudrig blauer Himmel. Die Umrisse von Bäumen. Simone mit einem Haarnetz, sie spie vor Wut.

»Alphonso. Wo ist Antoney?«

Fansa bemerkte, dass er auf dem Rasen saß, etwa zwanzig Meter vom Wintergarten entfernt. Er schaute sich um, klopfte auf den Boden, als könnte er den winzigen Antoney irgendwo zwischen den Grashalmen entdecken.

»Weißt du, wie spät es ist?«, fragte Simone.

»Wie spät ist es? Welcher Tag ist heute?«

»Samstag. Acht Uhr. Und für elf ist eine Hochzeit geplant.«

»*Scheiße.*« Fansa rappelte sich mühsam auf. »Wo sind meine Schuhe?«

»Egal. Viel wichtiger, wo ist *Antoney*?«

»Weiß nich.«

Sie schlug ihm hart gegen die Brust. Die Braut, so wurde er belehrt, war oben und machte sich bereit. Die Baronesse lief auf Hochtouren. Der Graf war auf dem Weg, die Aristokratie, der Filmstar, die Presse, der Standesbeamte. Fansa nahm allmählich die Aktivitäten rings um das Schloss wahr, Stühle kamen heraus, Menschen eilten umher. »Sag mir, was passiert ist, oder ich schlag noch einmal zu.«

Er versuchte, sich zu erinnern. Bruchstücke trieben in einem wässrigen Nebel. »Wir waren am Strand«, sagte er.

»Am Strand.«

»Und die Jungs wollten schwimmen …«

»Ich hab doch klipp und klar gesagt, es wird nicht geschwommen.«

»Und Rosina hat …«

»Was hat *Antoney* gemacht, du Irrer?«

Er rieb sich den Hinterkopf und murmelte: »Ich mein mich zu erinnern, dass er mit dem Boot rumgemacht hat.«

»Dem Boot? Welchem Boot?«

»Dem Boot aus der Hütte. Er hat es rausgezogen.«

»Alphonso, sag mir bitte, dass er nicht raus aufs Meer gefahren ist.«

»Na, ich kann mich nicht richtig erinnern. Ich *glaub* aber nicht, sonst würd ich mich ja wohl erinnern, aber sicher bin ich nicht.«

»Danke. Das hilft sehr«, sagte Simone.

Die Suche dauerte noch immer an, als um viertel vor zehn die ersten Gäste eintrafen. Einige alternde Minister, die auftoupierte Schauspielerin in einem Ossie-Clark-Kleid samt Geliebtem, eine mächtige Frau mit einem sehr hohen, sehr ausladenden Hut, die Tänzer des Königlich Dänischen Balletts, die Journalisten (vier an der Zahl), Kristines rustikalere Schwester aus Fünen und ein Schwarm von Nichten und Neffen. Der Graf, so sollte sich am Ende herausstellen, war leider unabkömmlich.

In den Schlossgärten erklangen Gespräche und zivilisiertes Gelächter. Dem Ereignis war ein herrlicher, sonniger Tag beschieden – obwohl die Atmosphäre ein wenig kühl war, wie es bei Hochzeiten eben so ist, deren Gäste Braut und Bräutigam nicht eigentlich kennen, und das traf hier nun wahrlich zu. Die Baronesse, in einem arg jugendlichen Kleid mit Seitenschlitz, sprang mit ihrem Champagnerglas hin und her, ergriff Hände, zupfte die Krägen der Kinder zurecht, wies auf die Mitglieder des Midnight Ballet – vor allem auf den nunmehr geduschten Fansa, der ihr nie wirklich von der Seite wich, auf Benjamin, der bei der Suche nach Antoney half und sich zugleich die Kanapees schmecken ließ, auf The Wonder, der nicht half, sondern ruhig unter der Zypresse wartete und sich, als ihn die Schauspielerin ansprach, als verwirrender und spröder Gesprächspartner erwies. Die Zwillinge suchten Antoney. Simone und Ekow boten ebenfalls einen eher flüchtigen Anblick, da sie die Suche leiteten.

Sie schauten in jedes der dreißig Zimmer. Sie schauten unter Betten, hinter Vorhänge, in den Wald, hinter Büsche. In der Strandhütte war niemand. Das Boot jedoch war fort. Dafür fanden sie Antoneys Schlangenlederschuhe, samt Socken, am Anfang der Mole. Simone war überzeugt, dass er ertrunken war, doch ihre Aufgabe als Trauzeugin sah vor, Carla in ihrer Suite regelmäßige, beruhigende Besuche abzustatten – Carla weigerte sich herauszukommen, ehe sie nicht überzeugt war, dass Antoney in der Nähe war. Gleichzeitig hielt Simone es aber auch für angebracht, sich unter die glamourösen Gäste zu mischen und ihre Besorgnis gekonnt zu überspielen. Trotz all der Aufregung verspürte sie etwas, das sie als die Bewunderung der Gäste für ihre tänzerisch-schlanke Grazie und ihren dünnen, anmutigen Hals deutete. Doch bei all dem trepp-auf, treppab, den gehetzten Geheimkonferenzen mit Ekow und der Mühe, die diamantenbesetzte Braut nicht spüren zu lassen, dass sie belogen wurde, wenn es hieß, dass Antoney nahe war, bei all dem Trubel verschwitzte sie leider ihr Sonnenblumenkleid.

Um halb elf hatte er sich noch immer nicht blicken lassen. Carla begann, langsam aus dem Kleid der Baronesse zu steigen, und sagte sich, dass es so besser sei, dass es so richtig sei, dass sie es immer gewusst habe. »Wo ist Bluey?«, fragte sie wieder. »Wo steckt er? Ich will ihn sehen.« Simone wusste nicht, wo Bluey war, aber sie bat Carla, das Kleid noch nicht auszuziehen. Bitte, sagte sie, nur noch ein paar Minuten.

Sie warteten und warteten. Als die Gäste zu tuscheln begannen, wurde die Baronesse diskret hysterisch und bedeutete allen, Mr. Matheus werde durch eine plötzliche Angelegenheit auf Leben und Tod, die seine Mutter betraf, aufgehalten. Lippen nippten am Wein, Hände spielten an Gläsern herum. Der Standesbeamte wartete, die Tuberosen, die in Kränzen und Girlanden vom Pavillon hingen, warteten auch. Zehn Minuten vor elf. Fünf Minuten vor elf.

Um fünf Minuten vor elf zerfiel Carlas Gesicht. Sie zog das Kleid aus, ließ es auf dem Boden liegen und ging zum Fenster, um auf die Weide zu schauen. Die Pferde schlugen immer noch mit dem Schweif, als wäre nichts geschehen. Sie weigerte sich, noch eine einzige Träne zu weinen. Sie massierte langsam und kreisend ihr kleines Geheimnis und sagte ihm, dass sie schon zurechtkämen, sie beide. In der Ferne erschien eine Gestalt auf dem Feld. Sie war groß und stark und ging, so wie Antoney immer ging, als würde er schweben. Er trug einen steingrauen Anzug. Sie sah, wie er auf das Schloss zukam, sie glaubte sich in einem Traum. Sie lächelte, trotz allem, bei dem Gedanken an das, was sie waren.

Die Gäste im Garten sahen ihn ebenfalls. Er ging so langsam, es dauerte eine Ewigkeit, bis er bei ihnen war. Als er endlich da war, ging er gleich zu The Wonder. Er war frisch rasiert.

»Wo ist meine Frau?«, fragte er.

»Sie kommt jetzt nach unten.«

»Bin ich zu spät?«

The Wonder sah auf die Uhr.

»Du kommst gerade rechtzeitig.«

TEIL ZWEI

8

Vaslav Nijinsky besaß einen alten grauen Wintermantel und einen Tirolerhut. Während des Zweiten Weltkriegs war Nijinsky wegen seiner Unterbringung in diversen psychiatrischen Einrichtungen häufig von seiner Frau Romola getrennt. Wenn sie zusammen waren, mussten sie vor den Bomben und den Zügen nach Auschwitz fliehen. An einem verschneiten Tag, als sie ein Fliegerangriff in Budapest festgehalten hatte, wo sie sich um einen Benzinschein bemühten, kehrte Romola zu ihrem Gasthaus zurück, und dort stand Vaslav, von Kopf bis Fuß mit Staub bedeckt, in einem Zimmer ohne Dach und schaute sie schweigend an. Zu diesem Zeitpunkt war er bereits schlaff und ergraut und hatte sich, wie es hieß, ein schrilles Lachen angewöhnt. Das *Who's Who* der Ärzte hatte sich mit Morphium, Neuroleptika, Bromiden, Opium, Scopolamin, Barbituraten und Insulinschocks an ihm versucht, bis er sich nicht einmal mehr selbst die Schuhe zubinden konnte. Romola entschied, dass er im Krankenhaus sicherer war, und brachte ihn zurück. Dann, eines Abends im Jahr 1945, als Hitler schließlich überall hinter den Verrückten her war – und nicht mehr *nur* den Juden, Homosexuellen, Zigeunern, Ukrainern, Zeugen Jehovas, Schwarzen, Brünetten und anderen Dissidenten –, wurde ihr Abendessen durch ein Klopfen gestört. Sie ging zur Tür und öffnete. Dort stand Vaslav, Vatza, wie sie ihn nannte, in seinem alten grauen Wintermantel samt Tirolerhut, sein Bündel unter dem Arm. Bei ihm war ein Anstaltswächter, der Romola informierte, dass ihnen befohlen worden sei, bis zum Morgengrauen alle Patienten zu liquidieren.

»Warum erzählst du mir das?«, fragte Jake. »Ich dachte, es geht um deinen Dad.«

»Weißt du, wie alt er war, als er durchgeknallt ist?«

»Wer, dein Dad?«

»Nein, Vaslav.«

»Interessiert mich das? Also, wie alt?«

»Achtundzwanzig«, sagte Lucas mit unheilschwangerer Stimme. »Wieder der Zug.«

»Der Zug ist ein *Symbol*, Luke. Sag, isst du die Wurst nicht?«

S & M (Sausage and Mash) war einer der zahlreichen markisenverhangenen Imbisse entlang der Portobello Road und die beste Würstchenbude der westlichen Hemisphäre. Auf den Tellern lag ein See aus Sauce – rote Zwiebel war die beliebteste –, darüber erhob sich ein Berg aus Püree, an dem ein, zwei oder drei Delikatesswürstchen hinunterrutschten. Tische und Bänke waren abgenutzt. Von seinem Platz aus konnte Lucas auf Denises Stand schauen. In sechs Wochen, am letzten Augustwochenende, würde ihr Verdienst dank des Notting Hill Carnival einen enormen Aufschwung erleben.

»Also, für mich klingt der Kerl wie ein Irrer«, sagte Jake, nachdem er sich die Wurst von Lucas' Teller genommen hatte.

»Wer, Vaslav?«

»*Riley.*«

»Er ist okay, wenn man ihn ein bisschen kennt.«

»Und warum sitzt dieser Typ zwanzig Jahre lang in seinem Haus und schreibt ein Buch über jemanden, den absolut niemand kennt? Findest du das nicht ein bisschen psycho? Woher weißt du, dass bei dem nicht ein paar Knochen unterm Haus liegen? Woher *weißt* du, Bro – ich will dir nicht zu nahe treten, aber ich muss das mal sagen – woher weißt du, dass dein Alter nicht bei diesem Typen unter der Küche liegt, in einem Sack, und dieses Buch soll ein Versuch sein, das wieder gutzumachen?«

»Das ist doch völlig bescheuert.«

»Ist das Worst-Case-Scenario – aber denkbar ist es.«

»Das ist echt übel.« Lucas schüttelte angewidert den Kopf.

»Aber auf so was lässt du dich ein, Sherlock«, sagte Jake. »Auf die Wahrheit. Und die Wahrheit könnte hässlich sein. Das weißt du doch nicht. Verstehst du, worauf ich hinauswill?«

»Er liegt nicht unter der Küche, okay? Darum geht es nicht.«

»Worum dann?«

»Um Details. Ein genaueres Bild.«

Lucas sah zu, wie Denise einen Blumenstrauß band. Sie zog mit raschem Schwung hier einen Stängel, dort ein paar andere hervor und hielt sie von sich fort, damit ihr das Wasser nicht auf die Schuhe tropfte. Ihre Kundinnen, zwei Frauen, sahen hingerissen zu; sie wechselte, während sie die Blumen einwickelte, einige Worte mit ihnen. Bei der Heilsarmee war es großartig gelaufen. Sie hatte gleich im Anschluss den Auftrag erhalten, einen sechzehnten Geburtstag im Amadeus Centre in Little Venice auszustatten, und sie hatte Lucas vorgeschlagen, ihn als Assistenten anzuheuern. Er fühlte sich überfahren und bemuttert. Er war doch kein Blumenjunge. Und ihr Junge schon gar nicht.

Er und Riley waren Partner geworden, wie er es nannte, Teilhaber im Retro-Business. Er ging zweimal, manchmal noch öfter in der Woche zu ihm, statt zu *West*. Wenn er sich bei *West* überhaupt blicken ließ, in einem müden Versuch, sein Interesse an einer Anstellung zu bekunden, wurde er wie ein ehemaliger Angestellter behandelt, der gerade mal vorbeischaute und ansonsten niemandem fehlte. Finn fragte auch schon lange nicht mehr »Was macht eigentlich? – Simone de Laperouse.«

Bei jedem Besuch wirkte Rileys Haus anders. Der Korridor, der zum Arbeitszimmer führte, so schilderte Lucas es Jake, war immer noch bedrückend und düster, aber die Türen zu den anderen Zimmern standen neuerdings offen und ließen mehr Licht herein, mit Ausnahme einer Tür, der gleich neben dem Arbeitszimmer. Auch roch es frischer und weniger stickig, und Riley hatte sich einen neuen Schreibtischstuhl gekauft. Er schlief in seinem Wohnzimmer, auf einem Futon am Fenster, mit Blick auf den uralten Fernseher. Seine Mahlzeiten nahm er an einem Tisch in der Küche ein, alles Übrige spielte sich in Arbeitszimmer und Garten ab. (Bei der Gartenarbeit trug Riley Handschuhe und einen blauen Overall.) Er war immer noch distanziert, stets auf der Hut, aber er schien Lucas gerne in seiner Nähe zu haben. Er gab ihm Passagen seines Buches zu lesen, die in dem gleichen eleganten Stil wie seine Artikel geschrieben waren und Antoney im Licht einer mythischen, heroischen Romanfigur erstrahlen ließen. Lucas hörte, wie Antoney durch die Striche von Rileys Tinte hindurch atmete und dachte. Er las die Zeilen immer wieder, las sie, bis sich die Worte von den Seiten lösten und die Luft mit Antoneys Stimme sprach. Hinzu kamen die vielen Fotografien – eine von Antoney und Carla mit dem jungen Herbie Hancock, andere mit Joan Plowright und Josie Woods – und die vielen Zeitungsausschnitte, die Lucas alle noch nicht kannte. Manchmal schien es ihm, als würde er verblassen, während Antoney an Kontur und Farbe gewann. In solchen Momenten wandte er sich vom Archiv ab und schaute durch Rileys Bücherregal. Dort war er auch auf Nijinskys Biografie gestoßen. Weil ihm Simone von Oscar und dessen Bewunderung für den Tänzer erzählt hatte, nahm er das Buch von seinem Bord. Er verlor sich in einer Welt aus Krinolinen und Bundfaltenhosen, Rüschen und Gehröcken, er versank im Schnee von St. Moritz. Er las auf dem Rasen, in Rileys Garten. Es wurde die Hintergrundkulisse zu Antoneys Leben.

Wenn Lucas las, blieb Riley immer in der Nähe, durchforstete das Archiv, wählte aus, was sich Lucas anschauen durfte, und besah Dinge, die er selbst lange nicht betrachtet hatte. Lucas' Erscheinen habe dazu geführt, dass auch er, Riley, neue Entdeckungen machte, behauptete er, aber es war wohl eher so, dass er Lucas überwachte und nur ausgewählte Sachen zeigte. Auch war die Schachtel mit den Briefen nach den ersten Besuchen verschwunden, nachdem Lucas gefragt hatte, ob er einen der Briefe lesen dürfe. (Da hatte Jake zum ersten Mal argwöhnisch aufgehorcht.) Riley hatte gesagt, die Briefe seien privater Natur und nicht für Dritte bestimmt. Er arbeitete niemals an seinem Buch, wenn Lucas da war, doch angeblich sichtete er seine Notizen, machte er wieder Fortschritte. Lucas erklärte sich Rileys Neigung, anderen körperlich zu nahe zu kommen, so als hätte er kein Empfinden für den Intimabstand oder aber Sorge, man könnte ihn nicht verstehen, mit einem Mangel an zwischenmenschlichem Kontakt. Wie bei ihrer ersten Begegnung vermutet, hatte Riley keine Kinder und auch nie geheiratet, und offenbar auch kein Sozialleben. Manchmal, wenn Lucas von seiner Lektüre aufsah, ertappte er Riley dabei, wie er ihn mit rätselhaftem, beinahe leidendem Ausdruck musterte. Er sagte Lucas, dass er die Augen seines Vaters habe, ansonsten aber gebe es keinerlei Ähnlichkeit. Über Carla sprachen sie kaum. Riley behauptete, dass er sie nicht sehr gut gekannt habe und sich nur an weniges erinnern könne, wohl aber daran, dass sie leicht zu beeindrucken war. Lucas erfuhr weit mehr aus ihrem Tagebuch, das zu lesen er nun den Mut gefunden hatte. Er sah sie nicht als jemand, der leicht zu beeindrucken war.

Über ihr gemeinsames Projekt hinaus zeigte Riley kaum Interesse an Lucas, eines Tages jedoch fragte er ihn im Garten, welche Pläne er habe und ob er für eine bestimmte Publikation schreiben wolle. Lucas legte Nijinsky mit dem Gesicht aufs Gras und wurde prompt aufgefordert, die Seite mit einem Lesezeichen oder Stift zu markieren, damit der Buchrücken nicht litt. »Ich bin mir beim Thema Journalismus nicht mehr so sicher«, antwortete er. »Es sind, wie Sie sagen, doch nur ein paar Seiten in einem Magazin.«

»Ich hatte dabei auf etwas anderes angespielt«, sagte Riley verächtlich. Er schnitt Rosen in seiner Gartenkleidung aus Handschuhen und Overall und zog dabei die Lippen ein.

»Ich weiß«, sagte Lucas. »Aber ich bin kein wirklicher Schreiber. Ich hab kein Thema. Ich hab keine Leidenschaft, nichts, wofür ich brenne, was wirklich mein Ding ist – so wie Antoney, oder Denise.«

Riley schaute verwirrt drein. »Ach ja, die Floristin.«

»Genau. Sie meint, ich sollte bei einer Bausparkasse arbeiten. Sie kapiert's einfach nicht. Wir sind doch nicht auf der Welt, um von morgens bis abends zu schuften und dann tot umzufallen – da muss doch mehr sein. Und das sag ich ihr auch ständig.«

»Aber irgendetwas muss man mit seiner Zeit ja anfangen«, erwiderte Riley und schnippelte. Lucas erwähnte, dass er gerne reisen würde. Er war noch nie in Jamaika. Er war noch nie außerhalb von Großbritannien gewesen, nur einmal in Calais, bei einem Schulausflug. Als Riley einwarf, dass man dafür Geld benötigte, was wiederum bedeuten könne, dass man eine Zeit lang einen festen Job benötigte, reagierte Lucas verstimmt: »Was, so wie Sie? Den ganzen Tag allein am Schreibtisch, an einem Buch über Tänzer?«

Riley schnitt versehentlich eine prächtig blühende, gelbe Rose ab. Er ging langsam auf Lucas zu, der sich währenddessen schon entschuldigte, aber Riley ging still und unbeirrt weiter und stellte sich wieder zu nahe vor Lucas.

»Du nimmst das Wort Leidenschaft in den Mund«, sagte er. »Aber du hast keine Leidenschaft, kein Interesse. Darum verstehst du auch nicht, wie es ist, wenn man von etwas vollkommen beansprucht, verschlungen wird, von etwas, dem man sich nicht widersetzen kann, dem man folgen muss, selbst wenn es in eine Sackgasse führt. Vielleicht findest du so etwas ja eines Tages. Wir alle haben so etwas, nur lassen wir zu, dass wir es aus den Augen verlieren. Vielleicht entdeckst du ja etwas, wenn du auf Reisen gehst.«

Dies sagte er in sehr trockenem Tonfall, als würde er nicht ernstlich erwarten, dass Lucas so etwas widerfahren würde.

»Leidenschaft gebiert Erinnerung«, fuhr er fort, »Geschichte. Und das ist das Wichtigste überhaupt.«

Meine Güte, der ist ja drauf, dachte Lucas.

»Ich sag ja, der ist völlig durchgeknallt«, bestätigte Jake. »Mit so einem will man doch nicht rumhängen. Wie alt ist der überhaupt, neunzig?«

Auf die Würstchen folgten Tee und Zahnstocher. Jake war mit seinen Zähnen, weil sie so groß und quadratisch waren, immer schon sehr pingelig.

»Sechzig, siebzig – wen interessiert's? Würdest du dir an meiner Stelle einen Kopf machen, wie alt der ist? Mann, der Typ ist mein Amerika«, sagte Lucas mit weit aufgerissenen Augen. »Mein Leben lang hab ich mich gefragt, *wer* bin ich, *was* bin ich, und dann ist da plötzlich dieser Typ, als hätt er auf mich gewartet, und schiebt den Vorhang beiseite. Das bringt mich irgendwohin, das fühl ich. Dass ich den entdeckt hab, ist ein echter Glückstreffer.«

»Mann, du weißt gar nicht, welches Glück du hast, dass du deinen Alten nicht mehr mitbekommen hast.«

Lucas verlor den Faden. Das war ja noch krasser als die Sache mit dem Leichensack.

»Wie bitte?«

»Wenn ich seh, was du dich so alles fragst«, sagte Jake. »Nun, *ich* kannte meinen Dad. Er hat bei uns gelebt, mich zur Schule gebracht, all das. Aber er war auch ein echtes Arschloch. Sechzehn Frauen auf einmal, ein Kommen und Gehen. Ich wusste nie, mit welcher er dastand, wenn er mich an der Schule abgeholt hat – die anderen Kids haben immer gefragt, ob die Frau meine Mum wär und wie viele Mums ich eigentlich hätte. Das war *peinlich*, Mann, das schwör ich dir, der Typ kannte echt kein Schamgefühl. Gearbeitet hat er nur, wenn er Bock dazu hatte. Mum zahlt damals alle Rechnungen und lässt sich alles gefallen, weil sie den Bastard liebt, und das gibt ihm das Recht, mich rumzukommandieren, als wär er ein richtiger Vater? Er war da, ja, aber nicht für mich. Ich konnte ja schon seinen Anblick nicht ertragen.«

»Das ist besser als nichts«, sagte Lucas.

»Nein, ist es nicht. Du hast echt keine Ahnung.«

»Wie kannst du deinen Dad so runtermachen!«

»*Weil* er da war und ich nichts davon hab, bis auf das Recht, ihn runterzumachen.«

Jake gab einer Kellnerin das Zeichen, die Rechnung zu bringen, und grüßte eine Bekannte, die an der Theke stand, mit ungewöhnlichem Ernst, nur Nicken, kein Lächeln. Er schüttelte den Kopf über einen Gedanken, den er nicht äußerte. »Es stimmt, *ich* muss mich nicht all das fragen, was du dich fragst«, sagte er, »aber ich eiere ständig rum. Ich beobachte mich ständig, weil ich Angst hab, dass ich am Ende noch wie er werd. Dein Leben ist eine unbeschriebene Tafel, Luke. Kein Schatten, kein Muster, nichts, was du wiederholen musst. Du bist frei – warum willst du dir das verderben? Ich find, du kniest dich da viel zu tief rein.«

Lucas wollte die drei Pfund, die er in der Tasche hatte, zur Rechnung beitragen, aber Jake wehrte sich. Lucas drückte ihm das Geld in die Hand, er bestand darauf, und Jake nahm es an, um Lucas nicht zu verletzen. Sie trennten sich unter dem Westway, stupsten sich zum Abschied mit den Schultern an. Jake ging in Richtung Norden, auf einen Streifzug durch Honest Jon's. Lucas ging, um Denise zu entkommen, in Richtung Süden, in das Viertel um die Tavistock Road, wo er sich mit MC Crow zu einer kleinen Nachmittagspfeife in die Sonne setzte. Sie schauten zu, wie eine dicke Frau mit Pinselpferdeschwanz ihre Kinderschar um den Kinderwagen herum dirigierte, wie die Schlange der Schüler vor dem indischen Kiosk wuchs. Als Lucas aufbrach, dachte er über Jakes Worte, über Wiederholung nach. War Wiederholung unausweichlich? Er stimmte nicht mit Jake überein. Es war besser, wenn man wusste. Und vielleicht wiederholte man sowieso, auch wenn man gar nichts wusste, wegen der Gene, weil sich das Leben von Generationen in sie eingeschrieben hatte. Er nahm kaum wahr, dass er zu Oscar ging. Die Füße trugen ihn von selbst dorthin, und plötzlich sah er durch das Tor auf den unkrautüberwucherten Hof, auf die alte Kirchentür. Die Wirklichkeit schlüpfte wieder davon. Er selbst war nur ein Hauch, der entschwand. Die Tauben auf dem Torgitter sahen ihn nicht, weil er aus einer späteren Zeit kam. Er war eine Abwesenheit in der Gegenwart seines frisch verheirateten Vaters, der, von der Kattegat-Küste heimgekehrt, aufs Neue verlassen worden war. Oscar war fort, ohne Erklärung. An der Tür zum Souterrain hing ein Zettel: »Der Unterricht fällt bis auf Weiteres aus. Bei Fragen wenden Sie sich bitte an das Midnight Ballet.« Die Seitpferde und das Brett lehnten, wie stets, an der Wand. Die Tonbänder waren noch im Büro, auch die Fotografien im Eingangsbereich, bis auf zwei (den springenden Nijinsky und Oscar mit seiner Truppe Six Eight.) Im Schrank standen Kaffee und Zucker, als käme Oscar jeden Moment zurück. Hatte es da begonnen?, fragte sich Lucas. War das der Moment, als auch Antoney sich selbst verließ?

Ekow machte seine Drohung wahr und ging seiner Wege, sobald sie wieder in London waren. Fansa blieb bei der Baronesse, um ein unfreies Leben als Fischer zu leben. In der Flut der Abschiede ging auch Benjamin von Bord, um nun doch mit seiner Familie nach Nigeria zurückzukehren. Carla gab das Tanzen auf und wurde Ehefrau und Mutter. So blieben Antoney, Simone, die Zwillinge und The Wonder, eine labile, eine verwirrte Truppe. Bluey fanden sie nie.

Antoneys letzte Unterhaltung mit Oscar bekam nun im Nachhinein eine ganz andere Bedeutung. Sie hatten sich verabschiedet, aber es war ein viel größerer Abschied, als Oscar zugeben wollte, und das sollte Antoney ihm stets verübeln. Am Abend vor der Europatournee hatten sie gemeinsam auf dem Hof eine Abschiedszigarette geraucht, unter einem verhangenen Himmel. Ein düsteres Rosa hatte hinter den Wolken gedämmert. Die linke Seite des Mondes war vernebelt.

»Wohin würdest du gehen«, hatte Oscar gesagt, »wenn dir die ganze Welt offenstünde? Was wäre dein letztes Ziel?«

»Kuba«, hatte Antoney gesagt.

»Was zieht dich nach Kuba, außer dem Tanz?«

»Ein paar Leute, die ich mal kannte. Wohin würdest du gehen?«

»Ich habe in letzter Zeit viel darüber nachgedacht«, hatte Oscar erwidert. »Ich habe Möwen gehört. Und ich glaube, ich würde an den Ort gehen, von dem ich komme.«

»Und das wäre wo? New Orleans?«

»Weißt du, Antoney, das ist alles so lange her, ich kann mich kaum noch erinnern. Ich müsste meinem Instinkt folgen. Ich müsste einen Schritt in eine bestimmte Richtung wagen und darauf vertrauen, dass ich geleitet werde.«

Oscar hatte an seiner Zigarette gezogen. Er hatte sich erst vor Kurzem einen Stock mit Messingspitze gekauft, den er weniger als Gehhilfe benutzte denn als schmückendes Beiwerk. Seine Haut war weißer geworden, schlaffer, sie schmolz an seinem Körper herab. Das Rheuma hatte den Tanz aus dem linken Bein gestohlen.

»Und hier noch ein weises Wort für eure Reise, Antoney«, Tadel hatte in seiner Stimme gelegen. »Öffne dich mehr, mein Lieber. Sieh nach deiner Truppe. Wenn du zu sehr an deinem Traum festhältst, zerdrückst du ihn. Vaslav würde dasselbe sagen, da bin ich sicher.«

Antoney hatte die Kirche über den Innenhof verlassen, war an einem Rohr die Rückwand hinaufgeklettert und über den Zaun gesprungen – eine letzte Show für seinen Lehrer. »Bis morgen«, hatte er nach unten gerufen.

»Tüdelü«, hatte Oscar entgegnet und war wieder nach innen gegangen.

Nachdem Carla Nein gesagt hatte, verließ Bluey das Schloss in der Absicht, auf eigene Faust heimzufinden. Er nahm lediglich Zigaretten und das wenige Geld mit, das in seiner Jeans war. Als er aufbrach, war Tag. Er ging viele Meilen die Hauptstraße entlang, ohne zu ermüden. Die Arme hingen schlaff an den Seiten. Er fühlte sich gewichtslos, als wäre er von etwas entleert. Irgendwann im Laufe der Nacht nahm ihn der Fahrer eines Benzinlasters mit, der in Richtung Grenze unterwegs war. Schweigend hörten sie Radio Luxemburg, denn keiner beherrschte die Sprache des anderen. Ihre Wege trennten sich in Hannover, wo sich Bluey eine Weile herumtrieb. Er ging über Brücken, Landstraßen, trampte, bettete sich rau. Es ging ihm besser, wenn er in Bewegung war.

Am Rand einer Stadt nahe Amiens stieß er auf einen Zirkus. Er ging nicht auf der Suche nach Arbeit dorthin, wie er es getan hätte, als er zum allerersten Mal fortgelaufen war. Die Zelte lagen still und verlassen in den frühen Morgenstunden da. Er ging in das große Zelt und sah hinauf zur Schaukel der Trapezkünstler, so hoch über allen Dingen. Dies schien ihm ein guter Platz zum Schlafen zu sein, doch er kam nicht bis dort, und so schlief er auf den Zuschauersitzen, auf drei Metallstühlen, wo ihn morgens eine uralte schwarzhaarige Frau weckte und über ihn die Nase runzelte. Sie nahm Blueys Kleider und wusch sie in einem nahe gelegenen Fluss. Sie gab ihm etwas zu essen, dann einen Besen und wies ihm den Weg zu den Tieren. Das Zirkusplakat zeigte einen müden Zaubertrick mit vier Kaninchen und einem Hut sowie einen dreibeinigen Pudel, der Reifen auf seinem Hinterbein kreisen ließ. Die Trapezkünstlerin war ein junges Mädchen mit Zöpfen und schmalen Hüften. Statt bei den anderen menschlichen Wesen zu schlafen, in den Zelten oder Wohnwagen, legte sich Bluey lieber zu den Tieren, in ihr winziges, scharf riechendes Heim auf Rädern. Auf diese Weise dachte er während der Nacht überhaupt nicht an Carla.

Die menschlichen Wesen waren vorwiegend Roma, aus Albanien, von ein oder zwei Dazukömmlingen wie Bluey abgesehen. Sie hatten kein fließendes Wasser, deshalb schlugen sie ihr Camp immer in der Nähe von Flüssen oder Seen auf. Der Zirkus öffnete an fünf Abenden in der Woche seine Pforten. So schäbig er auch war, es tröpfelte dennoch eine stete Menge herbei, die zum Samstag hin größer wurde. Bluey hielt sich abseits, kehrte das Quartier der Tiere und den Sitzbereich, wenn die Zuschauer fort waren. Zwei dünne Jungen im Alter von acht oder neun Jahren, das Schlangenmenschen-Duo, das zusammen dreißig Zigaretten am Tag rauchte, folgte ihm auf Schritt und Tritt. Der überwiegende Teil der Einkünfte des Zirkus ging für das billigste Bier und den billigsten Tabak der Welt drauf. Während dieser Zeit rauchte Bluey mehr Zigaretten als je in seinem Leben.

Im Herbst starben zwei der Kaninchen und die einjährige Tochter der Trapezkünstlerin, die Urenkelin der schwarzhaarigen alten Frau. Es gab Gerede im Lager, dass der Vater der Trapezkünstlerin auch der Vater des Babys war. Am Tag, nachdem der Säugling gestorben war, kam es zu einem Kampf zwischen zwei Männern, die, so sagten die Schlangenmenschen zu Bluey, Vater und Onkel der Trapezkünstlerin waren. Es war ein hässlicher, gefährlicher Kampf, beide Männer hatten Messer, die Menge hetzte sie auf. Der Vater wurde in Bauch und Bein gestochen. Bluey stand am Rand der Menge. Hinter dem Fenster eines Wohnwagens sah er die bezopfte Trapezkünstlerin, die reglos im Kerzenlicht saß. Ihr Mund verzerrte sich regelmäßig zu einem Weinen, das sie rasch wieder einsog. Wenige Tage danach verließ Bluey den Zirkus und ging nach Hause.

Zurück nach Shropshire konnte er nicht, und so ging er wieder zu seinem Onkel nach Ealing, verbrachte die Tage vor dem Fernseher und den Nachrichten aus Vietnam (35 000 Todesopfer), bis ihn sein Onkel fragte, ob er etwa glaube, dass er sich hier durchschmarotzen könne? Bluey kehrte in die Bäckerei zurück. Der Winter verging, der Frühling war unschön. Wo er gewichtslos gewesen war, war er nun schwer, wo die Leichtigkeit leer gewesen war, war die Schwere nun voller Last. Während er mit seiner weißen Papiermütze hinter der Theke stand, merkte er, dass etwas besonders Schweres neben seinem Herzen saß. Es sprach zu ihm mit Furcht erregender Stimme, denn es war nicht von menschlicher Vernunft, und es suchte unentwegt in ihm herum, nach interessanten Dingen oder Vorkommnissen. Wenn Bluey etwas Süßes aß, einen Marmeladendoughnut etwa, knurrte es ihn an. Dasselbe geschah bei Lebkuchen, die er immer sehr gemocht hatte. Schließlich verzichtete er auf diese Dinge und beschränkte sich auf herzhafte Backwaren und unbehandelten Reis.

An manchen Tagen langweilte sich das Wesen neben seinem Herzen besonders mit ihm und versuchte, die rote Tür in sein Innerstes zu öffnen. Doch die war immer verschlossen, und das Wesen ärgerte sich. Nun sieh dir deine Adern an, sagte es, deine Adern sind so hässlich. Nun sieh dir deine Knochen an, so bleich und unscheinbar. Lass mich doch herein, ich will in dein Herz schauen. Bluey weigerte sich, aber jedes Mal war es schwieriger als noch am Tag zuvor. Da bist du ja wieder, sagte das Wesen, wenn sie morgens gemeinsam wach wurden. Muss ich noch einen Tag zwischen deinen Rippen verbringen. Um die Stimme zu übertönen, trank Bluey den Wodka aus dem Alkoholschrank seines Onkels, und wenn er nicht arbeitete, las er die Zeitung und stopfte sich den Kopf mit Mord, Vergewaltigung, Bombenangriffen und Politik zu. Wie anders war doch diese Wirklichkeit als das Leben, das er sich mit Carla vorgestellt hatte. Er hatte sich ein Inselleben vorgestellt, ein musikalisches Dasein mit Gleichgesinnten, die wie er auf der Suche nach Frieden wären, wo einem Baby keine Gefahr mehr drohte und jeder Tag von dem Wunsch durchdrungen war, es genauso, nur besser zu machen. Wo finde ich Frieden?, fragte er das Wesen, das an seine Tür kratzte. Hier drinnen, sagte es, lass mich rein und ich zeig es dir.

Eines Tages lief er in Acton Ricardo über den Weg. »Mann, wo hast du gesteckt?«, fragte Ricardo. »Du siehst nicht gut aus.« Er wollte wissen, warum Bluey einfach abgehauen war, und erzählte ihm das Neueste von der Truppe. Antoney und Carla hatten ausgerechnet einen Lastkahn zu ihrem Heim erkoren und hatten eine hinreißende Tochter bekommen, die so entzückend wie ihre Mutter war, aber mit den Auftritten lief es gar nicht gut. Bluey erwiderte wenig, denn wenn er dieser Tage sprach, sagte das Wesen Worte wie: Oh, deine Stimme, deine Lungen, deine *Stimmbänder*! Als Ricardo ihn fragte, ob er in absehbarer Zeit zurückkommen und sie mit seiner Cowbell beglücken wolle, erwiderte er, er habe das Gehör dafür verloren.

Etwa drei Wochen später entschied er sich dann, das verdammte Ding einfach reinzulassen. Es stieß die rote Tür auf und rieb sich die Hände vor Vergnügen, weil es dort so viel zu tun gab. Das Genörgel hörte zu Blueys Erleichterung auf. Es gab wieder Schwerelosigkeit, reines Schweigen. Er konnte so viele Farben, den Sommer so hell sehen, als ob er die Welt durch einen Filter betrachten würde, der alles verstärkte. Es zog ihn ins Freie, die Bäckerei war ihm unerträglich. Eines Donnerstags, am Tag, bevor sich Jimi Hendrix eine Überdosis in einer Nebenstraße des Grenzhügels verpasste, nahm Bluey seine weiße Papiermütze ab und ging hinaus, um den Himmel zu betrachten, der sein Gesicht schon dem Herbst zuwandte. Bluey fiel ein, dass der Herbst Carlas liebste Jahreszeit war, und mit dieser Erinnerung, und einer anderen, älteren, ging er durch die Straßen West-Londons, durch die braunen Farben, den Abend. Es begann zu regnen. Er vergoss Tränen, um es dem Regen gleichzutun. Er war auf der A40, in Richtung des neuen Westways, als ihn das Wesen, das in seinem Herzen lebte, ganz plötzlich anschrie. Es war zu grässlich. Er musste es tun. Er hielt nach einem großen Fahrzeug Ausschau, einem wie der Benzinlaster, der ihn in Dänemark mitgenommen hatte. Es musste so groß und schwer sein, dass es ihn auf der Stelle zerquetschte, ganz gewisslich, ganz unausweichlich, samt der Knochen, Adern und dem Herzen, das er verloren gegeben hatte. Als das passende Gefährt auf ihn zukam, mit zwei Paar Reifen an jedem Ende, brachte er sich auf dem Seitenstreifen in Stellung. Er zählte an. Er glitt mit einem Singen, einem Taumel darunter, in dem Augenblick, als ihn der Fahrer nicht mehr sehen konnte. Als sein Onkel am nächsten Tag davon erfuhr, sagte er der Polizei: »Gestern hat er noch gearbeitet und Apfeltaschen verkauft. Mir kam er völlig normal vor.«

Als Bluey die Augen wieder aufschlug, befand er sich auf einer anderen Straße. Auf der einen Seite lag eine Weide, auf der anderen ein Platz zwischen Häusern. Auf der Weide kniete sein Vater, neben der Hütte, in der man Blueys Mutter, von der Decke hängend, gefunden hatte. Bluey sagte all dem Lebewohl und ging in die andere Richtung, zu dem Platz, an den Ort (um Oscars Frage zu beantworten), der sein letztes Ziel wäre. Er setzte sich auf eine Bank vor ein Blumenbeet und wartete auf die unbestimmte Zukunft.

Als Lucas an einem Abend Anstalten machte, Rileys Haus zu verlassen, sagte Riley, er habe noch etwas für ihn. Es war eine Kassette mit einem Gespräch, das er 1970 mit Antoney geführt hatte. (Antoney hatte Riley erlaubt, ihre Interviews und nächtlichen Diskussionen nach Belieben aufzunehmen.) »Ich dachte, vielleicht willst du ja seine Stimme hören«, sagte Riley. Lucas wertete das als Zeichen wachsenden Vertrauens. Aber die Vorstellung, die Stimme tatsächlich zu hören, war beunruhigend. Er nahm sie mit nach Hause und fragte Denise, ob sie sich die Stimme mit ihm anhören würde.

Denise wusste von dem Journalisten aus Holland Park mit seinen überladenen Bücherborden und Porzellanballerinas.

Sie wusste von seinem Vorhaben, seinem Archiv, der altmodischen Ausstattung, und, ganz ehrlich, damit hatte Jake wohl recht – das war seltsam. Sie wusste auch von einem Nijinsky in den Zeiten des Krieges, von seinem Sprung, seiner Schwester, dem Bruder, der aus einem Fenster gefallen war, von Charlie Chaplin und seiner Angst, in der Gegenwart Nijinskys sein komisches Talent zu verlieren, von einem Nijinsky in der Zwangsjacke, der in seiner Zelle umherspringt, der Fäkalien an die Wände schmiert. Sie wusste sogar von seinem Tirolerhut. Aber das hier ging zu weit.

»Warum um alles in der Welt sollte ich mir seine Stimme anhören?« Sie saß in Toreths beinespreizendem Sessel. Lucas hatte sie bei der Lektüre gestört, einem Buch über Englands beste Floristen. Lucas dachte häufig, dass Denise für eine Blumenfrau nicht gerade entspannt war. Müssten Leute in ihrem Metier nicht besonders gelassen sein? Befriedet durch die Natur, von Blütenblättern besänftigt, strahlend wie eine Sonnenblume? Sollte nicht gerade sie das menschliche Bedürfnis verstehen, nach seinen Wurzeln zu forschen? Sie war neunundzwanzig und lebte das Leben einer alten Frau. Sie war noch nie in einem coolen Club, nie im Subterranea gewesen. Sie hatte noch nie Bone Thugs-n-Harmony gesehen. Sie hatte noch nie Blödsinn gemacht und mit sechzehn auf einem Parkplatz heimlich getrunken. Gut möglich, dass sie überhaupt noch nie einen Pub von innen gesehen hatte. Wollte sie denn nicht entkommen, ein Bett für sich alleine haben? In letzter Zeit widerten Lucas das Gewicht ihres Körpers auf der Matratze, ihr hauchender Atem und die Geräusche, die sie beim Anziehen machte, regelrecht an. Sie war wie ein spröder Dornenstrauch. Manchmal hatte er Lust, sie mit einem Eimer kalten Wassers zu übergießen, in der Hoffnung, dass darunter eine lockere, durchfeuchtete Denise hervorsprießen würde, eine

Denise, die nicht meckerte und nörgelte und von Bausparkassen sprach, sondern eine wahre Floristin, ein freies Blumenmädchen, das die Farben und Weisheiten ihres Metiers auslebte. Der Kanal unter ihren Füßen war ruhig an jenem Abend. Es war eine einsame Sommerruhe, bestärkt von den versponnenen Leben auf der einen und dem unablässigen Zerfall des Fleischs auf der anderen Seite der Friedhofsmauer.

»Weil du sie noch nie gehört hast«, erwiderte er.

Doch Denise hatte die Stimme gehört. Sie glaubte, die Stimme hätte geschrien, hier, in diesem Raum, aber die Erinnerung war zu fern, und darum war sich Denise nicht sicher. In diesem Moment meldete sich ihr schlechtes Gewissen zurück, weil sie Florences Brief verbrannt hatte.

»Und das ist mir sehr recht so«, entgegnete sie.

»Vielleicht ändert es etwas, wenn du sie hörst.«

»Wag es bloß nicht.« Wie er schon dastand, mit seinem verwaschenen Stevie-Wonder-T-Shirt, seinem zotteligen Haar, wie ein ungepflegter Rasen, der dringend geschoren werden musste, dürr wie Spargel, die Füße in der Sozialhilfe-Schlange platt getreten und in der Hand ein Tonband mit einer Geisterstimme, als wäre dies der Ruf Gottes. »Bei *mir* muss sich nichts ändern«, sagte sie. »Bei *mir* geht es weiter. Ich kenne die Richtung. Wag es ja nicht, mich da reinzuziehen.« Sie wandte sich ab.

»Bitte, Denise. Hör es dir doch kurz mit mir an.«

»Nein. Ich kann nicht.« Sie stand auf und ging mit ihrer leeren Tasse zur Küchentheke. Das Boot wurde immer unangenehmer. An manchen Tagen empfand sie es nur noch als dunklen, hölzernen Tunnel, mit Spinnen an den Wänden, und nicht als ihr Zuhause. Die Gegenstände darin störten sie – Antoneys Platten, die zerschlitzte Trommel nahe der Tür. In letzter Zeit sah sie manchmal das Gesicht ihres Vaters vor sich.

Dafür hasste sie Lucas. Ihren Vater hasste sie sogar noch mehr, weil er nun wieder sichtbar wurde. Der Sessel war der einzige Ort auf dem Boot, an dem sie sich nicht bedrängt fühlte. Er war, was er immer gewesen war, ein Hort unerschöpflichen Trosts, obwohl die Schatten immer näher rückten.

Mit Geschepper und Gepolter begab sie sich an den Abwasch. Der Abwasch war ein beliebtes Ausweichmanöver, aber die Spüle, die Zisterne nervten. Lucas sah ihr zu; er weigerte sich, das Thema zu wechseln. Denise trug wie gewöhnlich das lange Baumwollkleid vom Shepherd's Bush Market, in Lucas' Augen der passende Aufzug für ein verklemmtes viktorianisches Hausfrauchen. Ihre Ellbogen stachen aggressiv aus dem Kleid hervor.

»Du weißt irgendwas, oder?«, sagte er.

Sie passte sehr auf, keinen Fehler zu machen, nichts zu verraten. »Was soll ich wissen?«, erwiderte sie sarkastisch.

»Du verheimlichst mir was. Das seh ich.«

»Du bist paranoid.«

»Warum sträubst du dich so? Wieso bleibst du so unberührt? Als wärst du aus Stein oder so.«

»Jetzt reicht es aber.«

Sie sah ihn nicht an. Sie wischte sich die Hände an einem makellos gefalteten Geschirrhandtuch ab und ging auf den weinroten Vorhang zu, er ängstigte sie, er war voller Erinnerungen.

»Du bist genauso beschissen verklemmt wie er«, blaffte Lucas.

»Wie wer?«

»Wie Riley.«

Denise verspürte den Drang, den Vorhang herunterzureißen, doch sie beherrschte sich und hielt sich stattdessen an der Kante der Theke fest, bis ihre Fingerspitzen weiß glühten. »Wenn ich diesen Namen noch ein einziges Mal höre …«, schrie sie. »Pass auf, Lucas, ich stelle dir ein Ultimatum.«

Er trat gegen sein Bodenkissen. »Was denn fürn Ultimatum – du bisnich meine Mutter.«

Sie hatte ihm das Sprechen beigebracht. *Sie* hatte ihm beigebracht, dass man nicht »fürn« und »bisnich« sagte. Du *bist nicht* meine Mutter, *bist nicht*. Aber er wollte sie ja provozieren.

»Und das Ultimatum lautet wie folgt!« Sie war den Tränen nahe (bis zu diesem Tag hatte Lucas sie niemals weinen sehen). »Keine weiteren Fragen. Keine Namen, die ich nicht hören will. Werd endlich erwachsen und such dir 'nen Job – oder ein neues Zuhause.« Bevor sie den Vorhang zur Seite zerrte und sich zurückzog, blieb sie kurz stehen und sah ihn an, mit etwas Mitgefühl.

»Ich geh ins Bett. Du bist echt eine Jammergestalt.«

»Du kannst mich nich rauswerfen«, murmelte er hinter ihr her.

Also er nur, er allein. Er wartete, bis sie schlief. Es war eine Stimme, bloß eine Stimme. Ein kleiner Joint zur Beruhigung oben an Deck, in Gesellschaft der gelbäugigen Katze. Kekse und Brausedrops als eine Art letztes Abendmahl, denn etwas würde ein Ende nehmen. Die Abwesenheit würde sprechen, ihr Wesen ändern, so als würde sich ein lang erstarrter Körper in der Erde regen. *Du bist frei – nichts, was du wiederholen musst – warum willst du dir das verderben?* Okay, Jake, ja. Aber diese Freiheit war ein tieferes Gefängnis, ein Ort des Zweifels. Das Wissen, der Klang würden ihn seiner selbst versichern. Er hatte Lust auf einen zweiten Joint, beschloss aber, sicherheitshalber am Boden zu bleiben, falls es ihn umwarf. Eine Stimme, bloß eine Stimme. Er hatte sie schon gehört. Sie hatte sich aus Rileys Tinte erhoben.

Er legte sein Bodenkissen neben die Stereoanlage und holte mit der Fingerspitze eine schmale Staubbahn davon herunter. Die braun schimmernden Wände beugten sich vor, um zu lauschen. Die Augustspinnen falteten sich in ihre Netze. Die Platanen atmeten ein, die Kreuzdornbüsche aus. Die Tauben auf den Balkonen horchten. Ganz zum Schluss prüfte Lucas noch, ob die Tür verschlossen war, denn die Vorstellung, dass Antoney mit seinem Hut in die Kajüte trat, war allzu lebendig. Das Boot schaukelte ein wenig, als er sich setzte. Er wartete, bis es wieder ruhig lag. Schließlich verweilte sein Finger auf der Taste. Fühlte es sich so an, eine Bombe zu zünden?

Erst kam das laute Surren einer alten Kassette. Ein ruhiger, unbestimmter Innenraum, kein Hintergrundgeräusch – wahrscheinlich Rileys Arbeitszimmer. Eine Stimme trat ein. Lucas drehte den Ton so leise, dass er die Stimme kaum hörte, doch mit wachsendem Mut steigerte er die Lautstärke. Die erste Stimme gehörte Riley, es war der gleiche Tonfall, der gleiche vornehme Akzent, obwohl sie da noch weicher, noch nicht so scharf war. Die andere Stimme, die Stimme seines Vaters, war sonor, viel tiefer als Rileys, mit einer sanften, jamaikanischen Melodie. Einen flüchtigen Moment lang war es, als hörte Jona die Stimme Jahwes, so beklommen war Lucas. Sie jagte ihm einen Schauer ein. Doch dann, ebenso rasch, wandelte sich die Stimme in etwas Alltägliches, in die Stimme eines x-beliebigen Typen, der in einem Imbiss ein paar Fladenbrote ordern oder draußen vor dem Duke of Wellington ein Guinness trinken und über die Idioten im Bezirksrat von Kensington und Chelsea schimpfen würde. Diese beiden Aspekte ließen sich schwerlich vereinen, und Lucas lauschte mit einer gewissen Verwirrung.

Riley sagte: »Ich dachte, es dauert Jahre, bis eine Räumung in die Tat umgesetzt wird.«

Antoney sagte: »Es ist schon Jahre her, Riley. Dabei ist die Kirche für nichts weiter gut. Diese blöden Typen haben echt zu viel Zeit.«

»Ich könnte euch noch mehr Geld leihen.«

»Wir können dir nicht ständig auf der Tasche liegen.«

Riley fragte, ob Antoney schon vom Arts Council wegen seines Förderantrags gehört habe, und Antoney sagte Nein. Die Unterhaltung drehte sich weiter um derart irdische Dinge, nur hier und da gab es eine akustische Zäsur, wenn eine Zigarette angezündet oder ein Glas auf den Tisch gestellt wurde. Lucas verstand nicht, weshalb Riley gerade diese Kassette ausgewählt hatte – denn Riley hatte gewiss einen sehr guten Grund dafür. Aber schließlich kamen sie auf etwas Interessantes zu sprechen. Antoney äußerte sich frustriert über seine Situation und sagte, dass er gerne wieder reisen würde, diesmal aber in die Ferne, nach Kuba, dass Oscars Verschwinden diesen Wunsch verstärkt habe. Er erzählte Riley, was er von seinem Vater – den er Mr. Rogers nannte – über Kuba wusste, dass man das gesamte Eiland unter dem Schatten der Baumkronen durchwandern und Jamaika von Kuba aus bei klarem Wetter sehen konnte. Dabei änderte seine Stimme ihren Tonfall, sie klang nun mehr wie das ängstliche Raunen, von dem Riley Lucas bei ihrer ersten Begegnung berichtet hatte. Antoney erzählte Riley eine Geschichte über seine Großmutter aus Baracoa, über die stille, katzenhafte Lady, die ihre Sprache verloren hatte, nachdem sie ihr Geliebter verließ. Antoney sagte, es sei nur eine Vermutung, aber er nähme an, dass das Baby, das seine Großmutter damals unter dem Herzen trug, Mr. Rogers war.

»So hast du noch nie über deinen Vater gesprochen«, sagte Riley.

»Vielleicht liegt es an Denise. Seit sie auf der Welt ist, muss ich ständig an ihn denken.«

Er hatte die Geschichte über seine Großmutter niemals vergessen, und wenn er auch nicht mehr von ihr wusste als das, was ihm Mr. Rogers an jenem Abend auf der Busfahrt erzählt hatte, hatte er sich ihr immer nahe gefühlt, denn auch er hatte lange voller Erwartung aufs Meer geschaut. Lucas hielt sein Ohr nun sehr nahe an den Lautsprecher. Er nahm nichts mehr wahr, nur diese tiefe, wogende Stimme.

»Nachdem er fort war«, sagte Antoney, »hab ich mich oft bei Nacht aus dem Haus geschlichen, bin zum Strand gegangen und hab nach ihm Ausschau gehalten. Ich hab auf den Horizont geblickt und nach den Lichtern Kubas gesucht, und wenn der Himmel klar war, hab ich sie gesehen – ein gelbes Glühen am Rand der See. In solchen Momenten hatte ich immer das Gefühl, als wäre mein Vater noch nah. Ich hab mir immer vorgestellt, wie er zu Fuß zu seiner Mutter nach Baracoa geht, den Hut auf dem Kopf und im Herzen die Absicht, zu mir zurückzukommen, so wie er gesagt hat. Ich weiß bis heute nicht, ob er Wort gehalten hat, Riley. Ich hab wohl nie aufgehört, nach ihm Ausschau zu halten. Ich bin die katzenhafte Lady, die den ganzen Tag lang den Malecón auf und ab geht und darauf wartet, dass ihr Seemann zurückkehrt, und ich glaube, ich werde ewig warten. Ich werde wohl erst loslassen können, wenn ich selbst unter diesen Lichtern gegangen bin. Kannst du mir folgen? Es geht nicht darum, ihn zu finden. Sondern darum, sein Gespenst loszuwerden.«

»Was würdest du ihm sagen, wenn du ihn finden würdest?«, fragte Riley.

Einer der beiden entflammte ein Streichholz. »Ich würde ihm sagen, dass ich ihn verstehe«, antwortete Antoney. »Wenn ich Denise manchmal so in ihrem Bettchen seh, würd ich auch am liebsten weglaufen.«

Nach dem Streit mit Denise hatte Lucas in der Kajüte schlafen wollen, aber nachdem er eine Weile in der fremdartigen neuen Stille gesessen hatte, ging er doch durch den Vorhang ins Schlafzimmer. Bevor er sich hinlegte, schob er die Kassette in seine private Schublade, zu dem Spielzeugbus seines Vaters. Er träumte wieder von seiner Mutter, es war der gleiche Traum, den er vor dem Interview mit Simone geträumt hatte, aber er nahm ein anderes Ende. Wieder wurde Lucas im Traum vom Rauschen des Wassers geweckt. Er horchte, mit offenen Augen, in die Dunkelheit. Schließlich brachte er genügend Mut auf und ging durch den Vorhang. Seine Mutter stand vor dem Becken, im gleichen Kleid, und wusch sich die Hände. Lucas war geschrumpft, er sah hinauf auf das waldige Haar, das einst seine babyzarte Haut gestreichelt hatte. In diesem Traum spürte sie etwas hinter sich. Sie drehte den Hahn zu und trocknete sich die Hände ab. Sie wandte ihm ihr Gesicht zu. Es war voller Missbilligung, als ob sie ihn tadeln würde. Mit leichtem Entsetzen sah er, dass ihr Kleid zerrissen und voller Schlammspritzer war. Die Vorstellung, dass seine Mutter auf ihn wütend war, war ihm unerträglich, er wollte ihr sagen, dass ihm leidtue, was immer er falsch gemacht habe – sicher war sie verärgert, weil er ihr Tagebuch gelesen hatte. Aber als er den Mund öffnete, um zu sprechen, konnte er es nicht. Sosehr er sich auch anstrengte, es kam kein Ton heraus. Als er wach wurde, als Denise ihn an der Schulter rüttelte, krächzte und röchelte er. Sie wandte ihm den Rücken zu und schlief wieder ein, doch als ihr Atem tief und ruhig ging, rutschte er auf der Matratze zu ihr, legte seinen langen Arm um sie und nahm die gleiche Haltung ein.

9

Carla erfuhr das mit Bluey auf hässliche, beiläufige Weise. An einem kalten Novemberabend des Jahres 1971 saß sie mit Antoney in ihrem seetüchtigen Wohnzimmer, Carla rechts im Sessel ihrer Mutter, der da noch nicht die Beine spreizte, Antoney links in seinem Tal aus dreizehn marokkanischen Kissen, die er günstig in der Golborne Road erworben hatte. Carla nahm in regelmäßigen Abständen eine silberne Schere vom Schrank, sie zog eine Kordel durch die Ärmel an Denises Mantel. Antoney war mit einem anderen Projekt beschäftigt, dem Entwurf eines Codes, um seine Ballette aufzuzeichnen. Gelegentlich langte er zum Plattenspieler und setzte die Nadel an einer bestimmten Stelle auf einer LP der Maytals auf. Er trug zwei Pullover übereinander.

Carla sagte: »Leg doch Candi Staton auf, ich mag ihre Stimme so sehr.«

Er war auf die Rückwärtsbeuge mit ausgestreckten Armen im zwölften Takt von »Blues House« konzentriert, für die er ein neues Kürzel erfinden musste. »Lass mich das hier noch grade beenden. Ihre Stimme lenkt mich nur ab«, sagte er.

»Oh ja, hab ich vergessen.«

Sie trug ein marineblaues Leinenkleid, das sie gerne zu Hause anzog, unter einer dicken, pflaumenvioletten Jacke, deren Farbe ihr ausgesprochen gut stand. Die Schwangerschaft hatte sie äußerlich kaum verändert. Sie hatte nur sehr wenig zugenommen und die Kilos gleich nach der Geburt wieder verloren. Ihre Knöchel waren auch nicht angeschwollen. Der einzig sichtbare Unterschied war die Erschöpfung unter den Augen, und es war ihr nicht mehr so wichtig, auf Schritt und Tritt coole Klamotten zu tragen. Sie gefiel Antoney in diesem reiferen, entspannteren Selbst. Er kam gerne zu dieser Carla nach Hause und küsste ihre warme Wange – auch wenn er nicht jeden Tag so empfand. Sie legte den Kindermantel auf den Schoß und befestigte die Kordel von innen. »Gehst du morgen zu Oscar? Wir könnten ja später vorbeikommen.« Beim Klang seines Namens lag immer noch eine kurze, scharfe Spannung in der Luft, aber die Kirche anders zu nennen, schien auch nicht richtig. Antoney hatte nichts von ihm gehört und die Hoffnung inzwischen aufgegeben.

»Ich geh um zwei zu Riley. Er will mit mir ein Interview für seine …«

»Große Güte«, fiel ihm Carla ins Wort. »Wenn Riley nicht so gehemmt wäre, könnte er glatt als Talkmaster arbeiten.«

Antoney fuhr unbeirrt mit seiner Arbeit fort. Er hatte an diesem Tag etwas Wichtiges erfahren und bisher vergessen, es Carla gegenüber zu erwähnen. Sie stand auf, ging zur Theke und machte sich einen heißen Tee. Er lehnte dankend ab. Als sie mit dem Geschirr ihrer Mutter herumklapperte, war es mit seiner Konzentration endgültig vorbei. Toreth nahm einen festen Platz in ihrem Alltag ein, sie war durch Geschenke präsent (eine Wanduhr, eine Tischdecke für die Essecke, Wäsche) oder ihre Besuche, bei denen sie es nie versäumte, darauf hinzuweisen, dass man ein Kind ja wohl nicht auf einem Boot großziehen könne. Es nervte Antoney, dass man in das Leben Fremder verstrickt wurde, nur weil man deren Kinder geheiratet hatte. Da hatte er sich endlich seiner eigenen Mutter mit ihren Sticheleien und Klagen entzogen – Florence hatte für die Sache mit dem Boot auch kein Verständnis und kam selten an Bord –, um dann im Dunstkreis einer anderen Mutter zu landen. Er war am nächsten Tag nicht mit Riley verabredet, aber Carla wollte den Tag mit ihrer Mutter verbringen, und Antoney ertrug deren Anwesenheit im Studio nicht. Er legte sein Notizbuch auf die Seite und lehnte sich in die Kissen zurück. Nun fiel ihm auch wieder ein, was er an diesem Tag erfahren hatte. Nervös sah er zu Carla. Wieder sprach sie zuerst, mit erzwungener Beiläufigkeit: »Und, siehst du Simone diese Woche?«

»Das fragst du mich jetzt schon zum zweiten Mal. Und wie ich schon sagte, Freitag.«

»Ist sonst noch jemand dabei?«

»Warum kommst du nicht mit und passt auf?«

Sie senkte duldsam den Kopf und rührte in ihrem Tee, den sie, im Gegensatz zu ihrer Mutter, nicht zudeckte, damit er schneller abkühlte. Ihre Mutter legte immer einen Teller darauf, sodass er heiß blieb, falls sie ihn einmal vergaß. Antoney hatte gehört, wie sie sich deswegen gezankt hatten.

»Sie kann Kinder nicht leiden«, fuhr Carla fort. »Deshalb kommt sie ja auch nie hierher. Ich hasse, wie sie Denise angurrt. So falsch.«

»Angurrt?«

»Ja, sie gurrt.«

Aus dem Schlafzimmer kam ein Husten. Im Sommer war das Leben auf dem Wasser wunderbar, dann lagen sie an Deck und hatten eine Sonne ganz für sich allein. Es war schön, fort von den dreckigen Straßen zu sein, dem Müll, den überfüllten Cafés, in einem anderen Zeitmaß zu leben und mit anderen Bootsbesitzern, die vorbeifuhren oder eine Weile in der Nähe anlegten, entspannt zu plaudern. Es war ein friedliches Nirgendwo. Aber im Herbst, im Winter lebten sie in einem eisigen Durchzug. Denise war oft krank. Sie schnieften und niesten sich durch die Wintermonate. Noch dazu fürchtete sich Carla vor den unaussprechlichen Spinnen, die sich in Massen hinter den Schallplatten drängten. Das Husten wiederholte sich nicht.

»Was hattest du gesagt?«, fragte sie.

»Ich bin heut Morgen Ric begegnet.«

»Echt? Wie geht's ihm?«

Ein zweites Husten. Eine Pause, eine Hustenlawine, dann ein Weinen. Carla sah Antoney erwartungsvoll an, doch sie war schon auf den Beinen. »Ich gehe.« Zehn Minuten Trösten, Murmeln, klagende Geräusche, dann trat sie wieder durch den Vorhang, mit Denise auf dem Arm, ihrer unbändigen, dickbeinigen Zweijährigen, die bei der Geburt ein ganzes Orchester dirigiert hatte.

An jenem bemerkenswerten Sonnenuntergangabend anno 1969, nachdem Antoney die Silver ohne jede Vorwarnung von Greenford weggesteuert und gegenüber der Kensal Green Gaswerke festgemacht hatte, hatte Denise, als sie im Krankenhaus in Carlas Armen lag, als Erstes heftig gezuckt und mit den winzigen Händchen in der Luft herumgewirbelt. Carla kannte die Bewegung, sie hatte sie in ihrem Bauch gefühlt. »Hallo, kleines Geheimnis«, hatte sie fassungslos geflüstert, Antoney an ihrer Seite. »Wie seltsam es ist, dich endlich zu sehen.« Sie schauten sie an, die Augenlider violett und verdrießlich dünn, das pechschwarze Haar von Carlas Vater. Jedes Strampeln, jedes Zucken der Mundwinkel, das Heben und Senken der Brust, wenn das Baby schlief, waren ein Abenteuer, ein Ereignis. Seine Gedanken, das konnte Carla spüren, waren milchweiß. Carla liebte es, diesen neuen, zarten Rücken in ihren Händen zu halten. Als Denise drei Monate alt war, war ihr Lieblingsspielzeug ein seltsamgesichtiger, fliederfarbener Teddy, den sie sich mit Begeisterung auf den Mund schlug, während sie mit den Beinchen strampelte. Antoney hatte väterlichen Enthusiasmus gezeigt, bis Denise ungefähr vier Monate alt war. Er verstand nämlich nicht, warum sich Kinder benahmen, wie sich Kinder benehmen. Er verstand nicht, warum Denise Joghurt essen und gleichzeitig ihren Fuß in den Mund stecken wollte.

»Nimm sie mal eine Minute, ich hol grad ihre Arznei.« Carla reichte ihm das Kind nach unten. »Dann fängt sie doch gleich wieder an zu weinen«, sagte er.

»Ja, mag sein. Aber sie schläft halb, nun nimm sie einfach.«

Vater und Tochter gingen eine unverfängliche Umarmung ein. Denise weinte erneut.

»Reib ihr über den Rücken. *Tröste* sie!«

»*Versuch* ich ja.«

»Gib sie schon her.« Carla ließ die Arznei auf dem Schrank stehen und zog Denise wieder in ihren warmen, pflaumenvioletten Hort. Die Arznei war etwas Süßes, Bemerkenswertes. Denise seufzte und lümmelte sich auf dem unruhigen Schoß ihrer Mutter.

»Weiß Bluey eigentlich, wo wir wohnen?«, fragte Carla aus heiterem Himmel.

In genau diesem Moment ging – wenig hilfreich – die Schallplatte der Maytals zu Ende.

Antoney setzte an: »Genau das wollte ich …«

»Er fehlt mir. Ich versteh einfach nicht, wieso er …«

»Kannst du mich verdammt noch mal ausreden lassen?«, sagte er. »Ich will dir etwas erzählen und komm nicht zu Wort. Ricardo hat mir erzählt, dass Bluey tot ist. Er hat sich überfahren lassen, mit Absicht.«

Eine Weile sah sie Antoney sprachlos an. Bei seinen Worten hatte sie die Arme reflexartig fester um Denise geschlungen.

»Mit Absicht? Was soll das heißen?… Willst du damit sagen – nein. Bluey? Nein, das ist nicht wahr.«

»Das hat Ric auch gesagt. Dass es vielleicht gar nicht wahr ist.«

Carla sah, wie so oft seit jenem Tag, Bluey im Wintergarten vor sich. Sein ungepflegtes Haar und seine dreckige Kleidung, seine düstere Miene, als sie Nein gesagt hatte, das widerliche Gefühl seiner kratzig kleinen Hand an ihrem Knie. Ricardo hatte die Wahrheit gesagt. Vor ihrem geistigen Auge erschien ein grässliches Bild, Bluey auf dem Asphalt zerquetscht. Ihr Entsetzen floss in Tränen der Schuld und des Bedauerns, und Antoneys unverbrämte Schilderung hatte auch nicht geholfen. Er ging zu ihr und versuchte, sie zu beruhigen. Dass sie so aufgelöst war, erstaunte ihn.

»Wann ist das passiert?«, fragte sie nach gefühlt sehr langer Zeit.

»Letztes Jahr, hat er gesagt.«

»Oh, der arme Bluey. Es ist zu spät, zu spät.« Seine Hand, die an ihrem Rücken auf und ab fuhr, hoch an ihren Hals, brachte überhaupt keine Linderung. »Und wann hast du davon gehört?«

»Erst heute. Ich wollte es dir ja schon früher sagen, aber…« (das gab Ärger, das war klar) »… nun, es war mir entfallen.«

»Es war dir *entfallen*? Wie kann – dir so etwas entfallen?« Sie schüttelte ihn ab, stand mit Denise im Arm auf, deren klebrige Hand an ihrem Ohr ein viel größerer Trost war. »Und der Gedanke, dass ich das sofort erfahren wollte, ist dir nicht gekommen?«

»Ich sag's dir ja jetzt, oder nicht?«, erwiderte er wütend.

»Ich begreife dich nicht«, sagte sie. »Manchmal begreife ich dich wirklich nicht, Antoney«, und dann stieb sie mit Denise durch den Vorhang.

Ohne Oscar war es in der Kirche zu still. Ohne die Schüler, den Unterricht. Fremde Echos meldeten sich. Antoney hatte die Proben hinunter in das Souterrain verlagert, weil er sich in der Halle im Erdgeschoss, neben dem zerbrochenen Fenster und der angrenzenden, betürmten Kammer, einsam und unbedeutend vorkam. Er arbeitete immer noch auf dem Bau, umso mehr, da er nun eine Familie ernähren musste. In seiner Freizeit kam er hierher, in das Studio mit den hohen Fenstern, an den Ort, der ihn aufgerichtet hatte, übte alleine zu Musik vom Band und experimentierte mit neuen Ideen. Aber ihm fehlten die Abfederung, die Stimulierung durch die anderen Tänzer, ihre Körper, die Instrumente. Er blickte mit Wehmut zurück auf die einstige Größe der Compagnie und machte für deren Zusammenbruch jeden verantwortlich, nur nicht sich selbst. Er war überzeugt, dass sich ein solcher Erfolg nicht wiederholen ließe – ein, mit neunundzwanzig Jahren, verfrühtes Schicksal. Er kam schlecht mit seiner Enttäuschung zurecht, und oft nahm er sie mit nach Hause, war schnippisch und gereizt.

Nach der Tour hatte er sich um Auftrittsmöglichkeiten bemüht, aber London war wankelmütig, wie es die großen Städte nun einmal sind, und hatte das Midnight Ballet offenbar längst vergessen. Es war, als ob Oscar, Ekow und die anderen Abtrünnigen das Feuer mit sich fortgetragen hätten und die Theater das spürten. Ein Intendant hatte ihm zu verstehen gegeben, seine Art zu tanzen, mit dem Getrommel und so, sei doch recht begrenzt und inzwischen längst *passé*. Dieser Tage wolle das Publikum lieber Klassisches sehen. In jüngster Zeit hatten sich für ihn nur sporadische Möglichkeiten aufgetan, in Surrey oder auf der Isle of Wight, bei schlammigen Open-Air-Festivals, als einer unter vielen. Entsprechend dankbar war Antoney, als ihm ein obskures Theater nahe der Edgware Road einige Abendtermine anbot; endlich bekam er die Chance, der

Truppe zu ihrem einstigen Status zurückzuverhelfen. Die Auftritte waren für den kommenden Mai geplant. Antoney arbeitete während des ganzen Frühlings mit Simone an einem neuen Duo, begleitet von The Wonder und einem Ersatztrommler. Ricardo und Rosina sollten ebenfalls tanzen.

Die Premiere war nicht gut besucht, aber am zweiten Abend lief es besser, obwohl Antoney zuvor die Absage auf seinen Förderantrag erhalten hatte. Damit fehlten ihm nun die nötigen Mittel, die Truppe zu finanzieren. Er tanzte dennoch gut, gestärkt von einer entsprechenden Menge Rums, dem er sich, nach einer längeren Unterbrechung, wieder ergeben hatte. Wie üblich verließ ihn seine Stimme eine Viertelstunde vorher.

Als die Show vorüber war, folgte ihm die Niedergeschlagenheit bis in die Garderobe. Er glaubte, bei den anderen die gleiche Melancholie zu spüren. Niemand wollte mit ihm etwas trinken gehen. Simone zog sich rasch um und eilte mit The Wonder zum Bus, die anderen folgten bald darauf, und so blieb er alleine mit seiner Schminke, die er nicht abwischen wollte, vor dem Spiegel sitzen. Auf seiner Stirn sah er zwei Furchen. Er hatte überhaupt kein Verlangen danach, heim zu dem gestrandeten Boot zu gehen – sie waren lediglich einmal bis Camden und zur Limehouse Marina gekommen und hatten den Anker nun schon seit einem Jahr nicht mehr gelichtet. Er setzte seinen Hut auf, zog eine erschlaffte Nylonjacke an, missbilligte, was er im Spiegel sah, und ging allein durch die Welt, die hinter der Zauberkunst lag, zur Bühnentür. Er wusste nicht, wohin, außer vielleicht zu Riley. In der grauen Seitenstraße zündete er sich eine Zigarette an. Die Luft duftete frisch und parfümiert, obwohl zwei Häuser weiter die Küche eines chinesischen Schnellimbisses dampfte. Als seine Pall Mall die Flamme fraß, hörte Antoney eine Stimme.

»Mr. Matheus.«

Kokett. Selbstbewusst.

Er sah auf, sie wandte sich ihm zu.

Sie hatte lockendes Aprikosenhaar. Sie trug ein grünes Kleid, in einem satten, besonderen Grün mit großen, gleichfarbigen, stoffbezogenen Knöpfen, die auf halber Schenkelhöhe in einem Schlitz endeten. Heraus schaute ein langes Bein. Üppige grüne Rüschen, die sich an den Ärmeln bauschten und den Rocksaum umspielten, sprachen für eine unerwachsene Lust auf Spaß, wie auch das Täschchen in Goldfischform, das an ihrem angewinkelten Arm hing. Ihre Sandalen waren ebenfalls golden. Die intensiven Farben ließen ihre sehr blasse Haut überheblich scheinen, deren kühler Rosaton die Beine hinaufglitt, im Schlitz des Kleides verschwand und an der Halsgrube wieder zum Vorschein kam, wo sich die Abendschatten in der Lichtung ihrer Haare sammelten. Sie reckte ihm ein breites, maskulines Kinn entgegen. Die Mundwinkel schwangen nach oben, zu einem sanften Grinsen, unter dem Druck voller, bemalter, leicht geöffneter Lippen, die zur Mitte hin anschwollen und schimmerten. Um ihre kleinen, aufmerksamen Augen herum war hellblauer Lidschatten aufgetragen, der die kühle Rötung ihrer Haut noch zusätzlich betonte. Sie war perfekt zurechtgemacht. Eine strenge, sorgsam komponierte Schönheit.

»Audrey Callaway.« Sie streckte ihm die Hand entgegen.

»Kennen wir uns?«

»An mich würden Sie sich erinnern.«

Sie lehnte an der Häuserwand, halb im Licht der Straßenlaterne, ihr Haar schimmerte zur Hälfte golden. Es war verwirrendes, hinreißendes, lebendiges Haar, es hatte Fasson und Wellen, es tanzte auf ihren Schultern.

»Obwohl«, sagte sie, »ich Sie schon oft habe tanzen sehen, also vielleicht kenne ich Sie. Guter Shango übrigens.«

»Danke.« Er sah unangenehm berührt zur Seite. »Warten Sie auf jemanden?«

Sie musterte ihn, sie feixte.

»Möchten Sie zu meiner Party kommen?«

»Wann ist die denn?«

»Jetzt.«

»Und was machen Sie dann hier?«, fragte er amüsiert.

»Sie holen.«

Sie war nicht wie die Mädchen, die sonst in den Lobbys warteten. Von ihr kam keine Nervosität, keine Verlegenheit, keine Bitte um ein Autogramm. Sie war von einem anderen Schlag, und etwas an ihr erregte ihn. Aber für seinen Geschmack wirkte sie ein wenig zu selbstsicher.

»Vielleicht ein andermal«, sagte er.

»Ach kommen Sie, das wird großartig. Wir können von hier aus zu Fuß gehen.«

Und schon ging sie los, wehte mit ihrem Duft an ihm vorbei, wandte sich zurück, um ihn zu locken, das goldene Täschchen baumelte hin und her. »Hier entlang. Sie sind mein Ehrengast – und wir können die anderen doch nicht enttäuschen.«

Er hatte wirklich nichts Besseres vor. Und dann folgten ihr seine Füße, unfähig zu widerstehen.

Sie gingen durch die Praed Street, vorbei an dem Krankenhaus, in dem Denise zur Welt gekommen war, dann durch Seitenstraßen zum Lancaster Gate. Sie hatte einen kühnen steten Schritt, dank ihrer Schuhe zehn Zentimeter über dem Boden. Sie hatte die Aufführung, so erzählte sie ihm, durch ihre neuen Operngläser gesehen. Sie benutzte im Theater immer Operngläser, weil sie gerne auf Details fokussierte. »Sie haben dort einen sehr attraktiven Muskel«, sagte sie und wies darauf. »Dort, an der Hüfte. Sehr ausgeprägt, muss ich sagen. Möchten Sie mal sehen?« Die Operngläser kamen aus der Tasche. Sie waren mit Schmetterlingen geschmückt. Sie hatte sie in einem Antiquitätenladen in Kensington entdeckt. Sie sammelte sie. Antoney sehnte sich nach einem Drink und war nicht sonderlich an dem Thema interessiert, aber ihm gefiel Audreys Gang, ihr Haar. Sie hatte eine klare, selbstbewusste Stimme. »Es ist nicht mehr weit. Ich habe reichlich zu trinken im Haus. Haben Sie sich immer schon so bewegt?«

Gegen halb eins kamen sie zu einem stattlichen Apartmentblock an der Bayswater Road mit Blick auf den Hyde Park. Der Aufzug fuhr in die siebte Etage, und kaum waren sie ihm entstiegen, schlugen ihnen Stimmen und Musik entgegen. Die Wohnungstür war angelehnt. Sie tauchten in eine rauchige Menge ein, Feiernde begrüßten sie zu beiden Seiten, eine betrunkene Frau in einem durchsichtigen Oberteil schlang die Arme um Audrey. »Aber Gwen, deine Wimperntusche ist ja verschmiert«, sagte sie. »Sieh mal, wen ich mitgebracht habe!« Sie zog Antoney in ein türkisfarbenes Zimmer, das drei Mal so groß wie die Silver und voller Menschen war, die auf Sesseln und Kissen lagen oder zu den Yardbirds tanzten. Ein kleiner, stämmiger Mann mit Rüschenhemd und Spitzenschal eilte herbei.

»Audrey«, sagte er (mit amerikanischem Akzent), »ist er das wirklich? Nein, das *fasse* ich nicht. Das ist ja traumhaft!«

»Lass ihn in Ruhe, er gehört mir.«

»Von Nahem sieht er ja noch besser aus! Es ist mir eine *Ehre*, Sie kennenzulernen, Mr. Matheus, solch eine unglaubliche Ehre.«

Antoney gefiel nicht, wie über ihn gesprochen wurde. Er grüßte lauwarm zurück und überlegte, wie er wieder rauskam. Ein Drink, und dann nichts wie weg. Der Mann schüttelte unentwegt seine Hand. Antoney entzog sie ihm.

»Diese sexbesessene Queen. Beachten Sie Harvey einfach

gar nicht«, sagte Audrey und zog Antoney zum Tisch mit den Getränken. »Was möchten Sie? Bier? Was Stärkeres?«

»Rum.«

Sie reichte ihm eine Flasche und lachte laut, weil sie nicht an ein Glas gedacht hatte. Wahrscheinlich war sie irgendwie drauf, dachte Antoney, aber vielleicht lag es auch nur an der Atmosphäre, dem ganzen Getöse. Er schenkte sich ein Glas ein und stellte die Flasche zurück. »Kennen Sie all diese Leute?« Er nahm einen üppigen, ergiebigen Schluck und spürte mit Behagen, wie ihm die Hitze die Kehle hinunterlief.

»Zur Hälfte«, rief sie. »Sie sind alle vollkommen durchgeknallt – Sehen Sie das Mädchen in dem Batikkleid? Mit ihr bin ich zur Schule gegangen. Sie hat einen Schauspieler geheiratet, letzten Monat war die Scheidung, sie ist *am Boden* zerstört. Das da drüben ist Francesca, die mit der albernen Maske.« Sie senkte die Stimme. »Und der Typ neben Ihnen hat früher für Mick die Drums gespielt.«

»Mick?«

»Jagger.« Antoney musterte ihn gründlich, ein Typ mit Pony, in einem Samtjackett. Antoney sah über die vielen Köpfe hinweg keinen anderen farbigen Mann. Ein paar Mädchen zwar, eine erinnerte ihn an Carla, aber keinen Typen. Später, im Kiff-Zimmer gleich nebendran, stieß er doch noch auf einen, aber sie hatten sich nicht viel zu sagen.

»Stört es Sie nicht, lauter Fremde in der Wohnung zu haben, wenn Sie noch nicht mal zu Hause sind?«

»Was soll mich da stören? Das ist doch alles bloß Zeug hier. Das kann man alles ersetzen.« Sie strich ihm über die Taille, nahe des besagten Muskels. »Was mir wirklich wichtig ist, das schließe ich in meinem Schlafzimmer ein.«

Er bewegte sich vorsichtig weg von ihr und kippte seinen Drink herunter. Er wollte noch einen, sie wusste es. »Ich sollte gehen.« »Oh nein, nein, wir sind doch gerade erst gekommen! Na komm, tanz mit mir«, und schon zog sie ihn mit seinem überschwappenden Glas voller Rum in das Balkonzimmer, wo die Gäste hin und her wogten. Beim Tanzen wirkte sie ziemlich albern, was überraschend war, denn sie hatte so einen schönen Gang. Sie machte komische, anzügliche Bewegungen mit den Fingern und hüpfte unnötig viel, noch dazu baumelte der Goldfisch an ihr herum. Dann versuchte sie, ihn nachzumachen, und das war noch schlimmer. Aber ihr Haar! Harvey kam dazu und wedelte beim Tanzen mit seinem Schal herum; einmal fuhr er Antoney damit übers Gesicht, was ihn kurze Zeit echt sauer machte. Er holte sich einen weiteren Drink.

Es war eine wilde Party. Die Gäste waren vollkommen high, Mädchen und Jungs lagen knutschend in den Ecken herum. Die Zeit verschwand. Im Kiff-Zimmer war tiefste Nacht und die Atmosphäre gelassen. Es war wohl eigentlich so etwas wie ein Esszimmer, mit tiefen Fensterbänken. Als Erstes, wenn man das Zimmer betrat, sah man ein leuchtend rotes Sofa in Lippenform – man setzte sich auf die Unter- und lehnte sich gegen die Oberlippe. »Ist das Ding da ein Sofa?«, fragte Antoney. »Das ist mein Prachtstück«, erwiderte sie. »Wenn jemand das klauen würde, den würde ich vor Gericht bringen. Habt Ihr das auch alle gehört?« »Aud, jetzt komm und setz dich, du Schlampe«, erklang eine Stimme.

»*Paul*, wie *redest* du mit mir vor meinem Ehrengast! Bleib bei mir und dir wird nichts geschehen«, flüsterte sie Antoney zu. »Ziehst du dir gern mal 'ne Linie?«

»Linie?«

»Du weißt schon. *Charlie*.«

»Ich nehm keine Drogen.«

»Aber einen Joint magst du, oder? Das ist nicht anders, nur noch besser. Kann ich bitte mein Sofa wiederhaben?« Die anderen rutschten zur Seite, Antoney setzte sich neben Audrey, inmitten von Fremden. Ihm wurde ein Joint angeboten. Er konnte sich nicht erinnern, ob er schon die ganze Flasche getrunken hatte. Eigentlich rauchte er nicht gerne mit Fremden Gras, das machte ihn paranoid, aber hier waren alle bekifft, und wen kümmerte es? Er nahm einen Zug und reichte den Joint weiter. »Was machen *Sie* denn beruflich?«, fragte das Mädchen zu seiner Linken. »Weißt du nicht, wer das ist?«, rief Audrey. »Nein«, sagte das Mädchen mit der glänzenden Knopfnase. »Das ist Antoney Matheus, der beste Tänzer der Welt, du Dummchen!« »Sie übertreibt«, sagte Gwen, die auf dem Boden lag. »Immer, immer übertreibt sie.« Audrey zog eine Linie. Das Mädchen mit der glänzenden Nase fragte ihn, was er denn tanze, und er erklärte, Modern, mit karibischen und afrikanischen Einflüssen. »Cool«, sagte es und reichte den Joint zurück. »Ich hab Alvin Ailey mal gesehen. Ist das so ähnlich?« Die Worte gerieten ihm durcheinander, als er den Unterschied erklären wollte. Er klang nicht wie er selbst. Er sah hinüber zu dem anderen schwarzen Typen. Er lachte.

Eine kleine Menge sammelte sich um ihn herum. Der Mick-Jagger-Typ saß in einer Fensternische und unterhielt sich leise. (»Beim Sex muss man bereit sich, sich überwältigen zu lassen«, sagte Gwen, als hätte sie das schon häufig gesagt. »High zu sein, ist die Bestätigung für die Wahrheit allen Seins«, sagte ein anderer.) Der Typ im Fenster drehte sich nach ihm um. Antoney spürte, dass über ihn gesprochen wurde. Alles, was er sagte, wurde seziert, befingert. »Sie sind aus Jamaika? Wow!« Plötzlich, ohne jeden Anlass, sah er Bluey vor sich, wie er das erste Mal bei ihnen erschienen und in die Halle gespäht hatte. Er wurde still. Sein Puls raste. Er wollte nicht sprechen, aus Angst, dass seine Stimme eine fremde wäre, und auch nicht lachen, aus Angst, ein grässliches, schrilles Geräusch zu machen, das den ganzen Raum zum Schweigen und Starren bringen würde. Er glaubte, er hätte Blueys Glocke, Carlas Stimme gehört. Er wollte weg. Das grün-goldene Mädchen flüsterte ihm genau im richtigen Moment ins Ohr: »Ich habe Lust auf einen Spaziergang. Hast du auch Lust auf einen Spaziergang, Matheus?«

Endlich ließ sie den Goldfisch los. Die frühe Morgenluft strich ihm kühl übers Gesicht. Vor ihnen erstreckte sich endlose Weite. Sie liefen durch den dahintreibenden, blühenden Park und hielten sich an den Händen wie Kinder, lachten wie Kinder. »Ich habe das Gefühl, ich kenne dich schon ewig«, sagte sie, und die Bühnentür lag Monate hinter ihm. Ihr Haar hüpfte und federte, sie sah aus, als stünde sie in Flammen, ihr Grün verschmolz mit dem Gras, die Sandalen waren fort. Sie liefen und liefen, bis sie zu einer schattigen Stelle aus duftenden Sträuchern kamen, und dort zog er seine allererste Linie. Er verlor sich, sie küssten sich, er war nicht bei der Sache, er war viel zu high, doch ihre Lippen waren weich wie Treibsand, und das Gefühl, als sie diesen Muskel massierte, war gut. Sie wollte ihm noch näher sein und glitt mit ihren kühlen Porzellanhänden unter sein Hemd, öffnete seinen Reißverschluss; sein Herz raste. Du bist berauschend, zischelte sie, berausche mich, Matheus, du bist perfekt, oh bitte. Und so ging er in sie, es war ein herrlicher, perfekter Moment, während eine Stimme im Innern sanft protestierte. Sie durchtränkte ihn, sog ihn in sich ein. Er schloss die Augen. Doch der Moment verging. Die Büsche rochen plötzlich übel, wie ein gewöhnlicher Ort für einen schnellen Fick. Ihre Münder waren voller Partyrauch. Heb mich hoch, stöhnte sie. Sie war überraschend schwer. Sie schlang ihre fleischigen, arroganten Beine um ihn und atmete heiß an seinen Hals, doch sie wurde so schwer, dass sie auf den Boden sanken, wo er augenblicklich aus ihr hinausglitt. Das hab ich nicht gewollt, dachte er. Das hab ich echt nicht gewollt.

Als Carla eines Nachts alleine mit Denise zu Hause war, wurde sie von einem Schrei in der Nähe geweckt. Sie ging ans Fenster, trat aufs Deck, um nachzuschauen, was los war. Es war niemand zu sehen. Als sie wieder nach innen kam, nahm sie Denise aus ihrem Bettchen und legte sie zu sich. Du solltest bei mir sein, sagte sie im Geist zu Antoney. Du solltest richtig bei mir sein. Zwei Tage später stand in der Zeitung, dass im Ladbroke Grove ein Mord geschehen war, am Ufer des Grand Union Canal. Das Opfer war eine junge Frau, die auf dem Heimweg von der Arbeit ans Wasser gezerrt und dort vergewaltigt worden war.

Antoney sah Audrey Callaway einige Wochen lang nicht und hoffte schon, er würde sie niemals wiedersehen. Die Shows in der Edgware Road hatten kein weiteres Interesse erregt. Im Juli wartete sie wieder auf ihn, diesmal in der Lobby des Sphinx in Earls Court. Er war dort mit einem Solostück aufgetreten, im Rahmen eines Modern-Dance-Abends mit mehreren Tänzern. Diesmal trug sie eine weiße, duftige Bluse, die an der Taille von einem roten Gürtel zusammengehalten wurde, kombiniert mit roter Handtasche und passenden Schuhen. Riley war zu Antoneys moralischer Unterstützung ebenfalls zu der Show gekommen. Audrey schlenderte heran, als sich die beiden gerade unter die Menge mischten.

»Matheus«, strahlte sie. »Wie schön, dich wiederzusehen.«

Das Gespräch erstarb. Riley hatte gerade mit einem Kollegen über Antoneys Musikauswahl diskutiert, die, so fand Riley, in eine neue, interessante Richtung wies. Antoney stimmte dem zu und wollte sich gerade ausführlich darüber äußern, doch als er Audreys Stimme hinter sich hörte, verlor er den Faden. Er erstarrte wie ein Reh, das den Jäger spürt.

»Habe ich Sie gestört? Das tut mir leid. Ich wollte diesem begabten jungen Mann nur zu seiner hervorragenden Leistung gratulieren. Dem stimmen Sie doch sicherlich zu?«

Der andere Kritiker versuchte es erneut mit einer Bemerkung über die Musik, danach verfielen alle wieder in Schweigen. Riley setzte ein prekäres, albernes Lächeln auf und schaute gespannt zu Antoney, während Audrey mit wachsendem Amüsement zwischen beiden hin und her sah und dringend darauf wartete, dass Antoney sie miteinander bekannt machte. Schließlich musste sie sich selbst vorstellen, erst Riley, dann seinem Kollegen.

Antoney hielt es nicht aus. »Riley, ich rufe dich an«, sagte er. »Wir müssen ein paar – werbetechnische Dinge besprechen.«

Audrey fuhr sich durchs Haar. »Ich weiß, es ist furchtbar, dass ich ihn einfach entführe. Aber das Showbiz hat nie Pause.«

Er führte sie mit festem Griff am Ellbogen fort. »Was willst du?«, fragte er, als sie draußen waren.

»Was ist denn das für ein Empfang?«

»Mich so in Verlegenheit zu bringen – was für ein Scheißspiel treibst du da, Mädchen?«

»Antoney, du bist so barsch, du willst mich doch nicht verletzen. War das ein Freund von dir? Ich wage die Behauptung, dass er in dich verknallt ist. Eindeutig schwul. Kann es ihm nicht verübeln. Wie geht's dir? Du fehlst mir.«

»Hör zu …«

»Habe ich dir denn gar nicht gefehlt?«

»*Nein.*« Er zog sie weiter die Straße hinunter. »Ich hab an dem Abend total neben mir gestanden, okay? Es ist nie passiert. Ich war vollkommen high.«

»Ja, ich weiß.« Sie klang enttäuscht.

»Also belassen wir es dabei. Und jetzt geh ich nach Hause zu meiner Frau.«

»Aber vorher trinkst du noch etwas mit mir.«

»Nein.«

»Nur ein kleiner Abschiedstrunk. Als Freunde, versprochen. Ich kenne da eine nette Bar.«

Was hatte sie an sich? War es *nur* ihr Haar? Besaß sie die magische Gabe der Überredung? Oder war es der einzige Weg, sie loszuwerden?

»Nur ein Drink«, sagte er. »Mir ist es ernst.«

Eine Kellerbar. Weiße Hocker, rotes Licht. Audrey war so perfekt auf die Umgebung abgestimmt, als hätte man die Bar für sie eingerichtet. Es war ja nur ein freundschaftlicher Drink. Und sie benahm sich. Sie war weniger hochmütig, sogar ein wenig unterwürfig, wenn man bei ihr überhaupt von Unterwürfigkeit sprechen konnte. Sie erzählte ihm von ihrer Familie, sie hatte vier Onkel, allesamt Geschäftsmänner, einem gehörten einige Nachtclubs in Soho. Dempsey war angeblich ihr Lieblingsonkel. Manchmal durfte sie ihm bei der Innenausstattung helfen, sie fand es toll, das Ambiente für einen fantastischen Abend außer Haus zu gestalten.

Ihre Gesellschaft konnte ziemlich angenehm sein, wenn man nicht allzu viel Tiefgang erwartete. Man konnte locker und gut mit ihr plaudern. Als das Gespräch auf privatere Themen zusteuerte, vertraute Antoney ihr sogar an, welche Schwierigkeiten er damit hatte, die Compagnie noch einmal zum Leben zu erwecken, dass die Vertreibung aus der Kirche drohte, dass eine Familie für einen Mann in seinem Metier oftmals eine große Belastung war.

»Das klingt wirklich hart«, sagte Audrey. »Ich weiß sowieso nicht, wie du das machst, so von der Hand in den Mund. Was würde geschehen, wenn du die Kirche verlierst?«

»Ich könnte nirgendwo proben, neue Tänze entwickeln. Ich kann keine Miete zahlen. Das ist mein Reich. Es wäre das Ende.«

Sie wurde nachdenklich und spielte mit dem Strohhalm zwischen den Eiswürfeln in ihrem Cocktail herum. »Also, Dempsey hat ja eine Schwäche für Kirchen. Er mag Sakralgebäude und alte Ruinen. Heilige Bauten, wie er sie nennt. Wie sieht die Kirche denn aus?«

»Schön. Sie hat eine Tür wie Notre-Dame.«

»Vielleicht sollte er sich die Kirche einmal ansehen.«

Als Kind hatte Dempsey nämlich davon geträumt, Priester zu werden, erzählte sie.

Er hatte Priester für die mächtigsten Menschen auf Erden gehalten – bis er begriffen hatte, wie viel Geld man mit Alkohol verdienen konnte. Sollte ihm die Kirche gefallen, könnte es gut sein, dass er sie als Investition in Betracht ziehen würde, »womit er zu deinem Förderer oder so was würde, oder nicht? Würde dir das die Schweinehunde vom Hals halten?«

»Das würde helfen«, erwiderte Antoney.

An jenem Abend kehrte er sehr beschwingt heim und gab Carla wie auch Denise, die gemeinsam im Bett lagen, einen Kuss. In letzter Zeit bot sich ihm, wenn er spät nach Hause kam, immer das gleiche Bild, sie lagen Bauch an Rücken, obwohl Carla früher entschieden die Meinung vertreten hatte, ein Kind solle so früh wie möglich lernen, in seinem eigenen Bett zu schlafen. »Ich fühle mich sicherer, wenn sie bei mir ist«, hatte sie ihm anvertraut. »Es ist so dunkel da draußen auf dem Uferweg.«

Dempsey schickte Audrey vor, um das Gebäude zu inspizieren. Sie war pünktlich und professionell, erschien in violetten Schlaghosen, mit einer strengen Falte in der Mitte. Sie fuhr in einem offenen Sportwagen mit pfirsichfarbenen Polstern vor. Die Sonnenbrille nahm sie erst im Innern ab.

»So, das also ist sie. Ich verstehe, was du mit der Tür meinst.«

Antoney lächelte zustimmend, doch ihre Anwesenheit war ihm nicht wirklich geheuer. Was hätte Oscar gesagt, wenn jemand wie sie die Stufen heruntergekommen wäre, mit ihrem teuren Parfum und ihrer Kokainwolke? Es war nicht richtig. Hoffentlich ging es schnell.

»Wer sind all die Leute?«, fragte sie und sah auf das Foto von Katherine.

»Hauptsächlich Tänzer.«

»Oh, schau, da ist Gene Kelly.«

»Jo.«

Den Petruschka-Nijinsky über der Tür fand sie schauderhaft.

Sie ging herum, sah auf die Decken. »Hier riecht es komisch.« Um seine Chancen nicht zu gefährden, sagte er nichts, als sie auf ihren hohen Absätzen ins Studio ging und den Boden malträtierte. Helles, entschiedenes Morgenlicht fiel durch die Fenster, drapierte sich über Oscars Brett und Seitpferde, die respektvoll in einer Ecke gehortet wurden. Auch sein Unterrichtshocker war dageblieben. Antoney bemerkte erstaunt, dass sich der Raum in Audreys Gegenwart viel leerer anfühlte, als wenn er dort alleine war. Der Raum wirkte trostlos, trotz des vielen Lichts. Wie ein Ort, der seine besten Zeiten hinter sich hatte, an dem nichts Großes mehr geschehen würde. Die Vorstellung, dass er hier getanzt, gearbeitet und gelebt hatte, ohne diese Trostlosigkeit je zu bemerken, stimmte ihn traurig. Es kam ihm nicht in den Sinn, dass womöglich Audrey diesen Eindruck erzeugte.

Sie fand Gefallen an der Spiegelwand. »Das habe ich immer gedacht, das muss toll sein, wenn man tanzt – man kann sich stundenlang selbst betrachten. Was sagst du dazu, stimmt es, dass alle Tänzer eitel sind? Manchen, glaube ich, fehlt es wirklich an Persönlichkeit. Sie sind viel zu sehr im Körper.«

»Ich hab dazu eigentlich keine Meinung«, sagte Antoney. Sie feixte. Sie wurde ihm wieder unangenehmer.

»Ich glaube, Dempsey wird begeistert sein«, sagte sie, hob das breite Kinn und ging zur Rückwand. »Das hier hat was, Atmosphäre. Mir gefällt es besonders hier unten, im Souterrain.«

»Das hier unten ist mein Reich, wie ich schon sagte. Oben kann dein Onkel machen, was er will.«

»Dein Reich, ach ja?« Sie kam langsam zu ihm zurück. »Mach dir keine Sorgen, Darling. Er wird vermutlich *gar nichts* damit tun, zumindest nicht sofort. Ich habe auch nur gesagt, *mir* gefällt es hier unten, hier, wo du dich so viel bewegst … Und natürlich hatte ich gehofft, da ich so hilfreich bin, einen besonderen Ausweis oder so etwas in der Art zu bekommen.«

»Einen Ausweis? Wovon sprichst du?«

Panik stieg in ihm auf; Audrey stellte sich hinter ihn, fuhr ihm mit der Hand über die Hüften und besah sich das Ganze im Spiegel. »Sei schön lieb, Matheus. Du bist viel interessanter, wenn du lieb bist.«

»Verdammt, bekommst du das nicht in dein Hirn? Ich will nichts mit dir zu tun haben! Wir waren uns doch einig!«

»Richtig, und jetzt sind wir uns eben *un*einig.« Sie plusterte sich das Haar auf und stolzierte an ihm vorbei in die Eingangshalle.

»Bist du nun interessiert oder nicht?«, sagte er, als er ihr nachging. »Wenn nämlich nicht …«

»Ich bin mir da nicht mehr so *sicher*«, sagte sie. »Vielleicht entspricht es doch nicht seinem Geschmack. Er kann ziemlich eigen sein, und dann ist da dieser Geruch. Wann ist hier zuletzt renoviert worden?«

»Ist noch nicht lange her.«

»Ach komm, diese Wände haben seit Jahrzehnten keine frische Farbe gesehen.«

Antoney sank auf eines der Sofas. So viel Unverfrorenheit fasste er nicht. Sie machte ihn fertig. Er war dieser Frau nicht gewachsen. Er wollte, dass sie verschwand, aber da immer noch der Hauch einer Chance bestand, dass dies gut für ihn ausgehen könnte, brachte er es auch nicht fertig, sie rauszuschmeißen. »Sag Dempsey doch, dass er es sich selbst ansehen soll.«

»Das tue ich. Da tue ich ganz bestimmt.« Sie setzte sich neben ihn. »Kein Grund, so missmutig zu sein. Es wird alles gut.« Dann fing sie an, über Geld zu reden. Hatte er eine Vorstellung, wie viel das Gebäude wert war? Dempsey war angeblich stinkreich, er könne jede Summe verschmerzen. Er suchte immer nach Möglichkeiten, sein Geld loszuwerden. Sie holte eine Zigarette aus ihrer Handtasche.

»Du musst draußen rauchen. Hinter der Kirche«, sagte er ihr.

»Das ist nicht dein Ernst.«

»Natürlich ist das mein Ernst.«

»Aber ich rauche niemals im Freien. Ich rauche nur *drinnen.*«

»Nun, hier musst du *draußen* rauchen.«

»Antoney. Du darfst nicht so furchtbar pingelig sein, wenn das hier Formen annehmen soll. Verdirb es dir doch nicht selbst. Habe ich schon erwähnt, dass ich Dempseys Lieblingsnichte bin?«

»Nein. Du hast gesagt, dass Dempsey die Kirche gefallen würde. Du hast gesagt, dass er davon geträumt hätte, Priester zu werden.«

»Richtig. Ich habe gesagt, dass sie ihm gefallen würde – dass er sie kaufen würde, habe ich nicht gesagt. Das muss er selbst entscheiden, wenn er denn herkommt.«

Sie schlug die Beine in seine Richtung übereinander und fuhr ihm mit der Hand über den Hinterkopf, wie bei einer Katze, ihr Gesicht sehr nahe bei seinem.

»Mach langsam«, sagte er schwach.

»Darling, langsamer geht es kaum. Ich hoffe so sehr, du wirst hier nicht rausgeworfen. Das wäre echt eine Schande, wie du selbst sagst.«

Sie zündete ihre Zigarette an, die Hand nun fest auf sein Bein gedrückt. »Ich glaube, der Gestank kommt von den Sofas«, sagte sie, als sie den Rauch ausstieß. »Leder altert schlecht. Ich mag es sowieso nicht.«

Ihr Schlafzimmer also. Es beherbergte eine Büste der Freya (einer Liebesgöttin, so Audrey) und einen großen, aufwendig gerahmten Spiegel, dessen Messingwirbel und -schnörkel sich bei näherer Betrachtung als winzige Fische und Seepferdchen erwiesen, die ihre Köpfe zum Glas hin neigten. Er wich seinem Bild darin aus. Nicht so Audrey. Kleider standen ihr besser als Nacktheit. Wäre ihr Haar nicht, so stellte er fest, sähe sie ziemlich durchschnittlich aus.

Einmal in der Woche ging er dorthin, er blieb nie über Nacht, denn er wollte dringend nach Hause. Bei Carla fand er zu sich selbst zurück, obwohl er ungewohnt scheu mit ihr war. Sie liebten sich selten in jener Zeit, und wenn, konnte er ihr dabei kaum in die Augen sehen. Audrey gab ständig Partys, die Einladungen lehnte er ab. Manchmal kamen, wenn er dort war, die Gwens und Harveys vorbei und nahmen ein Näschen im Wohnzimmer. Nach etwa drei oder vier Monaten gingen sie gelegentlich, er widerwillig, sie versprach Diskretion, in einen von Dempseys Clubs, tranken Cocktails und sahen den

Stripteasetänzern zu. Einmal beugte sich Audrey zu ihm und sagte betrunken: »Das wär doch auch etwas für dich, mit *deinem* Körper.«

»Warum zur Hölle sollte ich so was tun?«

Die Affäre ging ihren unbestimmten Gang. Er betrachtete Audrey irgendwann nur noch als gewaltige Unannehmlichkeit, die der Beruf mit sich brachte, doch er war sich auch der Tatsache bewusst, dass er sich nur in dieser Lage befand, weil er zu schwach, fragwürdig, blöde, feige, verzweifelt und billig war, um sich daraus zu befreien. Wenn er wütend auf sie war, sagte sie bloß: »Aber Darling, was würde Dempsey wohl sagen?«, und dann erinnerte er sie mit immer größerem Nachdruck daran, dass sich ihr Onkel die Kirche noch immer nicht angesehen hatte. »Er hat im Moment so viel zu tun«, erwiderte sie. »Sobald er einen Augenblick Zeit hat.« Das einzig Gute, was in seinem Leben geschah, war, dass ein weiterer Auftritt nahte, an zwei Abenden, wieder im Ledbury, im März '73. Er stürzte sich in die Vorbereitungen, überarbeitete die Ballette und initiierte mit Simones Hilfe eine große Werbekampagne. Er und Simone waren nun die einzigen Tänzer – die Zwillinge hatten das Interesse verloren –, und daher verkauften sie sich als Duo. Die beiden Stars des Midnight Ballet kehrten an das Theater zurück, an dem ihr Stern einst aufgegangen war.

Als der Sommer in den Herbst überging und Antoney nur noch arbeitete, beschlich Carla immer stärker die Vermutung, dass er eine Affäre hatte, und zwar mit Simone. Sie konnten in der vielen Zeit nicht bloß proben, und als sie ihrer Freundin zufällig auf der Straße begegnete, glaubte Carla, in Simones Benehmen etwas Verräterisches zu sehen, etwas Selbstgefälliges. Ging das womöglich schon seit Paris so? Sie konfrontierte

Antoney nicht mit ihrem Verdacht, sondern beobachtete und wartete ab.

Als sie an einem Dezembernachmittag mit ihrer Mutter durch Holland Park spazieren ging, fragte sie: »Mum, warst du dir bei Dad eigentlich immer sicher?«

»Wobei sicher?«, fragte Toreth. Sie schob den Kinderwagen, nachdem sie ihn, wie immer, von Carla erst einmal loseisen musste. Denise war beschäftigt. Sie versuchte, drei benutzte Make-up-Schwämmchen in einen Beutel zu stecken, und hatte Mühe mit der Kordel. Sie näherten sich dem Blumengarten.

»Warst du dir immer sicher, dass er dich geliebt hat?«

Toreth sagte, nein, anfangs gar nicht. »Es hat Zeiten gegeben, in denen ich mir nicht sicher war. Aber dann hab ich das mit dem Lichtstrahl entdeckt. Ein Lichtstrahl kann eine Ehe tragen.«

»Was soll das denn heißen, Mum?« Carla reagierte in letzter Zeit ziemlich gereizt auf ihre Mutter. Während der Geburt hatte sie nämlich begriffen, dass ihre Mutter eine Lügnerin war. Diesen Schmerz vergaß man nicht.

»Ich hab einmal einen Film gesehen«, (sie sagte »Fillem«) »über einen Speerwerfer, der bei einem Unfall einen Arm verloren hatte«, erzählte Toreth. »Er war mit einer wunderbaren Frau verheiratet, die ihn die ganze Zeit über gepflegt hat, ich mein, sie hätte Charlotte geheißen, und als es ihm besser ging, hat sie ihn ermutigt, es wieder mit dem Werfen zu versuchen, mit dem anderen Arm … Setzen wir uns doch ein wenig.« Denise wurde aus dem Wagen befreit. »Aber er wollte nicht, der arme Mann war am Boden zerstört. Sein Name war Bobby. Er war gebrochen, am Ende. Das war ein amerikanischer Film.«

»Würdest du bitte auf den Punkt kommen?«

»Mache ich ja. Haben wir heute unseren schnippischen Tag?« Toreth drückte an ihrem Wollschal herum und klemmte ihn sich unters Kinn. »Na jedenfalls, Bobby wollte nicht«, fuhr sie fort. »Er wollte es nicht einmal versuchen. Er hat sich geweigert, monatelang – Denise, nicht die Blumen abpflücken! –, bis, und jetzt komme ich auf den Punkt, Charlotte eines Tages zu ihm gesagt hat, dass die Erinnerung an seinen fliegenden Speer für sie wie ein Lichtstrahl war. Und das hat gewirkt. Daraufhin hat Bobby wieder trainiert. Er hat gelernt, mit dem linken Arm zu werfen, und sogar wieder Preise gewonnen! Ach, das war so ein rührender Film, das hättest du sehen sollen.« Toreth verfiel in Schweigen.

»Ich sehe den Zusammenhang nicht«, sagte Carla.

»Ich bin noch nicht ganz fertig«, erwiderte Toreth. »Ich spreche jetzt über deinen Vater und mich. Denn nachdem ich diesen Film gesehen hatte, habe ich die Liebe, die wir zueinander empfunden haben, als Lichtstrahl verstanden. Die Tage ziehen dahin. Ich hab seine Socken gewaschen. Er hatte furchtbar viele Socken, und das hat mich wütend gemacht. Dann hatte er auch noch seine Fußnägel auf dem Boden verstreut, gleich neben dem Abfalleimer, und meine Gefühle waren dahin.« Sie legte Carlas Hand auf ihren Schoß, als ob sie sie mit ihren besseren Handschuhen wärmen wollte. »Aber das Gefühl, dieses ganz besondere Gefühl, ist immer zurückgekommen. Und jedes Mal habe ich zu mir gesagt: Ah, da ist er ja, der Lichtstrahl. Solange er wiederkommt, Liebes, und wenn es nur für eine halbe Stunde an einem Dienstagmorgen ist, solange du ihn in seinen Augen sehen kannst, weißt du, dass er dich noch liebt. Dann weißt du, dass es das noch wert ist.«

Carla beobachtete, wie ihre Tochter am Rand eines Tulpenbeets kauerte, mit ihrem Fäustling die Blüten befühlte und den Fäustling dann auszog. Dort also begann es, in diesem Moment, als Denise drei war, nachdem man sie in ihrem Kinderwagen zu Milchshake geschüttelt und sie hergebracht hatte, damit sie das Königreich der Blumen schaute, in dem jede Farbe lebendig war.

»Wie lange sollte man warten?«, fragte Carla.

»Worauf?«, fragte Toreth.

»Wie lange sollte man längstens warten, bis der Lichtstrahl wiederkommt?«

Toreth dachte angestrengt nach. »Auf diese Frage«, sagte sie nach einer Weile, »gibt es wohl keine Antwort.«

Es begann zu regnen, sie eilten zur Orangerie. »Ist alles in Ordnung«, fragte Toreth unter dem großen Schirm, »zwischen dir und Antoney?«

Am 8. Oktober 1973, am Morgen nach dem ersten der beiden Auftritte, die Simone und Antoney im Ledbury hatten, veröffentlichte Bunty Tate eine Kritik in der *Times*:

> *Lange ist es her, dass wir das wunderbare Midnight Ballet in seiner Bestform erleben durften, und leider ändert die aktuelle Show im Ledbury Theatre an dieser Feststellung nichts. Als die Compagnie vor sechs Jahren Englands Bühnen betrat, brachte sie mehr als nur frischen Wind in die hiesige Szene. Sie revolutionierte den Modern Dance mit einer Hinwendung zu den tänzerischen Formensprachen und Traditionen Afrikas, und die Musiker, die bei den ebenso gelungenen wie komplexen Choreografien von Antoney Matheus den Takt vorgaben, begeisterten kaum weniger. Mittlerweile aber beschränkt sich die Truppe auf einen Musiker und zwei Tänzer, Matheus und die stets virtuose Simone de Laperouse. Beide verfügen nach wie vor über eine große Bühnenpräsenz. Wenn de Laperouse ihr weiß gefiedertes Solo »Bird« tanzt, ist der Zuschauer beinahe elektrisiert, und Matheus' leicht gekürzter »Shango Storm«*

ist gleichermaßen energisch. Die beiden neuen Duos aber bleiben kraftlos und unbefriedigend. Aus den beiden Tänzern wird keine Einheit. »Leaving«, das erste Duo, wirkt mit seinen vielen Drehungen und den Solopartien, die aus dem Paar beinahe Rivalen machen, geradezu gekünstelt – das Stück gefällt sich zu sehr in seiner bemühten Intensität. Das zweite, eine Überarbeitung von »Blues House«, ist nur noch ein müder Abklatsch seiner früheren Form. Nichts ist übrig von der spektakulären Abfolge ebenso rascher wie überzeugender Vignetten (auch wenn die Produktion damals sehr an das Alvin Ailey American Dance Theatre mit seinen »Revelations« erinnerte). In jener Zeit wurde Matheus zu Recht »Englands Antwort auf Alvin Ailey« genannt. Wenn es ihm aber nicht gelingt, sich über das jetzige Maß hinaus zu steigern, muss man ihn wohl, so fürchte ich, als »Alvin für Arme« bezeichnen.

Antoney las die Kritik beim Mittagessen mit Riley im Westbourne Grove Café. Er reagierte, so sollte Riley es später Lucas beschreiben, mit Schweigen. Er faltete die Zeitung zusammen und legte sie auf den Tisch, neben seine Tasse, aber ihm war deutlich anzusehen, dass ihn das Urteil vernichtet hatte. Seine Augen funkelten vor Verletzung. Er presste die Lippen zusammen und schaute wortlos auf das farbige Glasfenster. Es war nicht die erste schlechte Kritik, die er hatte einstecken müssen (aber keine war bisher so böse gewesen). Noch vor vier Jahren hätte er die Zeitung weggeworfen, hätte der Autorin jegliche Kompetenz abgesprochen und wäre hochmütig seiner Wege gegangen. Doch die Arroganz war dahin, nun herrschte Traurigkeit, Untergangsstimmung. Es war der befürchtete Fingerzeig, dass seine Bemühungen um ein Weiterleben der Compagnie vergebens waren.

»Denken die Leute wirklich, dass ich ein ›Alvin für Arme‹ bin? Ihn bloß nachahme?«

»Natürlich nicht. Sie reizt den Vergleich doch nur aus, mehr nicht«, sagte Riley. »Das ist nicht einmal gut geschrieben. Man arbeitet sich nicht einfach an einer Liste ab.«

Er versuchte nach Kräften, Antoney davon zu überzeugen, dass die Adaption von »Blues House« gelungen sei, dass von Nachahmung nicht die Rede sein könne, das Stück originell und bezwingend sei. Insgeheim aber war auch er der Meinung, dass Antoney und Simone als Duo nicht überzeugten, das jedoch äußerte er nicht. Stattdessen sagte er, dass das neue Duo aufregend und intelligent sei und »Shango« als reines Solostück sogar noch stärker.

»Schwachsinn, Riley. Ohne die Mädchen ist das Stück tot. Meine Kraft allein reicht dafür nicht, nicht mehr.«

»Aber das ist überhaupt nicht wahr! ›Shango‹ ist dein bestes Stück – darin hast du nie enttäuscht.«

Antoney bestellte sich einen Brandy. Riley konnte sagen, was er wollte, er drang nicht zu Antoney durch. Auf jedes ermunternde Wort fand Antoney eine Erwiderung. Dann stieg er auf Rumcocktails um. Nachdem er besonders lange geschwiegen hatte, sagte er: »Hab ich dir jemals von Babalu erzählt, Riley? Babalu Aye, einer aus Shangos Kreis. Er hatte Lepra, lauter Wunden am Körper, er ging auf Krücken, hatte verkrüppelte Hände, trug Sackleinen. Sein Tanz ist ein Stolpern. Er bildet im Grunde die Gegenfigur zu Shango, er ist schwach, machtlos und krank – auch das könnte ich sein.« Er sah in die Ferne und drückte seine Zigarette aus. Am Tisch machte sich eine unheimliche Stimmung breit.

»Du solltest so früh noch nicht durcheinander trinken«, sagte Riley. »Du musst doch heute Abend tanzen.«

Riley sah Antoney dann erst wieder im Ledbury, als er im Shango-Kostüm auf die Bühne kam.

Simone erschien um fünf im Theater, die Worte spukten ihr ständig im Kopf herum. »Beinahe elektrisiert« – *beinahe?* Antoney tauchte weder zum Licht- noch zum Soundcheck auf, so fand beides in Absprache mit ihr und The Wonder statt. Obwohl die Show verrissen worden war, setzte Simone große Hoffnungen in den Abend. Schließlich war nicht ihr Tanzstil kritisiert worden, sondern Antoneys Choreografie. Sie würde es ihnen schon zeigen, und das war der richtige Ort dafür. Sie liebte das vertraute Interieur des Ledbury, den plüschigen Zuschauerraum und die Tropfenlampen, vor allem aber barg es die Erinnerung an ihre ersten Schritte zum Ruhm. Dies würde das große Finale, ihr Sprungbrett, denn Simone hatte sich still und leise entschieden, ihren Weg künftig alleine zu gehen. Das Midnight Ballet war tot. Antoney Matheus hatte seine Anziehungskraft verloren. Sie aber würde an diesem Abend so hell strahlen wie noch niemals zuvor.

Antoney fand sich schließlich um sieben Uhr ein – eine halbe Stunde später sollte sich der Vorhang heben – mit wackeligem Gang und einer Alkoholfahne. Simone schimpfte auf ihn ein, während er sein Kostüm anlegte. Als er seine Socken auszog, hätte er beinahe das Gleichgewicht verloren, und aus dem Eyeliner wurden zwei dicke verschmierte Balken, die seine Lider niederdrückten. Sein Blick war scheußlich.

»Antoney, denk an die Minute«, sagte The Wonder, aber diesmal blieb kaum eine. In den Sekunden, bevor die Lichter erloschen, stritt Antoney noch mit Simone. Erst inmitten von »Shango« ging es ihm auf. Dass dies ein Ding der Unmöglichkeit war, er nicht wie üblich, eine Viertelstunde zuvor, verstummt war – dass er zum ersten Mal, seit es das Midnight Ballet gab, nicht seine Stimme verloren hatte.

Carla saß verabredungsgemäß im Zuschauerraum. Auch Ekow war anwesend, zu Simones moralischer Unterstützung. Sie liefen sich in der Lobby in die Arme, inmitten einer beachtlichen Menge von Zuschauern, die größtenteils aus dem Viertel stammte und die Compagnie am letzten Abend auf heimischer Bühne empfangen wollte. Ekow hatte Carla lange nicht gesehen und bemerkte als Erstes, wie verunsichert sie wirkte. Ihr Gruß war scheu und flüchtig, als ob sie Ekow kaum kennen und auch nicht erwarten würde, dass er sich mit ihr unterhalten wollte. Als sie mit einem gemeinsamen Bekannten sprachen, fiel es ihr sichtlich schwer, Blickkontakt zu halten – sie starrte mehr, als dass sie schaute, bis ihr Gegenüber unangenehm berührt zur Seite sah. Das bestürzte Ekow sehr, denn Carla war im Umgang mit anderen immer so unbefangen gewesen. Sie saßen nebeneinander in der vierten Reihe.

Rileys Platz war ziemlich weit hinten. Er sah sofort, dass Antoney betrunken auf die Bühne kam, obwohl es wahrscheinlich nicht jeder bemerken würde. Er wirkte kraftlos, gewöhnlich. Er war schwerfällig. Seine chamäleonhafte, charismatische Leichtigkeit war dahin und die typische, wild donnernde Drehung ein getrampelter Kreis. (»Was ist denn mit Antoney los?«, flüsterte Ekow Carla zu.) Riley setzte sich instinktiv in seinem Sitz vor und versuchte, Antoney eine telepathische Botschaft zu senden, eine Kraft oder Konzentration. Doch als Antoney aufging, dass er seine Stimme nicht verloren hatte, vergaß er seine Schritte, überspielte unbeholfen die Fehler und wäre einmal beinahe gestolpert. Riley sehnte das Ende des Stücks herbei. Der Applaus war verhalten. Doch es wurde noch schlimmer. Beim nächsten Stück gab es ein Problem mit dem Licht, und zu Simones unverhohlener Beschämung brach Antoney den Tanz ab und wandte sich über das Publikum hinweg an den Beleuchter. »Erst das blaue, klar?«, rief er offensichtlich verärgert, die Augen gegen das Licht geschützt. »Okay, wir fangen noch mal an.« Er und Simone gingen von der Bühne und begannen den Tanz von Neuem.

In der Pause ging es hoch her. »Man unterbricht doch nicht die Show, niemals!«, fauchte Simone und mühte sich wutentbrannt in ihre Federn. »Was immer passiert, die Show muss weitergehen. Weißt du das denn nicht? Hast du den Verstand verloren? Das war der peinlichste Moment in meinem ganzen Leben!« Währenddessen setzte Antoney seinen Flachmann an den Mund und ließ eine wütende Schimpftirade auf The Wonder los, als dieser versuchte, ihm den Alkohol zu entreißen. Mittlerweile hatten Audrey Callaway und Gwen das Theater erreicht.

»Bird« stellte das Vertrauen des Publikums wieder her, und auch Carlas. Als Simone ihren zierlichen Kopf mit so viel Sanftmut und Unschuld zu The Wonders Flötenspiel bewegte, kam Carla zu der Überzeugung, dass sie sich das mit der Affäre nur einbildete. Sie schämte sich für ihren Argwohn und kämpfte während des andauernden Applauses gegen die Tränen an. Doch bei »Blues House« kehrte das Misstrauen wieder. Das Stück war flach und unbeholfen, ein mühsam gestückeltes Grabschen. Simone hatte keine Chance gegen Antoney, obwohl sie ihr Bestes gab und versuchte, die Schwächen auszugleichen. All das aber spielte für Carla keine Rolle. Sie sah nur, dass Simone und Antoney etwas zusammen tanzten, was Antoney einst zu Carla zurückgeführt hatte, wenn er verschwunden war. Ihr Herz brach, als er Simone in das rote Licht hob, eine wackelig erkämpfte Bewegung, doch auch das spielte keine Rolle. Dort sollte sie sein, nur sie. Ihr kamen die Tränen. Simones Taille, ihr Brustkorb so nahe an seinem Gesicht. Sein wundervoller Arm glitt an Simones Körper entlang. Carla konnte es nicht mehr ertragen. Sie schlüpfte an den Zuschauern in der vierten Reihe entlang und lief hinaus auf die Straße.

So versäumte sie das Zittern. Simone und Antoney zitterten gemeinsam, kurz, bevor er sie fallen ließ. Es war ein unglücklicher Sturz, bei dem Simone auf der Spitze ihres linken großen Zehs landete und sich der Zehennagel in die Nagelhaut bohrte. Sie schrie auf vor Schmerz. Antoney beugte sich, als ob er sie wieder heben und fortfahren wollte, aber dann richtete er sich schlagartig auf und schaute wie trunken ins Publikum. Als er erneut nach ihr griff, stürmte Simone von der Bühne, soweit das überhaupt ging. Antoney tanzte die beiden restlichen Minuten von »Blues House« allein.

Oscar hatte immer gesagt, und darin gab Riley ihm recht, dass jeder Improvisation eine Idee vorausgehen sollte, dass die Improvisation als solche trivial sei und nicht auf die Bühne gehörte. Und Antoneys zweiminütigem Schlusstanz ging keine Idee voraus. Sinnlos, kopflos bombardierte er das Publikum mit wilden Drehungen, lautem Getrampel und Sprüngen, die immer nur höher wollten. Die Füße hatten alles vergessen, das Gesicht war verzerrt und verzweifelt. Die Arme wedelten hektisch herum, als wollten sie Fliegen verscheuchen. Die Knie wackelten bei jeder Landung. Wäre Fansa Zeuge gewesen, er hätte es mit einer Kumina-Zeremonie in St. Thomas verglichen, bei der eine Frau, die sich an die Geister der ausgehöhlten Baumtrommeln verloren hatte, den Kopf eines Huhns abgebissen und bis in die Spitze einer Palme geklettert war. Ein Rampenlicht ging entzwei. Der Scheinwerfer irrte über die Bühne, hinter Antoney her. Als die Musik endete, war das Theater vollkommen still. Antoney war verwirrt, weil keine Zwiebeln in der Pfanne zischten. Verunsichert verbeugte er sich, richtete sich wieder auf und wartete. In dieser Haltung schloss sich der Vorhang vor ihm.

Eine der vielen Erinnerungen, die neuerdings Denise wieder einholten, spielte sich an jenem Abend ab, gleich, nachdem Antoney aus dem Theater gekommen war. Carla wartete mit ihrer Entscheidung auf ihn. Vieles hatte sie vorgehabt, als sie nach Hause geeilt war – seine Sachen zu packen, seine Schallplatten in den Kanal zu werfen und seine Notizen zu vernichten –, doch ihr war nur eines gelungen (nachdem sie endlich ihre besorgte Mutter losgeworden war). Sie hatte die Haut seiner Djembe mit einem Taschenmesser zerschlitzt. Es war viel unbefriedigender und auch anstrengender, als sie gedacht hatte.

Simone war von Ekow aus dem Theater eskortiert worden, nach einem längeren Kreischanfall, der von einer Schuhattacke eingeläutet worden war, just, als Antoney die Garderobe betrat – ihre Schuhe flogen, seine, The Wonders Turnschuhe. Simone fluchte eigentlich nie, und The Wonder wurde sehr traurig. »Du hast mich fallen lassen, du Schwachkopf, du hast mich fallen lassen! Verdammte Scheiße! The Wonder, hast du's gesehen? Hast du *das* gesehen? Ich glaub's einfach nicht, er hat mich fallen lassen. Du verdammter beschissener Säufer! Das habe ich nicht verdient, Antoney. Ich habe etwas Besseres verdient! Ich habe mehr verdient!« Gut möglich, dass Simone die Schuhe zuvor schon neben sich aufgebaut hatte, denn ihr Fuß lag auf der Kommode, und sie schien in ihrer Bewegung recht eingeschränkt. Antoney zeigte sich trotz ihrer Verletzung feindselig und uneinsichtig, gab sogar einige der Beleidigungen zurück, sodass Simone in dem Moment, als Ekow erschien, die Wasserschüssel, die ihren Fuß kühlen sollte, nach Antoney warf, seinen Kopf jedoch um wenige Zentimeter verfehlte und die Garderobe unter Wasser setzte.

Nachdem die Wunde gereinigt und versorgt worden war, gingen Simone und Ekow langsam durch die Dämmerung der

Kulissen zum Ausgang. Antoney hatte sich vor der Garderobe auf die Holzkiste gesetzt, die ihn an Katherines Truhe erinnerte, und lauschte ihren vertrauten Stimmen nach.

The Wonder packte die Kostüme, zusammen mit einigen Requisiten, in eine Reinigungstüte. In seinen Gesten lag etwas Endgültiges. Antoney verfolgte sein Tun wie ein kleines Kind, das seine Eltern beobachtete. The Wonder riet ihm, nach Hause zu seinem Mädchen zu gehen, und beim Gedanken an Carla wurde Antoney gleich viel leichter ums Herz, dann aber, als ihm Audrey einfiel, wurde es schwer. Er setzte den Flachmann an die Lippen.

»Lass das«, sagte The Wonder. »Für heute ist es genug. Geh nach Hause.«

»Was hast du denn so vor?«

»Ich gehe auch nach Hause.«

»Und danach?«

»Danach? Werde ich wohl wieder eine Busreise machen. Aber diesmal fahr ich an einen ruhigen Ort.«

»Für mich gibt es keinen anderen Ort, The Wonder«, sagte Antoney. »Mein einziges Zuhause ist …«

»Nein, denk an das andere Bild.«

The Wonder ließ die Tüte auf der Kommode liegen und schwang sich den Rucksack um. Er blieb auf der Schwelle stehen und betrachtete Antoney mit seinem milden, freundlichen Gesicht. »Mein Freund«, sagte er in einem beschwingteren Ton, »wir haben vieles getan. Wir werden, wenn wir alt sind, nicht unsere Kinder enttäuschen, so wie die alberne Baronesse. Wir können viele Geschichten erzählen. Wir haben etwas Sensationelles getan.«

Als The Wonder fort war, erschien Audrey, eine gemeine, teuflische, grün gestiefelte Audrey. Ihr Anblick erregte eine gewalttätige Neigung in ihm.

»Ich warte schon *ewig* auf dich«, sagte sie, »ich, mit deinem Freund, diesem Kritiker. Du hast ja eine Show abgeliefert, heute Abend. Sehr, hm, beeindruckend.«

»Verpiss dich.«

Sie schnappte nach Luft. »Kein Grund, ausfällig zu werden – du meine Güte!«

»Hast du mit meiner Frau geredet? Hast du sie vorhin etwa angesprochen?«

»*Nein* … natürlich *nicht*, wofür hältst du mich? Wo warst du überhaupt? Ich habe dich schon drei Wochen lang nicht mehr gesehen. Werde ich dir langsam zu viel, Darling?«

Antoney sammelte seine Besitztümer ein, leerte den Flachmann und warf ihn in die Tüte, zu den übrigen Sachen. Dann sagte er Audrey, dass er sie nie wiedersehen wolle, sie mit ihrem Parfum nicht einmal in seine Nähe kommen solle, nicht in diesem oder einem anderen Leben, und wenn er ihre Gegenwart auch nur erahnen würde, würde er sie an den Haaren packen und in die Hölle schleifen. »Gott, wie unspaßig«, erwiderte sie.

Sie schaute ihm hinterher, wie er mit seiner ärmlichen Tasche in die Dunkelheit schritt, und rief: »Falls du deine Meinung änderst, du weißt, wo du mich findest. Meine Tür steht dir immer offen.« Sie schnupperte in die Garderobe, rümpfte die Nase, zog rasch eine Linie auf der Kommode, dann ging auch sie.

Carla hörte seine Schritte auf dem Uferweg, spürte, wie das Boot schaukelte, als er an Deck kam. Sie stand auf, sie wurde unsicher. Ihr Gefühl riet ihr, die Tür von innen zu verriegeln. *(Du solltest vor deinem Typen nicht so 'ne Angst haben.)* Doch als sie die Tür erreichte, war es zu spät. Als er über die Schwelle trat, stand Carla direkt vor ihm, was er voller Erleichterung als Ausdruck ihrer Liebe interpretierte. Er versuchte, sie in die Arme zu nehmen. Sie schob ihn weg. Ihr wurde übel von seinem Anblick, seinem verschwitzten Gesicht, dem verschmierten Make-up, und trotzdem weckte seine Nähe noch immer die gleiche Hitze in ihr, in diesem Moment womöglich noch mehr, da es vorbei war. »Ich will, dass du gehst«, sagte sie.

Denise schlief tief und fest und träumte von Rosa. Sie wurde wach, als die Stimmen immer lauter wurden, und ängstigte sich rosa, bis es zu viel wurde.

»Hältst du mich wirklich für so blöd?«, schrie Carla. »Glaubst du, ich wüsste nicht, was ich sehe?«

Im ersten Moment vermutete Antoney, dass Audrey gelogen, Carla doch im Theater angesprochen und ihr alles erzählt hatte. Er stritt es ab. Er war treu. Die einzige Frau, die er wollte, war sie, und nur sie. Er flehte sie an, doch sie glaubte ihm nicht.

»Wie konntest du mir so etwas antun? Sie war meine beste Freundin!«

»Sie war – was? Reden wir über *Simone*?«

Carla lachte sarkastisch. »Gibt es etwa noch mehr?«

»Baby«, sagte er, »zwischen mir und Simone, da läuft nichts.«

»Du lügst!« Während des Wartens hatte sie eine kleine Schnapsflasche im Küchenschrank entdeckt und sich glücklos am Sorgen-Ertränken versucht. Nun flog ihm die Flasche entgegen. Kopfschmerzen kündigten sich bei ihm an. Er wollte keiner von den Männern sein, denen Frauen Dinge an den Kopf werfen wollten. »Ich ertrage nicht, wie du mit mir sprichst!«, brüllte sie. »Du meinst, du wärst etwas Besseres, aber das bist du nicht. Du bist nicht besser als Fansa, du rennst doch allem nach, was dir zuzwinkert.«

»Du irrst dich …«

»Komm mir bloß nicht zu nahe. Du schläfst mir ihr. Ich weiß es, ich weiß es, ich weiß es!«

Denise hatte den Knall gehört, als die Flasche gegen die Wand schlug. Das Boot schwankte unter ihren Bewegungen. Rosa war schon lange vorbei. Es gab ein entsetzliches Krachen, immer und immer wieder; Denise kletterte in ihrem Schlafanzug aus dem Bett und ging zitternd zum Vorhang, um bei ihrer Mutter zu sein. Sie sah, wie ihr Vater eine Faust in die Wand neben dem Schrank rammte, so als wollte er ein Loch machen, um Make-up-Schwämmchen oder andere Dinge darin zu verstecken, aber wie er das machte, war komisch. Ihre Mutter schrie, er solle das lassen. »Du tust dir doch weh!« In dem Moment hörte Carla, dass ihre Tochter hinter ihr weinte und rief. Denise klammerte sich an den Vorhang. Carla fuhr herum. Plötzlich glaubte sie Antoney. Sie wandte sich von ihm ab, beruhigte und wiegte das Kind auf der Hüfte.

Als sie sich wieder umdrehte, hielt er das Taschenmesser in der Hand. Carla hatte es auf der Theke liegen lassen, nachdem sie seine Djembe zerschnitten hatte. Er hielt es zur Seite, es wies nach rechts. Er sah sie voller Liebe an, seine Augen leuchteten – der Lichtstrahl. Ihre Beine lösten sich auf. Er kam auf sie zu. Er hatte etwas Dringendes zu erledigen, aber erst wollte er sie küssen, was er tat, gleich neben die Augenbrauen, erst Carla, dann Denise. Er ging wieder hinaus auf die Ladbroke Grove.

Ihr flammendes Haar. Ihre orgasmische feuchte Grimasse. Ihre Freya, ihr Seepferdchenspiegel und ihr böses, schmetterlingsgeflügeltes Opernglas. Er würde es ein für alle Male beenden. Ein Schwarm dunkler Wolken jagte über den Himmel, in seine Richtung, trieb ihn voran. Die Kälte spürte er nicht. Ihr Gesicht, wenn er zustechen, wenn er das Messer ansetzen würde. Die Macht, die er bei jedem einzelnen Stich spüren würde.

»Darling! Bin ich froh, dass du deine Meinung geändert hast.«

Sie war barfuß und vollkommen high. Gwen war da, sonst niemand. Als er die Wohnung betrat, spürte er eine siedend heiße Erregung, doch zugleich war er vollkommen klarsichtig, leichtfüßig. Er schwebte, wie früher. Die beiden Frauen folgten ihm durch den Korridor. »Matheus will spielen, Matheus will spielen«, sang Audrey und hüpfte in ihren Strümpfen auf und ab. »Sieh dir das an, der benimmt sich, als wär das hier sein Zuhause«, sagte Gwen. Als er ins Esszimmer kam, holte er ruhig das Taschenmesser hervor.

»Willst du eine Linie?«, fragte Audrey. »Hey, was ist denn mit deiner Hand passiert?«

Gwen schrie, als sie die Klinge sah.

»Der ist irre. Ich hab es immer gewusst, der ist irre.«

»Leg das Ding weg«, sagte Audrey.

»Gleich. Komm her.«

Er packte sie am Handgelenk und zog sie zum Sofa. »Hör auf. Hör auf oder ich lass dich einsperren!«

Falls sie Angst hatte, zeigte sie es ihm nicht. Das sah ihr ähnlich, bis zum allerletzten Moment hart zu bleiben. Erst, als er das Messer ansetzte, gab sie einen fuchtelnden, entsetzten Schrei von sich.

Zuerst die Unterlippe, der Teil, auf dem man saß, er zerschnitt sie, der Länge nach. Dann die Oberlippe, die Arm- und Rückenlehne. Er stieß Audrey fort, als sie ihn hindern wollte. Dies war ein köstliches Werk, und er wollte nicht gestört werden. Die Füllung quoll ihm entgegen, wie Badeschaum, wie Gischt.

»Gwen, ruf die Polizei!« Doch Gwen kauerte sich in einer Nische zusammen. »Dafür wanderst du in den Knast, du schwarzes Stück Scheiße.«

Als er seine Tat vollbracht hatte, steckte er das Taschenmesser wieder ein. Er hatte seine Sache gut gemacht.

»Ladys«, sagte er, »es war mir ein echtes Vergnügen.«

Am nächsten Morgen kehrte er frisch geduscht heim, nach einer Nacht auf Rileys Sofa. Carla hielt sein Gesicht in den Händen. »Ich liebe dich«, sagte sie, »wirklich, das tue ich«, und gab ihm einen scharfen, trockenen Kuss. »Aber warum ist es so schwer, dich zu lieben?«

Im Mai jenes Jahres legten sie ab. Sie steuerten die Silver westwärts ins Landesinnere und entdeckten ganz neue Spielarten der Stille. Lange, sonnengesprenkelte Spaziergänge mit Denise. Gelächter am Morgen. Zum ersten Mal erlag Antoney den reinen Freuden des Familienglücks, es genügte ihm, als wäre er endlich befreit von dem, was sich ihm in den Weg gestellt hatte. Er warf Denise inmitten einer Wildblumenwiese in die Luft. Abends hörte er mit Carla Musik, und manchmal tanzten sie auf dem Deck. Sie sagte, dass sie umziehen wollte. Sie fühlte sich nicht wohl auf dem Kanal, und sie sorgte sich um Denise. Er versprach es ihr.

Der Drang nach Bewegung jedoch blieb. Er trainierte zwei Stunden am Tag und verschwand stundenlang auf einem Leihfahrrad. Wenn sich seine Stimmung verdüsterte, wenn er klagte, dass er nicht tanzte, sagte Carla etwas in der Art von: »Hast du den Vogel gesehen, der gerade vorübergeflogen ist? Mein Geliebter, du solltest mehr aus dir hinaus in die Welt schauen. Vielleicht entdeckst du ja etwas ganz Neues.«

In jenem Sommer wurde Lucas gezeugt.

10

Alle vierzehn Tage besuchte Denise am Samstagmorgen das Grab ihrer Mutter. Es lag links vom Haupteingang des riesigen Friedhofs, bestand aus einem steinumfassten Beet, mit einem Kreuz aus Kalkstein an dessen Kopf. Denise ging, ihrem Turnus entsprechend, drei Wochen vor dem Karnevalsumzug ans Grab, im August, mit sorgsam ausgewählten Sommerblumen. Diesmal waren es Dahlien und Chrysanthemen. (Denise war nicht der gängigen Meinung, wonach Chrysanthemen als spießig galten.) Sie spülte zunächst die Vasen aus, entfernte mit einem Zweig eine Schnecke von der Grabeinfassung, wechselte die Blumen und reinigte Kreuz und Inschrift. (Toreth hatte darüber bestimmt: *Carla Lillian Bruce, 1944 – 1974. Wir vermissen Dich, Gott segne Dich.*) Im Anschluss setzte sich Denise auf die Steine und gab sich der Stille hin. Das Gras ringsum wurde viel zu selten gemäht. Die Halme reichten ihr fast bis ans Knie.

»Mir geht es, denke ich, gut«, sagte sie. »Aber um ihn mache ich mir Sorgen.«

Wenn sie ein Problem hatte, kam sie her und ließ es heraus. Wenn ein Baum im Wind rauschte oder die Sonne im richtigen Moment hinter einer Wolke hervorkam, brachte das Klarheit, manchmal sogar eine Lösung. Zwischen ihr und Lucas herrschte eine Pattsituation. Sie hatten seit vier Tagen nicht miteinander gesprochen. Er drückte aus Trotz die Zahnpastatube am selbstsüchtigen Ende aus, und Denise sagte nichts, weil sie den Brief ihrer Großmutter verbrannt und deswegen ein schlechtes Gewissen hatte. Das war doch richtig, oder?, fragte sie ihre Mutter im Geiste. Die Wahrheit würde ihn noch mehr aus dem Gleichgewicht bringen. Aber sie fragte sich trotzdem, wo das enden würde. Er kiffte Tag und Nacht, es machte keinen Unterschied mehr. Dabei musste doch sein ganzes Arbeitslosengeld draufgehen. Manchmal machte er sich nicht einmal mehr die Mühe, nach draußen zu gehen, und wenn sie nach Hause kam, roch die ganze Kajüte danach. Er widerte sie an, wenn er breit war. Sie widerte die Nutzlosigkeit an, die in seinen klebrigen rosa Augen stand, die unzusammenhängenden Worte, die schlaffen Arme. Er ging da einer gefährlichen Hoffnung in die Falle, wenn er jenseits seines Bewusstseins nach etwas suchte, was er andernorts nicht finden konnte, und *sie* war womöglich dafür verantwortlich, für die Alpträume und das verstörende Krächzen in den frühen Morgenstunden.

Die Sonne und der Wind hatten ihr nichts zu sagen. Denise wünschte sich, sie wäre nicht so alleine damit. Eine alte Wut stieg in ihr auf, sie haderte mit ihrem Schicksal.

Als Kind hatte Denise ihre Wut kanalisiert, indem sie in die Pflanzenwelt eintauchte. Vor Toreths Geschwafel war sie viele Stunden ans Ufer geflohen und hatte ihren Garten gehegt und gepflegt, sie hatte gepflanzt und gesät und mit einer sehnsüchtigen Hoffnung, etwas wachsen zu sehen, auf die Erde geschaut. Das tat sie auch heute noch. Denn könnte sie sehen, wie eine Pflanze wuchs, von alleine aufrecht stand und ihre Blüten öffnete – an der Vorstellung hielt sie nach wie vor fest –, wäre dies eine Versicherung ihrer eigenen Zukunft, ein Zeichen dafür, dass sie eines Tages von aller Last befreit wäre. Aber sie sah es nie. Wie sehr sie es auch herbeiwollte, die Pflanzen reagierten nie, zeigten nicht die kleinste Bewegung. Sie hatte damals gefolgert, dass dieses Wachstum geschah, wenn die Menschen schliefen, und so war sie eines Nachts mitten im Frühling, als Lucas und Toreth im Bett lagen, um halb elf ans Ufer gegangen, in der festen Absicht, falls es sein müsste, dort bis zum Morgengrauen auszuharren.

Den Friedhof im Rücken, brachte sie sich vor einer Reihe Tulpen in Position, ihren Lieblingsblumen. Sie war warm verpackt, unter ihr eine Decke, neben ihr eine Thermoskanne mit Tee, die Ausrüstung griffbereit (Taschenlampe, Lupe, Lineal, Notizbuch und Stift). Sie konzentrierte sich auf eine knospende weiße Tulpe. Es galt, keinen Moment zu versäumen. Wenn sie sich Tee einschenken wollte, musste sie trotzdem weiter hinschauen. Wenn ihr Hals steif wurde, bewegte sie den Kopf nach oben und unten, nach rechts und nach links, die Blume immer im Blick. Irgendwann, nach etwa drei Stunden, dachte sie, sie sähe etwas, eine winzige Bewegung im Stiel, ein Geheimnis, den Hauch einer Ahnung. Die Tulpe richtete sich auf. Denise nahm Maß, aber die Differenz war so gering, dass sie unsicher wurde und die Blume daraufhin weiter beobachtete. Schließlich ging ihr auf, dass sie womöglich gar nicht sehen *sollte*, wie sich die Tulpe aufrichtete, und deshalb zweifelte sie, ob sie es wirklich gesehen hatte. Vielleicht hatte sie es nur gesehen, weil sie es sehen wollte, so wie Toreth immer sagte, wenn Lucas lächelte, würde Carla lächeln. Bei Morgengrauen befand sie, sie hatte gar nichts gesehen. Wachstum, stellte sie enttäuscht fest, war etwas Unsichtbares.

Später, mit vierzehn, fand sie eine andere Möglichkeit, die Wut zu kanalisieren. Von einem wilden Verlangen nach Unabhängigkeit getrieben, wurde sie eine Minute lang kriminell und klaute einen Einkaufswagen. Dorthinein stellte sie Eimer mit ihren Eigenzüchtungen und schob den Wagen den Uferweg hinauf und um die Friedhofsmauern herum. Schließlich (es war Sonntag) kamen die Trauernden. Sie kauften Tulpen, Hyazinthen, Winterstiefmütterchen. Es war eiskalt, die vielen Stunden dort in der Kälte zu stehen, aber sie fühlte sich emanzipiert, befreit von Toreths Nutzlosigkeit, der Hausarbeit, von Lucas' wachsender Abhängigkeit. Ihr wurde so kalt, ihr wäre beinahe das Gesicht abgefallen, aber als sie nach Hause kam, hatte sie zwanzig Pfund in der Tasche. In der folgenden Woche verdiente sie mehr. Sollte sich Toreth je aus der Wäscherei zurückziehen (und das würde sie bald), hatte Denise eine Möglichkeit gefunden, wie sie Essen auf den Tisch bringen konnte.

Ihr berufliches Interesse an Flora und Fauna war von da an nicht mehr zu bremsen. Alles, was wuchs, wurde bei seinem lateinischen Namen genannt, so etwa Knoblauch. (»Ich glaub, ich habe zu viel Allium sativum in die Sauce getan.«) Wenn es Lucas nicht gut ging, zwang sie ihn, faulig riechende Mixturen zu trinken. (Als er die Windpocken hatte, flößte sie ihm ein Ringelblumengebräu ein, mit dem man angeblich, und angeblich erfolgreich, die Pest bekämpft hatte.) Sie legte sich auch eine Mentorin zu, per Brieffreundschaft, Harriet, eine pensionierte Schriftsteller-Floristin aus Carlisle. Dies geschah im Rahmen einer Schulaufgabe, bei der sich ihre Klassenkameraden sämtlich für Sportler, Moderatoren oder angesagte Modedesigner entschieden. Sie korrespondierte regelmäßig mit Harriet über das unsichtbare Wachstum, über Pflanzennahrung und die medizinischen Eigenschaften von Rosen und Mimosen. Ihr Briefverkehr nahm einen philosophischen Ton an. Wenn Denise unter der Verantwortung litt, die Hüterin ihres Bruders zu sein, äußerte sie es Harriet gegenüber in einer Sprache, die sie beide verstanden. »Natürlich sollte man während der Wintermonate darauf achten, die Farbe der Büsche zu erhalten, doch man muss ja auch noch so viel harken und schneiden und planen und düngen. Manchmal wünschte ich, der Garten würde sich um sich selbst kümmern.«

Denise ging erst jetzt auf, als ihr Blick den Namen ihrer Mutter streifte, dass Lucas keinen Weg hatte, seine Sorgen zu kanalisieren. Er hatte nichts Festes, keinen Bezugspunkt. Vielleicht wäre er immer an diesen Punkt gelangt, an dem er die Notwendigkeit spürte, nach etwas zu suchen, etwas, woran er sich festhalten konnte. Wäre es ihm jetzt eine Hilfe?, fragte sie sich und ärgerte sich, dass der blaue Luftpostumschlag wieder vor ihrem geistigen Auge erschien. Würde ihn die Wahrheit voranbringen? Wie schlimm könnte es werden? Schlimmer als jetzt schon? Oder als es im nächsten Monat noch würde?

Aber nein. Es war vorbei. Tot, begraben, verbrannt, und dabei würde sie es belassen. Sie erhob sich. Auf ihr lastete das gleiche Gewicht, mit dem sie sich hingesetzt hatte, eine Erschöpfung, die sie niemals verlassen, die sie nach Hause begleiten würde, zu einer weiteren krächzenden Nacht, einer weiteren verdrießlichen Woche.

Bevor sie den Friedhof verließ, prüfte sie immer den Zustand des Grabs, um zu schauen, ob es Dinge gab, um die sie sich beim nächsten Besuch kümmern musste, eine gesprungene Vase oder eingefressener Schmutz. Erst da merkte sie, dass etwas anders war.

Im April hatte Denise in das Beet vor dem Kreuz Orchideenzwiebeln gesetzt. Sie ergänzte die Schnittblumen immer mit richtigen Pflanzen, damit man sah, dass das Leben irgendwie weiterging. Aber die Orchideen waren nicht aus der Erde gekommen. Bei jedem ihrer Besuche hatte sie nach ihnen gesehen, den ganzen Mai, Juni, Juli über – nichts. Eine widerspenstige Blume bekümmerte sie. Dafür gab sie sich die Schuld, irgendetwas hatte sie falsch gemacht. Dabei hatte Denise sie gegossen, gehütet, massiert, mit ihnen gesprochen, ohne Erfolg. Anfang August hatte sie die Orchideen aufgegeben, es jedoch auch nicht fertiggebracht, sie auszugraben und eine andere Blume zu setzen.

Jetzt aber sah sie auf das Beet und erblickte drei selbstbewusste, dunkelviolette Orchideen. Es verblüffte sie, dass sie die Blumen nicht gleich bei ihrer Ankunft bemerkt hatte – so, als hätten sie nicht bemerkt werden wollen. Ihr seid ja doch gewachsen, dachte sie. Von ganz alleine seid ihr gewachsen. Sie hatten ihr etwas zu sagen. Sie hatten auf den richtigen Moment gewartet. Denise hockte sich ins Gras und legte ihre Tasche ehrfürchtig nieder. Sie hielt das Gesicht nahe genug an die Blumen, um ihren Geruch wahrzunehmen, und lauschte.

»Ich sag es *ständig*, kopiert nicht immer die Amis. Nutzt doch, was ihr in den *Genen* habt, Mann. Ich bin diese halbgaren Tunes echt leid. Ich bin diese Bequemlichkeit leid. Ich mach das nicht mehr mit, ernsthaft. Guckt euch meinen Roots Manuva an. Der macht sein eigenes Ding, hat seinen eigenen Stil, und zwar deshalb, weil er bei sich selbst sucht, in seinem eigenen *Laden*, klar, und sagt, wie es ist – Lucas, jetzt klammer nich und gib den Pot schon weiter, Mann – aber versteht ihr, was ich meine? Funky DL is nicht aus New York, was soll dann der falsche Akzent?«

»Genau, wie Westwood.«

»Genau, Crow. Er ist ein Arsch – aber Westwood ist cool, der hat es drauf.«

Der Sitzsack war schwammig und flüsterte. Er enthielt eine Unmenge schwammiger Kügelchen. Wie viele Kügelchen waren in so einem Sack? Hatten die Kugeln Gedanken? Unterhielten sie sich flüsternd darüber, wie es da drinnen so war? Lucas ließ den Kopf in das große schwammige Etwas auf Jakes Boden sinken. Jakes Zimmer war ganz der Förderung von Musik gewidmet, zwei sperrige Mischpulte standen an der Tür, an einer Wand reihte sich die bedrohte Spezies Vinyl auf. Jake hielt die Tatsache, dass sein Studio (sein *richtiger* Job) nur wenige Häuser von dem Ort entfernt lag, an dem Bob Marley »Exodus« aufgenommen hatte, für mystische Vorhersehung. Es war Dienstagabend. Roots Manuva kam aus den Boxen. Es roch nach Toast. Wieso roch es nach Toast? *Ich will das Leben eines überflüssigen Menschen leben*, hatte Vaslav einst gesagt.

»Ich will den heimischen Sound, Leute, den heimischen Sound.« Jake war aufgestanden.

»Aber Biggie, der is cool. Pete Rock. Scarface!« (Wie hieß der Typ noch mal, der da grade sprach? Nigel? Deshalb roch es nach Toast. Der Typ machte Toast.)

»Hör zu«, sagte Jake. »Das Einzige, was uns die Yanks voraus haben, sind Geschichte und Idole.« Weiter ging's. »Dabei sind wir, *wir* sind die Geschichte, kapiert? Wir sind das Schwarz und Weiß von morgen. Kannst du ruhig aufschreiben, wenn du willst, ich bin großzügig mit meinen Lyrics. Luke, Mann, her mit dem Pot.«

»Bro, was soll's sein? Marmite oder Marmelade?« Nigel hatte ein entenartig hängendes Kinn und war der kleinste Typ, den Lucas jemals gesehen hatte. »Gib dem Kerl bloß kein Marmite«, sagte Jake. »Erwähn es nicht mal. Luke, nein, sag es nicht.« (Die übliche Ansage zum Thema Marmite lautete: Das salzige, schwarze Zeug da soll Sirup sein? Sirup ist süß, außerdem ist das eh was für blöde Kids, und außerdem fühl ich mich davon irgendwie leer, als ob man bei ner Erkältung auf Grütze rumkaut.)

»Was ist denn mit Marmite?«, fragte MC Crow, der in seinem Trainingsanzug auf dem Bett hockte und einen neuen Joint drehte, auf einem Plattencover – wie hatte *Touch* so richtig in seiner Hymne auf das gute alte Vinyl geschrieben? »Versucht mal, auf einer CD-Hülle einen Joint zu bauen.« Es gab Skunk, und das mochte Lucas nicht wirklich, denn bei den wenigen Malen, als er davon etwas geraucht hatte, war er regelrecht paranoid geworden, doch es gab nichts anderes, also dann, scheiß drauf! Formen, Gedanken, Kollisionen. War sein rechter Fuß etwa größer als der linke? Bewegten sich die Kügelchen in dem Sitzsack von selbst? War Riley zu Hause? »Oh ja, Marmelade«, sagte er.

Am Vortag hatte Denise das fünftägige Schweigen beendet. Sie hatte mit ihm gesprochen, kurz vor ihrem Aufbruch zur Arbeit, was üblicherweise gegen fünf Uhr morgens geschah, also hatte er es vielleicht nur geträumt. »Lucas«, hatte sie gesagt, und als er die Augen öffnete, hatte sie ihr Gesicht über seines gebeugt, »Lucas, frag Riley, ob er weiß, was in Jamaika passiert ist.« Dann war sie fort, bevor er noch etwas fragen, bevor er auch nur grunzen konnte. Was hatte sie damit gemeint? Woher wusste sie, was Riley wusste, was nicht? Machten die beiden gemeinsame Sache? Sprachen sie hinter seinem Rücken darüber? Es hatte keinen Sinn, Denise danach zu fragen. Sie würde gleich wieder zuschnappen, wie ein Essensaufzug, der losfuhr.

Er war am nächsten Tag mit Riley verabredet. Er hatte schon den ganzen Tag und den Tag davor darauf gewartet, ihn endlich zu fragen – Riley, spießig wie er war, mochte es nicht, wenn er unangekündigt bei ihm erschien, und der Mann hatte nicht einmal Telefon. Konnte er sich nicht wenigstens ein Telefon anschaffen, so wie jeder normale Mensch? »Frag ihn, was in Jamaika passiert ist.« – Was verdammt *war* in Jamaika passiert? Etwas stand in den Briefen, das wusste er. In den Briefen aus der grünen Lederschachtel, die so passenderweise verschwunden war. Riley hatte Lucas noch immer keinen einzigen Brief lesen lassen, und mittlerweile wurde er wahnsinnig vor

Frust. Er würde gleich morgen früh hingehen und die Briefe verlangen, das war sein gutes Recht, ihm stand die ganze Geschichte zu. Er hatte genug von dem ständigen »Warten wir's ab« und »Wenn der richtige Zeitpunkt kommt«. Jetzt war der Zeitpunkt, *»Jetzt!«*

»Was jetzt?«, fragte Jake.

»Was?«

»Du hast grade ›jetzt‹ gesagt.«

»Nichts, Mann, tut mir leid.«

Jake warf ihm einen komischen Blick zu. Zum Toast gab es Smarties und ein Gespräch über Traumfrauen. Für Nigel war es Hinda Hicks, die neue R&B-Braut. Crow sagte, Mica Paris. »Nicht dein Ernst«, sagte Jake. »Die ist doch *ätzend.*« »Die ist ein Vollweib«, sagte Crow und leckte das Blättchen an. »Was man von Hinda nicht sagen kann.« »Lauryn Hill«, warf Lucas leise ein, denn er hatte das Gefühl, er sollte sich beteiligen, aber die Adern in seiner Hand machten ihm Sorgen. Er spürte, wie sie pulsierten, was es schwierig machte, seinen Toast zu essen. »Oh ja, da stimm ich zu«, sagte Jake und legte A Tribe Called Quest auf. Sie begeisterten sich für die Eingangskomposition von *The Low End Theory*. Sie diskutierten die Zukunft von Snoop, die Vorzüge der orangefarbenen Smarties. Lucas verlor sich in der Heliumstimme von Q-Tip.

Als das Dope wieder zu Lucas kam, als er den Joint wieder anzünden wollte, war er vollkommen mit seinen Händen beschäftigt, übersah daher, dass der Filter abgefallen war, und zündete sich seine Nase an. Unter dem brüllenden Gelächter der anderen ging er zum Waschbecken, um sich die Nase zu kühlen. »Genau deshalb rauch ich das nicht«, sagte Nigel. »Der Onkel meiner Ex hat wegen 'nem Joint sein Haus abgefackelt, und außerdem wird man davon debil.«

»Ich bin nich debil«, sagte Crow, »ich bin noch voll dabei.«

»Das sagst du nich mehr, wenn's dir erst mal dein Gedächtnis weggefressen hat. Genau so kriegt dich doch das System. Die lassen doch zu, dass du dich mit dem Gras selbst fertigmachst. Skunk ist echt übel.«

Jake sagte: »Das System macht bitte was? Ich hasse es, wenn Leute über das blöde System reden, als wärn wir Roboter, die in 'ner Maschine leben, als wärn wir nicht selbst für uns verantwortlich. Als hätten wir kein Hirn, Mann. Wir leben in einer *Gesellschaft*, klar, und die Gesellschaft hat eine Regierung, und die kontrolliert …«

»Genau. Das System.«

»… die kontrolliert die *Infrastruktur*, den Apparat, in dem wir uns bewegen, okay? Ich treff meine eigenen Entscheidungen, innerhalb von Parametern. Das will ich sagen.« Jake ging monologisierend im Zimmer auf und ab. »*Ich* hab die Kontrolle, nicht die. Tony Blair hat mir nie gesagt, dass ich was rauchen soll. Oder, Luke?« Aber als Jake sah, wie sich Lucas einen feuchten Lappen an die Nase hielt, brach er wieder in Gelächter aus. »Ich kann dich mit dem Ding an deinem Rüssel nicht ernst nehmen. Du hast dich selbst angezündet, Mann, wie kann denn so was passiern?«

Die anderen lachten auch; Lucas wurde von Feindseligkeit ihnen allen gegenüber ergriffen. Sie waren so pubertär. Er war es leid, die immer gleichen Visagen zu sehen, von Leuten, die Spaß daran hatten, sich gegenseitig zum Narren zu machen. »Wenn du das Teil ordentlich gedreht hättest, wär's auch nicht auseinandergefallen, oder?«, sagte er zu Crow. »Du redest viel zu viel Scheiß, Homeboy.«

»Wen nennst du hier Homeboy?«

»Easy«, sagte Jake. »Wie bist denn du heut Abend drauf, Mann. Das kommt von dem ganzen Nijitsky-Mist, den du liest, das macht dich echt kirre.«

»Nijitksy wer?«, fragte Nigel.

»Ni*jin*sky.«

»Du, lass mal, fang besser nich damit an.« Jake warf Lucas einen diskreten Blick zu. »Sagen wir einfach, er hat seine Nase ein bisschen viel in ein Buch gesteckt – hey, der Kalauer musste jetzt sein.« Crow kicherte.

»Meine Schwester ist auch so drauf«, sagte Nigel. »Die liest diese New-Age-Tussi Iyanla Vanzant, als wär's die Bibel, Mann.«

»*Nein!* Meine Mum auch! Die zitiert das auch ständig«, sagte Crow.

»Ich sag's dir.«

Ich könnte ja jetzt hingehen, dachte Lucas. Ich könnte an seine Tür klopfen und ihn zur Rede stellen.

»Also, einmal«, sagte Crow, »ist mein Alter so sauer geworden, weil sie ständig dieses spirituelle Gelaber von sich gibt, da hat er all ihre Iyanlas in den Müll geworfen. Sie hat ihm deshalb eine gescheuert.«

»Echt?«

»Meine Mum würd sich so was nicht bieten lassen.«

Er war so breit, sein Hals war so heiß. Die Kügelchen in seinem Sitzsack zischten. Sie verdunsteten unter ihm, der Boden löste sich auf, das Blut raste durch seine Hände. Einen kurzen Moment lang wurde seine Aufmerksamkeit wieder in das Gespräch gezogen. Eine Stimme, die nicht wie seine klang, fragte: »Und, hat er zurückgeschlagen?«

Crow runzelte die Stirn. Es wurde still. »Was willsten damit sagen? Mein Alter schlägt doch nich seine Frau.«

Für den Bruchteil einer Sekunde klang Crow genau wie Antoney. Es war, als wäre er plötzlich da, in diesem Zimmer. Lucas nahm einen kräftigen Zug. Alle schauten ihn an. »Das Zeug steigt mir in den Kopf, Bro«, sagte er. *Sag nicht immer Bro*, hörte er Denise vom Wasser her. *Das passt nicht zu dir.*

Er sah durch die Schwaden hindurch zu Jake, der am Fenster lehnte. Hinter ihm stand ein Schatten im Licht der Straßenlaterne, eine breitschultrige Gestalt, langer Hals, Filzhut, er stand da und schaute ihn an. Er trug Vaslavs Mantel.

»Luke. Alles cool?«, fragte Jake.

»Ich muss los.«

Draußen, auf der Straße, wurde es besser, wenn auch nur kurz. Die Passage, die zur All Saints Road führte, verängstigte ihn mit ihrem finsteren Grün. Er eilte voran und stolperte über eine zerbrochene Flasche. Er wollte gar nicht zu Riley, doch als er auf die Portobello Road kam, war ihm der Gedanke, nach Hause zu gehen, unerträglich. Seine Füße wandten sich von alleine nach links. Er ging an der Brasserie und dem Printshop vorbei, bog nach rechts auf die Elgin Road in Richtung Grenzhügel. An jeder Gestalt, die an ihm vorüberging, entdeckte er etwas von Antoney. Ein Frauenrock war aus dem gleichen Material wie sein langer Ledermantel; er stand inmitten der Nachtschwärmer, die vor den Bars ausharrten; die Tauben auf den Balkonen und in den Bäumen durchbohrten Lucas mit denselben wachsamen Augen. An der Kuppe des Hügels flog ein Taubenschwarm jählings aus einer gewaltigen Platane auf, Lucas stolperte vor Schreck auf die Straße, vor den nahenden 52er, der ihn nur knapp verfehlte. Als er Rileys Haus in der ruhigen, gewundenen Straße in Holland Park erreichte, war er vollkommen außer Atem. In ihm brodelte eine angstvolle Erwartung, dass das, was nun geschehen würde, ihm den Rest geben und er sich davon nie mehr erholen würde, aber zurück konnte er auch nicht. Es war die gleiche Angst, die er vor der Kassette verspürt hatte, nur um ein Vielfaches schlimmer.

Er stand vor dem Tor und sah auf das Haus. Das Flurlicht brannte, die Vorhänge waren geschlossen, ein Schein drang aus dem Wohnzimmer. Eine Viertelstunde lang hielt ihn seine Angst dort fest. Der Ärger über die Vorstellung, dass Denise und Riley gemeinsame Sache machten, trieb ihn schließlich voran. Der überwucherte Pfad war wilder als bei seinem ersten Besuch. Lucas hatte sich immer darüber gewundert, dass der Vorgarten im Vergleich zum Hauptgarten so vernachlässigt war, als ob er möglichst abweisend wirken sollte. Keine Reaktion auf sein Klopfen. Er klopfte erneut, beharrlicher. Als noch immer keine Antwort kam, klopfte er ans Fenster. »Lassen Sie mich rein! Riley, machen Sie die Tür auf!« Er ging über den Pfad zur Einfahrt an der Seite des Hauses.

Küchen- wie auch Badezimmerfenster waren verschlossen, er konnte also nicht hineinklettern. Am Ende der Einfahrt befanden sich zwei breite hölzerne Türen, die in Rileys Garten und den seines Nachbarn führten. Rileys Tür war von innen verriegelt und von oben mit weiteren Balken verbarrikadiert, aber die andere Tür, die ebenfalls verschlossen war, hatte oben ein Stück Maschendraht, an dem man sich festhalten könnte, wenn man an der Regenrinne über die Tür klettern würde. Das versuchte Lucas, rutschte jedoch beim ersten Versuch ab und verfing sich mit seiner Hose. Er hatte gehofft, auf diese Weise direkt in Rileys Garten zu kommen, war aber gezwungen, den Umweg über das Nachbargrundstück zu nehmen, eine Land schaft aus sorgsam arrangierten Büschen, Nachtlichtern und einer Kinderhütte am hinteren Ende. Vor dem Zaun stand eine Tonne, in der sich abgemähtes Gras häufte. Von den Nachtlichtern gepeinigt stahl sich Lucas rasch am Zaun entlang und kletterte über die Tonne hinüber in Rileys Garten, warf einen panischen Blick nach hinten auf die Fenster des anderen Hauses. Nichts wies darauf hin, dass ihn jemand bemerkt hatte. Rileys Rosenbusch leuchtete im Mondlicht. Eine der Türen zum Arbeitszimmer war angelehnt, ein Musselinvorhang hatte sich in dem Spalt verfangen. Das Zimmer selbst lag im Dunkeln. Er ging langsam darauf zu.

Die Briefe, so vermutete er, waren wohl in dem stets verschlossenen Zimmer, das rechts vom Arbeitszimmer lag, aus dem er nun kam. Um ganz sicherzugehen, dass Riley nicht doch zu Hause war, spähte Lucas noch rasch ins Wohnzimmer, dann ging er zu der verbotenen Tür. Zu seiner Überraschung war sie unverschlossen. Das Gefühl, dass Antoney anwesend, in seiner Nähe war, verstärkte sich noch, als er hineinging. Es war ein kleines Zimmer, ein unbezogenes Doppelbett, ein Schrank und Nachttisch standen darin. In dem fahlen Licht, das vom Korridor aus hereinfiel, war nichts sonst zu sehen, und so wagte es Lucas, das Licht anzuschalten, eine nackte Glühbirne.

Der Raum passte in keiner Weise zu der übrigen Wohnung. Er war vollkommen karg, nirgendwo eine grüne Schachtel, im Schrank hingen nur Bügel und ein einsamer Salz-und-Pfeffer-Mantel, auch unter dem Bett war nichts. Lucas ging zurück ins Wohnzimmer, um hemmungslos in den staubigen Schränken zu suchen, unter dem Sofa, hinter dem Fernseher, dann in den Küchenschränken, im Badezimmer. Wenn sie nicht im Arbeitszimmer und auch keinem der anderen Zimmer war, wo war sie dann? Ihm blieb nichts anderes übrig, als auf Riley zu warten. Unruhig setzte er sich auf seinen Stammplatz, auf das eingesunkene Sofa; das Mondlicht warf seltsame Schatten durch die wehenden Vorhänge hindurch.

Lucas kannte inzwischen jeden Winkel dieses Zimmers, jedes Buch und jede angeschlagene Porzellanballerina auf den überladenen Borden, jedes Objekt und jedes Möbelstück, jede seltsame Paarung, die viktorianische Zeitungsablage, der brandneue Stuhl. Und er hatte niemals vergessen, was ihm Riley über die französischen Fenster gesagt hatte, dass dies der Platz sei, der die stärksten Erinnerungen an Antoney barg, der Platz, an dem er sich angelehnt hatte, von den wehenden Vorhängen umspielt. Lucas fand das alles sehr traurig, als er im Dunkeln wartete. Was bewog einen Menschen dazu, so lange an einem anderen festzuhalten? So wollte er nicht enden, alleine, in der Gruft eines toten Mannes, wie ein Fossil.

Der Schreibtisch war unordentlich, das kannte Lucas so nicht – sonst war er immer sauber und aufgeräumt. Zu beiden Seiten der Schreibmaschine lagen Papiere, lose Bögen, ein offenes Notizbuch, einige Akten lagen auf dem Boden neben dem Stuhl. In der Schreibmaschine steckte ein Blatt. Riley musste das Haus mitten während der Arbeit verlassen und vorgehabt haben, nach seiner Rückkehr fortzufahren. Angeblich schritt das Buch in letzter Zeit gut voran und stand kurz vor dem Ende. Der letzte Abschnitt, den Lucas lesen durfte, handelte von Antoneys Arbeit nach der Europatournee, und Riley hatte dabei auf ein Verhältnis mit einem obskuren Society Girl angespielt. Lucas kam in diesem Moment in den Sinn, dass die Antworten, die er suchte, womöglich schon geschrieben waren. Er stand auf, ging zum Schreibtisch und spähte auf das Dokument in der Schreibmaschine. Er konnte nichts entziffern. Er holte tief Luft und schaltete die Schreibtischlampe ein. Es waren nur wenige Zeilen. Sie waren mit »Der Sprung« übertitelt.

Er war gerade dreißig, das Midnight Ballet hatte sich lange schon aufgelöst, da war auch seine eigene Karriere an ihr Ende gelangt. Matheus hatte immer gehofft, solange er körperlich dazu in der Lage wäre, auf der Bühne zu stehen und sich danach auf die Choreografie zu konzentrieren. Er hatte davon geträumt, mit wichtigen Compagnien und Theatern zusammenzuarbeiten und anthropologische Expeditionen zu unternehmen, um seine Kenntnisse zu erweitern. Wir hätten womöglich erlebt, wie er mit weißem Haar und

Lucas setzte sich auf Rileys Stuhl und blätterte durch die anderen Seiten. Auf den Bögen neben der Schreibmaschine standen ähnliche Fassungen, aber jedes Mal endete der Einstieg mitten im Satz und wusste nichts Wesentliches zu berichten. Lucas schaute in das Notizbuch – Rileys Handschrift war klein und aufrecht –, es enthielt Listen und Informationen, stilistische Anweisungen eines Autors an sich selbst. Vielleicht gab es einen zweiten Notizblock? Eine Liste lautete »Lehrer, Carla, Witwer, Beaumont«. Was war Beaumont? Unter den Seiten der Eingangspassage stieß Lucas dann auf handgeschriebene, kleinere Blätter mit düsterer Schattierung, sie schienen vergilbt und aus einem Schulheft herausgerissen. Das war nicht Rileys Schrift. Die Buchstaben waren breit und geneigt und von unterschiedlicher Größe. Lucas nahm die Blätter scheu in die Hand und hielt sie eine Weile lang fest, er wagte kaum einen Blick darauf. Einmal sah er nach hinten. Schmetterlinge kreisten in seinem Bauch. Der Brief begann »Meinem lieben Riley«. Er stammte vom Oktober 1982. Mitten während der Lektüre hörte Lucas ein Geräusch und sprang vor Entsetzen fast aus dem Stuhl. Rileys grau-weiße Katze hatte sich aus dem Garten hereingeschlichen. Sie saß auf dem Teppich und beobachtete ihn.

Ich war sehr glücklich, dass du meinen Brief beantwortet hast, denn du sollst wissen, du bist mein Freund. Ich beruhige mich, wenn ich deine Stimme hörte. Ich weiß wieder, wer ich in meinem Innern bin und dass ich nicht tot bin. Ich rieche es um mich herum. Aber ich weiß, ich lebe. Ich bin lebendig. Ich bin kein Wahnsinniger, und ich möchte nicht, dass du wie meine Mutter glaubst, dass ich mich selbst nicht kenne. Sie schämt sich für mich, aber ich bin nicht böse. Ich bin nicht der Teufel. Ich erschaffe einen neuen Tanz und probe im Garten. Die anderen beobachten mich. Sie glauben, das ist eine Aufführung, ich springe für sie. Aber ich bin nicht wie sie. Wir sind nicht dasselbe. Ich sage kein Wort zu ihnen. Ich habe dem Arzt gesagt, ich bin ich. Meine Seele flüstert zu mir und sagt, was ich bin. Deshalb will ich nicht sprechen. Shango ist in mir und sagt, was ich bin. Er sagt, dass ich das Kreuz für meine Frau tragen soll, damit sie weiß, dass ich sie liebe. Ich liebe meine Kinder. Ich liebe meinen Sohn. Riley, wenn du meinen Sohn siehst, sag ihm, dass ich ihn liebe und dass ich ihn sehen will. Ich bin Antoney. Ich bin nicht Midnight, so wie mich die anderen nennen. Ich bin Antoney, und eines Tages werde ich von ihnen fortgehen, und das Kreuz werde ich tragen. Das ist nicht mein Heim, denn ich werde es hinaus durch das Tor tragen. Ich bin nicht Tod. Ich bin Leben. Ich bin über den Sternen. Ich weiß, dass du verstehst, was ich dir schreibe, weil du mir immer zuhörst, du immer weißt, was ich sagen will. Ich fühle, wie du mir zuhörst. Ich möchte, dass du mir in dem grünen Umschlag schreibst.

Dein Freund,
Antoney

Bei den Verweisen auf ihn und Denise hatte sich ein Film über Lucas' Augen gelegt. Er konnte das Wesen dieses Briefes, diese stumpfen Sätze, diese eigenartige Sprache nicht mit seinem Vater in Einklang bringen. Das, was er daraus schließen musste, schuf Verwirrung und kaltes Entsetzen. Nun, wo sein Hunger nach Information gestillt war, hob er mechanisch die Ordner vom Boden auf, wie jemand, der in einem Vorhaben gefangen ist, dessen Ziel er längst nicht mehr erreichen will. Rileys Katze kam herüber und starrte ihn an, ein nutzloser Wächter. Er fand Zeitungsartikel und Fotografien, die er zum Teil noch niemals gesehen hatte. Zwei weitere Briefe, die noch in ihren Umschlägen steckten, waren dem vorherigen ähnlich, einer davon weniger klar. In einer Rubrik, die mit »Beaumont« überschrieben war, fanden sich kühle Antworten auf alle Fragen. Beaumont war eine psychiatrische Klinik in Jamaika. Es gab einen an Riley adressierten Brief mit dem Stempel des Krankenhauses. Er enthielt in strengster Vertraulichkeit die Dokumente, die Riley für seine Recherche erbeten hatte. Angehängt war ein ärztliches Bulletin, das über sechs Monate hinweg im Jahr 1983 Antoneys Fortschritte verzeichnete, seine Medikation, Lithium, Carbamazepin, was er aß, wann er nicht aß, wie er sich benahm, bei welchen Gelegenheiten er sprach. Die Diagnose lautete manisch-depressiv. Antoney glaubte, er hätte ein mannshohes Holzkreuz gebaut, das er umhertrug und eines Tages in einen Creek gestoßen hatte. Auf die Frage, warum er glaube, dies getan zu haben, sagte er: »Es gefiel mir nicht.« Der letzte Eintrag lautete: »Entlassen«. Es fand sich kein Hinweis darauf, was im Anschluss mit ihm geschehen war.

»Warum hast du nicht gewartet?«

Riley stand in der Tür, in der Hand eine Einkaufstüte aus dem Kiosk. Lucas war viel zu verwirrt, um Schuld oder Angst zu empfinden. Der alte Mann wirkte ungepflegt, so aschfahl und düster wie nie.

»Ich *habe* gewartet.«

»Nun, jetzt kannst du gehen. Ich heiße es nicht gut, wenn du hier eindringst und durch meine Sachen wühlst.«

»Sie hätten es mir sagen sollen«, erwiderte Lucas. »Sie wussten das doch die ganze Zeit. Warum haben Sie mir nichts gesagt?«

»Ich dachte, es wäre am besten, wenn du das in meinem Buch liest.«

»Das ist eine faule Ausrede.«

»Steh bitte von meinem Stuhl auf.«

Lucas gehorchte. Stehend schaute er zu, wie Riley die Papiere zu einem Stapel neben der Schreibmaschine ordnete; er wurde von einer heißen Wut gepackt. »Weiß meine Schwester Bescheid?«

»Ich kenne deine Schwester doch gar nicht.«

»Das glaube ich nicht.«

»Nun, wie auch immer«, sagte Riley, »jedenfalls wird das zu einer Belastung für mich. Du behandelst mein Haus, als wäre es eine Bibliothek oder ein Museum. Du kannst nicht einfach hier hereinkommen und in allem herumwühlen, wie es dir passt. Wie bist du überhaupt reingekommen?«

»Aber das *ist* ein verdammtes Museum«, sagte Lucas.

»Ich sage es jetzt noch ein Mal – raus, oder ich rufe die Polizei.« Riley hatte offensichtlich Angst, denn er spähte furchtsam zur Tür, als wäre ihm gerade aufgegangen, dass er gar kein Telefon besaß.

»Was, glauben Sie, werd ich tun?«

Die Kiff-Wunde hatte einen Flecken an Lucas' Nasenspitze gebildet, was er bis zu diesem Moment vergessen hatte. Sie ließen sich nicht aus den Augen, Riley reckte den Hals. In seinem Gesicht stand die ganze Traurigkeit von Beaumont, all die Jahrzehnte, in denen er sich immer und immer wieder damit befasst hatte, die schreckliche Schlussfolgerung. In diesen wenigen Momenten fühlte sich Lucas dem alten Mann zum ersten Mal nahe, fühlte er, dass sie beide das Gleiche suchten.

»Wie lange war er da?«, fragte Lucas schon ruhiger.

»Etwa drei Jahre.«

Wieder scheute Lucas davor zurück, mehr zu erfahren, herauszufinden, weshalb er dorthin gekommen war. Ihn beschäftigte weit mehr die Hoffnung, die an dem Wort »entlassen« hing. »Wohin ist er dann gegangen?«

»Was meinst du damit?«

»Wohin ist er gegangen, als er rausgekommen ist?«

»Ich bin mir nicht sicher.«

»Wie das denn? Sie sind doch angeblich fast fertig. Sie können doch nicht fertig sein, wenn Sie nicht wissen, was passiert ist.«

»Ich …« Riley wandte sich ab und zupfte an seinem Bart herum. »An der Stelle bemühe ich die künstlerische Freiheit.«

»Was?«

»Ich denke es mir aus.«

»Blödsinn, so was darf man bei Biografien doch nicht.«

»Ist das nicht ein wenig naiv, zu glauben, dass es dabei lediglich um Fakten geht, von Anfang bis Ende?«

Ein Luftzug blähte die Vorhänge ins Zimmer, er wehte Antoneys Geist herüber und machte sie beide nervös. Riley schloss die Türen.

»Aber er hat doch gesagt, er ist nicht tot«, sagte Lucas. »Im Brief steht, er ist nicht tot.«

»Das war bloß eine Umschreibung. Das war doch nicht wörtlich gemeint, und wie denn auch? Aber angesichts seines damaligen Geisteszustands müssen wir wohl …«

»Und wo ist er beerdigt? Wo ist der Grabstein?«

»Ich sagte doch, ich weiß nicht, was im Anschluss geschehen ist.«

Lucas fegte die Papiere mit einem Handstreich vom Schreibtisch. »Na schön, Herr Biograf. Welchen Mist haben Sie sich denn ausgedacht? Lebt er? Ist er in Jamaika, Frankreich, Putney oder wo? Ist er tot oder nicht?«

»Lucas, beruhige dich«, sagte Riley und gestikulierte wild.

»Erzählen Sie mir, was Sie sich über meinen Vater ausgedacht haben, über *meine* Familie, ohne mein Einverständnis. Erzählen Sie mir alles über die Lügen, mit denen ich aufgewachsen bin, na los! Sagen Sie mir, wie es ausgeht.«

»Es geht aus …«, begann Riley. »Lass meine Sachen da liegen, hör auf!«

Lucas hatte die Schreibmaschine vom Tisch geschleudert, sie prallte vom Stuhl ab und schlug auf den Boden auf. »Ich will wissen, wo er hingegangen ist!«

Riley hastete eine Antwort hervor, er stolperte über die Worte. »Ich hab noch einen Brief von ihm bekommen, darin stand, dass er nach Kuba wollte, darauf baue ich auf – da wollte er immer hin, weißt du noch? Er ist in den Osten gefahren, an einen Ort namens Baracoa, am Meer.«

»Weiter.«

Riley war nicht sicher, was er als Nächstes sagen sollte. Er stammelte eine Weile sinnloses Zeug, wie ein Schauspieler, der seinen Text vergessen hat. »Er ist mit dem Bus gefahren, von Guantánamo aus. Nach der Revolution wurde eine Brücke durch die Berge gebaut, er wollte seinen Vater und seine Großmutter suchen.«

»Ach ja?«

»Aber er hat sie nicht gefunden, und dann – dann hat er sich da niedergelassen. Es gibt eine Tanzschule in Guantánamo, dort gibt es auch Shows, und manchmal geht er …«

»Na was, dann ist er noch da?«

»In meiner Version – ja. So habe ich es mir *ausgedacht*. Ich sage nicht, dass es so ist.«

»Sie Lügner. Sie verdammtes Arschloch.«

»Um Himmels willen!«

Rileys Stuhl wurde umgeworfen, gemeinsam mit dem Schreibtisch, was einige Anstrengung kostete. Reihe um Reihe leerte Lucas die gebogenen Borde, riss eines aus seiner Verankerung. Bücher, Ballerinas und Fotografien schepperten, Glas zersprang. Er schleuderte die Schreibtischlampe gegen die französischen Fenster. Riley hatte noch versucht, ihm die Lampe zu entreißen, wurde aber weggestoßen. Als Lucas Flüche und Vorwürfe ausstieß und wie ein wildes Tier röchelte, floh Riley aus dem Zimmer, seiner Katze dicht auf den Fersen. Lucas war nicht bewusst, was er tat. Alles stürzte, und er stürzte mit. Unter ihm war kein fester Boden, nie mehr. Lucas war genau wie die Dinge, die er zerstörte, hohl, unverständlich, konstruiert. Ein überflüssiger Mensch. Ein Poltergeist.

Währenddessen klopfte Riley hysterisch an die Tür seiner Nachbarn. Als ihm das junge Paar endlich im Nachthemd öffnete, sah es noch, wie Lucas über den Pfad stolperte und davonstürmte.

In stürmischen Nächten, in wilden Nächten, in Nächten, in denen das Boot erzitterte unter den Blitzen, die krachend vom Himmel fuhren, und so stark schaukelte, dass vieles verrutschte, wenn der Regen gegen die Fenster trommelte und der Donner die Bäume und Kreuzdornbüsche schüttelte, in solchen Nächten erklang eine Stimme. Du brauchst keine Angst vor dem Gewitter zu haben, das ist nur die Nacht, die sich räuspert. Das ist nur Peterjohn, sagte die Stimme.

Lucas rannte, voller Sehnsucht nach ihrem Anisgeruch. Sie wurden in der Eile heimisch. Frackschöße peitschten im Wind. Vor Jahren, sagte Toreth dann immer und strich die Decke unter seinem Kinn glatt, lange vor deiner oder meiner Geburt, war die Portobello Road nur eine raue Landstraße. Kannst du dir vorstellen, über die Portobello Road zu gehen, zwischen Hopfenfeldern hindurch, und die Nachtigallen singen? Es war eine lange, stille, durchlöcherte Straße, staubig im Sommer und schlammig im Winter und, wie fast jedes offene Gelände in den Städten jener Zeit, war sie das Revier von Straßenräubern. Was ist ein Straßenräuber?, fragte Lucas dann immer, obwohl er die Antwort schon kannte. Das waren Männer mit schwarzer Maske und Umhang, die Uhren stahlen, wenn die Leute aus dem Haus waren. Hatten sie Waffen? Manchmal, erwiderte Toreth. Peterjohn aber nicht. Wer ist Peterjohn? Das will ich dir ja erzählen, aber du unterbrichst mich ständig. Die meisten Straßenräuber nämlich, Lucas, waren Trunkenbolde. Sie waren »dem Schnaps zugetan«, wie man es damals genannt hätte, sie waren vulgär, und sie stanken. Peterjohn aber war anders. Er hatte neun Kinder. Wirklich?, fragte Lucas. Ist das auch wirklich wahr? Natürlich ist das wahr – ich würde euch Kinder doch nie belügen! Glaub mir, neun Kinder, und er war zum Räuber geworden, damit er für sie sorgen konnte. Eines Tages wurde eines der Kinder krank, der jüngste Sohn, Peterjohns Liebling. Der Junge war sehr krank. Ein Gewitter kam auf, und Peterjohn stieg auf sein Pferd, um zu sehen, ob er etwas für seinen Sohn finden konnte, und weißt du, was dann mit ihm geschehen ist?, fragte Toreth. Nein, was ist denn geschehen? Nun, mein Schatz, unter einem Ahornbaum auf einem Heufeld traf ihn der Blitz. War er tot?, fragte Lucas. Nein, Lucas, er war nicht tot. Und in dem Moment, als der Blitz Peterjohn traf, setzte sich sein Lieblingssohn im Bett auf und war wieder gesund. Er wurde ein sehr, sehr großer Junge und kannte keine Angst vor Gewittern. Es hieß sogar, dass der Blitz immer noch in seinen Augen war. (Na gut, das am Schluss ist wohl doch ein wenig gelogen.)

11

Nachdem sich das Midnight Ballet aufgelöst hatte, bot sich Antoney die Gelegenheit, an einem College Modern-Dance-Kurse zu geben, manchmal holte ihn sogar das renommierte The Place. Doch das Unterrichten lag ihm nicht. Er erzählte – mehr zu seiner eigenen Unterhaltung – Anekdoten über Katherine Dunham und die Tage im Souterrain von Oscar Day, oder er erklärte den Unterschied zwischen einer Number 11- und einer Juli-Mango. Er trug verwaschene Gymnastiktrikots mit lockeren Hosen, und wenn er umherlief, ließ er die Hände an den Trägern auf- und abgleiten. Die ernsthaften, die begabteren Schüler mochten ihn, sie hatten ihren Spaß, aber die Übrigen fanden ihn unausstehlich. Er favorisierte wenige Einzelne, andere übergoss er mit ätzender Kritik. »Wie alt bist du, Mädel? Du tanzt, als wärst du schon neunzig.«

»Musst du unbedingt wie ein *Ochse* vor mir rumtrampeln? Das kann man sich ja nicht ansehen!« Manche Schüler kamen ein Mal und nie wieder.

St. Bernard war zurück in die Hände von Kensington und Chelsea gefallen. Kostüme, Tonbänder, Dokumente und sämtliche Fotografien – bis auf den Petruschka-Nijinsky über der Küchentür, er verblieb dort als Reminiszenz – wanderten in eine Truhe und wurden bei Riley gelagert, bis Antoney Platz in einem größeren Heim dafür hätte. Das Einzige, was er mit nach Hause nahm, waren die Kostüme von »Shango Storm«, das Porträt von Katherine, an die Säule gelehnt, und, auf Carlas Bitte hin, Blueys Cowbell. Antoney richtete seine ganze Aufmerksamkeit auf Carla und das künftige Baby, das, so hoffte er, ein Junge würde. Er wollte mit ihm Bus fahren. Er wollte mit ihm ins Theater gehen, und dann würden sie dort nebeneinandersitzen, die Beine überkreuzt, das Kinn auf den Händen aufgestützt. Er wollte seinem Jungen sagen, wenn er davon träumte, ein Drachen zu werden, dann sollte er danach streben, denn man bekam im Leben nur eine Chance. Er wollte es richtig machen. Obwohl er manchmal das Gefühl hatte, dass er in dieses neue, untänzerische Leben gewissermaßen konvertieren musste, dass er von seiner Natur abfiel, schenkte ihm seine Familie doch auch Trost, und ganz so furchtbar war es nicht. Er kaufte Carla Geschenke auf dem Markt, farbige Schals und Armreifen.

Die zweite Schwangerschaft machte es Carla schwer. Ihr war ständig übel, und ausgesprochen reizbar war sie auch. Sie wollte helfen, für das neue Heim zu sparen, und hatte eine Stelle als Kellnerin in einem Café angenommen. Um überhaupt durch den Tag zu kommen, musste sie regelmäßig Kohlenhydrate zu sich nehmen. Der Hunger war unerbittlich. Sie bekam fettige Haut. Ihre Knöchel schwollen an, weil sie so viel auf den Beinen war. Wenn Antoneys Blicke darauf fielen, flüsterte ihm eine leise Sorge zu, dass der Tag kommen würde, an dem Carlas Schönheit nicht mehr vor ihm, sondern in ihr wäre, der Tag, an dem er sich an ihre Schönheit erinnern und nach ihr suchen müsste, an dem das Bemühen um Liebe schwerer würde. Carla spürte, dass seine Zuneigung schwankte, wodurch sie sich noch plumper und unattraktiver vorkam und noch launischer wurde. Als sie im fünften Monat war, musste sie ihre Stelle aufgeben. Eines Tages brachte ihr

Antoney eine violette Schmuckschatulle mit, in der drei Paar identischer Ohrringe und für Denise vierzehn Haarklammern lagen. »Was ist nur mit dir los?«, fragte sie. »Warum konntest du nicht einfach ein oder zwei kaufen?« Er sagte, er habe ihr damit eine Freude machen wollen.

Nach dem Unterricht ging er oft zu Riley und klagte über einem Brandy. Er roch nach Tanzschweiß, einem rauen, esoterischen Geruch. »Hast du inzwischen einen Kerl gefunden, Riley?«, fragte er ihn eines Abends, woraufhin Riley vor lauter Verlegenheit in seinen Brandy hüstelte. »Beziehungen unter Kerlen sind doch bestimmt viel einfacher, nicht so kompliziert und nörgelig. Ich kann ihr im Moment gar nichts recht machen.« Riley erwiderte mit kaum verhohlener Befangenheit, dass Antoney mit seiner Vermutung, was Beziehungen zwischen Männern anging, wahrscheinlich recht habe.

Kurz vor Weihnachten, im Jahr 1973, traf Carla zufällig Simone auf der Kilburn High Road. Sie umarmten sich spontan – sie hatten sich lange nicht gesehen. Die Situation war wegen der früheren Spannungen ein wenig unbehaglich, aber das legte sich, als Carla über Simones Kompliment, sie sähe großartig aus, lachte und es eine »unverschämte Lüge« nannte. Sie unterhielten sich eine halbe Stunde lang auf offener Straße, tauschten Neuigkeiten aus; Simone fragte nach Denise. Simone hatte bislang kein Glück mit dem Vortanzen gehabt – Carla fiel auf, dass ihr der Hochmut aus ruhmreichen Tagen ein wenig vergangen war –, aber Ekow hatte es gut getroffen und eine Rolle in einem Musical im West End ergattert, *Gone with the Wind*, das im Theatre Royal in der Drury Lane lief. Carla müsse es sich unbedingt ansehen. Sie verabschiedeten sich herzlich, mit dem lockeren Plan, sich nach der Geburt des Babys einen Verwöhntag in der Rushwood-Sauna zu gönnen, so wie früher.

Antoney gab sich unbeeindruckt, als er von Ekows Engagement hörte, doch er war wahnsinnig neidisch. »Du könntest mal mit mir hingehen«, sagte Carla. »Du könntest mal mit mir ins Theater gehen, anstatt immer Besen oder Landkarten zu kaufen.« (Die Landkarten, es gab sie auf dem Markt, in psychedelischen Rahmen, gehörten zu Antoneys jüngsten unerklärlichen Anschaffungen. Bislang hatte er Polen und Kuba erworben.) Am Tag vor Heiligabend ging er mit Carla zu *Gone With the Wind*, Denise blieb bei Toreth. Carla hatte sich extra ein neues Kleid gekauft, ein bodenlanges, hellbraunes Umstandsmodell mit Glockenärmeln. Sie hatte keine passenden Schuhe dafür und trug ein Paar alter, schwarzer Treter. Antoney zog zunächst ein weißes Hemd an, aber sie riet ihm zu dem roten, weil ihm das am besten stünde. Sie zupfte ihm im Schlafzimmer den Kragen zurecht und strich den Stoff über seiner Brust glatt, dabei drückte ihr Bauch gegen seinen. Er sah liebevoll auf sie hinunter. »Mein schöner, unergründlicher Mann«, sagte sie. »Meine wahre und einzige Königin«, erwiderte er.

Sie nahmen den 23er ins West End, das unter seinem Weihnachtsschmuck funkelte und glitzerte. All die Lichter mit ihren Farben, die leuchtenden Kaskaden über der Oxford Street, die Schaufenster und die Straßenlaternen – es war einer dieser berückenden Abende, an denen London der strahlendste Ort auf der Welt ist. Carla hatte das Gefühl, dass ihnen die Stadt zu Füßen lag. Sie drückte Antoneys Hand, als sie in Erinnerungen an ihre früheren Busfahrten schwelgten, sie strahlte innerlich vor lauter Glück, dass sie nach all der Zeit noch so viel Liebe für ihn verspürte. Auch wenn er sie manchmal wütend oder fassungslos machte, auch wenn er bisweilen selbstsüchtig war, es würde immer Momente wie diesen geben, in denen alles war, als wäre es neu. Die tiefen Falten auf seiner Stirn und der kurze, unordentliche Afro, den sie vor ihrem Aufbruch noch zu glätten versucht hatte, bestärkten sie in ihrem Gefühl. Sie wusste, auch später noch, wenn er grau und verblüht war, würde sie so für ihn empfinden. Es würde immer besser werden mit den Jahren, mit der Summe der gemeinsamen Erfahrungen.

Sie hatten billige Plätze auf dem oberen Balkon. Ekow hatte zwar nur eine Rolle im Chor, aber mit seinem weittragenden Charme stach er heraus. »Ich bin richtig stolz auf ihn. Ich glaube, Ekow wird es noch weit bringen«, sagte Carla in der Pause, die sie unter dem Vorwand, dass Carla ihre Füße hochlegen musste, auf ihren Plätzen verbrachten. In Wahrheit hatte Antoney Angst, Bekannten aus Tanzzeiten über den Weg zu laufen und sich der Frage zu stellen, was er denn dieser Tage so machte. Es fiel ihm schwer, in einem Theater zu sein, noch dazu in einem so prachtvollen, wenn ihm die Garderoben und der Bereich, der hinter der Zauberkunst lag, verschlossen blieben. Er hatte sich allein auf die Schwachstellen der Aufführung konzentriert und bemängelte die schlichte Choreografie und die einfallslose Positionierung. »Ach, nun sei nicht so ein Miesepeter, es ist wunderbar!« Ekow auf der Bühne zu sehen, machte es noch schwerer. In der zweiten Hälfte konnte er es nicht mehr ertragen. Er ging zur Bar.

Der Raum war verlassen, bis auf einige Raucher, die sich im Kreis um ihre Chesterfields drängten, und zwei Frauen auf Barhockern. Antoney setzte sich an die Theke und kippte seinen Drink in einem Zug herunter. Es war so ungerecht, dass Ekow da oben stand und er vergessen war. Er war ein Niemand, ein gefallener Stern. Er wollte einen zweiten Drink, konnte sich das aber nicht leisten. Dabei hatte es Zeiten gegeben, da brauchte er sich keinen zu bestellen, da hatten sich die Leute regelrecht überschlagen, ihm einen auszugeben. Und wie ein Echo seiner Gedanken erklang hinter ihm eine markante Stimme.

»Antoney Matheus. Na, dass ich dir hier über den Weg laufe.« Er fuhr herum. Da stand Audrey.

Sie hatten sich seit jener Nacht, seit er ihr Sofa zerstört hatte, nicht mehr gesehen, und am liebsten hätte er sie ignoriert. Aber sie lächelte ihn in ihrer verspielten Art aufrichtig an. Ihr Haar glühte im Schein der Lampen, ihre grün getuschten Wimpern passten zu einem beeindruckenden Smaragd an ihrem Hals. Sie trug ein eng anliegendes, silbernes Kleid und ein betörendes Parfum, so elegant wie immer. »Gott, bist du alt geworden«, sagte sie, so taktlos wie immer. In dem Moment wollte er gehen, aber sie tätschelte sein Bein und zog einen Hocker heran. »Keine Sorge, ich habe es neu aufpolstern lassen – ist so gut wie neu. Wie geht es dir? … Wodka mit Zitrone, bitte«, sagte sie an den Barmann gewandt. »Nimmst du auch noch einen, um der alten Zeiten willen?«

»Ich bin mit meiner Frau hier«, erwiderte er.

»Deiner Frau? Wie reizend – wie geht es ihr?«

Schon ein wenig entspannter erwiderte Antoney, sie sei in die Show vertieft, die, so fand Audrey, weit überschätzt wurde. Er erzählte ihr, dass sie ein zweites Kind erwarteten.

»Deshalb siehst du so elend aus«, sagte sie. »Kinder sind so kräftezehrend. Ich will keine Blagen, die sind mir viel zu unberechenbar – und dann quengeln und zerren sie auch noch ständig an dir herum. Tanzt du eigentlich noch?«

Sie bestellte ihm einen Rum-Cocktail. Audrey war zwar einige Jahre älter als Antoney, aber in diesem Moment beneidete er sie um ihre Freiheit und jugendliche Unbefangenheit. »Ich unterrichte.«

»Wirklich? Irgendwie sehe ich dich nicht als Lehrer. Oh, Darling, du hast doch nicht etwa Notre-Dame verloren?«

»Dieser Dempsey-Scheiß. Er und Priester? Den ganzen Mist hast du doch bloß erfunden.«

»Habe ich nicht. Er wollte *wirklich* Priester werden.«

»Aber von meiner Kirche hat er nie was gehört.«

»Sei mir nicht böse. Aus Begierde greift man schon mal zu einer List.«

Sie gab ihm einen koketten Knuff. »Wir hatten doch auch ziemlich viel Spaß, oder nicht?«

Antoney zog die Luft durch die Zähne. Es brachte nichts, ihr böse zu sein, und so wechselte er lieber das Thema. Wieder musste er feststellen, wie unterhaltsam sie war, wenn auch ein richtiges Biest.

Carla hatte unterdessen den Zuschauerraum verlassen und den Waschraum aufgesucht. Unter einem harschen Licht überprüfte sie im Spiegel ihr hochgezerrtes Haar, beklagte ihre müden Augen und die aufgedunsene, fettige Haut. Sie konnte es kaum erwarten, wieder ihr altes Selbst zu sehen. Auf dem Weg zurück in den Zuschauerraum steckte sie kurz den Kopf in die Bar, um zu schauen, ob Antoney noch da war. Sie sah ihn von hinten, im Gespräch mit einem Mädchen.

Das Erste, was ihr auffiel, war nicht das flammenfarbene Haar, sondern dass diese Frau eine Frau ohne Mühsal war. Ihre Haltung, ihre Kleidung, die Art, wie sie dasaß, wie sie die Hände bewegte, all das war vollkommen unbeschwert. Ihre cremefarbenen, konturierten Knöchel entwuchsen hochhackigen Schuhen. Es war nichts Verdächtiges zwischen ihnen. Carla neigte ohnehin nicht zur Eifersucht – und Antoney lernte ständig irgendwelche Frauen kennen. Aber als er aufstand, geschah etwas, und das war verräterisch. Die Frau, diese Frau-ohne-Mühsal, sah an Carlas Mann, an seinem Körper auf und ab, voller Besitzerstolz, und an diesem Blick erkannte Carla, dass sie seine Geliebte war. Zum zweiten Mal brach ihr das Herz, aber dieses Mal flossen keine Tränen.

Als Antoney zu seinem Platz zurückkehrte, wurde er nicht zur Kenntnis genommen. Er legte wieder, wie zuvor, eine Hand auf ihren Schoß. Ein Schmerz durchfuhr Carla, im Rücken, tief unten in der Wirbelsäule, es tat weh, wenn sie heftig atmete. Als das Stück vorbei war, als sie in der Lobby darauf wartete, dass er sich von Bekannten verabschiedete, wurde es immer schlimmer. Sie musste schließlich stören und sagte ihm, sie würde nun gerne nach Hause fahren, und ging allein zum Ausgang vor. Im Bus zurück zur Ladbroke Grove schwieg sie, entwand ihm ihre Hand. Er glaubte an einen pränatalen Stimmungsumschwung.

Sie stiegen an ihrer Haltestelle an der Kanalbrücke aus dem Bus, doch anstatt weiter zu ihrer Mutter zu gehen und Denise zu holen, zog Carla den Schlüssel hervor und steckte ihn in das Tor.

»Denise?« Er versuchte es mit einem Scherz über die angebliche Vergesslichkeit von Schwangeren.

»Später«, sagte sie. Sie ging vor ihm den dunklen Pfad hinunter, ihr Kleid blähte sich unter dem Mantel auf.

Als sie im Innern waren, machte sie das Licht an und hängte ordentlich ihren Mantel an den Haken. In der Kajüte stand ein winziger Weihnachtsbaum, der den Raum noch kleiner, aber auch gemütlicher wirken ließ. Seine schimmernden Kugeln kreisten an ihren Bändern mit dem Schaukeln des Boots. Carla sah alles vollkommen klar. Sie war sich ihrer selbst so sicher wie schon lange nicht, und ein Gefühl von Erleichterung ging damit einher. Aber als sie ihn anschaute, in dem Augenblick, als er seinen Mantel auszog und sie ihn anschaute – sie wollte wissen, ob der Lichtstrahl noch da war –, wankte die Klarheit. Sie schien verwirrt.

»Ist alles in Ordnung? Hab ich etwas falsch gemacht?«

»Könntest du bitte deinen Mantel da wegnehmen, damit ich mich setzen kann?«

Er hängte ihn neben ihren, aber auch das war nicht richtig.

»Nicht dahin. Häng ihn woandershin.«

Um einen Streit zu vermeiden, legte er den Mantel über die aufgeschlitzte Djembe nahe der Tür, was sie befriedete. Sie setzte sich trotzdem nicht. Während sich Antoney zur Beruhigung einen Drink einschüttete, blieb sie vor dem Spinnenfenster stehen und schaute hinaus aufs Wasser, mit Denises fliederfarbenem Teddy in der Hand. Er bot ihr einen Tee an.

»Du hast uns kein anderes Heim gefunden«, sagte sie, mehr zu sich selbst. »Du hast uns nicht beschützt.«

»Wie bitte?«

Sie sah ihn an (dort war kein Lichtstrahl) und wiederholte: »Du hast uns nicht beschützt.«

»Vor was beschützt?«

»Mördern. Vergewaltigern und allem Möglichen.«

»Geht es um den Umzug? Ach komm, lassen wir das Thema jetzt.«

»Okay.«

»Warum legst du dich nicht ein bisschen hin, und ich hol Denise?«

»Nein, das mache ich.«

Antoney umklammerte sein Glas mit beiden Händen, als müsste er sich daran wärmen. Die Temperatur im Innern sank, es war noch nie so kalt gewesen. »Das hier ist seltsam, Carla«, sagte er unruhig.

Sie seufzte schwer, was im Rücken schmerzte, sagte aber nichts.

»Ich hab mir vorhin überlegt«, er versuchte, ein unverfängliches Gespräch in Gang zu bringen, »dass ich bei solchen Shows als Choreograf mitmachen könnte – das war wirklich schwach. Wär womöglich leicht verdientes Geld. Vielleicht sollte ich mal mit Ekow sprechen.«

»Wer war das Mädchen, mit dem du gesprochen hast?«

»Welches Mädchen?«

»In der Bar.«

»Der Bar?«

»Ich weiß, dass du sie gefickt hast, also lüg mich nicht an!«

»Was? Hab ich nicht!«

»Heute Abend selbstverständlich nicht. Aber früher.«

Da es Antoney offenbar die Sprache verschlagen hatte, fragte Carla erneut: »Wer ist sie?«

»Wie kommst du denn auf die Idee?«

»Nennst du mir jetzt endlich ihren Namen?«

»Du wirfst mir vor ...«

Sie schrie: »Verkauf mich nicht für dumm. Sag mir die Wahrheit!« Danach beugte sie sich vor und stützte sich mit beiden Händen auf dem Sessel ab. Antoneys Finger zitterten, als er sich nachschenkte.

»Und?«, fragte sie.

»Es war nichts.«

»Ihr Name.«

»So war das nicht, ich kann diese Ziege nicht einmal ausstehen.«

»Sag mir ihren verdammten Namen, Antoney, ich hab ein Recht darauf.«

»Gott, sie heißt Callaway, okay?«

»Callaway wie?«

»Audrey. Callaway ist ihr Nachname.«

Carla wirkte erstaunt. »Audrey? Ein komischer Name.«

»Hast du Schmerzen?« Sie klammerte sich an den Sessel und schwankte leicht. »Willst du dich nicht lieber setzen?«

»Ich will mich nicht setzen.«

»Carla, ich schwöre dir«, sagte er, »ich wollte das nicht. Das war ein Fehler.«

»Wie lange hast du mit ihr gefickt?«

»Das ist nicht fair!«

»Egal, trink noch was.«

»Sie hat mich erpresst.«

Carla spie ungläubig aus: »Sie hat dich erpresst? Was soll das heißen, sie hat dich *erpresst*?« (Beim zweiten Mal lag ein unglaublicher Hohn in ihrer Stimme.)

Und so erzählte er ihr von dem Onkel, der investieren wollte, von der Angst, Oscars Kirche zu verlieren. Carla hörte zu, wurde aber von Sirenen oben auf der Ladbroke Grove kurzzeitig abgelenkt. »Ich konnte nicht mehr klar denken.«

»Also warst du ihre was – ihre Hure?«

»Jetzt *ist* aber gut!«

»Eine männliche Prostituierte?«

Ihr Gesicht, im Lampenschein, erschreckte ihn mit seiner Strenge. Sie war ihm vollkommen fremd. »Das ist respektlos«, sagte er leise.

»Sag, wie lange hast du als Prostituierte gearbeitet?«

»Auf so etwas gebe ich keine Antwort. Warum versuchst du nicht, mich zu verstehen – du weißt doch, wie wichtig mir meine Arbeit ist.«

»Das war mir immer bewusst, Antoney. Und ich wünschte, ich hätte mich früher schon entsprechend verhalten.«

»Bitte, setz dich doch.«

»Fass mich nicht an. Wie lange?«

»Na gut.« Nun war er an der Reihe, auch er konnte gemein und hartherzig sein. »Warum erzählst du mir nicht ein bisschen von dir und Bluey?«

»Was hat denn Bluey damit zu tun?«

»Zwischen euch beiden war doch was.«

»Bluey ist *tot*. Er war mein Freund. Du solltest dich schämen.«

»Für mich sah das nicht nach Freundschaft aus.« Aber er wusste, dass er an Boden verlor. Er verstrickte sich nur immer mehr.

»Hast du allen Ernstes vor, einen toten Jungen vorzuschieben, um deine Haut zu retten?«

Darauf wusste er nichts zu sagen. Sie fragte ihn aus, er murmelte Antworten, sie forderte ihn auf, lauter zu sprechen. Als sie ihn fragte, wo er für das Mädchen »gearbeitet« habe, verlor er die Fassung und wurde laut. Sie sah sich um. Er dachte, sie würde nach einem Gegenstand suchen, den sie ihm an den Kopf werfen könnte, und wurde sehr traurig. Dabei stellte sich Carla bloß vor, wie das Zimmer ohne ihn aussehen würde, wenn nur noch sie mit den Kindern dort lebte. Sie sank auf den Sessel. Das Zimmer wurde größer, die Entfernung zwischen ihnen wuchs, dann aber schrumpfte es völlig zusammen. »Ich hätte nicht gedacht, dass so etwas einmal passiert«, flüsterte Carla. Ein kalter Wind erfasste den Rumpf.

»Baby, es tut mir so leid«, sagte er.

»Ich weiß. Nur eine Frage noch. Hast du ihr gesagt, dass du verheiratet bist?«

»Von Anfang an.«

»Gut.«

Sie lächelte, aber der Ausdruck auf ihrem Gesicht änderte sich nicht. Nichts geschah in ihren Augen, in dem Moment, als sie lächelte.

»Es ist gut, es ist vorbei, du kannst jetzt gehen.« Sie nahm ihren Mantel von der Garderobe und ließ Antoney stehen. »Ich hole Denise ab. Es wird nicht lange dauern. Pack deine Sachen. Ich will dich hier nicht mehr sehen, wenn ich zurückkomme.«

»Wirf mich nicht raus.«

Er schien den Tränen nahe, doch sie tröstete ihn nicht, denn sie waren nicht, was sie waren. »Es ist zu spät. Ich hab dich gewarnt.«

»Aber, wo soll ich denn hin?«

»Geh doch zu Riley oder wohin auch immer – mir egal.« Sie öffnete die Tür.

»Warte. *Ich* hol sie ab«, sagte er. »Lass mich wenigstens noch eben Denise holen.«

»Nein.«

»Nun nimm doch Vernunft an, Mädchen. Es ist da draußen um die Zeit nicht sicher.«

»Uns passiert schon nichts.«

Er konnte sich nicht länger beherrschen. Er sank zusammen, aus purer Enttäuschung, und flehte um Vergebung. »Hör mir zu. Es hat, es hat nichts bedeutet. Ich liebe dich doch.«

»Nein, jetzt hörst du mir zu.« Sie kam zu ihm zurück, nun war ihr Ausdruck lebhaft, doch es war der blanke Hass. »Du bist ein Egoist, Antoney, ein scheiß Egoist. Du nutzt alle nur aus. Du hast mich ebenso benutzt wie diese Schlampe, wie Bluey und alle anderen auch, damit du auf deinem Teppich rumfliegen konntest und jemanden hast, der dich auffängt, falls es mal schiefgeht. Werd endlich erwachsen. Ich mach das nicht länger mit. Ich lasse nicht zu, dass du mich jemals wieder beleidigst.« Und mit diesen Worten trat sie hinaus aufs Deck.

Toreth bestand darauf, Carla und Denise zum Boot zu begleiten. Sie hatte Carla angeboten, bei ihr zu übernachten, aber Carla beharrte darauf, in ihrem eigenen Bett zu schlafen. In jener Nacht, aus einem Impuls heraus, drehte sie sich auf die Seite, wie es ihr die Wahrsagerin geraten hatte. Weihnachten feierten sie zu dritt. Am Neujahrstag fror der Grand Union Canal zum ersten Mal seit langer Zeit wieder zu.

Riley mochte sich auf Fotos nicht. Entweder lächelte er seltsam oder schaute zu ernst. Oft blickte er auch von der Kamera weg. Manchmal hatte er Angst, dass allen klar war, worauf er schaute.

Als Rileys Bruder fünfzehn wurde und Riley dreizehn war, hatten ihre Eltern ein Fest im Garten ihres Hauses in Finchley gegeben. Ihre Mutter hatte, weil ihr Jüngster die Angewohnheit hatte, sich von Gesellschaft fernzuhalten, zwei Schwestern aus der Nachbarschaft eingeladen. Sie kamen in Sommerkleidchen mit Schleifen im Rücken und Söckchen, die aus ihren Schuhen hervorschauten. Der Himmel war wolkenlos, ein reines helles Blau. Das ältere Mädchen, eine hübsche Brünette, unterhielt sich ganz ungezwungen mit Jeremy, während sich die Jüngere, ebenfalls Hübsche, mit honigblonden Zöpfen, um ein Gespräch mit Edward mühte. »Du bist nicht so gesellig wie dein Bruder, oder?«, sagte sie und sah neidisch zu ihrer Schwester. Unter dem Blick seiner Mutter lächelte Edward schwach und floh schließlich in sein Kinderzimmer.

Er blieb eine ganze Weile dort und schaute hinunter in den Garten. Er sah, wie seine Mutter mit dem Absatz im Rasen stecken blieb, das fremde, honigblonde Wesen ganz alleine dort stand. Im Gras neben ihr bewegte sich etwas sehr rasch. Weil er nicht erkennen konnte, was es war, schob er die Gardine ein wenig beiseite. Es war ein Tier, wahrscheinlich ein Hund, doch es war nur der Schatten eines Hundes, ein Schatten, der keinen Körper hatte. Es lief im Kreis auf dem Rasen, immer und immer wieder, als würde es seinem eigenen Schwanz nachjagen.

Allmählich verblassten die Menschen im Garten. Die Zeit schritt voran. Riley wurde zu einem jungen Mann, Jeremy verließ das Elternhaus, das Zimmer leerte sich, aber während all dieser Zeit hatte er stets das Gefühl, am Fenster zu stehen und den unmöglichen Schatten zu beobachten, fasziniert und unfähig, seinetwegen den Raum zu verlassen. Wie war er beschaffen? Wie sah aus, was diesen Schatten warf? Diese seltsame Vorstellung verließ ihn nicht, nicht während des Studiums, nicht während der Arbeit. Langsam bekam er das Gefühl, dass die Tür in seinem Rücken verschlossen war.

Antoney traf, samt seinem Wäschebeutel, in den frühen Morgenstunden des Heiligabend bei Riley ein. Er ging tagelang nicht nach draußen, nicht einmal in den Garten. Er trank und rauchte ununterbrochen. Als Alkohol und Zigaretten zur Neige gingen und Riley sich weigerte, Nachschub zu kaufen, zog Antoney in seinem dreckigen Trainingsanzug los und kehrte gleich darauf wieder zurück. Er wollte nicht in den Park. Er wollte nicht fernsehen, nur schlafen – schlafen, trinken, rauchen. »Riley«, sagte er, »ich bin am Ende.«

Selbst in diesem Zustand hatte Riley ihn gerne um sich. Die Außenwelt brach weg, im Innern der Wohnung herrschte die gedämpfte Atmosphäre eines der Welt entrückten Tempels. Regnete es, war es wie eine weit entfernte Musik. Am letzten Tag des Jahres schneite es. Diesmal war Antoney bereit, hinaus in den Garten zu gehen; sie schritten über den Teppich aus Weiß und ließen sich Flocken in den Mund schneien. Zu Neujahr schenkte Riley Antoney einen Band mit Gedichten von W. B. Yeats und las sie ihm bei Kerzenschein im Wohnzimmer vor, wo sie ihm ein Bett gebaut hatten. Für Riley war es eine glückliche und friedvolle Zeit.

Antoney beeindruckte, wie Yeats über die Natur sprach, als eine mystische, uns weit überlegene Kraft, aber auch als etwas sehr Verletzliches. Antoney sagte zu Riley, dass Gott uns womöglich auf die Erde entsandt habe, damit wir litten, damit wir an den Punkt kamen, an dem wir seine Schöpfung zur Kenntnis nahmen und Trost in ihr fanden. Mag sein, sagte Riley, er aber hielt jede institutionalisierte Religion für eine Form der Kontrolle; all das konnten wir doch auch so zur Kenntnis nehmen. Dennoch zog Antoney im Januar an einem klaren Sonntagmorgen seine guten Sachen an und verkündete, dass er in die Kirche gehen wolle. So guter Dinge hatte Riley ihn seit seiner Ankunft noch nicht erlebt, er schien wieder hoffnungsvoll in die Zukunft zu blicken. Er wolle, so sagte er, sein Leben wieder in die richtigen Bahnen lenken. Doch als er zwei Stunden später zurückkehrte, war er aufs Neue verzagt. Es hatte ihn an zu Hause erinnert, an die Zeit, als ihn seine Mutter jeden Sonntag in die Kirche geschleift hatte, nachdem sein Vater verschwunden war. Seine Mutter hatte ihm gesagt, Gott, und nicht Mr. Rogers, sei nun sein Vater, also hatte er in den farbigen Glasfenstern, am Altar, an der Decke und am Kreuz nach Mr. Rogers gesucht. Natürlich hatte er ihn nicht gefunden. Er hatte zu seiner Mutter aufgeblickt, die sang und mit den Händen auf den Wangen betete, und da war ihm allmählich aufgegangen, dass Gott ein Weg war, das zu finden, was man suchte, indem man schlicht eine Weile vergaß, dass man es verloren hatte. Deshalb gingen die Leute jeden Sonntag in die Kirche. Es war nichts als Schwindel.

Er blieb mehrere Monate bei Riley, ohne große Anstrengungen zu unternehmen, sich eine eigene Bleibe zu suchen, obwohl er das angeblich vorhatte. Sie fanden in eine harmonische Routine. Riley arbeitete weiterhin als Journalist. Antoney arbeitete wieder Teilzeit auf dem Bau. Sein Körper verlor an Form. Riley fiel auf, dass die Arme erschlafften, ihnen fehlte der Tanz. Obwohl Riley selbst recht prüde war und sich bei jedem Gang ins und aus dem Badezimmer etwas anzog, lief Antoney oft ohne Hemd herum. Wenn Antoney durch den Korridor ging, betrachtete Riley die Berge und Täler auf seinem Rücken; er kannte schließlich jede Faser, jeden müden

Muskel, als wäre dies sein Privatgebirge. Als er eines Abends aus dem Theater heimkehrte, überraschte er Antoney in der Badewanne. Er stammelte eine Entschuldigung und stürmte aus dem Zimmer, aber das Bild der geliebten Brust mit ihrem borstigen schwarzen Haar, der starken Waden und der Genitalien, die durch die Wasseroberfläche brachen, ließ sich nicht löschen. Riley fiel es schwer, nicht daran zu denken, wenn er Antoney ansah. Es war, als hätte er den Schatten im Gras gesehen, dessen wahre Form und wahres Wesen sich ihm zum allerersten Mal offenbarten.

Er war froh, dass über Carla nur wenig gesprochen wurde. Als sie von der Europatournee als Ehepaar zurückgekehrt waren, war Riley am Boden zerstört. Er hatte nur mit großer Mühe die Fassung bewahrt, als sie gemeinsam im Westbourne Grove Café auf ihn zugekommen waren, zu einem Mittagessen, zu dem er sich mit Antoney alleine verabredet hatte. Ihre Knöchel hatten sich berührt, der Ausdruck einer verfestigten Intimität, und ihr frauliches Strahlen kam, wie Riley erfahren sollte, von ihrer Schwangerschaft. Er hatte immer gedacht, dass man mit Carlas Wesen schnell fertig wäre, sie für eher oberflächlich gehalten, mit einer gewissen Neigung zu Unabhängigkeit und Selbstbestimmtheit, aber dem größeren Verlangen, sich in die Konformität führen zu lassen. Die Frischvermählten waren auf banale Weise schön und groß. Der Schwur hatte sie sanktioniert, überschrieb jedes andere Wort, ließ sie stumm strahlen und ihn verblassen. Sie waren weniger als zuvor, und doch mehr. Antoney hatte sich die übliche Begrüßung, Rileys Hand herzlich mit beiden Händen zu umschließen oder ihn schwungvoll und freundschaftlich zu umarmen, verkniffen. Nun gaben sie sich die Hand, förmlich, als wären sie Bekannte. Riley verübelte es ihnen beiden, weil sie ihm das Recht auf ein wahres Wiedersehen mit seinem Freund versagten.

Antoney hatte offenbar akzeptiert, dass seine Ehe beendet war. Obwohl er Carla sichtlich vermisste, verlor er darüber kein Wort. Wohl aber erwähnte er im März, dass das Baby in diesem Monat kommen sollte und er so gerne bei der Geburt anwesend wäre. »Glaubst du, sie lässt zu, dass ich ihn sehe?«

»Woher weißt du, dass es ein Junge wird?«, fragte Riley.

»Ich weiß es einfach. Es ist mein Sohn. Glaubst du, ich kann sie sehen? Womöglich ist es ja schon passiert.«

»Das liegt bei dir«, sagte Riley, und ein Grauen ließ sich tief in ihm nieder.

Jedes Mal, wenn Antoney von dem Kind sprach, reagierte Riley derart distanziert; das Thema sorgte für eine stete unterschwellige Spannung. Antoney erwähnte es daraufhin eine Weile nicht mehr, offenbar interessierte es Riley nicht – entweder mochte er Kinder nicht, oder er fand, dass Antoney sich vergebens mühte. Antoney kaufte ein Geschenk für seinen Sohn, einen kleinen hölzernen Spielzeugbus, den er über den Boden rollen konnte. Eines Nachmittags machte er sich damit auf zum Kanal. Toreth saß an Deck, mit dem Baby auf dem Schoß. Es hatte ein winziges braunes Gesichtchen und strampelte mit den Beinchen. Antoney musste laut lachen, mit einem Kloß im Hals. Obwohl er immer noch einen Schlüssel zum Tor hatte und es ihn schmerzlich drängte, den Jungen in die Arme zu nehmen, zu fühlen und zu riechen, brachte er den Mut nicht auf, vorwärtszugehen und sein Geschenk zu überreichen.

Die Diskrepanz zwischen der glücklichen Geburt seines kleinen Jungen und seiner Entfremdung von Carla verstörte ihn. Riley ging auf, dass Antoney es mitnichten akzeptiert hatte. In vielen Nächten blieb er ruhelos. Riley hörte von seinem Schlafzimmer aus, wie Antoney in der Küche rumorte oder sich aber ein Bad einließ. Manchmal stand er auf und setzte sich zu ihm, denn er wusste, wie schwer die Nächte sein konnten, wenn ein Mensch sehr traurig war. In einer solchen Nacht erzählte Antoney Riley von der hässlichen grauen Masse, die er hinter seiner Schulter spürte, ein staubiges, dreckiges, verklumptes Drahtgewirr, das ihm folgte, wohin er auch ging. Und in seinem Kopf sei ein fernes Geräusch, ein Marschieren, als ob seine Gedanken Stiefel trügen. Ungefähr zu der Zeit begann er, Tabletten zu nehmen. Die Pillen besserten seine Stimmung. Riley genoss es, wie stets, dass er der Vertraute war, der einzige Mensch, der Antoneys Persönlichkeit in all ihren Facetten und in vollem Umfang erfasste. Ganz tief in seinem Innern aber war es ihm lieber, wenn Antoney niedergeschlagen war, dann waren sie einander näher.

Eines Morgens begegneten sie Carla bei einem Spaziergang durch ihr Viertel. Sie war mit dem Baby und Denise unterwegs. Bei ihrem Anblick setzte Rileys Herz einen Taktschlag aus. Antoneys Herz ebenfalls. Das Haar perlte ihr über die Schultern. Sie sah sehr gut aus, ihre großen Augen strahlten. Sie lächelte, als sie Antoney sah, aber es war bloß ein freundliches Lächeln und verebbte bald wieder, als wollte sie sich hinter ihrem Ernst verbarrikadieren. Sie sah sehr weiblich aus in ihrer Jeans und einem Oberteil aus Lochstickerei, das, so bemerkte Antoney hinterher, offenbar neu war.

»Geht es dir gut?«, fragte sie ihn.

»Es geht. Du siehst toll aus«, fügte er schüchtern hinzu.

Sie wich seinem Blick aus, ignorierte das Kompliment. Antoney hatte sich einen kleinen Bart wachsen lassen und wusste, dass er müde und ungepflegt wirkte, und ihr fiel es auch auf, als sie ihn rasch von oben bis unten musterte, ehe sie Denise aufforderte, ihrem Vater Hallo zu sagen.

»Hallo, Dad«, sagte Denise. »Lucas hat meine Rosine.«

»Er hat eine Rosine?«

Carla hielt den Kinderwagen sehr fest, als sich Antoney darüber beugte. Sie wechselte einige wenige, gestelzte Worte mit Riley.

»Lucas«, sagte Antoney. »Das ist aber ein schöner Name.« Das Baby sah mit dem erstaunten Blick eines Neugeborenen, mit riesigen Pupillen, fast so groß wie das Weiß seiner Augen, zu ihm auf. Er legte seinen Finger in die kleine, heiße Hand, in die ohne Rosine, und als der Finger gedrückt wurde, meldete sich der Kloß in seinem Hals. Es widerstrebte ihm, dass er fragen musste, wie alt genau das Baby war (fast drei Monate), ob es gut aß und gut schlief.

»Braucht ihr was?«, fragte er. »Was zum Anziehen oder so?«

»Ich komme zurecht. Wir müssen los, wir sind mit Simone verabredet.«

»Na gut. Okay. Nun, vielleicht sehe ich dich irgendwann mal wieder, hier irgendwo.«

Sie lächelte kurz. »Pass auf dich auf.«

»Bye, Daddy«, sagte Denise.

»Warte.« Antoney eilte ihnen hinterher. »Ich hab was für ihn. Ich hab es jetzt nicht bei mir, aber … vielleicht könnte ich ja mal vorbeikommen und es abgeben.«

»Oh«, sagte Carla. »Also, ich weiß nicht. Ich werde jemanden bei Gelegenheit zu Riley schicken, um es abzuholen, okay?«

Er schaute ihnen nach, als sie unter den Linden davongingen, bis er sie nicht mehr sehen konnte.

»Hast du bemerkt, wie sie mich angelächelt hat?«

»Das ist mir nicht aufgefallen«, erwiderte Riley.

Die Rushwood-Sauna an der Fifth Avenue, einer Nebenstraße der Harrow Road, war wahrlich kein Ort für einen heißen Sommerabend, und genau aus diesem Grund gingen Carla und Simone vierzehn Tage später dorthin. Mrs. Earlene Rushwood, die aus St. Lucia stammte, hatte die Sauna 1963 unter dem Eindruck des britischen Winters, der sie viel über Finnland nachdenken ließ, eröffnet. Nach neun Jahren der Schufterei wurde die Sauna unter einem palmengeschmückten Banner eingeweiht. Andere Wintergeplagte strömten aus den nahe gelegenen Avenuen herbei, aus der First, Third, Fourth und von noch weiter her, sie kamen mit Duschhauben, Handtüchern, Bürsten, Kämmen, Zitronen, um die Haut zu reinigen, und einer Vielzahl von Ölen und Cremes. Sie schlugen sich gegenseitig mit ihren Handtüchern, seufzten laut und tauschten den neuesten Klatsch aus, und über allem hing der intensive Geruch nach Zitrone, deren Schalen unter den Bänken der Umkleidekabinen landeten – ein stetes Ärgernis für Mrs. Rushwood, die sie dort jeden Abend aufsammeln musste, obwohl sie auf Schildern mit großen, fetten Buchstaben darum bat, den Abfall in die Eimer zu werfen. Carla und Simone hatten die Stoßzeiten immer vermieden, weil es dann in der Sauna so laut war. Wenn einen schon die Hitze auf die Bank drückt, will man nicht auch noch niedergebrüllt werden.

»Er hat mich gestern Abend angerufen«, sagte Simone. Sie lag auf der obersten Bank, Carla auf der unteren, beide mit Bademützen und im Bikini. Ihnen gegenüber legten sich zwei Frauen auf die Bänke und hörten der Unterhaltung zu, wie man es eben so tut.

»Wer?«

»Antoney.«

Carla verstummte. Gerade noch hatten sie über Simones Fuß gesprochen, darüber, was für eine schreckliche Sache das war. Es hatte Monate gedauert, bis die Verletzung verheilt war.

»Was wollte er denn?«

»Er wollte, dass ich ein gutes Wort für ihn einlege. Der Hund.«

»Das ist ja kindisch, findest du nicht?«

»Allerdings. Wie ein Schuljunge. Er hat sich nicht mal anständig bei mir entschuldigt.«

»Große Güte, ist das heiß«, stöhnte Carla. Simone schüttete trotzdem noch etwas Wasser auf die Kohlen, und der Dampf zischte nach oben. Die ältere Frau auf der Bank gegenüber rieb sich den Bauch mit einer halben Zitrone ab. »Ich finde, du solltest ihm das mit dem Zeh verzeihen«, sagte Carla. »Das gibt nur Falten, wenn man einen alten Groll in sich trägt.«

»Wohl wahr«, sagte die Bauch-Reiberin.

»Ach so«, sagte Simone. »Das klingt ja, als wär ein *gutes* Wort überhaupt nicht mehr nötig. Trägst *du* denn keinen Groll in dir, nach allem, was er dir angetan hat? Wenn Ekow sich so etwas mit mir erlaubt hätte, ich hätte ihm dafür die Eier abgeschnitten.«

»Was geschehen ist, ist geschehen«, sagte Carla.

»Was ist denn geschehen?«, fragte die ältere Frau.

»Er hat sie betrogen. Mit einer *Weißen.*«

»Allmächtiger.«

»Mir wär lieb, du würdest es nicht jedem im Viertel erzählen, Simone.«

»Aber ist das nicht eine Todsünde?«, wandte sich Simone an die ältere Frau.

»Es gibt mehrere Todsünden«, erwiderte sie. »Du sollst nicht stehlen, nicht töten, nicht deine Eltern entehren oder ehebrechen. Aber Jesus, Er sei gesegnet, vergibt alles.«

»Na, ich finde, er verdient, was er bekommen hat.«

»Was hat er denn bekommen?«

»Er ist am Ende. Darf seine Kinder nicht sehen. Und du solltest ihn nach Strich und Faden ausnehmen, Carla.«

»Seit wann gibt es bei Antoney etwas zu holen?«, erwiderte sie. Sie taumelte von der Bank und ging in die Dusche.

»Ich finde, das mit dem Fuß sollten Sie ihm verzeihen«, sagte der Zitronenbauch.

Antoney rief Simone zwei weitere Male an, und schließlich erklärte sie sich damit einverstanden, den Spielzeugbus zu überbringen, wenn er damit zu ihr käme und keinen freundlichen Tee erwarten würde. Sie war entsetzt, wie elend er aussah; er hatte zugenommen. Bevor sie die Tür wieder schloss, entschuldigte er sich für den Fuß.

Riley versuchte, ihn wieder zum Tanzen zu bewegen. Er bot an, ihm ein Studio zu mieten, damit er neue Arbeiten entwickeln konnte. Das Tanzen, so Riley, wäre, was ihm fehlte, nicht Carla. Antoney konnte sich nicht wirklich für die Idee begeistern, und das eine Mal, als er ins Studio ging, machte es ihm überhaupt keinen Spaß. Er wollte sie, das sagte er immer wieder. Er wollte seine Familie. Er sparte, was ging, um sie zu unterstützen, und schickte das Geld mit der Post. Carla sandte es mit einer höflichen Nachricht zurück. Antoney war überzeugt, dass ihre Mutter die Hand im Spiel hatte, doch er gab nicht auf. Sein verzweifeltes Liebeswerben schien ihn irgendwie aufrechtzuerhalten, was Riley sehr ärgerte. Antoney war sogar so kühn, Simone zu drängen, Carla zu einem unverfänglichen Treffen im Westbourne Grove Café zu überreden, am Donnerstag, den 9. August, um 11 Uhr, in drei Wochen. Simone sagte, sie würde die Information weitergeben, dann sei aber auch Schluss, er vergeude nur seine Zeit.

»Sie kommt«, sagte er zu Riley. »Sie hat das Geld behalten, das ich ihr zuletzt geschickt hab.«

»Das muss nichts heißen. Sie ist knapp bei Kasse.«

»Ich brauch nur eine halbe Stunde mit ihr allein, damit ich alles besprechen kann.«

Eine Woche vor dem erhofften Treffen bereitete Riley ein

besonderes Abendmahl. Es gab Ente mit Rotkohl, im Wohnzimmer spielte Miles Davis, dort war auch der Tisch gedeckt, mit edlem Besteck und Kerzen.

»Was wird das denn?«, fragte Antoney, als er verschwitzt von der Baustelle heimkam. »Du kochst wieder? Willst du die Branche wechseln?«

»Ich war es leid, in der Küche zu essen.«

Sie tranken eine Flasche Wein, sprachen über die ersten Tage des Midnight Ballet, die erste Tour durch Großbritannien. »Ich frag mich, was Fansa grade wohl macht«, sagte Antoney.

»Angeln?«, sagte Riley.

»Ach ja. Genau. Angeln.« Sie lachten vergnügt. Riley liebte den Schweißgeruch, den Antoney verströmte, das Glitzern in seinen Augen, diese lachenden, korkfarbenen Lippen.

»Ich habe dich gerne hier«, sagte er.

»Aber ich hab deine Gastfreundschaft wirklich überstrapaziert. Donnerstag. Der Donnerstag naht, mein Freund. Du willst doch nicht, dass ich ewig hier rumhäng.«

Ein langes Schweigen legte sich auf die Musik. Riley litt still. Er würde ihn verlieren, und es gab nichts, was er tun konnte. Antoney trank den letzten Rest Wein.

»Mann, ich hab echt alles versaut, was?«

»Du bist ein Mensch. Und du hast mehr erreicht als die meisten – und könntest das auch heute noch.«

»Aber du bist der Einzige, Riley, der an mich glaubt … Gott. Sieh mich doch an, ich darf nicht einmal meinen Jungen sehen. Wenn ich sie nicht zurückerobern kann, weiß ich nicht, was ich tun soll.«

»Wie wäre es mit einem Brandy?« Riley stand auf und ging zum Sideboard.

»Hast du jemals mit einer Frau geschlafen, Riley?«, fragte Antoney. »Nur so aus Neugierde.«

»Ähem …« Beinahe wären ihm die Gläser aus der Hand gefallen. Auf das fremde, ferne Terrain seiner Mädchengeschichten hatten sie sich noch niemals vorgewagt, seine Homosexualität noch niemals offen angesprochen. Jetzt schwitzte Riley.

»Ja, habe ich«, offenbarte er.

»Ach ja? Mit wem?«

Riley kehrte sichtlich beklommen an seinen Platz zurück.

»Du musst nicht darüber reden, wenn du nicht willst.«

»Nein, ist schon in Ordnung.«

»Also, wie viele?«

»Zwei. Ich hätte mich sogar beinahe dazu hinreißen lassen, eine zu heiraten. Helen.«

»Und was ist passiert?«

»Sie hat mich zurückgewiesen. Gesagt, das sei eine Lüge. Ich habe mich vor sie gekniet, das ganze Theater – aber sie hat mich durchschaut.« Antoney trank seinen Brandy mit einer Pall Mall zwischen den Lippen. All das hatte Riley noch niemandem anvertraut.

»Wenigstens gehörst du nich zu den Ehemännern, die allen was vormachen müssen«, erwiderte Antoney.

»Nein. Glücklicherweise nicht.«

»Hat's dir denn gefallen?«

»Was?«

»Der Sex.«

»Ich bin nicht dafür gemacht, dass mir das gefällt.«

»Aber hat er? Manche mögen ja beides.«

»Es war – wie soll ich sagen, wärmend. Aber auch seltsam, als wäre das nicht ich.«

»Nichts ist so warm wie eine Frau. Carla ist *warm*«, schwärmte Antoney. »Und was ist mit Männern?«

»Was?«

»Warst du je mit einem Mann zusammen?«

»Du denn?«

»Ich? Scheiße, nein, da steh ich nicht drauf. Aber du?… Okay, okay, ich bring dich in Verlegenheit, tut mir leid.«

Es gab eine Pause. Riley fuhr sich durch sein dickes, welliges Haar. »Ja«, sagte er.

»Echt?«

Antoney glaubte ihm nicht. Riley äußerte sich nicht weiter, und Antoney drängte ihn nicht. »Ich glaube, ein Kerl würde dir guttun«, sagte er. »Dann wärst du nicht so allein.«

»Findest du denn, dass ich allein bin?«

»Ja, allerdings.«

Unter der Wirkung des Alkohols schlief Antoney einige Stunden lang tief und fest, doch dann weckte ihn ein Alptraum auf. Er wartete auf einer Brücke auf Carla. Als er nach unten ins Wasser schaute, sah er sie, sie schlug um sich und rief nach Lucas. Er sprang ins Wasser und suchte nach ihm, aber das Baby war ertrunken. An den Ufern ringsum erschienen Soldaten mit schweren Stiefeln. Er hörte Carlas Schreie nicht mehr, weil die Stiefel so sehr lärmten. Als er wach wurde, hörte er sie immer noch. Das Geräusch war um ihn herum, in der Dunkelheit. Zitternd stand er auf. Er hatte seit drei Tagen seine Medikamente nicht mehr genommen. Er fühlte sich auf entsetzliche Weise betrunken.

Riley hörte, wie er in der Küche den Wasserhahn aufdrehte, dann im Arbeitszimmer das Licht anschaltete. Er selbst lag seit einer Stunde wach. Die französischen Fenster wurden geöffnet. Es regnete. Die Regenmusik schläferte ihn ein, doch bald wurde er von einem Klopfen aus seinem flachen Dämmer gerissen. »Riley?… Riley, bist du wach?« Er reagierte nicht.

Antoney kam ins Zimmer und stellte sich an sein Bett. Riley war reglos vor Angst. »Bitte, wach auf.«

»Was ist denn?«, fragte er.

»Es geht nicht weg. Es lässt mich nicht los.«

»Was?«

»Das Marschieren.« Er weinte. »Es ist in meinem Kopf. Überall – selbst bei Regen. Ich halt das nicht mehr aus.«

»Hast du die Tabletten genommen?«, fragte Riley und schaltete das Licht ein. Antoney schüttelte den Kopf.

»Aha, verstehe.«

»Wenn ich jetzt eine nehme, kann ich gar nicht mehr schlafen.«

»Ich baue dir ein Bett auf dem Boden. Mach dich nicht verrückt, es wird schon alles gut.«

Antoney half ihm, Decken und Kissen auf dem Teppich am Bettende auszubreiten. Riley hatte das verwirrende Gefühl, dass er wieder in seinem Kinderzimmer stand und der Garten ein Stockwerk tiefer und nicht auf der gleichen Ebene lag. Der Schatten im Gras jagte wie toll seinem eigenen Schwanz nach. Das klare Hellblau des Himmels war von der Gardine verschleiert. Antoney war schreckhaft. Ständig sah er, während sie das Bett machten, zur Tür. Danach legten sie sich hin.

»Liest du mir was vor?«, fragte Antoney.

»Natürlich.«

Er las ihm einige Verse von Yeats vor, dann schaltete er das Licht aus:

Dort find ich etwas Frieden, dort tröpfelt Frieden stille,
Tropft von des Morgens Schleiern ins Gras, da singt die Grille;
Dort wird die Nacht ein Glitzern, der Mittag Purpurschein,
Der Abend ein Geräusch von Hänflingsflügeln sein.

Nun fand Riley keinen Schlaf mehr. Jedes Atmen, jede Bewegung, die vom Fußende herkam, bemerkte er, und dahinter den abklingenden Regen, einen einsam bellenden Hund, den nächtlichen Verkehr auf der Bayswater Road, das ferne Summen der Stadt. Antoney schnarchte leise. Die Luft war vom Regen feucht und schwer. Riley hatte das Gefühl, dass er sehr lange dort lag und zum Fenster sah – es war einen Spalt weit geöffnet, die Vorhänge schloss er nie. Seine Gedanken wurden allmählich bleich und gegenstandslos. Er dachte selten an Helen, nun aber stand sie ihm plötzlich vor Augen, wie damals, unter den Baumkronen des Buttermere-Walds, eine rote Jacke über den schmalen Schultern, der stets erwartungsvolle Blick, vorbei an den braunen Strähnen in ihrem Gesicht. *Du bist heute so anhänglich, Edward.* Er war berauscht von einem wundervollen ländlichen Frühling. So einen Frühling hatte er noch niemals erlebt, die Tümpel und Lichtungen strahlten unter dem frischen Laub, die kahlen Berge des Lake District lagen im Nebel. Als sie in ihr Hotel zurückkehrten, wurden sie von einer ebenso wundervollen Hochzeitsgesellschaft empfangen, die in den Bankettsaal einzog. Rileys Bruder hatte im Jahr zuvor geheiratet. *Sag mir, warum du mich liebst.* Im Knien konnte er die Berge und Lichtungen nicht sehen. *Weil ich bei dir Ruhe finde*, versuchte er es. Stattdessen sah er in ihre Nasenlöcher. *Ach, Edward.* Sie entwand sich. *Du lügst doch.* Als sie hinaus in den Korridor lief, kam eine warme Brise ins Zimmer. Es war viel zu warm, er trat die Laken beiseite. Jemand war bei ihm. Er hörte den Atem der anderen, spürte, dass er beobachtet wurde. Riley schlug die Augen auf. Antoney lag neben ihm, zusammengerollt wie ein Fötus.

»Es kommt zurück. Es wird immer lauter. Riley, ich hab solche Angst.«

Riley blieb wie gelähmt auf dem Rücken liegen, aber den Kopf wandte er Antoney zu.

»Beschreib es mir, ganz genau.«

»Soldaten, es sind Tausende, sie kommen von allen Seiten, in Wellen. Tausende Stiefel.«

»Was für Stiefel?«

»Armeestiefel, Schnürschuhe.«

»Versuch, dir das Gegenteil vorzustellen«, sagte Riley.

»Wie meinst du das?«

»Das Gegenteil. Stell dir Ballettschuhe vor.«

Antoney versuchte es, mit geschlossenen Augen. Eine Armee aus leisen, spitzentanzenden Ballerinas.

»Hilft es?«

»Ich glaub schon.«

»Gut.«

Riley sehnte sich danach, ihn in die Arme zu schließen und zu trösten, so wie seine Mutter es früher getan hatte, wenn er sich vor etwas gefürchtet hatte, aber er wagte es nicht. »Du musst dich entspannen«, sagte er. »Morgen wird es dir besser gehen. Wir machen gleich nach dem Frühstück einen Spaziergang.«

Wieder wurde Antoneys Atem tiefer. Bevor er einschlief, die Ballerinas hatten die Soldaten verdrängt, murmelte er etwas, direkt aus dem Unterbewussten, unbelastet von Absicht und Überlegung.

»Du bist der Einzige.«

Riley kam der Gedanke, dass es womöglich besser wäre, wenn er aufstehen und im Wohnzimmer schlafen würde, um dem Aufruhr zu entfliehen, der in ihm tobte, aber dazu konnte er sich auch nicht überwinden. Es war so schön, das Gewicht dieses Körpers neben dem seinen zu spüren. Er hatte sich so oft gefragt, wie es sich wohl anfühlen würde, so neben ihm im Dunkeln zu liegen. Es stimmte nicht, was er zuvor gesagt hatte. Er war noch niemals mit einem Mann zusammen gewesen.

Er hatte jedes Verlangen erstickt und sich davon zu überzeugen versucht, dass dies nicht war, was er wollte. Der Schatten schlich aus dem Garten, er kam langsam auf ihn zu, nun lauerte er über ihm. Je länger Riley auf dem Rücken liegen blieb, umso stärker lastete er, anklagend, auf ihm.

Er drehte sich auf die Seite, in die gleiche Richtung wie Antoney. Seine Bewegungen waren sehr steif, sein Körper ungewohnt schwer. Als er schließlich wieder ruhig dalag, waren seine Hände in dem kleinen Spalt zwischen ihren Körpern gefangen. Seine Knöchel berührten Antoneys Rücken. Der Atem strömte aus seinen Rippen und schwoll in der schläfrigen Hitze des Zimmers an. Antoney gab einen langen, lauten Seufzer von sich, und in Rileys Ohren klang er sinnlich. Er öffnete die Hand auf seinen Rücken, doch sie zog sich zögernd wieder in sich selbst zurück. Bevor er traurig in den Schlaf glitt, flüsterte auch er: »Du bist der Einzige.«

Mitten in der Nacht – eine Minute, eine Stunde später, er hatte kein Zeitgefühl – schlug er die Augen auf. Ihm war eingefallen, dass er etwas noch vor dem Morgen tun wollte, und ohne weiter nachzudenken, nahm er Antoney in seinem träumerischen Zustand in den Arm. Mit einem Mal war er frei. Der Schatten verschwand. Freude durchströmte ihn. Obwohl sich Zweifel sammelten, als ihm allmählich bewusst wurde, was er da tat, hatte er dennoch das Gefühl, dass er eine Schwelle übertreten hatte und es nun kein Zurück gab. Sanft fuhr er mit der Hand über Antoneys Oberarm und staunte, wie weich seine Haut war. Sein Herz raste so sehr, dass er glaubte, es müsse zerspringen. Er kam an die Taille, das weiche Baumwolloberteil wurde zu Antoneys weichem, erschlafftem Fleisch. Rileys Hand ruhte dort und fasste Mut. Antoney seufzte erneut, als Riley es wagte, seinen Bauch zu streicheln, seine Brust. Dies geschah über sehr lange Zeit, die Berührung war so langsam und zart, es gab sie kaum. Du bist einzigartig, ich liebe dich, dachte er. Mit einem Mal bewegte sich Antoney. Sein Atem wurde flacher und schließlich ganz leise, als ob er aufgehört hätte. Es war eine neue, eine reine, eine intensive Stille im Zimmer. Riley spürte, dass Antoney wach war. Er war ebenfalls still. Aber er schob ihn nicht weg. Antoney sprang nicht aus dem Bett, voller Entsetzen und Ekel. Er blieb bei ihm, warm und empfänglich. Und darum berührte Riley ihn weiter.

Während all dessen blieb Antoney reglos. Er tat, als würde er schlafen, als Riley sich unter sein Oberteil vorwagte, an seine Brustwarzen, ihn dort erregte. Selbst als die Hand tiefer wanderte, über das dichter werdende Haar, hielt Antoney sie nicht auf. Riley küsste seinen Rücken, ermutigt, zitternd. Antoney schien ihm sogar zu helfen, als er sich unter dem Bund der Pyjamahose an den heißen Ort in deren Innerem hindurchschob. Er rieb, zunächst sanft, dann fester, vorne über sein Bein, dann glitt die Hand nach innen, bis ihre Kante gegen den Ansatz des sich versteifenden Penis rieb. Riley spürte eine geschwollene Ader und hielt flüchtig inne vor Angst. Dann fuhr er mit dem Zeigefinger die Ader entlang. Antoney drehte sich leicht, er öffnete sich. Doch als Riley ihn sanft und beinahe ganz in die Hand nahm, zog er rasch ein Bein hoch und sperrte sich. Riley stöhnte. Entsetzen und Schrecken überwältigten ihn. Seine Hand lag vereinsamt auf Antoneys Bein.

Beidseitige Beschämung ließ sich im Zimmer nieder. Die schleichende Dämmerung verriet es, lähmte sie beide. Als Riley endlich den Mut fand, seine Hand wegzuziehen und sich zurück auf den Rücken zu drehen, traf ihn ein brutaler Hass auf sich selbst, der ihn nie wieder verlassen sollte. Nie wieder würde er einen anderen so berühren. Nie wieder in seinem Leben sollte er den Mut dazu aufbringen. Die Frage, wie er Antoney am nächsten Morgen gegenübertreten sollte, machte ihn wahnsinnig, aber seine Nöte waren umsonst, denn am Morgen war Antoney fort. Riley wurde, weit nach zehn, in einem leeren Bett wach. Antoney hatte seinen Wäschebeutel gepackt und das Haus verlassen. Sie sollten sich niemals wiedersehen.

Am Sonntag, den 5. August, gingen Carla und Simone mit den Kindern zur Sommerkirmes von Shepherd's Bush. Denise freute sich schon seit Tagen darauf und hatte beschlossen, ihr Lieblingsetwas zu tragen, obwohl es dafür eigentlich zu warm war: Carlas alte, rosafarbene Federboa, die hochzuhalten ihre Mutter sie immer wieder ermahnte, weil die Federn über den Boden schleiften und schmutzig wurden. Carla trug einen großen Sonnenhut aus Stroh und einen Faltenrock. Ihre Knöchel waren zurückgekehrt. Ihr Mund zeigte nur ein ganz klein wenig nach unten.

Sie stiegen an der Barlby Road in den Bus und fuhren über die Wood Lane. Simone nahm hin, dass ihre Gespräche in Gegenwart der Kinder umständliche Windungen nahmen – ihre Unterhaltung kreiste um den erstaunlichen Anblick einer riesigen Honigbiene auf einem Werbeplakat und die Tatsache, dass Lucas ständig sein Stoffbuch »Tiere auf dem Bauernhof« aus dem Kinderwagen fallen ließ. Er war ein schlechter Schläfer, später Geher und später Sprecher. Carla hatte es während der Wehen nicht rechtzeitig ins Krankenhaus geschafft, ihre Mutter hatte die Rolle der Hebamme übernehmen müssen. Im Anschluss hatte Toreth gesagt, als Carla meinte, sie sollte Antoney das mit dem Baby vielleicht doch erzählen: »Es ist am besten für uns alle, wenn wir ihn fernhalten. Ich hab immer gewusst, dass das einer von den Typen ist, die eine Frau im Stich lassen.«

Als sie aus dem Bus stiegen, redete Carla weiter. »Allmählich genieß ich es. Es ist so anders. Und wenn ich Kind wäre, ich fänd es toll, auf einem Boot zu leben, du nicht? Einen Umzug kann ich mir in absehbarer Zeit sowieso nicht leisten.«

»Du solltest dir einen Job in einem dieser schicken Restaurants in der Stadt suchen«, sagte Simone. »Da wird man allein vom Trinkgeld reich.«

»Mami, guck mal, ein Rad! Rosa!«

»Ja, es ist rosa.«

»Das ist *mein* Rosa.« Denise beanspruchte Rosa ganz für sich, wie auch die Farbe Violett und den Buchstaben D.

»Im Café ist jedenfalls kein Geld zu verdienen«, sagte Carla. »Wie ist denn eigentlich das Vortanzen letzte Woche gelaufen?«

»Das Übliche. Wir rufen Sie an. Und weißt du, was das Schlimmste daran ist, Carla? Dass man nicht von dem, was man liebt, leben kann.«

»Aber das können doch ohnehin nur *sehr* wenige – Lucas … Ich nehm ihm das Ding gleich weg.«

»Dann gibt es wieder Geschrei.«

»Denise, heb es bitte auf.«

»Und«, fragte Simone neugierig, »gehst du am Donnerstag hin?«

»Ich denke darüber nach«, sagte Carla.

»Ich wusste es. Ich wusste, du würdest weich.«

»Er will doch nur reden, sagst du. Denise, was *machst* du denn da?«

Vor ihnen lockte der Jahrmarkt. Denise konnte sich nicht beherrschen und trat auf die Straße. »Willst du überfahren werden? Nimm die Hand von Tante Simone, oder wir gehen auf der Stelle nach Hause.« Denise gehorchte. Simone war ein ziemlich strenger großer Mensch, aber allmählich bauten sie ein Verhältnis zueinander auf. Sie führten eine aufregende Unterhaltung über das Riesenrad. »Da oben sind Leute.« »Ja, und die kreischen.« (Simone hatte Höhenangst.) »Ich kann auch kreischen.« Denise führte es vor. »Jetzt du.« »So gut wie du kann ich das nicht«, sagte Simone, worauf Denise sehr stolz war. Sie machte Simone darauf aufmerksam, dass deren rosa Oberteil zu ihrer Boa passte.

Es war drei Uhr nachmittags, die Wiese war voller Menschen. Kinderwagen, die mit Jacken, Sonnenhüten und Tüten beladen waren, hinterließen ihre Spuren im Gras. Jungs spazierten gruppenweise herum und checkten die Frauen ab, Paare stolperten aus dem Riesenrad und dem Kopfüberstand des Dive Bombers. Auf Augenhöhe hing ein Wolkenhimmel aus Zuckerwatte.

Als es ernst wurde, fand Denise das Karussell doch zu beängstigend, aber sie fuhr mit der Achterbahn drei Mal bis ganz oben und sauste hinunter, was Simone nicht fassen konnte. Und dann war da die Geisterbahn. Simone erduldete acht Minuten ersatzweises Muttersein, während Carla ihre Tochter durch die Geisterbahn schleuste. Lucas war nicht zu beruhigen, im Arm nicht und auch nicht im Wagen, bis Carla endlich zurückkam. Teddybären blickten sie mit starren schwarzen Pupillen von schiefen Tombolaregalen aus an. Simone gewann eine Plastikschlange.

Carla wollte so richtig wagemutig sein. Sie wollte sich die Seele aus dem Leib schreien, denn als Mutter muss man genau das manchmal tun. Also ging sie zum Dive Bomber, dessen Kabinen an ihren Gelenken kreisten, während sich das Hauptrad ebenfalls drehte – eine doppelte Drehung, dazu die Höhenangst. Die anderen, die auf dem Rasen warteten, sahen sie nicht, als sie kreischend durch die Luft sauste und ihren Hut verlor. Schwankend, aber glücklich kam sie wieder. Und wollte mehr. »Das ist, als wär man auf Drogen«, lachte sie.

»Eine Schande, dass wir nicht zusammen auf so ein Ding gehen können.«

»Ich hab meine Schlange. Das reicht mir völlig«, sagte Simone.

»Du bist so ein Angsthäschen.«

»Mami, kann ich auch eine haben?« Denise wollte Zuckerwatte.

»Na gut, aber die teilen wir uns.«

Lucas bekam sein Fläschchen, Denise ihre Watte. Carla fragte Simone, ob es ihr etwas ausmachen würde, wenn sie auf die Walzerbahn gehen würde. »Na, mach schon.«

»Er ist bestimmt ruhig, er hat ja jetzt seine Milch.«

Wieder eine doppelte Drehung, doch diesmal blieb Carla am Boden. Die Wagen kreiselten und wogten über ein metallenes Auf und Ab. Carla entschied sich für den gelben Wagen mit dem Namen Super Dan. Als sie auf den Start wartete, beschloss sie, dass dies ihre letzte Fahrt würde, denn sie bekam leichte Kopfschmerzen. Simone hielt ihren Hut und Denise an der Hand. Nach den ersten Drehungen zog Denise Simone weg, an den Nachbarstand. Sie hatte eine riesige Sonnenblume aus Plastik entdeckt. Carla teilte ihren Wagen mit drei Fremden, einem Mann und zwei Frauen. Sie saß ganz außen.

Durch den Walzertanz auf den metallischen Schrägen schlängelte sich ein mickriger Kerl, dessen Job es war, die Wagen herumzuwirbeln. Er hatte einen ganz besonderen Dreh, und in seinen Händen lag die Macht, die Wagen mit viel Kraft anzustoßen, sodass die Passagiere gegen die Lederwände gepresst wurden. Er konzentrierte sich immer auf die Wagen mit den hübschen Mädchen darin. Er packte den Rand eines Wagens, spielte damit und ließ ihn als Auftakt zu einer stärkeren, richtigen Drehung einmal kreisen. Carla dachte, dass er ein sehr schwindeliges Leben führen musste, auf seiner ständig sich drehenden Welt. Jedes Mal, wenn er sich näherte, klammerte sie sich fester an die Silberstange, die die Passagiere sicherte (und irgendwie locker schien). Runde um Runde ging es herum. Ihr wurde immer schummeriger. Nun zeigte ihr Mister Dreher, wie schnell er drehen konnte. Carla schrie, es klingelte ihr in den Ohren. Sie trieb weg, weg aus dem Moment, weg von dem Schreien, hin zu dem Klingeln.

Irgendwann drehte Mister Dreher, mit seiner Kippe in der Hand, Super Dan mit solcher Macht, dass Carla ohnmächtig wurde und nach vorne über die Stange fiel. Ihr Sitznachbar versuchte, sie hochzuziehen, er wusste nicht, was geschehen war, aber er hatte Angst, dass sie aus dem Wagen fallen könnte. Ihr Kopf baumelte lose mal nach hier, mal nach da. Der Mann rief dem Dreher zu, er solle anhalten, aber er wurde erst nach mehreren Runden gehört. Erst als Mister Dreher Super Dan noch einmal zu packen bekam, bemerkte er, dass es da eine Ohnmacht gab. Er ließ anhalten. Carla blieb bewusstlos. Ihr Helfer versuchte, sie aus der Ohnmacht zu holen, und sie kam ganz kurz zu sich, dann aber versank sie gleich wieder. Er trug sie auf den Rasen. Als Simone vom Sonnenblumenstand zurückkam, stiegen die Leute gerade aus der Walzerbahn. Das war aber kurz, dachte sie und hielt Ausschau nach Carla. Auf dem Rasen bildete sich eine Menschentraube. Als sie darauf zuging, sah sie Carlas braunen Rock, ihre Beine, ein Schuh fehlte. Sie rannte los und vergaß für einen Moment die Kinder.

Carla kam etwa neun Minuten später wieder zu sich, da hatte schon jemand den Krankenwagen gerufen. Sie hatte das Gefühl, sie käme von ganz weit her. Als Simone sie ansprach, wusste sie erst nicht, wer das war. Sie setzte sich auf, aber eigentlich zog Denise, soweit sie das konnte, sie hoch. Der Jahrmarkt war ein fernes, farbiges Lärmen.

»Carla. Ist alles in Ordnung? Carla!«

Sie zog die Beine an sich, fasste sich an den Hinterkopf. »Wo ist mein Baby?« Ihre Stimme klang fremd und schlaftrunken.

»Im Kinderwagen. Was ist passiert, bist du ohnmächtig geworden? Der Krankenwagen ist unterwegs.«

»Hast du dir wehgetan, Mami?«, fragte Denise.

»Nein, Liebling, alles bestens.« Lucas wimmerte. »Gib ihn mir.«

»Setz dich sofort wieder hin! Du solltest auf den Krankenwagen warten und nicht gleich aufstehen«, sagte Simone.

Carla bekam das nicht mit. »Gott, das war vielleicht – seltsam.«

»Du hast mir einen riesigen Schrecken eingejagt.«

Sie stand auf ruckartige, ungelenke Weise auf. Simone konnte sie nicht davon überzeugen zu warten. »Ich hab doch gesagt, alles ist bestens. Er muss aus dem Himmel raus, es ist viel zu heiß.«

»Zieh dir wenigstens deinen Schuh an, Frau. Ich hab diese Walzerbahn nie gemocht – da wird man zu sehr gequetscht. Warte. Du hast was im Haar.«

»Blumen! Blumen!«, sagte Denise. Carla schüttelte Simones Hand ab.

Sie wollte einfach nicht warten, nicht auf den Krankenwagen, nicht auf den Bus. Sie gingen den ganzen Weg zu Fuß zurück, die Wood Lane entlang, die Barlby Road hinauf. Denise hielt sich am Handgelenk ihrer Mutter fest und sah immer wieder zu ihr auf, als wäre sie mit ihr zufrieden. Diesmal war es Carla egal, dass die Boa schmutzig wurde, und auch, dass Denise klagte, weil der Weg so weit war. Sie selbst blieb manchmal ganz plötzlich stehen, löste den Griff vom Kinderwagen, ging jedoch weiter, sobald Simone Anstalten machte, ihn zu schieben. Die Sonne sank langsam tief. Ihre Hitze aber hatte noch Kraft. Als sie sich der Anhöhe der Barlby Road näherten, war es Carla so verdammt heiß, war alles in ihrem Kopf so seltsam zusammengepresst, dass die Beine unter ihr nachgaben und sie von Erschöpfung übermannt zu Boden sank. Es war keine Ohnmacht, aber Simone bestand darauf, den Krankenwagen wieder zu rufen. Er kam zwanzig Minuten später und nahm Carla mit. Sie hatte, während sich das ferne Klingeln wieder in den Ohren meldete, nur Angst, dass Simone die Milch für Lucas nicht auf die richtige Temperatur erwärmen würde.

Toreth erhielt einen Anruf aus dem Krankenhaus. Als sie dort eintraf, hatte Carla schon eine Blutung, eine verspätete Reaktion auf die Gehirnerschütterung durch heftige Beschleunigung. Toreth tilgte manches aus den Schilderungen, die sich Denise künftig anhören musste, in denen Toreth in dem weißlichen Zimmer die Gänseblümchen aus Carlas Haar zupfte: das Schwinden der Farbe aus Carlas Gesicht, das beängstigende Herabsinken des Mundes, die beiden fahlen Mondsicheln dort, wo die geschlossenen Lider nicht über die Augen reichten. Es gelang ihr nicht, all das in Worte zu fassen, was schließlich zu Carlas Ende geführt hatte, und auch nicht, dass der einzige Ort, an dem Toreth weiterleben konnte, die Lücke war, die in das Leben ihrer Enkelkinder gerissen wurde. Toreth hielt sie beide fest in der dunklen Nacht. Simone stand schweigend da, die Arme verschränkt, und schaute durch das neblige Fenster der Silver hinaus auf das Wasser. Denise sah ihre Mutter immer noch auf dem Rasen, mit nur einem Schuh an den Füßen, und fragte Toreth zwei Mal: »Wird sie wieder aufstehen und rumlaufen?«

Später entdeckte der Besitzer der Walzerbahn, dass die Haltestange an Super Dan tatsächlich defekt war, was möglicherweise dazu beigetragen hatte, dass Carlas Kopf während der Ohnmacht so stark hin- und hergebaumelt war. Die Stange wurde repariert. Am Donnerstag wartete Antoney zwei Stunden auf Carla, doch sie kam nicht.

Hinterher, als sie verstanden hatte, dass sie nicht wieder hineinkonnte, schaute Carla zu, wie ihre Mutter die restlichen Gänseblümchen aus ihrem Haar zupfte. Dann ging sie in Richtung Holland Park, zu den Blumenbeeten, und pflückte eine Tulpe für Denise. Sie lernte, dass auf dieser Ebene das Wesen der Zeit ein anderes war, dass Menschen älter oder jünger sein konnten, als sie eigentlich waren. Es war auch möglich, in Sekunden große Distanzen zu überwinden. Sie legte die Tulpe auf das Dach des Boots. Denise saß auf dem Deck, sie war älter als zuvor. Für Lucas hatte Carla nichts, nur einen Kuss, denn sie wusste noch nicht, in welche Richtung er leben wollte. Den Kuss hinterließ sie ebenfalls auf dem Dach. Dann ging sie kurz hinüber zum Hyde Park, sie hatte das Gefühl, dass sie jemanden vergessen hatte, aber sie konnte sich nicht erinnern, wen. Der Klang einer Glocke lockte sie, sie bewegte sich darauf zu. Als das Läuten aufhörte, war sie auf dem Platz nahe der Champs-Elysées, an dem sie damals mit Bluey gewesen war. Sie trug das metallische Abendkleid, das ihr die Garderobiere geschenkt hatte. Bluey saß auf derselben Bank wie damals, an jenem Abend. Auf ihrer Bank. Als sie den Platz betrat, stand er auf.

Mensch, sagte Carla, als sie sich setzten. Das kam alles ganz schön überraschend.

Ich warte schon ewig auf dich, sagte Bluey.

Die Frau, die in jener Nacht eine Zigarette bei ihm geschnorrt hatte, war auch da. Sie verabschiedete sich bald schon mit einem Nicken, denn ihr Sohn hatte endlich seinen Platz bei seiner einzigen und wahren Liebe gefunden.

Epilog

Denise bezog eine Wohnung über einer Apotheke in Queen's Park, eine Busstrecke vom Boot entfernt. Da sie sich keinen eigenen Garten leisten konnte, trat sie der Gemeinde der Kleingärtner bei und verstellte zudem alle Fenster mit Blumenkästen. Von der Straße aus gesehen wucherte es vor ihrer Wohnung wild. Einige Jahre später dann sollten sich ihre Pläne verwirklichen. Sie eröffnete einen eigenen Laden, und gleich am Eingang warteten Eimer voller Tulpen, Calla, Brunsvigien und kühnen Anthurien auf ihre Kunden. Sie nahm an der Chelsea Flower Show teil, mit großem Erfolg, und wurde sogar als verdiente Floristin in das Verzeichnis der National Horticultural Association eingetragen. Gelegentlich besuchte sie auch deren jährliche Diners im Dorchester Hotel, gleich bei dem Baum, der immer Weihnachten hatte.

Ohne sie verlor das Boot an Gewicht. Fort waren die Eimer, Pflanzschaufeln, Rechen und Tüten voller Kompost. Auch der Kirschholzschrank war nun leer. Lucas hatte seinen Inhalt noch in der Nacht, in der er Rileys Arbeitszimmer verwüstet hatte, im Kanal versenkt. Er hatte nur weniges zur Erinnerung an jene Zeit behalten, einige Fotografien, die Kassette mit der Stimme seines Vaters und den Spielzeugbus. Die Silver neigte sich nicht mehr zum Ufer hin.

Denise gab ihm genügend Geld, um einige Monate zu überbrücken. Danach war er auf sich gestellt. »Mach's gut«, sagte sie. »Du kannst jederzeit vorbeikommen.« In dem Moment, wo jemand fortgeht, kann man ihn als Ganzes sehen, als Summe seines Lebens, seiner Erfahrungen. Sie ging fort, den Uferweg hinauf. »Denise«, rief er ihr nach, als sie fast schon am Tor war – er war ihrer Bitte beim Abschied, sich um den Garten zu kümmern, ausgewichen. »Ich werd hin und wieder mal gießen. Lass es dir gut gehen, okay?«

Am nächsten Tag trieb er durch den Notting Hill Carnival. Die Musik tauchte schon früh am Morgen mit einem fernen Wispern auf, als sich die Maskenträger an ihren Treffpunkten sammelten. Sie kroch durch Dielen, durch Fensterscheiben, unter Haustüren hindurch. Zur Mittagszeit hatte sie das Grove fest im Griff, es wummerte unter den Bässen des Soca. Pastetchengeruch lag in der Luft, dazu der hölzerne Rauch der Jerk-Pfannen, gegrillter Fisch und gebratene Nudeln. Über den Kanal paradierte ein mannshoher Stannioldrachen mit goldener Mähne, samt einem Geleit aus blau-weißem Meeresvolk und befederten Menschen, die als Feuer verkleidet waren. Kinder kamen heraus, mit ihren Müttern und Brüdern und lippenstiftbemalten Tanten, die Glitter trugen. Ein Schwarm aus Batikschmetterlingen flatterte vorbei. Dann kam der Sambawagen, gefolgt von Reihen glitzernder Bikinis. Überall entlang der drei Meilen, an denen die Polizei die Straßen mit Absperrungen blockiert hatte und mit Feiernden diskutierte, die trotzdem unbedingt hindurchgehen wollten, füllten sich die Balkone. Die Zuschauer sahen auf wogende Menschenwirbel, auf Trinidad und St. Vincent; die silberne Steel-Musik schepperte bis hinauf zu den Dächern. Lucas verzichtete dieses Jahr auf seinen Stammplatz in der Aufstellung der Festwagen.

(Die Aufstellung ist folgendermaßen geordnet: Vorne gehen die Maskenträger, die meisten in Hotpants, auf dem Rücken

Flügel oder andere Objekte, in der Hand Flaschen mit Durchhalte-Flüssigkeit. Hinter ihnen kommen die T-Shirt-Träger, sie gehören zum Wagen, für sie ist der Karneval eine sehr ernste Sache. Die Gruppe am Schluss ist nach Belieben gekleidet. Ihr fährt die Musik schon nicht mehr bis in die Glieder, sie ist zu weit entfernt; wer hier mitgeht, kann sich unterhalten, zu einem Imbissstand oder anderen Wagen abdriften – und zu dieser Gruppe gehört Lucas sonst immer. Für alle Genannten aber gilt, wer klug ist, trägt Turnschuhe.)

Dieses Jahr sah sich Lucas die Prozession vom Straßenrand aus an, wie ein gewöhnlicher Zuschauer. Es zog ihn auch nicht zu Crows Soundmaschine in der Einfahrt von Sainsbury's, er trieb durch Massen von Leibern und quetschte sich durch Engpässe hindurch. An der Kreuzung Portobello und Golborne blieb er stehen, aß ein Pastetchen zu Reggae und Sizzla. Das Pastetchen war gut, alles stimmte, es war warm und weich, aber neu war es nicht.

Es dauerte zwei Wochen, bis er endlich ein neues Ruder fand. Nachdem ihm die verwegene Idee erst einmal gekommen war, dass die Silver mit ihrer neuen Leichtigkeit und Lage lossegeln könnte, ließ ihn die Sehnsucht, das Ufer zu verlassen, nicht mehr los. Er öffnete die Falltür im Heck, vor der er sich, wie vor den Drachen neben den Kabinentüren, als Kind entsetzlich gefürchtet hatte. Dort unten hatten Freddy Krueger und Dracula und Jim Jones auf ihn gelauert. Nach etwas WD-40-Öl ging die Falltür widerwillig und mit einem zähen, lauten Knarren auf. Dahinter erschienen eine alte, geschwärzte Maschine – der Motor – und einer von Antoneys Schlangenlederschuhen. Der Motor und der Schuh waren widersprüchliche Gegenstände. Einer wies voraus, der andere zurück. Lucas warf den Schuh in den Kanal, hinunter zu den übrigen Gegenständen aus dem Midnight Ballet Museum. Dann ging er in die Bibliothek. Er musste noch sehr viel lernen. Das Ruder, mit dem das Boot gesteuert wurde, bekam er in einem Bootsgeschäft. Mit dem Motor war es komplizierter, weil er so alt war.

Schließlich trieb Lucas in Chesham einen älteren Wasserzigeuner auf, der gebrauchte Bootsteile sammelte und restaurierte. In seinem Besitz befand sich auch ein Motor, wie Lucas ihn brauchte. »Wie lange liegt das Boot da schon?«, fragte er. »Hast du den Boden je schwärzen lassen?«

»Was heißt schwärzen?«, fragte Lucas.

Der alte Mann schnaufte. »Man sollte ein Boot hin und wieder auf 'nen Abstellplatz bringen und den Rumpf mit Bitumen, dem schwarzen Zeug also, versiegeln. Sollte man alle fünf Jahre mal tun – an dem Ding nagen doch inzwischen Generationen von Algen.«

Die nächste Werft lag in Southall. Ein Freund von Jake, der Mechaniker war, baute den neuen Motor gegen eine steuerumgehende Barzahlung ein, und Lucas tauschte mit seinem frisch erworbenen Wissen das Ruder aus. Ende Oktober betätigte ein vor Spannung ganz kribbeliger Lucas das Zündschloss, um zur Werft zu schippern. Natürlich rührte sich nichts. Lucas fuhr wieder nach Chesham.

»Das wär ja sehr großes Glück gewesen«, sagte der alte Mann. »Die Schiffsschraube ist wahrscheinlich auch hin.« Er ließ sich, gegen Bezahlung, überzeugen, mal vorbeizukommen und sich die Sache anzusehen. Ein Kran, vier Männer und ein ordentlicher Batzen von Denises Notgroschen waren nötig, um das Boot auf den Uferweg zu heben. Der Garten überlebte es nicht. Die Schiffsschraube war tatsächlich hin, der Rumpf rostig und voller Löcher. »Ein Wunder, dass das Ding nicht gesunken ist!«, rief der alte Mann. Sie versuchten ihr Glück, vielleicht geschahen ja noch mehr Wunder, und so half er

Lucas, die Löcher zu füllen, dann reparierte er die Schraube. Lucas schwärzte den Unterboden, und wo er einmal dabei war, gestaltete er auch gleich das Äußere und Innere neu. Er entschied sich für Orangetöne und Pfauenblau, und als die Silver einige Wochen später wieder aufs Wasser gelassen wurde, sah sie aus, als wäre sie erst gestern losgeschippert. Lucas' Helfer testete alles. Der Motor summte los, und die Schiffsschraube drehte sich.

Es würde also eine Winterreise. Er sagte Denise ein gespieltes Auf Wiedersehen. Er wollte sie von seinem ersten Liegeplatz aus anrufen und ihr da erst sagen, wo er war, damit sie nicht noch in letzter Minute seine Pläne durchkreuzte. Denn die sahen vor, aufs Geratewohl loszusegeln und sich mit Gelegenheitsjobs durchzuschlagen. An einem Montagmorgen im Dezember, die Vorräte waren an Bord – Essenskonserven, warme Kleidung –, legte er ein Scarface-Album auf und löste die Taue. Dann nahm er seinen Platz am Ruder ein. Es würde eine Weile dauern, bis er sich daran gewöhnt hätte, von hinten zu steuern, aber der alte Mann hatte ihm geraten, er solle immer nur weit nach vorne schauen und den Rest dem gesunden Menschenverstand überlassen, dann würde das schon. Als Lucas den Motor startete und sich die Schiffsschraube zu drehen begann, sah er auf einmal Antoney vor sich. Er saß in dem erfundenen Bus auf der Bergstraße von Guantánamo nach Baracoa. Lucas würde diese Straße vermutlich nie sehen. Er wollte diese Straße nicht sehen. Er wollte seine eigene Straße finden. Er würde einen Schritt in eine bestimmte Richtung wagen und darauf vertrauen, dass er geleitet wurde.

Erst nach einigen Minuten fiel ihm auf, dass er nicht vom Fleck kam. Die Silver hatte sich auf die Brücke zubewegt, jetzt aber trieb sie mit brausendem Motor auf der Stelle. Lucas wurde unruhig. Er eilte zurück auf den Bug, durch Schlafzimmerluke und Kabine, um die Schiffsschraube zu inspizieren. Sie wurde immer langsamer. Sie wurde nicht mehr vom Motor getrieben. Ein letztes Mal drehte sie sich vor seinen Augen, unter seinem verzweifelten Glotzen. Dann ein Schauder, ein hässlicher Klang. Die Schraube löste sich und verschwand in den Tiefen. »Oh, Scheiße, nein!«

Er sank auf den Bug. Die gelbäugige Katze ließ sich am Ufer nieder. Tauben zogen in einem dunklen Pfeil über ihn hinweg, am anderen Ufer zankte sich eine Entenfamilie. »Ich will doch bloß los!«, erklärte er ihnen allen. »Warum klappt das denn nicht?« Vor ihm erstreckte sich höhnisch die nasse Straße bis zur ersten Windung, dahinter lag – die Freiheit. Und während er, aller Hoffnung beraubt, auf diese erste, ferne Windung schaute, kam ihm die Mole in den Sinn, die Mole, die sich von der Privatbucht der Baronesse aus in die See erstreckte, die Mole, auf der Antoney einst gesagt wurde, er solle nach einem Bild seiner Zukunft Ausschau halten. Lucas stand auf. Er fixierte die Kurve und wartete und kam sich dabei unglaublich blöd vor. Was sollte er schon sehen, außer Wasser, dem Uferweg und einer Brücke. Aber als er es mit etwas mehr Ernst versuchte, sich auf die Sache einließ, als er sich vorstellte, The Wonder würde in seinem Dashiki und seinen unglaublich weißen Turnschuhen hinter ihm stehen, da sah er etwas ganz anderes. Einen Zug. Einen großen Fernreisezug, der auf dem Wasser hielt und für ihn die Türen öffnete. Der Wind blies in die Richtung. Die Silver, apathisch und ankerlos, trieb sanft dorthin.

Und Lucas? Lucas vertäute das Boot, nahm seine Sachen und fuhr mit dem 52er zur Victoria Station.

Sein Ziel war Penzance, der exotischste Ort, den der Fahrplan zu bieten hatte. Es war sehr aufregend, als der Zug aus dem

Bahnhof herausfuhr. Wenn Jake ihn so sehen könnte! Sie überquerten die Themse. Er sah die Houses of Parliament und das Hauptquartier des MI6. Um den Bahnhof Loughborough Junction herum wuchsen immer mehr Sozialbauten und Wohnsilos aus dem Boden. Dann öffnete sich die Landschaft und wurde zu stetem Grasland, durchsetzt von Bauernhöfen, Wäldern, Lagerhäusern und Autobahnstrecken. Nach einigen Stunden gelangte Lucas an den Punkt, an dem er bereit war zu lesen.

Riley hatte ihm das abschließende Kapitel geschickt, begleitet von einem Entschuldigungsschreiben für seinen, wie er es nun nannte, »unsensiblen und vermessenen Umgang mit der Geschichte«. Riley teilte ihm bei der Gelegenheit ebenfalls mit, dass er sich entschlossen habe, das Buch nicht zu veröffentlichen, er aber hoffe, dass es für Lucas vielleicht einen Wert habe, und im Übrigen möchten er und seine Schwester damit nach Belieben verfahren.

Es war nicht zu Ende, solange die Geschichte noch nicht zu Ende war. Lucas las von den Anstrengungen seines Vaters, seine Mutter zurückzuerobern, seinem Bemühen, eine Beziehung zu seinen Kindern aufzubauen. Aber Carla verstarb, Antoney zog wieder zu Florence, und später kehrten sie gemeinsam nach Jamaika zurück. Als Florence der Mühe und Scham nicht mehr gewachsen war, sich um ihn zu kümmern, brachte sie ihn nach Beaumont. Lucas versank in den Worten. Er las den Schluss, ohne von der Seite aufzusehen. Er las ihn nur ein Mal.

Antoney betrat die Kirche von ihrer Rückseite her, ein Sprung über den Zaun, die Regenrinne hinunter, auf dem gleichen Weg, auf dem er das Gebäude nach seiner letzten Unterhaltung mit Oscar Day verlassen hatte. Er war nun Witwer. Er hatte seine Kinder verloren. Die Kirche lockte mit Trost und

Frieden. Sein Weg dorthin hatte viele Stunden gedauert, er war wieder geschwebt, auch wenn er selbst es nicht so empfunden hatte. Sein Hemd war währenddessen zu Boden geglitten; Schlüssel und Münzen waren ebenfalls aus den Taschen gefallen, dann hatte er sich gebeugt und sich seiner Schuhe entledigt.

Die Kirche war leer. Er riss die Bretter von der Hintertür und drang mit blutigen Händen in die Eingangshalle ein. Er hörte ein fernes Marschieren. Als er das Studio betrat, fühlten sich seine Füße an, als gehörten sie nicht länger zu ihm.

Der Abend war hereingebrochen. Es war sehr friedlich. Das Mondlicht fiel durch die hohen Fenster. Als er sich im Spiegel erblickte, wandte er sich rasch ab und entdeckte in einer dunklen Ecke Oscars Seitpferde und Schlafbrett. Da überkam ihn der Drang, sich niederzulegen und auszuruhen. Das Marschieren wich ein wenig zurück, als er sich das Lager bereitete, die Seitpferde im richtigen Abstand zueinander stellte und das Brett darauf legte. Es war sogar recht bequem. Er fand die Ruhe, die er gesucht hatte.

Seine Träume tanzten mit ihm, führten ihn zurück in die Zeit, als sie hier alle gemeinsam getanzt hatten – Carla, Ekow, Simone, sie alle. Sie liefen umher. Sie wollten sehen, wer am höchsten springen konnte. Oscar warf seinen Pullover auf den Boden. Nein nein *nein*, er ist höhergestiegen! Es war ein toller Abend. Die Studiotür ging auf, und herein kam Nijinsky höchstselbst. Er hustete laut. Auf das Husten folgte ein Schaben, ein Stuhl, ganz nahe bei Antoneys Ruhelager. »Wer ist da? Wer ist da bei mir?«, fragte er. Stoff rauschte, es klang, als zöge jemand den Mantel aus. Als Antoney die Augen öffnete, lachte die Gestalt leise.

Er war klein und plump, weißhaarig, trug einen schäbigen Anzug, sein Mantel lag auf dem Schoß. Ein Strahlen ging von ihm aus. Antoney setzte sich auf, er erkannte die hohen Wangenknochen, den geheimnisvollen Mund und die weißliche Haut. Er schaute ruhig an Antoney vorbei, als erwartete er, dass Antoney bald eine Unterhaltung mit ihm beginnen würde. Plötzlich beugte er sich vor und sagte mit heiserer, fremder Stimme, die Hand vor dem Mund: »Wir werden verfolgt.«

»Von wem?«, fragte Antoney.

»Den Soldaten. Wir müssen uns eilen.« Vaslav richtete sich wieder auf.

»Gehen Sie mit mir an den Ort der Ruhe?«

Vaslav schwieg, wie es seine Art war, eine Weile. »Ich gehe mit dir in die Berge«, sagte er. »Ich gehe mit dir zu denen, die du liebst, und im Frühling werde ich dir in Lourdes die Stirn benetzen. Ich mag die Berge, weil sie überflüssig sind.«

Und so machte sich Antoney bereit. Er wollte den großen Mann nicht warten lassen, und er freute sich auf ihren Gang. Vaslav sagte, es sei egal, dass er kein Hemd trug.

»Haben Sie Es schon gefunden?«, fragte Antoney aus einer Laune heraus.

Vaslav wusste genau, was er meinte. »Noch nicht. Aber ich suche weiter.«

»Glauben Sie, dass Sie Es beim Tanzen verloren haben?«

Darauf brach Vaslav in ein tiefes, krampfartiges, insulinheiseres Lachen aus. Antoney lächelte. Sie waren, als sie so nebeneinander hergingen, von recht unterschiedlicher Größe, Antoney überragte Vaslav um ganze sechzig Zentimeter. Antoney fragte ihn, wie es seinen Füßen ging, und Vaslav sagte, er könne sich recht gut auf sie verlassen. Bevor sie zur Tür kamen, brachte Antoney seine eine, scheue Bitte vor.

»Vaslav«, sagte er, als ihn der Tänzer ansah, seine Augen jedoch mied, »könnte ich, bevor wir aufbrechen, Ihren Sprung sehen?«

»Oh, aber gewiss doch.«

Vaslavs Miene hellte sich auf, er warf den Mantel fort. Antoney sah zu, voller Ehrfurcht und Spannung. Eine Symphonie brach durch die Fenster. Vaslav setzte an zu einem hölzernen Tanz, zu einem hölzernen Sprung, er hob die gedrungenen Arme an. Als sich die Musik beschleunigte, begann er zu laufen und erhob sich hoch in die Luft. Der Anzug und das weiße Haar waren fort, nun war da ein junger Mann in einem aufwendigen schwarzen Kostüm, die Beine bloß, den Kopf nach hinten geworfen, ein Arm nach vorne gestreckt, den anderen in einer Beugung über dem Kopf. Er stieg höher und höher, höher als Antoney in seinen Träumen jemals geflogen war, dann kam er wieder nach unten.

Oscar hatte recht. Es stimmte. Bevor er wieder nach unten kam, war er noch ein wenig höhergestiegen.

Es war der perfekteste Sprung, den Antoney jemals gesehen hatte.